采百贤珠玑
聚千秋华章
育万家新风

丙申年之夏　長沙

少轩 编著

千古绝唱

上册 诗人经典

中国书籍出版社
China Book Press

屈原	李白	杜甫
白居易	李商隐	苏轼
辛弃疾	陆游	李清照

中国古典诗词精选系列丛书
编写说明

《中华诗彩》(上下卷)的出版得到了广大读者好评。为适应读者需要,在完整保留《中华诗彩》近千首经典诗词的基础上,又增选了近五百首诗词作补充,对其按内容、诗艺和人物分篇排列,形成一部集中反映我国古典诗词之绝美的佳作,取名为《千古绝唱》,分别以诗人经典版、分类精选版的方式出版,以便于读者使用。

《千古绝唱》与《中华诗彩》在内容上的基本一致性和编写特色的互补性,组合成了一套中国古典诗词精选系列丛书。该丛书从卷帙浩繁的我国古代诗词中精选其精华,汇集了约460位诗人的近1500首诗词。在科技文化迅猛发展生活节奏飞快的今天,学习古典诗词,弘扬优秀传统文化,具有特殊意义。现将这套丛书各册内容简要说明如下:

系列丛书之一,《中华诗彩》上卷——诗词里江山。其特点,以章回体的形式,对精选的历代约五百首诗词名篇及佳句、妙段,按大自然万象予以分类,作精彩串述或点评。

系列丛书之二,《中华诗彩》下卷——诗词里人间。其特点,以章回体的形式,对精选的历代约五百首诗词名篇及佳句、妙段,按人间万象予以分类,作精彩串述或点评。

系列丛书之三,《千古绝唱》(上册)——诗人经典。包括430余位诗人的诗词。其特点,一是按诗人遴选经典作品,看到他们各自栩栩如生而各具特色的风采,以便读者学习和比较诗人各具特色的诗风诗品;二是对《中华诗彩》上卷的《诗词格律简述字表》作了修订,为读者提供简便而丰富的参考资料,以便于欣赏和习作格律诗词;三是按内容排列先后,分别用新魏、行楷、隶书字体印制,为读者提供欣赏诗艺和习练书艺的双向功能。

系列丛书之四,《千古绝唱》(下册)——分类精选。以系列丛书之一、之二和之三所选诗词为基础作扩充,所含诗词量近1400首。其特点,一是按内容分类,以便速查所需内容的最为精彩的诗词;二是按诗艺遴选了极有特色诗词,能为读者提供绝美的艺术欣赏,又可启发创作诗词的灵感。部分意境优美、涵盖广泛的名句佳作,其分类应对不同的时景,将在多处出现,以供读者细磨。

系列丛书之五,《千古诗词掌中宝》(暂定)。以系列丛书之四为母本作简缩,并增加一百首脍炙人口的经典诗词以供初学者及少年儿童诵记。其特点,内容精当,制体虽小且便于携带,故称"掌中宝"。

本系列丛书所选诗词的编号,统一按2015年以后出版的新版《中华诗彩》的编号确定。查找所选诗词的原文,可按其编号在新版《中华诗彩》的附录中查到。

为便于读者阅读时不用目录也能速查到某诗人诗篇,在本书主篇:"诗家名篇"的每个奇页面下有一行特殊文字"作者姓氏声母排序",其中的红色字母是当页面诗人的声母。以此为坐标,可速查到要找的诗人诗篇。比如:随手翻到129页是王维,其声母是"w",下面的排序中有红色"w",而要找孟浩然的诗,声母是"m",那么就从红字"w"向前找,在"m"声母中的102页便找到。

目 录

本书所选诗词基本取自 2015 年的新版《中华诗彩》,每首出处注明的红色编号与《中华诗彩》中的编号一致,可从新版《中华诗彩》正文和附录中查找原文和阐释。本书中未编号的,都是新加入的。

主篇 诗家名篇

（按姓氏声母排序）

B、C、D、F、G、H、J、K 部分为新魏字体
L、M、N、O、P、Q、R、S、T 部分为行楷字体
W、X、Y、Z 部分为隶书字体

B. 白居易　鲍　照　鲍　溶　布袋和尚	……………	3~15
C. 曹　操　曹　植　曹　丕　曹雪芹　曹　毗(pī)　曹　邺	……………	15~20
曹　松　曹　冠　曹　唐　曹　翰　岑　参　陈师道	……………	20~22
陈与义　陈　羽　陈　亮　陈玉树　陈伯崖　陈曾寿	……………	22~23
陈子昂　陈于之　陈　陶　陈　著　陈　杰　崔　颢(hào)	……………	23
崔　护　崔　珏(jué)　崔致远　崔知贤　崔　曙　程　颢	……………	23~24
程之鵕　晁冲之　朝施盘　储光羲　褚　载	……………	24~25
D. 杜　甫　杜　牧　杜荀鹤　杜　耒(lěi)　杜秋娘　杜　淹	……………	25~39

	戴叔伦	道 潜	董解元	邓石如	丁鹤年	党怀英 …… 39~40
F.	范仲淹	范成大	范梈(guō)	冯梦龙	方 岳	方 回 …… 41~43
	方 千	傅 玄	法 具	奉 蛑		…… 44
G.	**高 适**	高 启	高 骈	高 翥(zhù)	高 蟾	**龚自珍** …… 44~46
	顾炎武	顾祖禹	顾 况	耿 湋(wéi)	葛 洪	贯 休 …… 46~47
H.	**韩 愈**	韩熙载	韩 偓(wò)	韩 翃(hóng)	韩 琦	韩 溉 …… 47~49
	黄庭坚	黄 庚	黄大受	黄氏女	黄 裳	黄 巢 …… 49~50
	黄恩锡	黄 增	黄 糵(niè)	黄 升	黄体元	黄景仁 …… 51
	贺知章	贺 铸	洪 升	胡令能	胡 皓	胡君防 …… 51~53
	胡太后	侯夫人	侯克中	何 基	何 逊	华亦祥 …… 53~54
	慧开禅师	和 凝	寒 山	贺兰进明		…… 54~55
J.	姜 夔(kuí)	蒋 捷	贾 至	贾 弇(yǎn)	贾 岛	蒋士铨 …… 55~56
	江 洪	江 淹	江 总	揭傒斯	金岳霖	…… 57
K.	寇 准	孔武仲	孔平仲			…… 57~58
L.	**李 白**	**李商隐**	**李清照**	**李 贺**	**李 煜**	李攀龙 …… 58~73
	李咸用	李 绅	李 颀(qí)	李 峤	李山甫	李群玉 …… 74~75
	李师广	李世民	李之仪	李 中	李东阳	李弥逊 …… 76~77
	李元膺	李梦阳	李开先	李 华	李 益	李 缯 …… 77
	柳 永	**柳宗元**	**刘禹锡**	刘 攽	刘希夷	刘 邦 …… 77~86
	刘 翰	刘长卿	刘方平	刘光第	刘伯温	刘子翚 …… 86~87
	刘克庄	刘日湘	刘学箕	刘 兼	刘 因	刘 铄(shuò) …… 87
	陆 游	陆龟蒙	陆 凯	陆 机	**卢照邻**	卢 仝 …… 87~94
	卢 纶	卢梅坡	罗 隐	罗贯中	吕声之	吕履恒 …… 95~97
	吕本中	吕 定	**鲁 迅**	林则徐	林 逋	骆宾王 …… 97~98
	雷 震	乐雷发	冷朝阳	廖 凝	利 登	凌蒙初 …… 98~99
	令狐楚	劳之辩	梁启超			…… 99

M.**毛泽东**	**孟浩然**	孟 郊	梅尧臣	马致远	马 熙	…………	99~103
	牟 融	穆 修				………………………	104
N.倪 瓒	倪瑞璇	纳兰性德				…………………	104
O.欧阳修						……………………………………	105
P.皮日休	蒲松龄	普 济	彭定求	潘良贵		………………	107
Q.**屈 原**	**秦 观**	秦韬玉	秋 瑾	齐 己	仇 远	………	108~112
	钱 时	钱 起	丘 葵	裘 衍	裘万顷	戚继光 ………	112~113
R.戎 昱						………………………………	113
S.**苏 轼**	苏 辙	苏 颋(tíng)	苏 麟	司马光	司空曙	………	114~120
司空图	**萨都剌**	**史达祖**	史 青	宋 祁	宋 濂	………	120~122
宋之问	宋 雍	宋 无	宋 琬	宋 庠	施闰章	………	122~123
沈 偕	沈佺期	沈德潜	沈 周	沈 彬	沈 约	………	123~124
邵 雍	邵 谒	释德清	石延年	石 涛	释绍嵩	………	124~125
释斯植	孙 谔(dàn)	孙光宪	舒 亶	申时行	施耐庵	………	125~126
T.**陶渊明**	陶 翰	**唐伯虎**	唐 婉	唐彦谦	唐孝标	………	126~128
	汤显祖	谭嗣(sì)同				………………………	129
W.**王 维**	**王安石**	王 冕	王之涣	王 勃	王昌龄	………	129~134
	王 驾	王之道	王 翰	王 湾	王 令	王 寀 ………	134~135
	王 曙	王 观	王 粲	王 建	王士祯	王守仁 ………	135~136
	王国维	王贞白	王献之	王实甫	王僧孺	**温庭筠** ………	136
	文天祥	文征明	**吴承恩**	吴伟业	吴履垒	吴叔达 ………	137~138
	吴 潜	吴文英	吴本善	汪 藻	汪 琬	汪元量 ………	138
	韦应物	魏夫人	韦 庄	翁 绶	翁 照	无尽藏 ………	138~140
	无名氏					………………………………	140
X.**辛弃疾**	**徐 渭**	徐 凝	徐 玑	徐锡麟	徐 绩	………	141~145
	徐 夤(yín)	徐 琰	徐庭筠(jūn)	徐小松	许廷荣	许 浑 ………	145~146
	谢 逸	谢枋得	薛 逢	薛 能	向 滈(xuě)	萧 贡 ………	146~147

	夏元鼎						……148
Y.	岳 飞	晏 殊	晏几道	袁 枚	袁 裘	袁 凯	…148~151
	袁说友	元 稹	元好问	元 绛	叶绍翁	叶梦得	…151~154
	叶楚伧	杨万里	杨 收	杨 慎	杨维桢	杨显之	…155~156
	杨 广	杨 载	杨 凌	杨巨源	杨庆琛	杨巽斋	…157
	羊士谔	于 谦	于右任	俞德邻	姚 涞	姚 合	…157~158
	颜真卿	庾 信	鱼玄机	虞世南	虞 俦	俞 琰	…158~159
	殷文圭	元 淮	易顺鼎				…159~160
Z.	张孝祥	张 籍	张 先	张问陶	张 耒	张九龄	…160~164
	张 谓	张 继	张若虚	张正见	张松龄	张元干	…164~166
	张志和	张 英	张 悦	张 泌	张 祜	张 昪	…166~167
	张 震	张 元	张 咏	张 为	张 氏	张舜民	…168
	张以宁	朱 熹	朱淑真	朱庆余	朱 超	朱草衣	…168~169
	朱元璋	郑板桥	郑 谷	郑思肖	郑 邀	郑 炎	…169~170
	赵 翼	赵 汎	赵艳雪	赵 嘏	赵友直	赵师秀	…171~172
	赵希淦	赵与滂	赵秉文	赵善伦	赵师侠	赵孟頫	…172
	查慎行	真山民	曾 几	曾 巩	曾 纡	左宗棠	…172~173
	周邦彦	周 密	周 繇	周紫芝	择 璘	卓文君	…173~175
	章孝标	章 碣	折元礼	宗 泽	祖 咏	珠帘绣	…176~177

副篇　诗词格律简述

一、格律诗 …………………………………………………… 181

二、格律诗的规则 …………………………………………… 181

三、格律词及常用词牌韵格 ………………………………… 185

主篇

诗家名篇

(B)

白居易(唐)

《赋得古原草送别》(484)

离离原上草，一岁一枯荣。
野火烧不尽，春风吹又生。
远芳侵古道，晴翠接荒城。
又送王孙去，萋萋满别情。

《彭蠡湖晚归》(25)

彭蠡湖天晚，桃花水气春。
鸟飞千白点，日没半红轮。

《我身》(选段)(543)

通当为大鹏，举翅摩苍穹。
穷则为鹪鹩(jiāo liáo)，一枝足自容。
苟知此道者，身穷心不穷。

《不如来饮酒(之七)》(612)

莫入红尘去，令人心力劳。
相争两蜗角，所得一牛毛。
且灭嗔中火，休磨笑里刀。
不如来饮酒，稳卧醉陶陶。

《筝》(选段)(846)

云髻飘萧绿，花颜旖旎红。
双眸剪秋水，十指剥春葱。

《歌舞》(901)

朱轮车马客，红烛歌舞楼。
欢酣促密坐，醉暖脱重裘。

作者姓氏声母排序：**B** C D F G H J K L M N O P Q R S T W X Y Z

《赠东邻王十三》（选段）(469)
携手池边月，开襟竹下风。
驱愁知酒力，破睡见茶功。

《轻肥》(903)
夸赴军中宴，走马去如云。
樽罍溢九酝，水陆罗八珍。
果擘洞庭橘，脍切天池鳞。
食饱心自若，酒酣气益振。

《问刘十九》(908)
绿蚁新醅酒，红泥小火炉。
晚来天欲雪，能饮一杯无？

《忆江南》(14)
江南好，风景旧曾谙。日出江花红胜火，春来江水绿如蓝，能不忆江南。

《春风》(42)
春风先发苑中梅，樱杏桃梨次第开。
荠花榆荚深村里，亦道春风为我来。

《暮江吟》(119)
一道残阳铺水中，半江瑟瑟半江红。
可怜九月初三夜，露似真珠月似弓。

《江楼夕望招客》（选段）(189)
海天东望夕茫茫，山势川形阔复长。
灯火万家城四畔，星河一道水中央。

《邯郸冬至夜》

邯郸驿里逢冬至，抱膝灯前影伴身。
想得家中夜深坐，还应说着远行人。

《钱塘湖春行》（280）

孤山寺北贾亭西，水面初平云脚低。
几处早莺争暖树，谁家新燕啄春泥？
乱花渐欲迷人眼，浅草才能没马蹄。
最爱湖东行不足，绿杨阴里白沙堤。

《杨柳枝》（342）

依依袅袅复青青，勾引春风无限情。
白雪花繁空扑地，绿丝条弱不胜莺。

《杨柳枝》（343）

叶含浓露如啼眼，枝袅轻风似舞腰。
小树不禁攀折苦，乞君留取两三条。

《正月三日闲行》（271）

黄鹂巷口莺欲语，乌鹊河头冰欲销。
绿浪东西南北水，红栏三百九十桥。
鸳鸯荡漾双双翅，杨柳交加万万条。
借问春风来早晚，只从前日到今朝。

《大林寺桃花》（381）

人间四月芳菲尽，山寺桃花始盛开。
长恨春归无觅处，不知转入此中来。

《戏答诸少年》（728）

顾我长年头似雪，饶君壮岁气如云。
朱颜今日虽欺我，白发他时不放君。

《后宫词》（815）

泪湿罗巾梦不成，夜深前殿按歌声。
红颜未老恩先断，斜倚熏笼坐到明。

《寒食野望吟》

风吹旷野纸钱飞，古墓累累春草绿。
棠梨花映白杨树，尽是生死离别处。

《咏菊》（415）

一夜新霜着瓦轻，芭蕉新折败荷倾。
耐寒唯有东篱菊，金粟初开晓更清。

《不出门》（选句）（548）

鹤笼开处见君子，书卷展时逢古人。
自静其心延寿命，无求于物长精神。

《对酒五首(其二)》（549）

蜗牛角上争何事？石火光中寄此身。
随富随贫且欢乐，不开口笑是痴人。

《七夕二首(其一)》（786）

迢迢银汉晚晴空，万古悲歌爱恨同。
浩瀚高天圆月夜，欢情一刻此宵中。

《鸟》（867）

谁道群生性命微？一般骨肉一般皮。
劝君莫打枝头鸟，子在巢中望母归。

《山枇杷》（选句）

火树风来翻绛焰，琼枝日出晒红纱。
回看桃李都无色，映得芙蓉不是花。

《思妇眉》

春风摇荡自东来，折尽樱桃绽尽梅。
惟余思妇愁眉结，无限春风吹不开。

《新制绫袄成，感而有咏》(节选) (566)

百姓多寒无可救，一身独暖亦何情！
心中为念农桑苦，耳里如闻饥冻声。
争得大裘长万丈，与君都盖洛阳城！

《牡丹芳》(节选) (395)

牡丹芳，牡丹芳，黄金蕊绽红玉房。
千片赤英霞烂烂，百枝绛点灯煌煌。
照地初开锦绣段，当风不结兰麝囊。
宿露轻盈泛紫艳，朝阳照耀生红光。
红紫二色间深浅，向背万态随低昂。
映叶多情隐羞面，卧丛无力含醉妆。
低娇笑容疑掩口，凝思怨人如断肠。
秾姿贵彩信奇绝，杂卉乱花无比方。

《山石榴，寄元九》(节选)

九江三月杜鹃来，一声催得一枝开。
江城上佐闲无事，山下斫得厅前栽。
烂熳一栏十八树，根株有数花无数。
千房万叶一时新，嫩紫殷红鲜麹(qū)尘。
泪痕浥(yì)损燕支脸，剪刀裁破红绡巾。
谪仙初堕愁在世，姹女新嫁娇泥春。
日射血珠将滴地，风翻火焰欲烧人。

闲折两枝持在手，细看不似人间有。
花中此物似西施，芙蓉芍药皆嫫母。

《观刈麦》(65)

田家少闲月，五月人倍忙。
夜来南风起，小麦覆陇黄。
妇姑荷箪(dān)食，童稚携壶浆。
相随饷田去，丁壮在南冈。
足蒸暑土气，背灼炎天光。
力尽不知热，但惜夏日长。
复有贫妇人，抱子在其傍。
右手秉遗穗，左臂悬敝筐。
听其相顾言，闻者为悲伤。
田家输税尽，拾此充饥肠。
今我何功德，曾不事农桑。
吏禄三百石，岁晏有余粮。
念此私自愧，尽日不能忘。

《长恨歌》(495)

汉皇重色思倾国，御宇多年求不得。
杨家有女初长成，养在深闺人未识。
天生丽质难自弃，一朝选在君王侧。
回眸一笑百媚生，六宫粉黛无颜色。
春寒赐浴华清池，温泉水滑洗凝脂。
侍儿扶起娇无力，始是新承恩泽时。
云鬓花颜金步摇，芙蓉帐暖度春宵。
春宵苦短日高起，从此君王不早朝。

承欢侍宴无闲暇，春从春游夜专夜。
后宫佳丽三千人，三千宠爱在一身。
金屋妆成娇侍夜，玉楼宴罢醉和春。
姊妹弟兄皆列土，可怜光彩生门户。
遂令天下父母心，不重生男重生女。
骊宫高处入青云，仙乐风飘处处闻。
缓歌慢舞凝丝竹，尽日君王看不足。

渔阳鼙（pí）鼓动地来，惊破霓裳羽衣曲。
九重城阙烟尘生，千乘万骑西南行。
翠华摇摇行复止，西出都门百余里。
六军不发无奈何，宛转蛾眉马前死。
花钿委地无人收，翠翘金雀玉搔头。
君王掩面救不得，回看血泪相和流。

黄埃散漫风萧索，云栈萦（yíng）纡登剑阁。
峨嵋山下少人行，旌旗无光日色薄。
蜀江水碧蜀山青，圣主朝朝暮暮情。
行宫见月伤心色，夜雨闻铃肠断声。
天旋日转回龙驭，到此踌躇不能去。
马嵬坡下泥土中，不见玉颜空死处。
君臣相顾尽沾衣，东望都门信马归。
归来池苑皆依旧，太液芙蓉未央柳。
芙蓉如面柳如眉，对此如何不泪垂？
春风桃李花开夜，秋雨梧桐叶落时。
西宫南苑多秋草，落叶满阶红不扫。

梨园弟子白发新，椒房阿监青娥老。
夕殿萤飞思悄然，孤灯挑尽未成眠。
迟迟钟鼓初长夜，耿耿星河欲曙天。
鸳鸯瓦冷霜华重，翡翠衾寒谁与共？
悠悠生死别经年，魂魄不曾来入梦。
临邛道士鸿都客，能以精诚致魂魄。
为感君王辗转思，遂教方士殷勤觅。
排空驭气奔如电，升天入地求之遍。
上穷碧落下黄泉，两处茫茫皆不见。
忽闻海上有仙山，山在虚无缥缈间。
楼阁玲珑五云起，其中绰约多仙子。
中有一人字太真，雪肤花貌参差是。
金阙西厢叩玉扃，转教小玉报双成。
闻道汉家天子使，九华帐里梦魂惊。
揽衣推枕起徘徊，珠箔银屏迤逦开。
云鬓半偏新睡觉，花冠不整下堂来。
风吹仙袂飘飘举，犹似霓裳羽衣舞。
玉容寂寞泪阑干，梨花一枝春带雨。
含情凝睇谢君王，一别音容两渺茫。
昭阳殿里恩爱绝，蓬莱宫中日月长。
回头下望人寰处，不见长安见尘雾。
惟将旧物表深情，钿合金钗寄将去。
钗留一股合一扇，钗擘黄金合分钿。

但教心似金钿坚，天上人间会相见。
临别殷勤重寄词，词中有誓两心知。
七月七日长生殿，夜半无人私语时。
在天愿作比翼鸟，在地愿为连理枝。
天长地久有时尽，此恨绵绵无绝期。

《琵琶行》(选段) (716)

浔阳江头夜送客，枫叶荻花秋瑟瑟。
主人下马客在船，举酒欲饮无管弦。
醉不成欢惨将别，别时茫茫江浸月。
忽闻水上琵琶声，主人忘归客不发。
寻声暗问弹者谁，琵琶声停欲语迟。
移船相近邀相见，添酒回灯重开宴。
千呼万唤始出来，犹抱琵琶半遮面。
转轴拨弦三两声，未成曲调先有情。
弦弦掩抑声声思，似诉平生不得意。
低眉信手续续弹，说尽心中无限事。
轻拢慢捻抹复挑，初为《霓裳》后《六幺》。
大弦嘈嘈如急雨，小弦切切如私语。
嘈嘈切切错杂弹，大珠小珠落玉盘。
间关莺语花底滑，幽咽泉流水下滩。
冰泉冷涩弦凝绝，凝绝不通声暂歇。
别有幽愁暗恨生，此时无声胜有声。
银瓶乍破水浆迸，铁骑突出刀枪鸣。
曲终收拨当心画，四弦一声如裂帛。
东船西舫悄无言，唯见江心秋月白。

……

同是天涯沦落人，相逢何必曾相识。

……

《天可度》(518)

天可度，地可量，唯有人心不可防。
但见丹诚赤如血，谁知伪言巧似簧。
劝君掩鼻君莫掩，使君夫妇为参商。
劝君掇(duō)蜂君莫掇，使君父子成豺狼。
海底鱼兮天上鸟，高可射兮深可钓。
唯有人心相对时，咫尺之间不能料。
君不见，李义府之辈笑欣欣，笑中有刀潜杀人。

阴阳神变皆可测，不测人间笑是瞋(chēn)。

《卖炭翁》

卖炭翁，伐薪烧炭南山中。
满面尘灰烟火色，两鬓苍苍十指黑。
卖炭所得何所营，身上衣裳口中食。
可怜身上衣正单，心忧炭贱愿天寒。
夜来城上一尺雪，晓驾炭车辗冰辙。
牛困人饥日已高，市南门外泥中歇。
翩翩两骑来是谁，黄衣使者白衫儿。
手把文书口称敕，回车叱牛牵向北。
一车炭，千余斤，官使驱将惜不得。
半匹红纱一丈绫，系向牛头充炭直。

《耳顺吟寄敦诗梦得》(选段) (836)

三十四十五欲牵，七十八十百病缠。
五十六十却不恶，恬淡清净心安然。
已过爱贪声利后，犹在病羸昏耄前。
léi mào
未无筋力寻山水，尚有心情听管弦。

《画竹歌》(选段) (879)

萧郎下笔独逼真，丹青以来唯一人。
人画竹身肥拥肿，萧画茎瘦节节竦；
人画竹梢死赢垂，萧画枝活叶叶动。
不根而生从意生，不笋而成由笔成。
野塘水边碕岸侧，森森两丛十五茎。
qí
婵娟不失筠粉态，萧飒尽得风烟情。
yún
举头忽看不似画，低耳静听疑有声。

- 白片落梅浮涧水，黄梢新柳出城墙。《春至》(24)
- 松排山面千重翠，月点波心一颗珠。《春题湖上》(130)
- 碧毯线头抽早稻，青罗裙带展新蒲。《春题湖上》(130)
- 可怜荒垄穷泉骨，曾有惊天动地文。《李白墓》(*924)
- 十万夫家供课税，五千子弟守封疆。《登阊门闲望》(191)
- 阊阖城碧铺秋草，乌鹊桥红带夕阳。《登阊门闲望》(191)
- 一树春风千万枝，嫩于金色软于丝。《杨柳枝》(344)
- 柳丝袅袅风缲出，草缕茸茸雨剪齐。《天津桥》(345)
- 人间四月芳菲尽，山寺桃花始盛开。《大林寺桃花》(381)
- 花开花落二十日，一城之人皆若狂。《牡丹芳》(395)

- 醉对数丛红芍药，渴尝一碗绿昌明。《春尽日》(431)
- 独出前门望野田，月明荞麦花如雪。《村夜》(462)
- 阴阳神变皆可测，不测人间笑是瞋。《天可度》(518)
- 争得大裘长万丈，与君都盖洛阳城！《新制绫袄成感而有咏》(566)
- 试玉要烧三日满，辨材须待七年期。《放言五首(其三)》(699)
- 朱颜今日虽欺我，白发他时不放君。《戏答诸少年》(728)
- 唯有人心相对时，咫尺之间不能料。《天可度》(518)
- 思悠悠，恨悠悠，恨到归时方始休，月明人倚楼。《长相思》(759)
- 江鱼群从称妻妾，塞雁联行号弟兄。《禽虫十二章(其三)》(779)
- 红颜未老恩先断，斜倚熏笼坐到明。《后宫词》(815)
- 珠缨炫转星宿摇，花鬘斗薮(mán)龙蛇动。《骠国乐》(853)
- 唱到竹枝声咽处，寒猿暗鸟一时啼。《竹枝词四首(其一)》(896)
- 大江寒见底，匡山青倚天。《题浔阳楼》(164)
- 灯火家家市，笙箫处处楼。《正月十一夜日》(200)
- 可使寸寸折，不能绕指柔。《李都尉古剑》(602)
- 老来多健忘，唯不忘相思。《偶作寄朗之》

鲍 照(南朝)

- 红颜零落岁将暮，寒光宛转时欲沉。《行路难》
- 时危见臣节，世乱识忠良。《代出自蓟北门行》(697)

鲍 溶(唐)

- 径草渐生长短绿，庭花欲绽浅深红。《春日》(22)

布袋和尚(唐)

《退步原来是向前》

手把青秧插满田,低头便见水中天。

身心清净方为道,退步原来是向前。

(C)

曹 操(三国)

《观沧海》(150)

东临碣石,以观沧海。
水何澹澹,山岛竦峙。
树木丛生,百草丰茂。
秋风萧瑟,洪波涌起。
日月之行,若出其中。
星汉灿烂,若出其里。
幸甚至哉!歌以咏志。

《短歌行》(选段)(311)

对酒当歌,人生几何!
譬如朝露,去日苦多。
慨当以慷,忧思难忘。
何以解忧?唯有杜康。
青青子衿,悠悠我心。
但为君故,沉吟至今。
呦呦鹿鸣,食野之苹。
我有嘉宾,鼓瑟吹笙。
……

月明星稀，乌鹊南飞。
绕树三匝，何枝可依？
山不厌高，海不厌深。
周公吐哺，天下归心。

《龟虽寿》(838)

神龟虽寿，犹有竟时。
腾蛇乘雾，终为土灰。
老骥伏枥，志在千里；
烈士暮年，壮心不已。
盈缩之期，不但在天；
养怡之福，可得永年。
幸甚至哉，歌以咏志。

曹 植(三国)

《七步诗》(780)

煮豆燃豆萁，漉豉以为汁。
萁在釜下燃，豆在釜中泣。
本是同根生，相煎何太急！

《野田黄雀行》(703)

高树多悲风，海水扬其波。
利剑不在掌，结友何须多？
不见篱间雀，见鹞自投罗。
罗家得雀喜，少年见雀悲。
拔剑捎罗网，黄雀得飞飞。
飞飞摩苍天，来下谢少年。

《白马篇》(选段)（633）

白马饰金羁，连翩西北驰。
借问谁家子？幽并游侠儿。
少小去乡邑，扬声沙漠垂。
宿昔秉良弓，楛矢何参差。
控弦破左的，右发摧月支。
仰手接飞猱，俯身散马蹄。

《薤(xiè)露行》（552）

天地无穷极，阴阳转相因。
人居一世间，忽若风吹尘。
愿得展功勤，输力于明君。

《洛神赋》(选句)

翩若惊鸿，婉若游龙。
……
仿佛兮若轻云之蔽月，
飘飖(yáo)兮若流风之回雪。
远而望之，皎若太阳升朝霞。
迫而察之，灼若芙蓉出渌波。

- 苍蝇间白黑，谗巧反亲疏。　　《赠白马王彪》（581）
- 人生处一世，去若朝露晞(xī)。　　《赠白马王彪》（581）
- 丈夫志四海，万里犹比邻。　　《赠白马王彪》（581）
- 俯仰岁将暮，荣耀难久恃。　　《杂诗》（610）
- 仰手接飞猱(náo)，俯身散马蹄。　　《白马篇》（633）

作者姓氏声母排序：B **C** D F G H J K L M N O P Q R S T W X Y Z

- 捐躯赴国难，视死忽如归！　　　　　　《白马篇》(633)
- 利剑不在掌，结友何须多？　　　　　　《野田黄雀行》(703)
- 龙欲升天须浮云，人之仕进待中人。　　《当墙欲高行》(695)
- 众口可以铄金。谗言三至，慈母不亲。《当墙欲高行》(695)

曹丕(三国)

《燕歌行》(选段)(760)

秋风萧瑟天气凉，草木摇落露为霜，
群燕辞归雁南翔。念君客游思断肠，
慊慊(qiàn)思归恋故乡，君何淹留寄他方。
贱妾茕茕守空房，忧来思君不敢忘，
不觉泪下沾衣裳。

- 丹霞夹明月，华星出云间。　　　　　　《芙蓉池作》(148)

曹雪芹(清)

《葬花诗》(731)

花谢花飞飞满天，红消香断有谁怜？
游丝软系飘风榭，落絮轻沾扑绣帘。
闺中儿女惜春暮，愁绪满怀无释处。
手把花锄也绣帘，忍踏落花来复去。
柳丝榆荚自芳菲，不管桃飘与李飞。
桃李明年能再发，明年闺中知有谁？
三月香巢已垒成，梁间燕子太无情。
明年花发虽可啄，却不料人去梁空巢亦倾。
一年三百六十日，风刀霜剑严相逼。

明媚鲜妍能几时？一朝飘泊难寻觅。
花开易见落难寻，阶前闷杀葬花人。
独把花锄泪暗洒，洒上空枝见血痕。
杜鹃无语正黄昏，荷锄归去掩重门。
青灯照壁人初睡，冷雨敲窗被未温。
怪侬底事倍伤神，半为怜春半恼春。
怜春忽至恼忽去，至又无言去不闻。
昨宵庭外悲歌发，知是花魂与鸟魂。
花魂鸟魂总难留，鸟自无言花自羞。
愿侬胁下生双翼，随花飞到天尽头。
天尽头，何处有香丘？
未若锦囊收艳骨，一抔(póu)净土掩风流。
质本洁来还洁去，强于污淖陷渠沟。
尔今死去侬收葬，未卜侬身何日丧。
侬今葬花人笑痴，他年葬侬知是谁？
试看春残花渐落，便是红颜老死时。
一朝春尽红颜老，花落人亡两不知。

- 世事洞明皆学问，人情练达即文章。《红楼梦》(623)
- 万两黄金容易得，知心一个也难求。《红楼梦》(五十七回)(706)
- 留意于孔孟之间，委身于经济之道。《红楼梦》
- 任凭弱水三千，我只取一瓢饮！《红楼梦》(第九十一回)
- 一畦春韭绿，十里稻花香。《红楼梦》(第十八回)(223)

主篇·诗家名篇

曹 毗(东晋)

- 紫电光牖飞,迅雷终天奔。 《霖 雨》(58)
- 奔电无以追其踪,逸羽不能企其足。 《马射赋》(265)

曹 邺(唐)

《官仓鼠》

官仓老鼠大如斗,见人开仓亦不走。

健儿无粮百姓饥,谁遣朝朝入君口。

曹 松(唐)

《中秋对月》(126)

无云世界秋三五,共看蟾盘上海涯。

直到天头无尽处,不曾私照一人家。

- 凭君莫话封侯事,一将功成万骨枯。《己亥岁二首(其一)》
(676)

曹 冠(宋)

《凤栖梧·牡丹》(上阕) (389)

魏紫姚黄凝晓露。国艳天然,造物偏钟赋。

独占风光三月暮。声名都压花无数。

曹 唐(唐)

《暮春戏赠吴端公》(选句)

年少英雄好丈夫,大家望拜执金吾。

牡丹花下帘钩外,独凭红肌捋虎须。

曹 翰(宋)

- 曾因国难披金甲,不为家贫卖宝刀。《内宴奉诏作》(663)

岑 参(唐)

《逢入京使》(773)

故园东望路漫漫,双袖龙钟泪不干。

马上相逢无纸笔，凭君传语报平安。

《白雪歌送武判官归京》(选段) (104)
将军角弓不得控，都护铁衣冷难着。
瀚海阑干百丈冰，愁云惨淡万里凝。

《奉和相公发益昌》(选段) (239)
相国临戎别帝京，拥麾(huī)持节远横行。
朝登剑阁云随马，夜渡巴江雨洗兵。

- 忽如一夜春风来，千树万树梨花开。《白雪歌送武判官归京》(104)

- 纷纷暮雪下辕门，风掣红旗冻不翻。《白雪歌送武判官归京》(104)

- 四边伐鼓雪海涌，三军大呼阴山动。《轮台歌奉送封大夫出师征》(109)

- 剑河风急云片阔，沙口石冻马蹄脱。《轮台歌奉送封大夫出师征》(109)

- 九月天山风似刀，城南猎马缩寒毛。《赵将军歌》(237)

- 功名只向马上取，真是英雄一丈夫。《送李副使赴碛西官军》(594)

- 一生大笑能几回，斗酒相逢须醉倒。《凉州馆中与诸判官夜集》(906)

- 始知丹青笔，能夺造化功。《刘相公中书江山画障》

- 奔涛振石壁，峰势如动摇。《青山峡口泊舟怀狄侍御》(169)

- 梨花千树雪，杨叶万条烟。《送杨子》(383)

作者姓氏声母排序：B **C** D F G H J K L M N O P Q R S T W X Y Z   021

● 山店云迎客，江村犬吠船。　　　　　《汉川山行》

陈师道(宋)

《十七日观潮》(123)
漫漫平沙走白虹，瑶台失手玉杯空。
晴天摇动清江底，晚日浮沉急浪中。

陈与义(宋)

《窦园醉中前后五绝句》
东风吹雨小寒生，杨柳飞花乱晚晴。
客子从今无可恨，窦家园里有莺声。

● 海棠不惜胭脂色，独立蒙蒙细雨中。《春寒》(408)

陈 羽(唐)

《从军行》
海畔风吹冻泥裂，枯桐叶落枝梢折。
横笛闻声不见人，红旗直上天山雪。

陈 亮(宋)

《一丛花·溪堂玩月作》(143)
冰轮斜辗镜天长。江练隐寒光。
危阑醉倚人如画，隔烟村、何处鸣桹。
乌鹊倦栖，鱼龙惊起，星斗挂垂杨。
芦花千顷水微茫。秋色满江乡。楼台
恍似游仙梦，又疑是、洛浦潇湘。风
露浩然，山河影转，今古照凄凉。

陈玉树(清)

《秋晚野望》(选段)(117)
余霞红映暮云边，村北村南少夕烟。

远树捧高沧海月，乱鸦点碎夕阳天。

陈伯崖(清)
- 事能知足心常惬，人到无求品自高。《自题联》(551)

陈曾寿(清)
- 明灯海上无双夜，皓月人间第一圆。《元夕》(138)

陈子昂(唐)
- 感时思报国，拔剑起蒿莱。《感遇诗三十八首(其三十五)》(655)

陈于之(清)
- 福王少小风流惯，不爱江山爱美人。《题桃花扇》

陈 陶(唐)
- 可怜无定河边骨，犹是春闺梦里人。《陇西行四首(其二)》(672)

陈 著(宋)
- 山环水抱花相映，天开云阔鹤自飞。《八句呈董稼山》

陈 志(宋)
- 几多临水登山赋，不尽还家去国情。《送中宅过家入燕》

崔 颢(唐)

《黄鹤楼》(209)

昔人已乘黄鹤去，此地空余黄鹤楼。
黄鹤一去不复返，白云千载空悠悠。
晴川历历汉阳树，芳草萋萋鹦鹉洲。
日暮乡关何处是？烟波江上使人愁。

崔 护(唐)

《题都城南庄》(373)

去年今日此门中，人面桃花相映红。

人面不知何处去，桃花依旧笑春风。

崔 珏(唐)

《哭李商隐二首(其二)》(669)

虚负凌云万丈才，一生襟抱未曾开。
鸟啼花落人何在，竹死桐枯凤不来。
良马足因无主踠(wǎn)，旧交心为绝弦哀。
九泉莫叹三光隔，又送文星入夜台。

《哭李商隐二首 (其一)》

成纪星郎字义山，适归高壤抱长叹。
词林枝叶三春尽，学海波澜一夜干。

崔致远(唐)

- 神思只劳书卷上，年光任过酒杯中。 《兖州留献李员外》(95)

崔知贤(唐)

- 欢乐无穷已，歌舞达明晨。 《上元夜效小庾体》(201)

崔 曙(唐)

- 三晋云山皆向北，二陵风雨自东来。 《九日登望仙台呈刘明府容》

程 颢(宋)

- 富贵不淫贫贱乐，男儿到此是豪雄。 《偶成》(606)
- 万户楼台临渭水，五陵花柳满秦川。 《渭城少年行》

程之鵔(jùn)(清)

- 一片伤心金粉地，落花时节到江南。 《抵金陵》(690)

晁冲之(宋)

- 楚山全控蜀，汉水半吞吴。　　　《与秦少章题汉江远帆》(163)

晁施盘(明)

《恩荣宴诗》(857)

千里观光我独行，辞亲无奈惜离情。

玉堂未拟登三辅，金榜先叨第一名。

储光羲(唐)

《钓鱼湾》(863)

垂钓绿湾春，春深杏花乱。

潭清疑水浅，荷动知鱼散。

日暮待情人，维舟绿杨岸。

褚载(唐)

《瀑布》(*915)

泻雾青烟撼撼雷，满山风雨助喧豗(huī)。

争知不是青天阙(què)？扑下银河一半来！

(D)

杜甫(唐)

《春夜喜雨》(44)

好雨知时节，当春乃发生。

随风潜入夜，润物细无声。

野径云俱黑，江船火独明。

晓看红湿处，花重锦官城。

《登岳阳楼》(162)

昔闻洞庭水，今上岳阳楼。
吴楚东南坼，乾坤日夜浮。
亲朋无一字，老病有孤舟。
戎马关山北，凭轩涕泗流。

《岳望》(156)

岱宗夫如何？齐鲁青未了。
造化钟神秀，阴阳割昏晓。
荡胸生层云，决眦入归鸟。
会当凌绝顶，一览众山小。

《戏为六绝句(其二)》(608)

王杨卢骆当时体，轻薄为文哂未休。
尔曹身与名俱灭，不废江河万古流。

《贫交行》(523)

翻手作云覆手雨，纷纷轻薄何须数？
君不见管鲍贫时交，此道今人弃如土。

《旅夜书怀》(131)

细草微风岸，危樯独夜舟。
星垂平野阔，月涌大江流。
名岂文章著，官应老病休。
飘飘何所似？天地一沙鸥。

《羌村三首(其二)》(116)

群鸡正乱叫，客至鸡斗争。
驱鸡上树木，始闻扣柴荆。
父老四五人，问我久远行。

手中各有携，倾榼浊复清。
苦辞酒味薄，黍地无人耕。
兵革既未息，儿童尽东征。
请为父老歌，艰难愧深情。
歌罢仰天叹，四座泪纵横。

《自京赴奉先县咏怀五百字》(选段)(471)
取笑同学翁，浩歌弥激烈。
非无江海志，潇洒送日月。
生逢尧舜君，不忍便永诀。
当今廊庙具，构厦岂云缺？
葵藿倾太阳，物性固莫夺。
顾惟蝼蚁辈，但自求其穴。

《赠卫八处士》(选段)(45)
问答乃未已，驱儿罗酒浆。
夜雨剪春韭，新炊间黄粱。

《羌村三首(其一)》(选句)(116)
妻孥怪我在，惊定还拭泪。
邻人满墙头，感叹亦歔欷。

《前出塞九首(其三)》(634)
磨刀呜咽水，水赤刃伤手。
欲轻肠断声，心绪乱已久。
丈夫誓许国，愤惋复何有！

《房兵曹胡马》
胡马大宛名，锋棱瘦骨成。

作者姓氏声母排序：B C D F G H J K L M N O P Q R S T W X Y Z

竹批双耳峻，风入四蹄轻。
所向无空阔，真堪托死生。
骁腾有如此，万里可横行。

《春望》(646)
国破山河在，城春草木深。
感时花溅泪，恨别鸟惊心。
烽火连三月，家书抵万金。
白头搔更短，浑欲不胜簪(zān)。

《月夜》(选段)
香雾云鬟湿，清辉玉臂寒。
何时倚虚幌，双照泪痕干。

《绝句四首(其三)》(181)
两个黄鹂鸣翠柳，一行白鹭上青天。
窗含西岭千秋雪，门泊东吴万里船。

《赠花卿》(498)
锦城丝管日纷纷，半入江风半入云。
此曲只应天上有，人间能得几回闻？

《江南逢李龟年》
岐王宅里寻常见，崔九堂前几度闻。
正是江南好风景，落花时节又逢君。

《绝句漫兴九首(其一)》(279)
眼见客愁愁不醒，无赖春色到江亭。
即遣花开深造次，便教莺语太叮咛。

《绝句漫兴九首(其三)》(279)
熟知茅斋绝低小，江上燕子故来频。

衔泥点污琴书内，更接飞虫打着人。

《江畔独步寻花七绝句(其六)》(326)
黄四娘家花满蹊，千朵万朵压枝低。
留连戏蝶时时舞，自在娇莺恰恰啼。

《江畔独步寻花七绝句(其七)》(377)
不是爱花即肯死，只恐花尽老相催。
繁枝容易纷纷落，嫩叶商量细细开。

《狂夫》(398)
万里桥西一草堂，百花潭水即沧浪。
风含翠筱(xiǎo)娟娟净，雨浥(yì)红蕖(qú)冉冉香。

《绝句漫兴九首(其九)》(279)
隔户杨柳弱袅袅，恰似十五女儿腰。
谁谓朝来不作意，狂风挽断最长条。

《醉歌行》(882)
酒尽沙头双玉瓶，众宾皆醉我独醒。
乃知贫贱别更苦，吞声踯躅(zhí zhú)涕泪零。

《兵车行》(选段)(228)
车辚辚，马萧萧，行人弓箭各在腰。
爷娘妻子走相送，尘埃不见咸阳桥。
牵衣顿足拦道哭，哭声直上干云霄。
……

《蜀相》(242)
丞相祠堂何处寻？锦官城外柏森森。
映阶碧草自春色，隔叶黄鹂空好音。

三顾频烦天下计，两朝开济老臣心。
出师未捷身先死，长使英雄泪满襟。

《闻官军收河南河北》(185)

剑外忽传收蓟北，初闻涕泪满衣裳。
却看妻子愁何在，漫卷诗书喜欲狂。
白首放歌须纵酒，青春作伴好还乡。
即从巴峡穿巫峡，便下襄阳向洛阳。

《柏学士茅屋》(621)

碧山学士焚银鱼，白马却走深岩居。
古人已用三冬足，年少今开万卷余。
晴云满户团倾盖，秋水浮阶溜决渠。
富贵必从勤苦得，男儿须读五车书。

《登高》(93)

风急天高猿啸哀，渚清沙白鸟飞回。
无边落木萧萧下，不尽长江滚滚来。
万里悲秋常作客，百年多病独登台。
艰难苦恨繁霜鬓，潦倒新停浊酒杯。

《茅屋为秋风所破歌》(92)

八月秋高风怒号，卷我屋上三重茅。
茅飞渡江洒江郊，高者挂罥(juàn)长林梢，
下者飘转沉塘坳。
南村群童欺我老无力，忍能对面为盗贼。
公然抱茅入竹去，唇焦口燥呼不得，
归来倚杖自叹息。

俄顷风定云墨色，秋天漠漠向昏黑。
布衾多年冷似铁，娇儿恶卧踏里裂。
床头屋漏无干处，雨脚如麻未断绝。
自经丧乱少睡眠，长夜沾湿何由彻。
安得广厦千万间，大庇天下寒士俱欢颜，风雨不动安如山。
呜呼！何时眼前突兀见此屋，吾庐独破受冻死亦足！

《丹青引赠曹将军霸》(选段)（535）
将军魏武之子孙，于今为庶为清门。
英雄割据虽已矣，文采风流今尚存。
学书初学卫夫人，但恨无过王右军。
丹青不知老将至，富贵于我如浮云。
开元之中常引见，承恩数上南熏殿。
凌烟功臣少颜色，将军下笔开生面。
良相头上进贤冠，猛将腰间大羽箭。
褒公鄂公毛发动，英姿飒爽来酣战。

《丽人行》（496）
三月三日天气新，长安水边多丽人。
态浓意远淑且真，肌理细腻骨肉匀。
绣罗衣裳照暮春，蹙(cù)金孔雀银麒麟。
头上何所有？翠微㔾(è)叶垂鬓唇。
背后何所见？珠压腰极(jié)稳称身。

就中云幕椒房亲，赐名大国虢(guó)与秦。
紫驼之峰出翠釜，水精之盘行素鳞。
犀箸(zhù)厌饫久未下，鸾(luán)刀缕切空纷纶。
黄门飞鞚(kōng)不动尘，御厨络绎送八珍。
箫鼓哀吟感鬼神，宾从杂沓实要津。
后来鞍马何逡巡，当轩下马入锦茵。
杨花雪落覆白苹，青鸟飞去衔红巾。
炙手可热势绝伦，慎莫近前丞相嗔(chēn)。

《昭君怨》（851）

胡草如霜黛冢边，孤心托雁汉家船。
丹青嫉妒君何恨，红叶磋砣(cuō tuó)妾自怜。
樗栎(chū lì)已残持锦绣，琵琶尤怨弄冰弦。
胭脂误点娥眉乱，故国膻腥泣血篇。

《观公孙大娘弟子舞剑器行》（854）

昔有佳人公孙氏，一舞剑器动四方。
观者如山色沮丧，天地为之久低昂。
霍如羿射九日落，矫如群帝骖(cān)龙翔。
来如雷霆收震怒，罢如江海凝清光。

《饮中八仙歌》（910）

知章骑马似乘船，眼花落井水底眠。
汝阳三斗始朝天，道逢麴(qū)车口流涎，
恨不移封向酒泉。左相日兴费万钱，

饮如长鲸吸百川，衔杯乐圣称避贤。
宗之潇洒美少年，举觞(shāng)白眼望青天，
皎如玉树临风前。苏晋长斋绣佛前，
醉中往往爱逃禅。李白一斗诗百篇，
长安市上酒家眠，天子呼来不上船，
自称臣是酒中仙。张旭三杯草圣传，
脱帽露顶王公前，挥毫落纸如云烟。
焦遂五斗方卓然，高谈雄辩惊四筵。

- 无边落木萧萧下，不尽长江滚滚来。《登高》(93)
- 楼下长江百丈清，山头落日半轮明。《越王楼歌》(210)
- 旌旗日暖龙蛇动，宫殿风微燕雀高。《奉和贾至舍人早朝大明宫》(247)
- 芙蓉旌旗烟雾落，影动倒景摇潇湘。《寄韩谏议注》(259)
- 颠狂柳絮随风去，轻薄桃花逐水流。《绝句漫兴九首(其五)》(279)
- 自去自来梁上燕，相亲相近水中鸥。《江村》(281)
- 娟娟戏蝶过闲幔，片片轻鸥下急湍。《小寒食舟中作》(294)
- 沙头宿鹭联拳静，船尾跳鱼拨剌鸣。《漫成一首》(299)
- 穿花蛱蝶深深见，点水蜻蜓款款飞。《曲江二首(其二)》(325)
- 无数蜻蜓齐上下，一双鸂(xì)鶒(chì)对沉浮。《卜居》(327)
- 桃花一簇开无主，可爱深红爱浅红。《江畔独步寻花七绝句(其五)》(377)
- 新松恨不高千尺，恶竹应须斩万竿。《将赴成都草堂途中有作(五首其一)》(459)

- 香稻啄余鹦鹉粒，碧梧栖老凤凰枝。《秋兴八首(其八)》(461)

- 便与先生应永诀，九重泉路尽交期。《送郑十八虔贬台州司户》(749)

- 安得如鸟有羽翅，托身白云还故乡。《大麦行》(771)

- 老去悲秋强自宽，兴来今日尽君欢。《九日蓝田崔氏庄》(554)

- 莫思身外无穷事，且尽生前有限杯。《绝句漫兴九首(其四)》(279)

- 翻身向天仰射云，一箭正坠双飞翼。《哀江头》(870)

- 焉得并州快剪刀，剪取吴淞半江水。《戏题王宰画山水图歌》(877)

- 骅骝作驹已汗血，鸷鸟举翮连青云。《醉歌行》(882)

- 尔曹身与名俱灭，不废江河万古流。《戏为六绝句(其二)》(608)

- 词源倒流三峡水，笔阵独扫千人军。《醉歌行》(882)

- 庾信平生最萧瑟，暮年诗赋动江关。《咏怀古迹五首(其一)》(885)

- 为人性僻耽佳句，语不惊人死不休。《江上值水如海势聊短述》

- 国家成败吾岂敢，色难腥腐餐风香。《寄韩谏议注》(259)

- 三年奔走空皮骨，信有人间行路难。《将赴成都草堂途中有作(五首其一)》(459)

- 丹青不知老将至，富贵于我如浮云。《丹青引赠曹将军霸》(535)

- 自古圣贤多薄命，奸雄恶少皆封侯。《锦树行》(505)

- 翻手作云覆手雨，纷纷轻薄何须数？《贫交行》(523)

- 大麦干枯小麦黄，妇女行泣夫走藏。《大麦行》(771)

- 冠盖满京华，斯人独憔悴。　《梦李白二首(其二)》(534)

- 朱门酒肉臭，路有冻死骨。　《自京赴奉先县咏怀五百字》(471)

- 读书破万卷，下笔如有神。　《奉赠韦左丞丈二十二韵》

- 笔落惊风雨，诗成泣鬼神。　《寄李十二白二十韵》(883)

- 文章千古事，得失寸心知。　《偶题》

- 峥嵘赤云西，日脚下平地。　《羌村三首(其一)》(116)

- 星垂平野阔，月涌大江流。　《旅夜书怀》(131)

- 飞星过水白，落月动沙虚。　《中宵》(147)

- 仲夏苦夜短，开轩纳微凉。　《夏夜叹》(64)

- 风尘三尺剑，社稷一戎衣。　《重经昭陵》(560)

- 斫却月中桂，清光应更多。　《一百五日夜对月》(605)

- 江碧鸟逾白，山青花欲燃。　《绝句二首》

杜　牧(唐)

《题乌江亭》(670)

胜败兵家事不期，包羞忍耻是男儿。
江东弟子多才俊，卷土重来未可知。

《赤壁》(740)

折戟沉沙铁未销，自将磨洗认前朝。
东风不与周郎便，铜雀春深锁二乔。

《泊秦淮》(500)

烟笼寒水月笼沙，夜泊秦淮近酒家。
商女不知亡国恨，隔江犹唱后庭花。

《山行》(87)
远上寒山石径斜，白云生处有人家。
停车坐爱枫林晚，霜叶红于二月花。

《过华清宫绝句》(183)
长安回望绣成堆，山顶千门次第开。
一骑红尘妃子笑，无人知是荔枝来。

《遣怀》(811)
落魄江湖载酒行，楚腰纤细掌中轻。
十年一觉扬州梦，赢得青楼薄幸名。

《怀紫阁山》(745)
百年不肯疏荣辱，双鬓终应老是非。
人道青山归去好，青山曾有几人归？

《送隐者一绝》(727)
无媒径路草萧萧，自古云林远市朝。
公道世间唯白发，贵人头上不曾饶。

《读韩杜集》(884)
杜诗韩笔愁来读，似倩麻姑痒处搔。
天外凤凰谁得髓？无人解合续弦胶。

《题宣州开元寺水阁》(686)
六朝文物草连空，天淡云闲今古同。
鸟去鸟来山色里，人歌人哭水声中。
深秋帘幕千家雨，落日楼台一笛风。
惆怅无因见范蠡，参差烟树五湖东。

《金谷园》(744)
繁华事散逐香尘，流水无情草自春。

日暮东风怨啼鸟,落花犹似坠楼人。

《怅诗》 (30)

自是寻春去较迟,不须惆怅怨芳时。
狂风落尽深红色,绿叶成阴子满枝。

《江南春绝句》 (254)

千里莺啼绿映红,水村山郭酒旗风。
南朝四百八十寺,多少楼台烟雨中。

《齐安郡中偶题二首(其一)》 (403)

两竿落日溪桥上,半缕轻烟柳影中。
多少绿荷倚相恨,一时回首背西风。

《赠别二首(其一)》 (474)

娉娉袅袅十三余,豆蔻梢头二月初。
春风十里扬州路,卷上珠帘总不如。

《冬至日遇京使发寄舍弟》

旅馆夜忧姜被冷,暮江寒觉晏(yàn)裘轻。
竹门风过还惆怅,疑是松窗雪打声。

《斑竹筒簟》

血染斑斑成锦纹,昔年遗恨至今存。
分明知是湘妃泣,何忍将身卧泪痕。

《蔷薇花》

朵朵精神叶叶柔,雨晴香拂醉人头。
石家锦障依然在,闲倚狂风夜不收。

《送友人》 (726)

十载名兼利,人皆与命争。
青春留不住,白发自然生。

- 垂楼万幕青云合，破浪千帆陈马来。《怀种陵旧游四首（其二）》(245)
- 惊起鸳鸯岂无恨，一双飞去却回头。《入茶山下题水口草市绝句》(272)
- 银烛秋光冷画屏，轻罗小扇扑流萤。《七夕》(339)
- 莫怪杏园憔悴去，满城多少插花人。《杏园》(370)
- 凭君莫射南来雁，恐有家书寄远人。《赠猎骑》(866)
- 蜡烛有心还惜别，替人垂泪到天明。《赠别二首（其二）》(474)
- 睫在眼前长不见，道非身外更何求？《登池州九峰楼寄张祜》(626)
- 六朝文物草连空，天淡云闲今古同。《题宣州开元寺水阁》(686)
- 公道世间唯白发，贵人头上不曾饶。《送隐者一绝》(727)
- 只言旋老转无事，欲到中年事更多。《书怀》(837)
- 杜诗韩笔愁来读，似倩麻姑痒处搔。《读韩杜集》(884)
- 学非探其花，要自拨其根。《留诲曹师等诗》(622)
- 根本既深实，柯叶自滋繁。《留诲曹师等诗》(622)

杜荀鹤（唐）

《感寓》

大海波涛浅，小人方寸深。

海枯终见底，人死不知心。

- 言论关时务，篇章见国风。《秋日山中寄李处士》
- 少年辛苦终身事，莫向光阴惰寸功。《题弟侄书堂》(591)
- 宁为宇宙闲吟客，怕作乾坤窃禄人。《自叙》(599)
- 空有篇章传海内，更无亲族在朝中。《投从叔补阙》(*923)
- 辞赋文章能者稀，难中难者莫过诗。《读诸家诗》

杜 耒（宋）

《寒夜》(464)

寒夜客来茶当酒，竹炉汤沸火初红。
寻常一样窗前月，才有梅花便不同。

● 丹林黄叶斜阳外，绝胜春山暮雨时。《秋晚》(82)

杜秋娘（唐）

《金缕衣》(809)

劝君莫惜金缕衣，劝君须惜少年时。
有花堪折直须折，莫待无花空折枝。

杜 淹（唐）

《咏寒食斗鸡应秦王教》

寒食东郊道，扬鞲(gōu)竞出笼。
花冠初照日，芥羽正生风。
顾敌知心勇，先鸣觉气雄。
长翘频扫阵，利爪屡通中。
飞毛遍绿野，洒血渍(zì)芳丛。
虽然百战胜，会自不论功。

戴叔伦（唐）

《小雪》

花雪随风不厌看，更多还肯失林峦。
愁人正在书窗下，一片飞来一片寒。

《从军行》（选句）

丈夫四方志，结发事远游。

远游历燕蓟（jì），独戍边城陬（zōu）。

老马思故枥，穷鳞忆深流。

弹铗动深慨，浩歌气横秋。

- 兰溪三日桃花雨，半夜鲤鱼来上滩。 《兰溪棹歌》(312)
- 日斜深巷无人迹，时见梨花片片飞。 《过柳溪道院》
- 风枝惊暗鹊，露草覆寒螀。 《江乡故人偶集客舍》(101)

道 潜(宋)

《江上秋夜》

雨暗苍江晚未晴，井梧翻叶动秋声。

楼头夜半风吹断，月在浮云浅处明。

- 风蒲猎猎弄轻柔，欲立蜻蜓不自由。 《经临平作》(329)

董解元(金)

- 月色溶溶夜，花阴寂寂春。 《西厢记》(26)

邓石如(清)

- 春风大雅能容物，秋水文章不染尘。 《自题联》

丁鹤年(明)

- 光移星斗天逾近，影倒山河月正圆。 《元夕》(137)

党怀英(金)

- 潮吞淮泽小，云抱楚天低。 《奉使行高邮道中》(165)

(F)

范仲淹（宋）

《渔家傲·秋思》

塞下秋来风景异，衡阳雁去无留意。四面边声连角起，千嶂里，长烟落日孤城闭。　浊酒一杯家万里，燕然未勒归无计。羌管悠悠霜满地，人不寐，将军白发征夫泪。

《剔银灯·与欧阳公席上分题》

昨夜因看《蜀志》，笑曹操孙权刘备。用尽机关，徒劳心力，只得三分天地。屈指细寻思，争如共、刘伶一醉？

人世都无百岁。少痴呆、老成尪悴(qiú)。只有中间，些子少年，忍把浮名牵系？一品与千金，问白发、如何回避？

《苏幕遮》

碧云天，黄叶地，秋色连波，波上寒烟翠。山映斜阳天接水，芳草无情，更在斜阳外。　黯乡魂，追旅思，夜夜除非，好梦留人睡。明月楼高休独倚，酒入愁肠，化作相思泪。

- 溪边奇茗冠天下，武夷仙人从古栽。《和章岷从事斗茶歌》(466)
- 先天下之忧而忧，后天下之乐而乐。《岳阳楼记》

- 一水无涯净，群峰满眼春。　　　　　　　《寄西湖林处士》

范成大(宋)

《四时田园杂兴(其八)》(218)

新筑场泥镜面平，家家打稻趁霜晴。
笑歌声里轻雷动，一夜连枷响到明。

《州桥》

州桥南北是天街，父老年年等驾回。
忍泪失声询使者，几时真有六军来？

《再赋简养正》(33)

南北梅枝噤雪寒，玉梨皱雨泪阑干。
一年春色摧残尽，更觅姚黄魏紫看。

《四时田园杂兴(其二)》(67)

梅子金黄杏子肥，麦花雪白菜花稀。
日长篱落无人过，唯有蜻蜓蛱蝶飞。

《窗前木芙蓉》

辛苦孤花破小寒，花心应似客心酸。
更凭青女留连得，未作愁红怨绿看。

- 行冲薄薄轻轻雾，看放重重叠叠山。《早发竹下》
- 永日屋头槐影暗，微风扇里麦花香。《初夏二首》(之二)

范梈(元)

- 醉捧句吴匣中剑，斫断千秋万古愁。《王氏能远楼(选段)》(679)

冯梦龙(明)

《警世通言》(736)

兔走乌飞疾若驰，百年世事总依稀。
累朝富贵三更梦，历代君王一局棋。
禹定九州汤受业，秦吞六国汉登基。
百年光景无多日，昼夜追欢还是迟。

- 屋漏偏逢连夜雨，船迟又遇打头风。《醒世恒言》
- 别人求我三春雨，我去求人六月霜。《警世通言》
- 平生不作皱眉事，世上应无切齿人。《警世通言》
- 毁誉从来不可听，是非终究自分明。《警世通言》
- 夫妻本是同林鸟，大限来时各自飞。《警世通言》
- 剖开顽石方知玉，淘尽泥沙始见金。《古今小说·张道陵七试赵升》
- 人逢喜事精神爽，月到中秋分外明。《醒世恒言》(卷十八)
- 劝君莫作亏心事，古往今来放过谁？
- 春为花博士，酒为色媒人。

方 岳(宋)

- 草卧夕阳牛犊健，菊留秋色蟹螯肥。《次韵田园居》(322)
- 马蹄残雪六七里，山嘴有梅三四花。《梦寻梅》
- 半醉半醒寒食酒，欲晴欲雨杏花天。《次韵徐宰集珠溪》

方 回(元)

- 枝枝烂熟樱桃紫，朵朵争妍芍药红。《三月二十九日饮杭州路耿同知花园》
- 柑为天下无双果，梅是春前第一花。《观灯小酌》

方 干（唐）

- 山鸟踏枝红果落，家童引钓白鱼惊。《山中言事》

傅 玄（西晋）

- 岁暮景迈群光绝，安得长绳系白日。《九曲歌》

法 具（宋）

- 燕子未归梅落尽，小窗明月属梨花。《绝句春日》(385)

奉 蚌（唐）

- 绿罗剪作三春柳，红锦裁成二月花。《思故乡》(873)

(G)

高 适（唐）

《除夜作》(770)

旅馆寒灯独不眠，客心何事转凄然？
故乡今夜思千里，霜鬓明朝又一年。

《画马篇》

君侯枥上骢（cōng），貌在丹青中。
马毛连线蹄铁色，图画光辉骄玉勒。
马行不动势若来，权奇蹴踏无尘埃。
感兹绝代称妙手，遂令谈者不容口。
麒麟独步自可珍，驽骀万匹知何有。
终未如他枥上骢，载华毂（gū），骋飞鸿。
荷君剪拂与君用，一日千里如旋风。

- 男儿本自重横行，天子非常赐颜色。《燕歌行》(233)

- 校尉羽书飞瀚海，单于猎火照狼山。《燕歌行》(233)
- 战士军前半死生，美人帐下犹歌舞。《燕歌行》(233)
- 君不见沙场征战苦，至今犹忆李将军！《燕歌行》(233)
- 拜迎长官心欲碎，鞭挞黎庶令人悲。《封丘作》(524)
- 莫愁前路无知己，天下谁人不识君。《别董大》

高 启(明)

- 函关月落听鸡度，华岳云开立马看。《送沈左司从汪参政分省陕西由御史中丞出》(238)
- 惊鸥飞过片片轻，有似梅花落江水。《忆昨行寄吴中诸故人》(295)
- 天峰最高明日登，手接飞鸟攀危藤。《忆昨行寄吴中诸故人》(295)

高 骈(唐)

《山亭夏日》 (66)

绿树阴浓夏日长，楼台倒影入池塘。
水晶帘动微风起，满架蔷薇一院香。

高 翥(南宋)

《清明日对酒》 (826)

南北山头多墓魂，各家纷然祭清明。
纸灰飞作蝴蝶梦，泪血染落杜鹃红。

- 飞絮沿湖白，残花染浪红。 《春日湖上》

高 蟾(唐)

- 世间无限丹青手，一片伤心画不成。《金陵晚望》(880)

龚自珍（清）

《已亥杂诗》(701)

九州生气恃风雷，万马齐喑究可哀。
我劝天公重抖擞，不拘一格降人才。

《咏史》(537)

金粉东南十五州，万重恩怨属名流。
牢盆狎客操全算，团扇才人踞上游。
避席畏闻文字狱，著书都为稻粱谋。
田横五百人安在？难道归来尽列侯！

- 斗大明星烂无数，长天一月坠林梢。《秋心》(533)
- 落红不是无情物，化做春泥更护花。《已亥杂诗(其二)》(701)

顾炎武（明）

- 天地存肝胆，江山阅鬓华。《酬王处士九日见怀之作》(638)
- 人生富贵驹过隙，唯有荣名寿金石。《秋风行》(613)
- 苍龙日暮还行雨，老树春深更着花。《又酬傅处士次韵》(844)

顾祖禹（清）

《甲辰九日感怀》

征雁南飞无故国，啼猿北望有神州。
茱萸黄菊寻常事，此日催人易白头。

顾　况（唐）

- 杜宇冤亡积有时，年年啼血动人悲。《子规》(275)

耿　湋(唐)

《代园中老人》 (530)

佣赁难堪一老身，疲疲力役在青春。
林园手种唯吾事，桃李成阴归别人。

- 横空过雨千峰出，大野新霜万叶枯。《九日》

葛　洪(晋)

- 千羊不能捍独虎，万雀不能抵一鹰。《抱朴子·广譬》

贯　休(南唐)

- 满堂花醉三千客，一剑霜寒十四州。《献钱尚父》(678)

(H)

韩　愈(唐)

《春雪》 (11)

新年都未有芳华，二月初惊见草芽。
白雪却嫌春色晚，故穿庭树作飞花。

《晚春》 (32)

草树知春不久归，百般红紫斗芳菲。
杨花榆荚无才思，惟解漫天作雪飞。

《左迁至蓝关示侄孙湘》 (539)

一封朝奏九重天，夕贬潮州路八千。
欲为圣明除弊事，肯将衰朽惜残年！

《华山女》 (829)

华山女儿家奉道，欲驱异教归仙灵。
洗妆拭面著冠帔，白咽红颊长眉青。

《早春呈水部张十八员外》

天街小雨润如酥，草色遥看近却无。

最是一年春好处，绝胜烟柳满皇都。

- 百叶双桃晚更红，窥窗映竹见玲珑。 《题百叶桃花》(378)
- 山红涧碧纷烂漫，时见松枥皆十围。 《山石》(454)
- 君歌声酸辞且苦，不能听终泪如雨。 《八月十五夜赠张功曹》(897)

- 横空盘硬语，妥帖力排奡(ào)。 《荐士》(890)

韩熙载(唐)

《送徐铉流舒州》

昔年凄断此江湄，风满征帆泪满衣。

今日重怜鹡(jí)鸰(líng)羽，不堪波上又分飞。

韩偓(唐)

《此翁》(700)

金劲任从千口铄，玉寒曾试几炉烘？

唯应鬼眼兼天眼，窥见行藏信此翁。

- 船冲水鸟飞还住，袖拂杨花去却来。 《乱后春日途经野塘》(180)

韩翃(唐)

《寒食》

春城无处不飞花，寒食东风御柳斜。

日暮汉宫传蜡烛，轻烟散入五侯家。

- 一片水光飞入户，千竿竹影乱登墙。《张山人草堂会王方士》(258)

韩琦(宋)
- 声落檐牙飞短瀑，点匀池面起圆波。《北塘春雨》(79)

韩溉(唐)
- 潇湘月浸千年色，梦泽烟含万古愁。《水》(477)

黄庭坚(宋)

《清明》

佳节清明桃李笑，野田荒冢只生愁。
雷惊天地龙蛇蛰，雨足郊原草木柔。

《登快阁》(135)

痴儿了却公家事，快阁东西倚晚晴。
落木千山天远大，澄江一道月分明。
朱弦已为佳人绝，青眼聊因美酒横。
万里归船弄长笛，此心吾与白鸥盟。

- 春风春雨花经眼，江北江南水拍天。《次元明韵寄子由》(43)
- 一腹金相玉质，两螯明月秋江。《蟹联》(317)
- 忌向风尘尘莫染，轻轻笼月倚墙东。《次韵梨花》(387)
- 竹笋才生黄犊角，蕨芽初长小儿拳。《咏竹》(452)
- 蕉心不展待时雨，葵叶为谁倾夕阳。《题净因壁》(472)
- 得开眉处且开眉，人世可能金石寿。《木兰花令》(553)
- 藏书万卷可教子，遗金满籝(yíng)常作灾。《题胡逸老致虚庵》(617)

黄 庚(宋)

《暮景》(60)

浮云开合晚风轻,白鸟飞遥落照明。
一曲彩虹横界断,南山雷雨北山晴。

- 江山不夜雪千里,天地无私玉万家。《雪》(107)
- 身老方知生计拙,家贫渐觉故人疏。《偶书》(516)

黄大受(宋)

《早作》(114)

星光欲天晓光连,霞晕红浮一角天。
干尽小园花上露,日痕恰恰到窗前。

黄氏女(宋)

《感怀》(793)

阑干闲倚日偏长,短笛无情苦断肠。
安得身轻如燕子,随风容易到君旁。

黄 裳(宋)

《减字木兰花》(204)

红旗高举,飞出深深杨柳渚。
击鼓春雷,直破烟波远远回。
欢声震地,惊退万人争战气。
金碧楼西,衔得锦标第一归。

黄 巢(唐)

《菊花》(412)

待到秋来九月八,我花开后百花杀。
冲天香阵透长安,满城尽带黄金甲。

黄恩锡(清)

《竹枝词》

六月枸杞树树红，宁安药果檀裛中。

千钱一斗矜时价，绝胜瘦田岁旱丰。

黄 增(清)

《集杭州俗语诗》

色不迷人人自迷，情人眼里出西施。

有缘千里来相会，三笑徒然当一痴。

黄 檗(唐)

● 不经一番寒彻骨，哪得梅花扑鼻香？《上堂开示颂》

黄 升(宋)

● 风流不在谈锋胜，袖手无言味最长。《鹧鸪天》(614)

黄体元(清)

● 生成傲骨秋方劲，嫁得西风晚更奇。《菊花》(*921)

黄景仁(清)

● 寒深老屋灯愈瘦，病起闭门月倍新。《三叠夜坐韵》

贺知章(唐)

《咏柳》 (341)

碧玉妆成一树高，万条垂下绿丝绦。

不知细叶谁裁出，二月春风似剪刀。

《回乡偶书二首(其一)》 (775)

少小离家老大回，乡音无改鬓毛衰。

儿童相见不相识，笑问客从何处来。

贺 铸(宋)

《六州歌头》(833)

少年侠气，交结五都雄。肝胆洞，毛发耸。立谈中，生死同，一诺千金重。推翘勇，矜豪纵，轻盖拥，联飞鞚，斗城东。轰饮酒垆，春色浮寒瓮。吸海垂虹。闲呼鹰嗾犬，白羽摘雕弓，狡穴俄空，乐匆匆。 似黄粱梦，辞丹凤；明月共，漾孤篷。官冗从，怀倥偬，落尘笼，簿书丛。鹖弁如云众，共粗用，忽奇功。笳鼓动，渔阳弄，思悲翁，不请长缨，系取天骄种。剑吼西风。恨登山临水，手寄七弦桐，目送归鸿。

《鹧鸪天》

重过阊门万事非，同来何事不同归？
梧桐半死清霜后，头白鸳鸯失伴飞。
原上草，露初晞，旧栖新垅两依依。
空床卧听南窗雨，谁复挑灯夜补衣。

- 彩舟载得离愁动，无端更借樵风送。《菩萨蛮》(791)
- 当年不肯嫁春风，无端却被秋风误。《踏莎行》(807)
- 鸦带斜阳投古刹，草将野色入荒城。《病后登快哉亭》(253)

- 月生河影带疏星。青松巢白鸟,深竹逗流萤。 《雁后归》(340)

洪 升(清)

- 大河直下千万里,哀雁差池二三声。 《过蒲口和清字》(301)
- 镇相连似影追形,分不开如刀划水。 《长生殿》
- 器满才难御,功高主自疑。 《淮水吊韩侯》(514)
- 西湖一勺水,阅尽古来人。 《己卯春日湖上》(693)

胡令能(唐)

《小儿垂钓》(864)

篷头稚子学垂纶,侧坐莓苔草映身。
路人借问遥招手,怕得鱼惊不应人。

《咏绣障》(872)

日暮堂前花蕊娇,争拈小笔上床描。
绣成安向春园里,引得黄莺下柳条。

胡 皓(唐)

- 但得将军能百胜,不须天子筑长城。 《大漠行》(694)

胡君防(宋)

- 楼台旧地牛羊满,宫殿遗基禾黍平。 《咸阳闲望》(685)

胡太后(北魏)

《杨白花歌》 (497)

阳春二三月,杨柳齐作花。
春风一夜入闺闼,杨花飘荡落南家。
含情出户脚无力,拾得杨花泪沾臆。

秋去春来双燕子，愿衔杨花入巢里。

侯夫人(隋)

- 庭梅对我有怜意，先露枝头一点春。《春日看梅诗二首(其一)》(360)
- 玉梅谢后阳和至，散与群芳自在春。《春日看梅诗二首(其二)》(360)

侯克中(元)

- 砥柱中流障怒涛，折冲千里独贤芬。《题韩蕲王世忠卷后》(578)

何 基(宋)

《春日闲居》(277)

轻阴薄薄笼朝曦，小雨班班湿燕泥。
春草阶前随意绿，晓莺花里尽情啼。

何 逊(南朝)

- 少壮轻年月，迟暮惜光辉。《赠诸旧友》(282)
- 岸花临水发，江燕绕樯飞。《赠诸旧友》(282)

华亦祥(清)

《礼闱校士呈大总裁暨诸同校》(选句)

忆昔少年壮，朝夕自砥砺。
音节祛险怪，风骨戒柔靡。
目或迷五色，心洗一杯水。
光明自磊落，纯正无背鄙。

慧开禅师(宋)

《春有百花秋有月》

春有百花秋有月，夏有凉风冬有雪。
若无闲事挂心头，便是人间好时节。

和　凝(唐)
- 白芷汀寒立鹭鸶，苹风轻剪浪花时。《渔夫》(300)

寒　山(唐)
- 丈夫志气直如铁，无曲心中道自真。《诗三百三首》(657)

贺兰进明(唐)
- 人生结交在终始，莫以升沉中路分。《行路难五首(其五)》(710)

(J)

姜　夔(kuí)(宋)

《送范仲讷往合肥三首(其二)》 (741)
我家曾住赤栏桥，邻里相逢不寂寥。
君若到时秋已半，西风门巷柳萧萧。

- 春来草色一万里，芍药牡丹相间红。《契丹歌》(428)
- 旧时曾作梅花赋，研墨于今亦自香。《除夜自石湖归苕溪(其九)》(892)

蒋　捷(宋)
- 悲欢离合总无情，一任阶前，点滴到天明。《虞美人·听雨》(选句)(479)
- 流光容易把人抛，红了樱桃，绿了芭蕉。《一剪梅·舟过吴江》(选句)(721)

贾　至(唐)

《春思》 (20)
草色青青柳色黄，桃花历乱李花香。

东风不为吹愁去，春日偏能惹恨长。

- 六军将士皆死尽，战马空鞍归故营。《燕歌行》(235)
- 枫岸纷纷落叶多，洞庭秋水晚来波。《泛洞庭湖三首(其二)》(94)
- 一酌千忧散，三杯万事空。　　　　《对酒曲》

贾 弇(唐)

《状江南·孟夏》 (62)

江南孟夏天，慈竹笋如编。

蜃气为楼阁，蛙声作管弦。

贾 岛(唐)

《题李凝幽居》

闲居少邻并，草径入荒园。

鸟宿池边树，僧敲月下门。

过桥分野色，移石动云根。

暂去还来此，幽期不负言。

《剑客》

十年磨一剑，霜刃未曾试。

今日把示君，谁有不平事。

- 沙浮还鸟没，山云断复连。
  棹穿波底月，船压水中天。　　《过海联句》(178)
- 二句三年得，一吟双泪流。　　《题诗后》

蒋士铨(清)

《岁暮到家》 (777)

爱子心无尽，归家喜及辰。

寒衣针线密，家信墨痕新。
见面怜清瘦，呼儿问苦辛。
低徊愧人子，不敢叹风尘。

江 洪 (南北朝)

《咏蔷薇诗》(435)
当户种蔷薇，枝叶太葳蕤。
不摇香已乱，无风花自飞。

江 淹 (南北朝)

- 日下壁而沉彩，月上轩而流光。 《别赋》(118)

江 总 (南宋)

- 屏风有意障月明，灯火无情照独眠。《闺怨》(758)

揭傒斯 (元)

- 苍山斜入三湘路，落日平铺七泽流。《梦武昌》(120)

金岳霖 (现代)

- 一身诗意千寻瀑，万古人间四月天。《悼林徽因》(827)

(K)

寇 准 (北宋)

《咏华山》
只有天在上，更无山与齐。
举头红日近，回首白云低。

孔武仲 (宋)

- 飘然一叶乘空度，卧听银潢泻月声。《五鼓乘风过洞庭湖》(141)

孔平仲(宋)

● 老牛粗了耕耘债，啮草坡头卧夕阳。《禾熟》(226)

(L)

李　白(唐)

《望庐山瀑布》(172)

日照香炉生紫烟，遥看瀑布挂前川。
飞流直下三千尺，疑是银河落九天。

《黄鹤楼送孟浩然之广陵》(174)

故人西辞黄鹤楼，烟花三月下扬州。
孤帆远影碧空尽，唯见长江天际流。

《早发白帝城》(176)

朝辞白帝彩云间，千里江陵一日还。
两岸猿声啼不住，轻舟已过万重山。

《横江词》(其四)(166)

海神来过恶风回，浪打天门石壁开。
浙江八月何如此？涛似连山喷雪来。

《望天门山》(175)

天门中断楚江开，碧水东流至此回。
两岸青山相对出，孤帆一片日边来。

《把酒问月》(选段)(145)

今人不见古时月，今月曾经照古人。
古人今人若流水，共看明月皆如此。

《望庐山五老峰》(211)

庐山东南五老峰，青天削出金芙蓉。

九江秀色可揽结，吾将此地巢云松。

《经溪东亭寄郑少府谔》（选段）(296)
我游东亭不见君，沙上行将白鹭群。
白鹭行时散飞去，又如雪点青山云。

《日出入行》(选段)(483)
草不谢荣于春风，木不怨落于秋天。
谁挥鞭策驱四运？万物兴歇皆自然。

《把酒问月》(选段)(145)
青天有月来几时？我今停杯一问之。
人攀明月不可得，月行却与人相随。

《宣州谢朓楼饯别校书叔云》(选段)(575)
俱怀逸兴壮思飞，欲上青天揽明月。
抽刀断水水更流，举杯销愁愁更愁。

《扶风豪士歌》（选段）(704)
扶风豪士天下奇，意气相倾山可移。
作人不倚将军势，饮酒岂顾尚书期。

《赠汪伦》(717)
李白乘舟将欲行，忽闻岸上踏歌声。
桃花潭水深千尺，不及汪伦送我情。

《金陵酒肆留别》(718)
风吹柳花满店香，吴姬压酒劝客尝。
金陵子弟来相送，欲行不行各尽觞。
请君试问东流水，别意与之谁短长？

《春夜洛城闻笛》(772)
谁家玉笛暗飞声，散入春风满洛城。

此夜曲中闻折柳，何人不起故园情。

《峨眉山月歌》（*931）

峨眉山月半轮秋，影入平羌江水流。
夜发清溪向三峡，思君不见下渝州。

《夜宿山寺》（208）

危楼高百尺，手可摘星辰。
不敢高声语，恐惊天上人。

《秋浦歌十七首》（567）

炉火照天地，红星乱紫烟。
赧郎明月夜，歌曲动寒川。

《送友人》(选段)（124）

浮云游子意，落日故人情。
挥手自兹去，萧萧班马鸣。

《与夏十二登岳阳楼》(选段)（160）

楼观岳阳尽，川迥洞庭开。
雁引愁心去，山衔好月来。

《长干行》(选段)（832）

妾发初覆额，折花门前剧。
郎骑竹马来，绕床弄青梅。
同居长干里，两小无嫌猜。
十四为君妇，羞颜未尝开。
低头向暗壁，千唤不一回。
十五始展眉，愿同尘与灰。
常存抱柱信，岂上望夫台。
十六君远行，瞿塘滟滪堆。

《月下独酌四首(其一)》

花间一壶酒，独酌无相亲。

举杯邀明月，对影成三人。

月既不解饮，影徒随我身。

暂伴月将影，行乐须及春。

我歌月徘徊，我舞影零乱。

醒时相交欢，醉后各分散。

永结无情游，相期邈云汉。

《秋风词》

秋风清，秋月明。

落叶聚还散，寒鸦栖复惊。

相亲相见知何日，此时此夜难为情。

入我相思门，知我相思苦。

长相思兮长相忆，短相思兮无穷极。

早知如此绊人心，何如当初莫相识。

《观猎》

太守耀清威，乘闲弄晚晖。

江沙横猎骑，山火绕行围。

箭逐云鸿落，鹰随月兔飞。

不知白日暮，欢赏夜方归。

《紫骝马》

紫骝行且嘶，双翻碧玉蹄。

临流不肯渡，似惜锦障泥。

白雪关山远，黄山海树迷。

挥鞭万里去，安得念春闺。

《草书歌行》（选句）

少年上人号怀素，草书天下称独步。
墨池飞出北溟鱼，笔锋杀尽中山兔。
吾师醉后倚绳床，须臾扫尽数千张。
飘风骤雨惊飒飒，落花飞雪何茫茫。

huǎng
怳怳如闻神鬼惊，时时只见龙蛇走。

cù
左盘右蹙如惊电，状同楚汉相攻战。

《渡荆门送别》(152)

渡远荆门外，来从楚国游。
山随平野尽，江入大荒流。
月下飞天镜，云生结海楼。
仍怜故乡水，万里送行舟。

《庐山谣寄卢侍御虚舟》（选段）(112)

我本楚狂人，凤歌笑孔丘。
手持绿玉杖，朝别黄鹤楼。
五岳寻仙不辞远，一生好入名山游。
庐山秀出南斗傍，屏风九迭云锦张。
影落明湖青黛光，金阙前开二峰长。
银河倒挂三石梁，香炉瀑布遥相望。
回崖沓嶂凌苍苍。
翠影红霞映朝日，鸟飞不到吴天长。
登高壮观天地间，大江茫茫去不还。
黄云万里动风色，白波九道流雪山。

《蜀道难》(154)

噫吁嚱，危乎高哉！

蜀道之难难于上青天。

蚕丛及鱼凫(fú)，开国何茫然。

尔来四万八千岁，始与秦塞通人烟。

西当太白有鸟道，可以横绝峨眉巅。

地崩山摧壮士死，然后天梯石栈相钩连。

上有六龙回日之高标，下有冲波逆折之回川。

黄鹤之飞尚不得过，猿猱(náo)欲度愁攀援。

青泥何盘盘，百步九折萦(yíng)岩峦。

扪(mén)参历井仰胁息，以手抚膺坐长叹！

问君西游何时还？畏途巉(chán)岩不可攀。

但见悲鸟号古木，雄飞雌从绕林间。

又闻子规啼夜月，愁空山。

蜀道之难，难于上青天，使人听此凋朱颜。

连峰去天不盈尺，枯松倒挂倚绝壁。

飞湍瀑流争喧豗(huī)，砯(pīng)崖转石万壑雷。

其险也若此，嗟尔远道之人，胡为乎来哉！

剑阁峥嵘而崔嵬，一夫当关，万夫莫开。

所守或匪亲，化为狼与豺。

朝避猛虎，夕避长蛇。

磨牙吮血，杀人如麻。

锦城虽云乐，不如早还家。

蜀道之难难于上青天，侧身西望长咨嗟(jiē)！

《江上吟》(607)

木兰之枻(yì)沙棠舟，玉箫金管坐两头。

美酒樽中置千斛，载妓随波任去留。

仙人有待乘黄鹤，海客无心随白鸥。

屈平词赋悬日月，楚王台榭空山丘。

兴酣落笔摇五岳，诗成笑傲凌沧洲。

功名富贵若长在，汉水亦应西北流。

《行路难三首》(选一) (574)

金樽清酒斗十千，玉盘珍羞直万钱。

停杯投箸不能食，拔剑四顾心茫然。

欲渡黄河冰塞川，将登太行雪满山。

闲来垂钓碧溪上，忽复乘舟梦日边。

行路难，行路难！多歧路，今安在？

长风破浪会有时，直挂云帆济沧海。

《将进酒》(选句) (157)

君不见，黄河之水天上来，奔流到海不复回！……

人生得意须尽欢，莫使金樽空对月。

天生我材必有用，千金散尽还复来。

烹羊宰牛且为乐，会须一饮三百杯。……

古来圣贤皆寂寞，惟有饮者留其名。……
五花马，千金裘，呼儿将出换美酒，
与尔同销万古愁。

《忆秦娥》

箫声咽，秦娥梦断秦楼月。
秦楼月，年年柳色，灞陵伤别。
乐游原上清秋节，咸阳古道音尘绝。
音尘绝，西风残照，汉家陵阙。

- 燕山雪花大如席，片片吹落轩辕台。《北风行》(105)
- 黄河捧土尚可塞，北风雨雪恨难裁！《北风行》(105)
- 银河倒挂三石梁，香炉瀑布遥相望。《庐山谣寄卢侍御虚舟》(112)
- 翠影红霞映朝日，鸟飞不到吴天长。《庐山谣寄卢侍御虚舟》(112)
- 皎如飞镜临丹阙，绿烟灭尽清辉发。《把酒问月》(145)
- 三山半落青天外，二水中分白鹭洲。《登金陵凤凰台》(158)
- 三杯拂剑舞秋月，忽然高咏涕泗涟。《玉壶吟》(501)
- 朝天数换飞龙马，敕(chì)赐珊瑚白玉鞭。《玉壶吟》(501)
- 君王虽爱蛾眉好，无奈宫中妒杀人。《玉壶吟》(501)
- 君失臣兮龙为鱼，权归臣兮鼠变虎。《远别离》(513)
- 大鹏一日同风起，扶摇直上九万里。《上李邕》(573)
- 长风破浪会有时，直挂云帆济沧海。《行路难三首(其一)》(574)
- 吾观自古贤达人，功成不退皆殒身。《行路难三首(其三)》(574)

- 且乐生前一杯酒，何须身后千载名？《行路难三首(其三)》(574)
- 安能摧眉折腰事权贵，使我不得开心颜！《梦游天姥吟留别》(598)
- 明月不归沉碧海，白云愁色满苍梧。《哭晁卿衡》(673)
- 宫女如花满春殿，只今惟有鹧鸪飞。《越中览古》(683)
- 只今惟有西江月，曾照吴王宫里人。《苏台览古》(684)
- 我且为君槌碎黄鹤楼，君亦为吾倒却鹦鹉洲。《江夏赠韦南陵冰》(712)
- 落月低轩窥烛尽，飞花入户笑床空。《春怨》(757)
- 愿为连根同死之秋草，不作飞空之落花。《代寄情楚词体》(788)
- 云想衣裳花想容，春风拂槛露华浓。《清平调三首(其一)》(852)
- 一枝红艳露凝香，云雨巫山枉断肠。《清平调三首(其二)》(852)
- 名花倾国两相欢，长得君王带笑看。《清平调三首(其三)》(852)
- 百年三万六千日，一日须倾三百杯。《襄阳歌》(909)
- 安得挂长绳于青天，系此西飞之白日。《惜余春赋》(*925)
- 英豪未豹变，自古多艰辛。《陈情赠友人》(737)
- 寒雪梅中尽，春风柳上归。《宫中行乐词八首(其七)》(2)
- 山从人面起，云傍马头生。《送友人入蜀》(156)
- 柳色黄金嫩，梨花白雪香。《宫中行乐词八首(其二)》(384)

- 愿君学长松，慎勿作桃李。 《赠书侍御黄裳(其一)》(458)
- 清水出芙蓉，天然去雕饰。 《经乱离后天恩流夜郎忆旧游书怀赠江夏韦太守良宰》(640)
- 中夜四五叹，常为大国忧。 《经乱离后天恩流夜郎忆旧游书怀赠江夏韦太守良宰》(640)

李商隐(唐)

《无题》 (324)
相见时难别亦难，东风无力百花残。
春蚕到死丝方尽，蜡炬成灰泪始干。

《贾生》 (503)
宣室求贤访逐臣，贾生才调更无伦。
可怜夜半虚前席，不问苍生问鬼神。

《北齐》 (*922)
一笑相倾国便亡，何劳荆棘始堪伤？
小怜玉体横陈夜，已报周师过晋阳。

《夜雨寄北》
君问归期未有期，巴山夜雨涨秋池。
何当共剪西窗烛，却话巴山夜雨时。

《宿骆氏亭寄怀崔雍崔衮》
竹坞无尘水槛清，相思迢递隔重城。
秋阴不散霜飞晚，留得枯荷听雨声。

《二月二日》 (814)
二月二日江上行，东风日暖闻吹笙。
花须柳眼各无赖，紫蝶黄蜂俱有情。

《无题四首(其一)》 (816)

蜡照半笼金翡翠,麝熏微度绣芙蓉。

刘郎已恨蓬山远,更隔蓬山一万重!

《无题四首(其二)》 (53)

飒飒东风细雨来,芙蓉塘外有轻雷。

金蟾啮锁烧香入,玉虎牵丝汲井回。

贾氏窥帘韩掾少,宓妃留枕魏王才。

春心莫共花争发,一寸相思一寸灰。

《蝉》 (333)

本以高难饱,徒劳恨费声。

五更疏欲断,一树碧无情。

薄宦梗犹泛,故园芜已平。

烦君最相警,我亦举家清。

《咏史》 (494)

历览前贤国与家,成由勤俭败由奢。

何须琥珀方为枕,岂得真珠始是车。

运去不逢青海马,力穷难拔蜀山蛇。

几人曾预南薰曲,终古苍梧哭翠华。

《锦瑟》

锦瑟无端五十弦,一弦一柱思华年。

庄生晓梦迷蝴蝶,望帝春心托杜鹃。

沧海月明珠有泪,蓝田日暖玉生烟。

此情可待成追忆,只是当时已惘然。

《蜂》

小苑华池烂熳通,后门前槛思无穷。

宓妃腰细才胜露，赵后身轻欲倚风。
红壁寂寥崖蜜尽，碧帘迢递雾巢空。
青陵粉蝶休离恨，长定相逢二月中。

- 月色灯光满帝都，香车宝辇溢通衢(qú)。《观灯乐行》(199)
- 历览前贤国与家，成由勤俭败由奢。《咏史》(494)
- 愿书万本诵万遍，口角流沫右手胝(zhī)。《韩碑》(620)
- 此日六军同驻马，当时七夕笑牵牛。《马嵬》(682)
- 身无彩凤双飞翼，心有灵犀一点通。《无题二首(其一)》(714)
- 芭蕉不展丁香结，同向春风各自愁。《代赠二首(其一)》(762)
- 曾是寂寥金烬暗，断无消息石榴红。《无题二首(其一)》(803)
- 一条雪浪吼巫峡，千里火云烧益州。《送崔珏往西川》(*913)
- 客散酒醒深夜后，更持红烛赏残花。《花下醉》(*920)
- 我是梦中传彩笔，欲书花叶寄朝云。《牡丹》
- 夕阳无限好，只是近黄昏。《登乐游原》(125)
- 天意怜幽草，人间重晚晴。《晚晴》(839)
- 本以高难饱，徒劳恨费声。《蝉》(333)
- 寒梅最堪恨，长作去年花。《忆梅》(352)

李清照(宋)

《一剪梅》(824)

红藕香残玉簟秋。轻解罗裳，独上兰舟。云中谁寄锦书来？雁字回时，月满西楼。　花自飘零水自流。一种

相思，两处闲愁。此情无计可消除，才下眉头，却上心头。

《武陵春》(763)

风住尘香花已尽，日晚倦梳头。
物是人非事事休，欲语泪先流。
闻说双溪春尚好，也拟泛轻舟。
只恐双溪舴艋舟，载不动、许多愁。

《渔家傲》

天接云涛连晓雾，星河欲转千帆舞。仿佛梦魂归帝所。闻天语，殷勤问我归何处？　我报路长嗟日暮，学诗谩有惊人句。九万里风鹏正举。风休住，蓬舟吹取三山去！

《醉花阴》(411)

薄雾浓云愁永昼，瑞脑消金兽。佳节又重阳，玉枕纱厨，半夜凉初透。
东篱把酒黄昏后，有暗香盈袖。莫道不消魂，帘卷西风，人比黄花瘦。

《声声慢》(764)

寻寻觅觅，冷冷清清，凄凄惨惨戚戚。乍暖还寒时候，最难将息。三杯两盏淡酒，怎敌他、晚来风急！雁过也，正伤心，却是旧时相识。　满地黄花堆积，憔悴损，如今有谁堪摘？守着窗儿，独自怎生得黑！梧桐更兼细雨，到黄昏、点点滴滴。这次第，怎一个、愁字了得？

《如梦令》(904)

常记溪亭日暮，沉醉不知归路。兴尽晚回舟，误入藕花深处。争渡，争渡，惊起一滩鸥鹭。

《玉楼春·红梅》(选段)(364)

红酥肯放琼苞碎，探著南枝开遍未？不知酝藉几多香，但见包藏无限意。

《如梦令》(29)

昨夜雨疏风骤，浓睡不消残酒。试问卷帘人，却道"海棠依旧"。"知否？知否？应是绿肥红瘦。"

《鹧鸪天·桂花》(选段)(437)

暗淡轻黄体性柔，情疏迹远只香留。何须浅碧深红色，自是花中第一流。

- 卖花担上，买得一枝春欲放。　《减字木兰花》(371)
- 生当作人杰，死亦为鬼雄。　《乌江》(585)
- 欲将血泪寄山河，去洒东山一抔土。《上枢密韩公工部尚书胡公第二首》(661)
- 揉破黄金万点轻，剪成碧玉叶层层。《摊破浣溪沙》(438)

李 贺(唐)

《南园十三首(其五)》 (536)

男儿何不带吴钩，收取关山五十州。
请君暂上凌烟阁，若个书生万户侯？

- 遥望齐州九点烟，一泓海水杯中泻。《梦天》(151)
- 黑云压城城欲摧，甲光向日金鳞开。《雁门太守行》(232)
- 春水初生乳燕飞，黄蜂小尾扑花归。《南园十三首(其八)》(283)
- 花枝草蔓眼中开，小白长红越女腮。《南园十三首(其一)》(848)
- 端州石工巧如神，踏天磨刀割紫云。《杨生青花紫石砚歌》(871)
- 魏官牵车指千里，东关酸风射眸子。《金铜仙人辞汉歌》
- 衰兰送客咸阳道，天若有情天亦老。《金铜仙人辞汉歌》
- 一朝沟陇出，看取拂云飞。《马诗(其十四)》(739)

李 煜(南唐)

《浪淘沙》 (652)

独自莫凭栏，无限江山，别时容易见时难。　流水落花春去也，天上人间！

《虞美人》 (751)

春花秋月何时了，往事知多少？小楼昨夜又东风，故国不堪回首月明中。雕阑玉砌应犹在，只是朱颜改。问君能有几多愁，恰似一江春水向东流。

《相见欢》

无言独上西楼，月如钩。

寂寞梧桐深院锁清秋。

剪不断、理还乱，是离愁。

别是一番滋味在心头。

《破阵子·四十年来家国》

四十年来家国，三千里地山河。凤阁龙楼连霄汉，玉树琼枝作烟萝，几曾识干戈？　一旦归为臣虏，沈腰潘鬓消磨。最是仓皇辞庙日，教坊犹奏别离歌，垂泪对宫娥。

《一斛珠·美人口》

晚妆初过，沉檀轻注些个儿。向人微露丁香颗。一曲清歌、暂引樱桃破。

罗袖裛残殷色可，杯深旋被向醪涴。绣床斜凭娇无那，烂嚼红茸、笑向檀郎唾。

《渔夫两首(其一)》 (750)

浪花有意千重雪，桃李无言一队春。

一壶酒，一竿纶，世上如侬有几人？

● 离恨恰如春草，更行更远还生。　《清平乐》(796)

李攀龙(明)

《送子相归广陵》 (70)

广陵秋色雨中开，系马青枫江上台。

落日千帆低不度，惊涛一片雪山来。

- 雷声前嶂落，雨色万峰来。 《广阳山道中》(54)

李咸用(唐)

《古意论交 (选段)》 (708)

择友如淘金，沙尽不得宝。
结交如干银，产竭不成道。
我生四十年，相识苦草草。
多为势利朋，少有岁寒操。
通财能几何，闻善宁相告。
芒然同夜行，中路自不保。

- 壮士难移节，贞松不改柯。 《自愧》(453)
- 易得笑言友，难逢终始人。 《论交》(707)
- 好事尽从难处得，少年无向易中轻。 《送谭孝廉赴举》(593)

李绅(唐)

《悯农二首(其一)》 (569)

锄禾日当午，汗滴禾下土。
谁知盘中餐，粒粒皆辛苦。

- 蔷薇繁艳满城阴，烂熳开红次第深。 《城上蔷薇》(432)

李颀(唐)

- 白日登山望烽火，黄昏饮马傍交河。 《古从军行》(106)
- 野营万里无城郭，雨雪纷纷连大漠。 《古从军行》(106)
- 世人逐势争奔走，汤胆堕肝惟恐后。 《行路难》(509)
- 腹中贮书一万卷，不肯低头在草莽。 《送陈章甫》(532)

李 峤(唐)

《风》 (90)

解落三秋叶，能开二月花。
过江千尺浪，入竹万竿斜。

《马》

天马本来东，嘶惊御史骢。　cōng
苍龙遥逐日，紫燕迥追风。
明月来鞍上，浮云蔽盖中。
得随穆天子，何假唐成公。

- 望月惊弦影，排云结阵行。　《雁》(*919)
- 三山巨鳌涌，万里大鹏飞。　《海》

李山甫(唐)

《松》 (*928)

地耸苍龙势抱云，天教青共众材分。
孤标百尺雪中见，长啸一声风里闻。
桃李傍他真是佞，藤萝攀尔亦非群。
平生相爱应相识，谁道修篁胜此君。

- 南朝天子爱风流，尽守江山不到头。　《上元怀古》(746)

李群玉(唐)

《放鱼》

早觅为龙去，江湖莫漫游。
须知香饵下，触口是铦钩。　guā

《请告出春明门》

本不将心挂名利，亦无情意在樊笼。
鹿裘藜仗且归去，富贵荣华春梦中。

李师广(唐)

《菊韵》 (425)

秋霜造就菊城花，不尽风流写晚霞；
信手拈来无意句，天生韵味入千家。

李世民(唐)

《赐萧瑀》 (696)

疾风知劲草，板荡识诚臣。
勇夫安识义，智者必怀仁。

《守岁》

暮景斜芳殿，年华丽绮宫。
寒辞去冬雪，暖带入春风。
阶馥舒梅素，盘花卷烛红。
共欢新故岁，迎送一宵中。

李之仪(宋)

《卜算子》 (822)

我住长江头，君住长江尾。
日日思君不见君，共饮长江水。
此水几时休，此恨几时已？
只愿君心似我心，定不负相思意。

李 中(唐)

《春晓》

残烛犹存月尚明，几家帷幌梦魂惊。

星河渐没行人动，历历林梢百舌声。

李东阳(明)
- 苍然古柏势横空，数尺盘挐成百折。《左阙雪后行古柏下有作》(455)

李弥逊(宋)
- 车尘不到张罗地，宿鸟声中自掩门。《春日即事》(755)

李元膺(宋)
- 薄情风絮难拘束，飞过东墙不肯归。《鹧鸪天》(819)

李梦阳(明)
- 匡庐小琐拳可碎，鄱阳触怒踢欲裂。《戏作放歌寄别吴子》(855)

李开先(元)
- 男儿有泪不轻弹，只是未到伤心处。《宝剑记》

李华(唐)
- 芳树无人花自落，春山一路鸟空啼。《春行即兴》(808)

李益(唐)
- 从此无心爱良夜，任他明月下西楼。《写情》(820)

李缯(宋)
- 山花野草自幽意，布谷一声春水生。《晓步》

柳永(宋)

《望海潮》(188)

东南形胜，三吴都会，钱塘自古繁华。
烟柳画桥，风帘翠幕，参差十万人家。
云树绕堤沙。怒涛卷霜雪，天堑无涯。
市列珠玑，户盈罗绮，竞豪奢。　重

湖叠巘清嘉。有三秋桂子，十里荷花。羌管弄晴，菱歌泛夜，嬉嬉钓叟莲娃。千骑拥高牙。乘醉听箫鼓，吟赏烟霞。异日图将好景，归去凤池夸。

《雨霖铃》(805)

寒蝉凄切，对长亭晚，骤雨初歇。都门帐饮无绪，留恋处、兰舟催发。执手相看泪眼，竟无语凝噎。念去去、千里烟波，暮霭沉沉楚天阔。 多情自古伤离别。更那堪、冷落清秋节！今宵酒醒何处？杨柳岸、晓风残月。此去经年，应是良辰好景虚设。便纵有、千种风情，更与何人说？

《木兰花慢》(选段)(52)

拆桐花烂漫，乍疏雨、洗清明。正艳杏烧林，缃桃绣野，芳景如屏。倾城，尽寻胜去，骤雕鞍绀憾(gàn xiǎn)出郊坰。风暖繁弦脆管，万家竞奏新声。……

《八声甘州》(85)

对潇潇暮雨洒江天，一番洗清秋。渐霜风凄紧，关河冷落，残照当楼。是处红衰翠减，苒苒物华休。惟有长江水，无语东流。 不忍登高临远，望故乡渺邈，归思难收。叹年来踪迹，何事苦淹留！想佳人、妆楼颙望，误几回、天际识归舟。争知我、倚阑干处，正恁凝愁！

《满江红》（205）

暮雨初收，长川静、征帆夜落。临岛屿、蓼烟疏淡，苇风萧索。几许渔人飞短艇，尽载灯火归村落。遣行客、当此念回程，伤漂泊。

桐江好，烟漠漠。波似染，山如削。绕严陵滩畔，鹭飞鱼跃。游宦区区成底事？平生况有云泉约。归去来，一曲仲宣吟，从军乐。

《鹤冲天》（542）

黄金榜上。偶失龙头望。明代暂遗贤，如何向？未遂风云便，争不恣狂荡。何须论得丧。才子词人，自是白衣卿相。　烟花巷陌，依约丹青屏障。幸有意中人，堪寻访。且恁偎红翠，风流事、平生畅。青春都一饷。忍把浮名，换了浅斟低唱。

《夜半乐》

冻云黯淡天气，扁舟一叶，乘兴离江渚。渡万壑千岩，越溪深处。怒涛渐息，樵风乍起，更闻商旅相呼。片帆

高举。泛画鹢、翩翩过南浦。　望中酒旆闪闪，一簇烟村，数行霜树。残日下，渔人鸣榔归去。败荷零落，衰杨掩映，岸边两两三三，浣沙游女。避行客、含羞笑相语。　到此应念，绣阁轻抛，浪萍难驻。叹后约丁宁竟何据？惨离怀、空恨岁晚归期阻。凝泪眼、杳杳神京路。断鸿声远长天暮。

《安公子》（选段）

望处旷野沉沉，暮霭黯黯。行侵夜色，又是急桨投村店。认去程将近，舟子相呼，遥指渔灯一点。

《木兰花·海棠》（406）

东风催露千娇面。欲绽红深开处浅。日高梳洗甚时忺，点滴胭脂匀抹遍。
霏微雨罢残阳院。洗出都城新锦段。美人纤手摘芳枝，插在钗头和凤颤。

《倾杯》（选段）（96）

鹭鸶霜洲，雁横烟渚，分明画出秋色。暮雨乍歇，小楫夜泊，宿苇村山驿。何人月下临风处，起一声羌笛？离愁万绪，闻岸草、切切蛩吟如织。

《木兰花·杏花》（372）

剪裁用尽春工意，浅蘸朝霞千万蕊。天然淡泞好精神，洗尽严妆方见媚。

风亭月榭闲相倚，紫玉枝梢红蜡蒂。
假饶花落未消愁，煮酒杯盘催结子。

《木兰花三首(其一)》(900)

心娘自小能歌舞。举意动容皆济楚。
解教天上念奴羞，不怕掌中飞燕妒。
玲珑绣扇花藏语。宛转香茵云衬步。
王孙若拟赠千金，只在画楼东畔住。

- 青春都一饷。忍把浮名，换了浅斟低唱。　　　　　　　　　　《鹤冲天》(542)
- 乌龙未睡定惊猜，鹦鹉能言防漏泄。《玉楼春》(511)
- 衣带渐宽终不悔，为伊消得人憔悴。《凤栖梧》(795)
- 香檀敲缓玉纤迟，画鼓声催莲步紧。《木兰花三首(其三)》(900)
- 榆钱飘满闲阶，莲叶嫩生翠沼。《诉衷情近》(34)
- 疏篁一径，流萤几点，飞来又去。《女冠子》(335)
- 月不长圆，春色易为老。《梁州令》(722)
- 系我一生心，负你千行泪。《忆帝京》(781)

柳宗元(唐)

《江雪》(110)

千山鸟飞绝，万径人踪灭。
孤舟蓑笠翁，独钓寒江雪。

《登柳州城楼寄漳汀封连四州刺史》(选段)(73)

惊风乱飐(zhǎn)芙蓉水，密雨斜侵薜荔墙。
岭树重遮千里目，江流曲似九回肠。

《笼鹰词》(290)

凄风淅沥飞严霜,苍鹰上击翻曙光。
云披雾裂虹霓断,霹雳掣电捎平冈。
砉然劲翮翦荆棘,下攫狐兔腾苍茫。
爪毛吻血百鸟逝,独立四顾时激昂。
炎风溽(rù)暑忽然至,羽翼脱落自摧藏。
草中狸鼠足为患,一夕十顾惊且伤。
但愿清商复为假,拔去万累云间翔。

刘禹锡(唐)

《酬乐天扬州初逢席上见赠》(488)

巴山楚水凄凉地,二十三年弃置身。
怀旧空吟闻笛赋,到乡翻似烂柯人。
沉舟侧畔千帆过,病树前头万木春。
今日听君歌一曲,暂凭杯酒长精神。

《乌衣巷》(490)

朱雀桥边野草花,乌衣巷口夕阳斜。
旧时王谢堂前燕,飞入寻常百姓家。

《赏牡丹》(396)

庭前芍药妖无格,池上芙蓉净少情。
唯有牡丹真国色,花开时节动京城。

《竹枝词二首(其一)》(481)

杨柳青青江水平,闻郎江上唱歌声。
东边日出西边雨,道是无晴还有晴。

《元和十年自朗州召
　至京戏赠看花诸君子》（538）
紫陌红尘拂面来，无人不道看花回。
玄都观里桃千树，尽是刘郎去后栽。

《浪淘沙九首（其八）》（270）
莫道谗言如浪深，莫言迁客似沙沉。
千淘万漉虽辛苦，吹尽狂沙始到金。

《浪淘沙九首（其六）》（270）
日照澄洲江雾开，淘金女伴满江隈。
美人首饰侯王印，尽是沙中浪底来。

《春词》（328）
新妆宜面下朱楼，深锁春光一院愁。
行到中庭数花朵，蜻蜓飞上玉搔头。

《秋词二首（其一）》（86）
自古逢秋悲寂寥，我言秋日胜春朝。
晴空一鹤排云上，便引诗情到碧霄。

《杨柳枝词》（347）
城外春风吹酒旗，行人挥袂日西时。
长安陌上无穷树，唯有垂杨管别离。

《浪淘沙九首（其二）》（270）
洛水桥边春日斜，碧流轻浅见琼砂。
无端岸上狂风急，惊起鸳鸯出浪花。

《杨柳枝》（802）
春江一曲柳千条，二十年前旧板桥。
曾与美人桥上别，恨无消息到今朝。

《踏歌词四首(其一)》(804)
春江月出大堤平，堤上女郎连袂行。
唱尽新词欢不见，红霞映树鹧鸪鸣。

《哭庞京兆》(选段)
　　　　　kuàì
俊骨英才气馨然，策名飞步冠群贤。
逢时已自致高位，得疾还因倚少年。

《哭吕衡州，时予方谪居》(选段)
一夜霜风凋玉芝，苍生望绝士林悲。
空怀济世安人略，不见男婚女嫁时。

《诵地仙》
僧房药树依寒井，井有香泉树有灵。
　　　　　　　zhòu
翠黛叶生笼石甃，殷红子熟照铜瓶。
枝繁本是仙人杖，根老新成瑞犬形。
上品功能甘露味，还知一勺可延龄。

- 野草芳菲红锦地，游丝缭乱碧罗天。《春日抒怀》(35)
- 山明水净夜来霜，数树深红出浅黄。《秋词二首(其二)》(86)
- 洞庭秋月生湖心，层波万顷如熔金。《洞庭秋月行》(133)
- 城边流水桃花过，帘外春风杜若香。《寄朗州温右史曹长》(195)
- 行到中庭数花朵，蜻蜓飞上玉搔头。《春词》(328)
- 墙东便是伤心地，夜夜流萤飞去来。《代靖安佳人怨二首》(337)
- 　　　　　　　　　　　　yì
  弱柳从风疑举袂，丛兰浥露似沾巾。《忆江南》(346)

- 后来富贵已零落,岁寒松柏犹依然。《将赴汝州,途出浚下,留辞李相公》(457)
- 今宵更有湘江月,照出霏霏满碗花。《尝茶》(467)
- 花红易衰似郎意,水流无限似侬愁。《竹枝词九首(其二)》(478)
- 芳林新叶催陈叶,流水前波让后波。《乐天见示伤微之敦诗晦叔三君子》(489)
- 马思边草拳毛动,雕眄青云睡眼开。《始闻秋风》(577)
- 人世几回伤往事,山形依旧枕寒流。《西塞山怀古》(692)
- 请君莫奏前朝曲,听唱新翻杨柳枝。《杨柳枝词》
- 昔贤多使气,忧国不谋身。《学阮公体三首(其三)》(643)
- 谈笑有鸿儒,往来无白丁。《陋室铭》

刘 攽(宋)

- 东风忽起垂杨舞,更作荷心万点声。《雨后池上》(51)
- 唯有南风旧相识,偷开门户又翻书。《新晴》(91)

刘希夷(唐)

《代悲白头翁》(730)

洛阳城东桃李花,飞来飞去落谁家?
洛阳儿女惜颜色,行逢落花长叹息。
今年花落颜色改,明年花开复谁在?
已见松柏摧为薪,更闻桑田变成海。
古人无复洛城东,今人还对落花风。
年年岁岁花相似,岁岁年年人不同。
寄言全盛红颜子,应怜半死白头翁。
此翁白头真可怜,伊昔红颜美少年。

公子王孙芳树下，清歌妙舞落花前。
光禄池台文锦绣，将军楼阁画神仙。
一朝卧病无相识，三春行乐在谁边？
宛转蛾眉能几时，须臾鹤发乱如丝。
但看古来歌舞地，惟有黄昏鸟雀悲。

刘 邦(西汉)

- 大风起兮云飞扬，威加海内兮归故乡，
安得猛士兮守四方。　　　　《大风歌》(862)

刘 翰(宋)

《立秋》
乳鸦啼散玉屏空，一枕新凉一扇风。
睡起秋声无觅处，满阶梧桐月明中。

刘长卿(唐)

《逢雪宿芙蓉山主人》
日暮苍山远，天寒白屋贫。
柴门闻犬吠，风雪夜归人。

- 江春不肯留行客，草色青青送马蹄。《送李判官之润州行营》(719)

刘方平(唐)

- 今夜偏知春气暖，虫声新透绿窗纱。《夜月》(19)

刘光第(清)

- 双崖云洗肌如铁，一石江穿骨在喉。《瞿唐》(212)

刘伯温(明)

- 人情旦暮有翻覆，平地倏忽成山溪。《梁甫吟》(517)

刘子翚（宋）
- 寒鸦散乱知多少，飞向江头一树栖。《天迥》(310)

刘克庄（宋）
- 男儿西北有神州，莫滴水西桥畔泪。《玉楼春·戏呈林节推乡兄》(580)

刘日湘（清）
- 八百亭台风雨暗，三千歌舞夕阳斜。《过宁王府故宫并望陵寝志感》(687)

刘学箕（宋）
- 昏昏淡月疏疏影，缓缓清风细细香。《与政仲山行见梅偶成》

刘兼（宋）
- 舞袖逐风翻绣浪，歌尘随燕下雕梁。《春宴河亭》(898)
- 巧舌如簧总莫听，是非多自爱憎生。《诫是非》

刘因（元）
- 簪花楚楚归宁女，荷锸纷纷上冢人。《寒食道中》

刘铄（南朝）
- 状似明月泛云河，体如轻风动流波。《白纻曲》(831)

陆游（宋）

《临安春雨初霁》(46)

世味年来薄似纱，谁令骑马客京华？
小楼一夜听春雨，深巷明朝卖杏花。

《雨》(80)

映空初作茧丝微，掠地俄成箭镞飞。
纸帐光迟饶晓梦，铜炉香润覆春衣。
池鱼鲅鲅随沟出，梁燕翩翩接翅飞。

唯有落花吹不去，数枝红湿自相依。

《大雪》

海天黯黯万重云，欲到前村路不分。
烈风吹雪深一丈，大布缝衫重七斤。

《夜吟》

六十余年妄学诗，工夫深处独心知。
夜来一笑寒灯下，始是金丹换骨时。

《苦热》

万瓦鳞鳞若火龙，日车不动汗珠融。
无因羽翮氢埃外，坐觉蒸炊釜甑中。

《马上作》 （368）

平桥小陌雨初收，淡日穿云翠霭浮。
杨柳不遮春色断，一枝红杏出墙头。

《驿舍见故屏风画海棠有感》 （405）

猩红鹦绿极天巧，迷蕚重跗眩朝日。
繁华一梦忽吹散，闭眼细思犹历历。

《雪后煎茶》 （463）

雪液清甘涨井泉，自携茶灶就烹煎。
一毫无复关心事，不枉人间住百年。

《冬夜读书示子聿》 （624）

古人学问无遗力，少壮工夫老始成。
纸上得来终觉浅，绝知此事要躬行。

《大风雨中作》 （77）

风如拔山怒，雨如决河倾。

屋漏不可支，窗户俱有声。
乌鸢堕地死，鸡犬噤不鸣。
老病无避处，起坐徒叹惊。
三年稼如云，一旦败垂成。
夫岂或使之，忧乃及躬耕。
邻曲无人色，妇子泪纵横。
且抽架上书，洪范推五行。

《沈园二首》

其一

城上斜阳画角哀，沈园非复旧池台。
伤心桥下春波绿，曾是惊鸿照影来。

其二

梦断香消四十年，沈园柳老不吹绵。
此身行作稽山土，犹吊遗踪一泫然。 （xuàn）

《长歌行》（570）

人生不作安期生，醉入东海骑长鲸。
犹当出作李西平，手枭逆贼清旧京。
金印煌煌未入手，白发种种来无情。
成都古寺卧秋晚，落日偏傍僧窗明。
岂其马上破贼手，哦诗长作寒螀鸣？ （jiāng）
兴来买尽市桥酒，大车磊落堆长瓶。
哀丝豪竹助剧饮，如巨野受黄河倾。
平时一滴不入口，意气顿使千人惊。
国仇未报壮士老，匣中宝剑夜有声。

何当凯旋宴将士，三更雪压飞狐城。

《九月一日夜读诗稿有感
走笔作歌》（625）

我昔学诗未有得，残余未免从人乞。
力孱气馁心自知，妄取虚名有惭色。
四十从戎驻南郑，酣宴军中夜连日。
打球筑场一千步，阅马列厩三万匹。
华灯纵博声满楼，宝钗艳舞光照席。
琵琶弦急冰雹乱，羯鼓手匀风雨疾。
诗家三昧忽见前，屈贾在眼元历历。
天机云锦用在我，剪裁妙处非刀尺。

《示儿》（667）

死去原知万事空，但悲不见九州同。
王师北定中原日，家祭无忘告乃翁。

《十二月十日暮小雪即止》

夜来急雪打船窗，今夜推窗月满江。
堪恨无情一枝橹，水禽惊起不成双。

《夜大雪歌》

朔风吹雪飞万里，三更簌簌鸣窗纸。
初疑天女下散花，复恐麻姑行掷米。

《花时遍游诸家园》（*926）

为爱名花抵死狂，只恐日风损红芳。
露章夜奏通明殿，乞借春阴护海棠。

《夜雨》（选段）(56)

浓云如泼墨，急雨如飞镞；
激电光入牖，奔雷势掀屋。

《卜算子·咏梅》(353)

驿外断桥边，寂寞开无主。已是黄昏独自愁，更着风和雨。　无意苦争春，一任群芳妒。零落成泥碾作尘，只有香如故。

《诉衷情》

当年万里觅封侯，匹马戍梁州。关河梦断何处？尘暗旧貂裘。　胡未灭，鬓先秋，泪空流。此生谁料，心在天山，身老沧洲。

《钗头凤》(812)

红酥手。黄藤酒。满城春色宫墙柳。东风恶。欢情薄。一怀愁绪，几年离索。错！错！错！　春如旧。人空瘦。泪痕红浥鲛绡透。桃花落。闲池阁。山盟虽在，锦书难托。莫！莫！莫！

- 纷纷红紫已成尘，布谷声中夏令新。《初夏绝句》(38)
- 映空初作萤丝微，掠地俄成箭镞飞。《雨》(80)
- 三更画船穿藕花，花为四壁船为家。《同何元立赏荷花追怀镜湖旧游》(214)
- 万里秋风菰菜老，一川明月稻花香。《秋日郊居》(221)

作者姓氏声母排序：B C D F G H J K L M N O P Q R S T W X Y Z

- 瓦屋螺青披雾出，锦江鸭绿抱山来。《快晴》
- 千缕未摇官柳绿，一梢初放海棠红。《初春探花有作》
- 一点烽传散关信，两行雁带杜陵秋。《秋晚登城北门》(234)
- 夜阑卧听风吹雨，铁马冰河入梦来。《十一月四日风雨大作》(262)
- 惊回万里关河梦，滴碎孤臣犬马心。《秋夜闻雨》(263)
- 伤心桥下春波绿，曾是惊鸿照影来。《沈园二首(其一)》(302)
- 蟹黄旋擘馋涎堕，酒渌初倾老眼明。《病愈》(318)
- 蝌蚪已成蛙阁阁，樱桃初结子青青。《山园杂咏》
- 池鱼鲅鲅随沟出，梁燕翩翩接翅飞。《雨》(80)
- 朱门沉沉按歌舞，厩马肥死弓断弦。《关山月》(499)
- 华灯纵博声满楼，宝钗艳舞光照席。《九月一日夜读诗稿有感走笔作歌》(625)
- 悠然自适君知否，身与浮名若个亲？《醉题》(541)
- 国仇未报壮士老，匣中宝剑夜有声。《长歌行》(570)
- 千年史册耻无名，一片丹心报天子。《金错刀行》(586)
- 楚虽三户能亡秦，岂有堂堂中国空无人！《金错刀行》(586)
- 山重水复疑无路，柳暗花明又一村。《游山西村》(589)
- 眼明可数远山叠，足健直穷流水源。《闲游所至少留得长句》(590)
- 位卑未敢忘忧国，事定犹须待阖棺。《病起书怀》(639)
- 江声不尽英雄恨，天意无私草木秋。《黄州》(648)
- 一闻战鼓意气生，犹能为国平燕赵。《老马行》(664)

- 自恨不如云际雁，南来犹得过中原。《枕上偶成》(665)
- 欲倾天上河汉水，净洗关中胡虏尘。《夏夜大醉醒后有感》(666)
- 心如老马虽知路，身似鸣蛙不属官。《自述》(841)
- 诗情也似并刀快，剪得秋光入卷来。《秋思》(881)
- 琢雕自是文章病，奇险尤伤气骨多。《读近人诗》(891)
- 江河不洗古今恨，天地能知忠义心。《王给事饷玉友》
- 书到用时方恨少，事非经过不知难。《对联》
- 电掣光如昼，雷轰意未平。《七月十八日夜枕上作》(57)
- 雨势平吞野，风声倒卷江。《卯饮醉卧枕上有赋》(78)
- 老怀常自笑，无事忽悲伤。《自述》(842)

陆龟蒙（唐）

《闻蝉》 (331)

绿阴深处汝行藏，风露从来是稻梁。
莫倚高枝纵繁响，也应回首顾螳螂。

《重忆白菊》 (423)

我怜贞白重寒芳，前后丛生夹小堂。
月朵暮开无绝艳，风茎时动有奇香。

《放牛》

江草秋穷似秋半，十角吴牛放江岸。
邻肩抵尾乍依偎，横去斜奔忽分散。
黄陂断堑无端入，背上时时狐鸟立。
日暮相将带雨归，田家烟火微茫湿。

- 外布芳菲虽笑日，中含芒刺欲伤人。《蔷薇》

陆 凯（南北朝）

《赠范晔》(715)

折花逢驿使，寄与陇头人。
江南无所有，聊赠一枝春。

陆 机（晋）

- 笼天地于形内，挫万物于笔端。　《文赋》
- 渴不饮盗泉水，热不息恶木阴。　《猛虎行》(604)

卢照邻（唐）

《长安古意》（节选）(436)

汉代金吾千骑来，翡翠屠苏鹦鹉杯。
罗襦宝带为君解，燕歌赵舞为君开。
别有豪华称将相，转日回天不相让。
意气由来排灌夫，专权判不容萧相。
专权意气本豪雄，青虬紫燕坐春风。
自言歌舞长千载，自谓骄奢凌五公。
节物风光不相待，桑田碧海须臾改。
昔时金阶白玉堂，即今惟见青松在。
独有南山桂花发，飞来飞去袭人裾。

- 高谈则龙腾豹变，下笔则烟飞雾凝。《五悲文·悲才难》
- 下笔则烟飞云动，蔼纸则鸾(luán)回凤惊。《释疾文·粤若》

卢 仝（唐）

- 相思一夜梅花发，忽到窗前疑是君。《有所思》(794)

- 月朵暮开无绝艳，风茎时动有奇香。《重忆白菊》(423)
- 一壶吻喉通仙灵，惟觉清风习习生。《七碗茶》

卢 纶(唐)

- 数派清泉黄菊盛，一林寒露紫梨繁。《晚次新丰北野老家书事呈赠韩质明府》
- 大漠山沉雪，长城草发花。《送刘判官赴丰州》

卢梅坡(宋)

- 梅须逊雪三分白，雪却输梅一段香。《雪梅》(357)

罗 隐(唐)

《咏蜂》
不论平地与山尖，无限风光尽被占。
采得百花成蜜后，为谁辛苦为谁甜？

《牡丹花》 (430)
若教解语应倾国，任是无情亦动人。
芍药与君为近侍，芙蓉何处避芳尘。

《渚宫秋思》 (选句)
千载是非难重问，一江风雨好闲吟。
欲招屈宋当时魂，兰败荷枯不可寻。

《言》 (选句)
成名成事皆因慎，亡国亡家只为多。
须信祸胎生利口，莫将讥思逞悬河。

- 国计已推肝胆许，家财不为子孙谋。《夏州胡常侍》
- 可使御戎无上策，只应忧国是虚声。《塞外》
- 未必片言资国计，只因邪说动人心。《咏史》

- 日晚向隅悲断梗，夜阑浇酒哭知音。《归梦》
- 合眼亦知非本意，伤心其奈是多情。《贵池晓望》
- 是非不向眼前起，寒暑任从波上移。《赠渔翁》
- 天如镜面都来静，地似人心总不平。《晚眺》
- 交情淡泊应长在，欲态流离且觍颜。《寄崔庆孙》
- 如今纵有骅骝在，不得长鞭不肯行。《八骏图》
- 但是秕糠微细物，等闲抬举到青云。《春风》
- 寒窗呵笔寻诗句，一片飞来纸上消。《雪》(108)
- 暖气潜催次第春，梅花已谢杏花新。《杏花》(366)
- 只知事逐眼前去，不觉老从头上来。《水边偶题》(733)
- 时来天地皆同力，运去英雄不自由。《筹笔驿》(738)

罗贯中（明）

《无题》

聪明杨德祖，世代继簪缨。
笔下龙蛇走，胸中锦绣成。
开谈惊四座，捷对冠群英。
身死因才误，非关欲退兵。　　　　《三国演义》

- 一点樱桃启绛唇，两行碎玉喷香春。《咏貂蝉》(850)
- 财贿不以动其心，爵禄不以移其志。《三国演义》

吕声之（宋）

《桂花》(439)

独占三秋压众芳，何夸橘绿与橙黄。
自从分下月中秋，果若飘来天际香。

吕履恒（清）

《山海关》（240）

天际重关虎豹扃，前瞻云树尚冥冥。
山余落日千峰紫，海泻遥空一气青。
汉塞烽烟亭鄣坏，秦城膏血土花腥。
漫吟碣石东临句，绝代雄才散气灵。

吕本中（宋）

- 低迷帘幕家家雨，淡荡园林处处花。《春晚郊居》

吕 定（宋）

- 一声长啸来丹壑，千丈飞流下碧天。《游匡庐山》

鲁 迅

《自嘲》（603）

运交华盖欲何求，未敢翻身已碰头。
破帽遮颜过闹市，漏船载酒泛中流。
横眉冷对千夫指，俯首甘为孺子牛。
躲进小楼成一统，管他冬夏与春秋。

《自题小像》（660）

灵台无计逃神矢，风雨如磐暗故园。
寄意寒星荃不察，我以我血荐轩辕。

- 无情未必真豪杰，怜子如何不丈夫。《答客诮》（674）
- 度尽劫波兄弟在，相逢一笑泯恩仇。《题三义塔》（742）

林则徐（清）

《次韵答陈子茂德培》（649）

小丑跳梁谁殄灭？中原揽辔望澄清。

关山万里残宵梦，犹听江东战鼓声。

《观操守》

观操守在利害时，观精力在饥疲时，
观度量在喜怒时，观存养在纷华时。

- 海到无边天作岸，山登绝顶我为峰。《福州鼓山联语》(677)

林 逋(宋)

- 疏影横斜水清浅，暗香浮动月黄昏。《山园小梅》(358)

骆宾王(唐)

《在狱咏蝉》 (332)

西陆蝉声唱，南冠客思侵。
那堪玄鬓影，来对白头吟。
露重飞难进，风多响易沉。
无人信高洁，谁为表予心？

- 荷香销晚夏，菊气入新秋。　《晚泊江镇》(84)

雷 震(宋)

《村晚》 (98)

草满池塘水满陂，山衔落日浸寒漪。
牧童归去横牛背，短笛无腔信口吹。

乐雷发(宋)

《秋日行村路》 (334)

儿童篱落带斜阳，豆荚姜芽社肉香。
一路稻花谁是主，红蜻蜓伴绿螳螂。

冷朝阳(唐)

《立春》

风光行处好，云物望中新。

流水初消冻，潜鱼欲振鳞。

廖凝(唐)

- 落尽最高树，始知松柏青。 《落叶》(456)

利登(宋)

- 折竹声高晓梦惊，寒鸦一阵噪冬青。《早起见雪》(306)

凌蒙初(明)

- 何必广斋多忏悔，让人一着最为先。《初刻拍案惊奇》

令狐楚(唐)

- 高楼晓见一花开，便觉春光四面来。《游春词》(13)

劳之辩(清)

- 自古盛衰如转烛，六朝兴废同棋局。《姚玄武湖歌》(691)

梁启超(近代)

- 男儿志兮天下事，但有进兮不有止。《志未酬》

(M)

毛泽东

《长征》

红军不怕远征难，万水千山只等闲。

五岭逶迤腾细浪，乌蒙磅礴走泥丸。

金沙水拍云崖暖，大渡桥横铁索寒。

更喜岷山千里雪，三军过后尽开颜。

《为女民兵题照》

飒爽英姿五尺枪，曙光初照演兵场。中华儿女多奇志，不爱红装爱武装。

《清平乐·六盘山》

天高云淡，望断南飞雁，不到长城非好汉，屈指行程两万。　六盘山上高峰，红旗漫卷西风，今日长缨在手，何时缚住苍龙？

《卜算子·咏梅》（356）

风雨送春归，飞雪迎春到。已是悬崖百丈冰，犹有花枝俏。　俏也不争春，只把春来报。待到山花烂漫时，她在丛中笑。

《忆秦娥·娄山关》

西风烈，长空雁叫霜晨月。霜晨月，马蹄声碎，喇叭声咽。雄关漫道真如铁，而今迈步从头越。从头越，苍山如海，残阳如血。

《沁园春·长沙》

独立寒秋，湘江北去，橘子洲头。看万山红遍，层林尽染；漫江碧透，百舸争流。鹰击长空，鱼翔浅底，万类霜天竞自由。怅寥廓，问苍茫大地，谁主沉浮？　携来百侣曾游，忆往昔峥嵘岁月稠。恰同学少年，风华正茂；书生意气，挥斥方遒。指点江山，激扬文字，粪土当年万户侯。曾记否，到中流击水，浪遏飞舟！

《沁园春·雪》（493）

北国风光，千里冰封，万里雪飘。望长城内外，惟余莽莽。大河上下，顿失滔滔。山舞银蛇，原驰蜡象，欲与天公试比高。须晴日，看红妆素裹，分外妖娆。　　江山如此多娇，引无数英雄竞折腰。惜秦皇汉武，略输文采；唐宗宋祖，稍逊风骚。一代天骄，成吉思汗，只识弯弓射大雕。俱往矣，数风流人物，还看今朝。

- 为有牺牲多壮志，敢叫日月换新天。《到韶山》
- 四海翻腾云水怒，五洲震荡风雷激。《满江红》
- 虎踞龙盘今胜昔，天翻地覆慨而慷。《人民解放军占领南京》
- 宜将剩勇追穷寇，不可沽名学霸王。《人民解放军占领南京》
- 金猴奋起千钧棒，玉宇澄清万里埃。《和郭沫若同志》
- 不管风吹浪打，胜似闲庭信步。《水调歌头》
- 可上九天揽月，可下五洋捉鳖。《水调歌头·重上井冈山》

作者姓氏声母排序：B C D F G H J K L **M** N O P Q R S T W X Y Z

孟浩然(唐)

《春晓》 (39)

春眠不觉晓,处处闻啼鸟。
夜来风雨声,花落知多少。

《望洞庭湖赠张丞相》 (161)

八月湖水平,涵虚混太清。
气蒸云梦泽,波撼岳阳城。
欲济无舟楫,端居耻圣明。
坐观垂钓者,徒有羡鱼情。

《夏日南亭怀辛大》 (451)

山光忽西落,池月渐东上。
散发乘西凉,开轩卧闲敞。
荷风送香气,竹露滴清响。
欲取鸣琴弹,恨无知音赏。
感此怀故人,中宵劳梦想。

- 人事有代谢,往事成古今。 《与诸子登岘山》
- 一闻边烽动,万里忽争先。 《送陈七赴西军》
 (653)

孟 郊(唐)

《偶作》 (选句) (754)

道险不在远,十步能摧轮。
情忧不在多,一夕能伤神。

《游子吟》 (776)

慈母手中线,游子身上衣。

临行密密缝，意恐迟迟归。
谁言寸草心，报得三春晖。

《结友》
铸镜须青铜，青铜易磨拭。
结交远小人，小人难姑息。
铸镜图鉴微，结交图相依。
凡铜不可照，小人多是非。

《哭秘书包大监》
常恐宝镜破，明月再难圆。
始知知音稀，千载一绝弦。

- 春风得意马蹄疾，一日看尽长安花。《登科后》(858)
- 达人识元化，变愁为高歌。　　　《达士》(546)

梅尧臣(宋)

- 满腹红膏肥似髓，贮盘青壳大于杯。《二月十日呈吴正仲遗活蟹》(316)
- 重重叶叶花依旧，岁岁年年客又来。《依韵诸公寻灵济重台梅》

马致远(元)

《天净沙》
枯藤老树昏鸦，小桥流水人家，
古道西风瘦马。
夕阳西下，断肠人在天涯。

马 熙(元)

- 洞房编药屋编蒿，八面玲珑得月多。《开窗看雨》(525)

作者姓氏声母排序：B C D F G H J K L **M** N O P Q R S T W X Y Z

牟 融 (唐)

- 满地新蔬和雨绿，半林残叶带霜红。《送报本寺分韵得通字》(88)

穆 修 (宋)

- 花阴连络春草岸，柳色掩映红栏桥。《江南寒食》

(N)

倪 瓒 (元)

《赞书画家王蒙》 (878)

笔墨精妙王右军，澄怀卧游宗少文。
王侯绝力能扛鼎，五百年来无此君。

倪瑞璇 (清)

- 暗中时滴思亲泪，只恐思儿泪更多！《忆母》(778)

纳兰性德 (清)

《长相思》

山一程，水一程，身向榆关那畔行，
夜深千帐灯。风一更，雪一更，聒
碎乡心梦不成，故园无此声。

《摊破浣溪沙》

半世浮萍随逝水，一宵冷雨葬名花。
魂是柳绵吹欲碎，绕天涯。

《浣溪沙》

我是人间惆怅客，知君何事泪纵横。
断肠声里忆平生。

(O)

欧阳修（宋）

《画眉鸟》（527）
百啭千声随意移，山花红紫树高低。
始知锁向金笼听，不及林间自在啼。

《归田园四时乐春夏》
麦穗初齐稚子娇，桑叶正肥蚕食饱。
老翁但喜岁年熟，饷妇安知时节好。

《双井茶》（465）
白毛囊以红碧纱，十斤茶养一两芽。
长安富贵五侯家，一啜龙须三日夸。

《春日西湖寄谢法曹韵》（702）
酒逢知己千杯少，话不投机半句多。
遥知天涯一樽酒，能忆天涯万里人。

《采桑子》（206）
轻舟短棹西湖好，绿水逶迤。
芳草长堤。隐隐笙歌处处随。
无风水面琉璃滑，不觉船移，
微动涟漪，惊起沙禽掠岸飞。

《玉楼春》
两翁相遇逢佳节。正值柳绵飞似雪。
便须豪饮敌青春，莫对新花羞白发。
人生聚散如弦箭。老去风情尤惜别。
大家金盏倒垂莲，一任西楼低晓月。

《诉衷情》

清晨帘幕卷轻霜,呵手试梅妆。都缘自有离恨,故画作、远山长。思往事,惜流芳。易成伤。拟歌先敛,欲笑还颦,最断人肠。

《渔家傲》

红粉墙头花几树?落花片片和惊絮。墙外有楼花有主。寻花去,隔墙遥见秋千侣。 绿索红旗双彩柱。行人只得偷回顾。肠断楼南金锁户。天欲暮。流莺飞到秋千处。

《蝶恋花》

庭院深深深几许?杨柳堆烟,帘幕无重数。玉勒雕鞍游冶处,楼高不见章台路。 雨横风狂三月暮,门掩黄昏,无计留春住。泪眼问花花不语,乱红飞过秋千去。

- 洛阳地脉花最宜,牡丹尤为天下奇。《洛阳牡丹图》(393)
- 夜深风竹敲秋韵,万叶千声皆是恨。《木兰花》(450)
- 书有未曾经我读,事无不可对人言。《对联》(547)
- 祸患常积于忽微,智勇多困于所溺。《伶官传序》
- 野花零落风前乱,飞雨萧条江上寒。《离峡州后回寄元珍表臣》
- 平芜尽处是春山,行人更在春山外。《踏莎行》(817)

- 最爱垄头麦，迎风笑落红。　　　　　《五绝小满》
- 人情重怀土，飞鸟思故乡。　　　　　《送慧勤归余杭》(767)
- 月上柳梢头，人约黄昏后。　　　　　《生查子》(785)

(P)

皮日休(唐)

《牡丹》 (390)

落尽残红始吐芳，佳名唤作百花王。

竞夸天下无双艳，独占人间第一香。

- 莫道无心畏雷电，海龙王处也横行。《咏蟹》(315)
- 夜半醒来红蜡短，一枝寒泪作珊瑚。《春夕酒醒》(540)

蒲松龄(清)

《重阳》

中秋恨是在天涯，客里凄凉负月华。

今日重阳又虚度，渊明无酒对黄花。

- 天逐残梅老，心随朔雁飞。　　　　　《旅思》

普　济(宋)

- 劝君不用镌(juān)颂石，路上行人口似碑。《五灯会元》

彭定求(清)

- 辞家壮志凭孤剑，报国先声震两河。《汤阴谒岳忠武故里庙像》(656)

潘良贵(宋)

- 登城急睹三江水，快我平生万里心。《题三江亭》(861)

(Q)

屈　原（战国）

《国殇》(227)

操吴戈兮被犀甲，车错毂(gū)兮短兵接。
旌蔽日兮敌若云，矢交坠兮士争先。
凌余阵兮躐(liè)余行，左骖殪兮右刃伤(cān yì)。
霾两轮兮絷(zhí)四马，援玉枹(fú)兮击鸣鼓。
天时怼(duì)兮威灵怒，严杀尽兮弃原野。
出不入兮往不反，平原忽兮路超远。
带长剑兮挟秦弓，首身离兮心不惩。
诚既勇兮又以武，终刚强兮不可凌。
身既死兮神以灵，魂魄毅兮为鬼雄！

《离骚》（选句）(261)

- 老冉冉其将至兮，恐修名之不立。
- 朝饮木兰之坠露兮，夕餐秋菊之落英。
- 长太息以掩涕兮，哀民生之多艰。
- 亦余心之所善兮，虽九死其犹未悔。
- 背绳墨以追曲兮，竞周容以为度。
- 宁溘死以流亡兮，余不忍为此态！
- 路漫漫其修远兮，吾将上下而求索。
- 朝发轫于天津兮，夕余至乎西极。
- 驾八龙之蜿蜿兮，载云旗之委蛇。

《天问》(选段)(482)

曰：遂古之初，谁传道之？
上下未形，何由考之？……
明明暗暗，惟时何为？
阴阳三合，何本何化？……
圆则九重，孰营度之？
惟兹何功，孰初作之？
八柱何当，东南何亏？
九天之际，安放安属？……
日月安属？列星安陈？……
自明及晦，所行几里？
夜光何德，死则又育？……
何阖(hé)而晦？何开而明？
角宿未旦，曜(yào)灵安藏？……

《卜居》(选段)(504)

蝉翼为重，千钧为轻；
黄钟毁弃，瓦釜雷鸣。

秦　观(宋)

《春日》(426)

一夕轻雷落万丝，霁光浮瓦碧参差。
有情芍药含春泪，无力蔷薇卧晓枝。

《鹊桥仙》(801)

纤云弄巧，飞星传恨，银汉迢迢暗渡。
金风玉露一相逢，便胜却、人间无数。

柔情似水，佳期如梦，忍顾鹊桥归路。两情若是久长时，又岂在、朝朝暮暮。

《满庭芳》
山抹微云，天连衰草，画角声断谯门。暂停征棹，聊共引离尊。多少蓬莱旧事，空回首，烟霭纷纷。斜阳外，寒鸦万点，流水绕孤村。

销魂，当此际，香囊暗解，罗带轻分。谩赢得青楼，薄幸名存。此去何时见也，襟袖上，空惹啼痕。伤情处，高城望断，灯火已黄昏。

《踏莎行》
雾失楼台，月迷津渡，桃源望断无寻处。可堪孤馆闭春寒，杜鹃声里斜阳暮。　驿寄梅花，鱼传尺素，砌成此恨无重数。郴江幸自绕郴山，为谁流下潇湘去？

《南歌子》（830）
香墨弯弯画，燕脂淡淡匀。揉蓝衫子杏黄裙。独倚玉阑无语、点檀唇。人去空流水，花飞半掩门。乱山何处觅行云？又是一钩新月、照黄昏。

《千秋岁》（选段）
携手处，今谁在？日边清梦断，镜里朱颜改。春去也，飞红万点愁如海。

《好事近·梦中作》(49)

春路雨添花，花动一山春色。

行到小溪深处，有黄鹂千百。

飞云当面化龙蛇，夭矫转空碧。

醉卧古藤阴下，了不知南北。

《浣溪沙》(350)

漠漠清寒上小楼，晓阴无赖似穷秋。

淡烟流水画屏幽。

自在飞花轻似梦，无边丝雨细如愁。

宝帘闲挂小银钩。

● 无端天对娉婷，夜月一帘幽梦，春风十里柔情。　　　　　　　　　《八六子》

秦韬玉 (唐)

《贫女》(529)

敢将十指夸纤巧，不把双眉斗画长。

苦恨年年压金线，为他人作嫁衣裳。

秋　瑾 (清)

《柬某君三首(其二)》(645)

危局如斯百感生，论交抚掌泪纵横。

苍天有意磨英骨，青眼何人识使君？

叹息风云多变幻，存亡家国总关情。

英雄身世飘零惯，惆怅龙泉夜夜鸣。

《黄海舟中日人索句并见日
　　俄战争地图》(587)
万里乘云去复来，只身东海夏春雷。
忍看地图移颜色，肯使江山付劫灰！
浊酒不销忧国泪，救时应仗出群才。
拼将十万头颅血，须把乾坤力挽回。

齐　己(唐)

- 根柔似玫瑰，繁美刺外开。　　　　　《蔷薇》(434)
- 千篇著述诚难得，一字知音不易求。《谢人寄新诗集》
　　　　　　　　　　　　　　　　　　　　　　(705)

仇　远(宋)

《惊蛰日雷》
坤宫半夜一声雷，蛰户花房晓已开。
野阔风高吹烛灭，电明雨急打窗来。
顿然草木精神别，自是寒暄气候催。
惟有石龟并木雁，守株不动任春回。

《浣溪沙》
红紫妆林绿满池，游丝飞絮两依依。
正当谷雨弄晴时。

《立冬即事》
细雨生寒未有霜，庭前木叶半青黄。
小春此去无多日，何处梅花一绽香。

钱　时(宋)

《立冬前一日霜对菊有感》
昨夜清霜冷絮裯(dāo)，纷纷红叶满阶头。

园林尽扫西风去，惟有黄花不负秋。

钱　起（唐）

《送李九贬南阳》

鸿声断续暮天远，柳影萧疏秋日寒。

霜降幽林沾蕙若（huì），弦惊翰苑失鸳鸾。

- 横云岭外千重树，流水声中一两家。《题郎士元半日吴村别业兼呈李长官》

- 山花照坞复烧溪，树树枝枝尽可迷。《山花》

丘　葵（宋）

- 闲来踏月共吟咏，醉后呼天共酬唱。《题心泉所赠李白画像》

裘　衍（明）

- 天空高阁留孤月，夜静河灯散万星。《中秋登偰家楼》(134)

裘万顷（宋）

- 斗柄横斜河欲没，数山青处乱鸦鸣。《早作》(304)

戚继光（明）

- 遥知百国微茫外，未敢忘危负岁华。《过文登营》(662)

（R）

戎　昱（唐）

《上湖南崔中丞》(597)

山上青松陌上尘，云泥岂合得相亲。

举世尽嫌良马瘦，唯君不弃卧龙贫。

千金未必能移性，一诺从来许杀身。

莫道书生无感激，寸心还是报恩人。

● 高蹄战马三千匹，落日平原秋草中。《塞下曲》(*918)

(S)

苏 轼(宋)

《题惠崇春江晚景》 (9)
竹外桃花三两枝，春江水暖鸭先知。
蒌蒿满地芦芽短，正是河豚欲上时。

《题西林壁》
横看成岭侧成峰，远近高低各不同。
不识庐山真面目，只缘身在此山中。

《饮湖上初晴后雨》 (207)
水光潋滟晴方好，山色空蒙雨亦奇。
欲把西湖比西子，淡妆浓抹总相宜。

《东栏梨花》 (388)
梨花淡白柳深青，柳絮飞时花满城。
惆怅东栏一株雪，人生看得几清明！

《鹧鸪天》(选段) (399)
林断山明竹隐墙，乱蝉衰草小池塘。
翻空白鸟时时见，照水红蕖细细香。

《海棠》 (409)
东风袅袅泛崇光，香雾空蒙月转廊。
只恐夜深花睡去，故烧高烛照红妆。

《赠刘景文》 (420)

荷尽已无擎雨盖，菊残犹有傲霜枝。

一年好景君须记，最是橙黄橘绿时。

《洗儿戏作》 (752)

人皆养子望聪明，我被聪明误一生。

惟愿孩儿愚且鲁，无灾无难到公卿。

《与张先逗和》 (843)

十八新娘八十郎，苍苍白发对红妆。

鸳鸯被里成双夜，一树梨花压海棠。

《西江月》 (40)

照野弥弥浅浪，横空暧暧微霄。

障泥未解玉骢骄。我欲醉眠芳草。

可惜一溪明月，莫教踏破琼瑶。

解鞍欹(qī)枕绿杨桥。杜宇一声春晓。

《浣溪沙》

轻汗微微透碧纨，明朝端午浴芳兰，

流香涨腻满晴川。彩线轻缠红玉臂，

小符斜挂绿云鬟(huán)，佳人相见一千年。

《东坡》 (545)

雨洗东坡月色清，市人行尽野人行。

莫嫌荦(luò)确坡头路，自爱铿然曳杖声。

《百步洪(其一)》 (选段) (186)

长洪斗落生跳波，轻舟南下如投梭。

水师绝叫凫雁起，乱石一线争磋磨。

有如兔走鹰隼落,骏马下注千丈坡。
断弦离柱箭脱手,飞电过隙珠翻荷。
四山眩转风掠耳,但见流沫生千涡。

《蝶恋花》(31)

花褪残红青杏小。燕子飞时,绿水人家绕。枝上柳绵吹又少,天涯何处无芳草。　　墙里秋千墙外道。墙外行人,墙里佳人笑。笑渐不闻声渐悄,多情却被无情恼。

《念奴娇·赤壁怀古》(167)

大江东去,浪淘尽、千古风流人物。故垒西边,人道是,三国周郎赤壁。乱石穿空,惊涛拍岸,卷起千堆雪。江山如画,一时多少豪杰!　　遥想公瑾当年,小乔初嫁了,雄姿英发。羽扇纶巾,谈笑间,樯橹灰飞烟灭。故国神游,多情应笑我,早生华发。人生如梦,一尊还酹江月。

《水调歌头》(127)

明月几时有,把酒问青天。不知天上宫阙,今夕是何年?我欲乘风归去,又恐琼楼玉宇,高处不胜寒。起舞弄清影,何似在人间!　　转朱阁,低绮户,照无眠。不应有恨,何事长向别时圆?人有悲欢离合,月有阴晴圆缺,此事古难全。但愿人长久，千里共婵娟。

《江城子·密州出猎》(255)

老夫聊发少年狂，左牵黄，右擎苍，锦帽貂裘，千骑卷平冈。欲报倾城随太守，亲射虎，看孙郎。　酒酣胸胆尚开张，鬓微霜，又何妨！持节云中，何日遣冯唐？会挽雕弓如满月，西北望，射天狼。

《江城子》(828)

十年生死两茫茫。不思量。自难忘。千里孤坟，无处话凄凉。纵使相逢应不识，尘满面，鬓如霜。　夜来幽梦忽还乡。小轩窗。正梳妆。相顾无言，惟有泪千行。料得年年肠断处，明月夜，短松冈。

《水龙吟·次韵章质夫杨花词》(351)

似花还似非花，也无人惜从教坠。抛家路旁，思量却是，无情有思。萦损柔肠，困酣娇眼，欲开还闭。梦随风万里，寻郎去处，又还被、莺呼起。　不恨此花飞尽，恨西园、落红难缀。晓来雨过，遗踪何在？一池萍碎。春色三分，二分尘土，一分流水。细看来、不是杨花，点点是离人泪。

- 莫嫌荦确坡头路，自爱铿然曳杖声。《东坡》(545)
- 弄风骄马跑空立，趁兔苍鹰掠地飞。《祭常山回小猎》(187)
- 安得夫差水犀手，三千强弩射潮低。《八月十五日看潮(五首)》(576)
- 粗缯大布裹生涯，腹有诗书气自华。《和董传留别》(629)
- 忽闻河东狮子吼，拄杖落手心茫然。《寄吴德仁兼简陈季常》(835)
- 当其笔下风雷快，笔所未到气已吞。《王维吴道子画》(875)
- 落笔觉来不经意，神妙独到秋毫巅。《鲜于子骏见遗吴道子画》(876)
- 堪笑吴兴馋太守，一诗换得两尖团。《丁公默送蝤蛑》(319)
- 春宵一刻值千金，花有清香月有阴。《春宵》(41)
- 鸭头春水浓如染，水面桃花弄春脸。《送别》(23)
- 枝上柳绵吹又少，天涯何处无芳草。《蝶恋花》(31)
- 故作小红桃杏色，尚余孤瘦雪霜姿。《红梅》(362)
- 雨过潮平江海碧，电光时掣紫金蛇。《望海楼晚景(其二)》(55)
- 海上涛头一线来，楼前相顾雪成堆。《望海楼晚景(五绝其一)》(168)
- 戏作小诗君一笑，从来佳茗似佳人。《次韵曹辅寄壑源式焙新芽》(468)
- 但把穷愁博长健，不辞最后饮屠苏。《除夜野宿常州城外二首之二》(544)
- 有道难行不如醉，有口难言不如睡。《醉睡者》(558)
- 报导先生春睡美，道人轻打五更钟。《纵笔》(559)

- 雨顺风调百谷登，民不饥寒为上瑞。《荔枝叹》(562)
- 脚力尽时山更好，莫将有限趁无穷。《登玲珑山》(588)
- 安能终老尘土下，俯仰随人如桔槔。《送李公恕赴阙》(601)
- 生前富贵草头露，身后风流陌上花。《陌上花三首(其三)》(609)
- 人似秋鸿来有信，事如春梦了无痕。《与潘郭二生同游忆去岁旧连》(723)
- 人生到处知何似？应似飞鸿踏雪泥。《和子由渑池怀旧》(724)
- 眼枯泪尽雨不尽，忍见黄穗卧青泥！《吴中田妇叹》(753)
- 可恨相逢能几日，不知重会是何年。《浣溪沙》(797)
- 自古佳人多薄命，闭门春尽杨花落。《薄命佳人》
- 缺月挂疏桐，漏断人初静。《卜算子·黄州定慧院寓居作》(128)

苏　辙(宋)

《癸丑二月重到汝阴寄子瞻》(642)

忆赴钱塘九月秋，同来颍尾一扁舟。
退居尚有三师在，好事须为十日留。
倾泻向人怀抱尽，忠诚为国始终忧。
重来东阁皆尘土，泪滴春风自不收。

- 早岁读书无甚解，晚年省事有奇功。《省事诗》(618)
- 九衢飞乱叶，八水凝寒烟。《落叶满长安分题》

苏　颋(唐)

- 宫中下见南山尽，城上平临北斗悬。《奉和春日幸望春宫应制》(246)

苏　麟(宋)

- 近水楼台先得月，向阳花木易为春。《断句》(526)

司马光(北宋)

《六月十八日夜大暑》

老柳蜩螗(tiáo táng)噪，荒庭熠燿(yì yào)流。

人情正苦暑，物怎已惊秋。

《西江月·佳人》

宝髻松松挽就，铅华淡淡妆成。

红烟翠雾罩轻盈，飞絮游丝无定。

相见争如不见，有情何似无情。

笙歌散后酒初醒，深院月斜人静。

- 岁华过目疾飞鸟，壮士如何不着鞭。《感怀》(735)
- 洛阳春日最繁华，红绿阴中十万家。《京洛春早》(190)
- 竹林近水半边绿，桃树连村一片红。《寒食许昌道中寄幕府诸君》

司空曙(唐)

- 雨中黄叶树，灯下白头人。　　　《喜外弟卢纶见宿》(732)

司空图(唐)

《狂题十八首(其一)》

有是有非还有虑，无心无迹亦无精。

不平便激风波险，莫向安时稔(rěn)祸胎。

《冯燕歌》（选段）

未死劝君莫浪言，临危不顾始知难。

已为不平能割爱，更将身命救深冤。

- 肌细分红脉，香浓破紫苞。　　　　　《村西杏花》
- 鸟飞飞，兔跋跋，朝来暮去驱时节。《杂言》(*911)

萨都剌(元)

《上京即事》（256）

紫塞风高弓力强，王孙走马猎沙场。
呼鹰腰箭归来晚，马上倒悬双白狼。

《四时宫词》（761）

御沟涨暖绿潺潺，风细时闻响佩环。
芳草宫门金锁闭，柳花帘幕玉钩闲。
梦回绣枕听黄鸟，困倚雕阑看白鹇。
落尽海棠天不管，修眉渐恨锁春山。

- 但操大柄常在手，覆尽东西南北行。《潮州纸伞业》(473)
- 人生所贵在知己，四海相逢骨肉亲。《雁门集·留别同年索士岩经历》(720)
- 燕京女儿十六七，颜如花红眼如漆。《燕姬曲》(847)
- 万壑泉声松外去，数行秋色雁边来。《梦登高山得诗》

史达祖(宋)

《双双燕·咏燕》（288）

过春社了，度帘幕中间，去年尘冷。
差池欲住，试入旧巢相并。还相雕梁
藻井，又软语商量不定。飘然快拂花
梢，翠尾分开红影。　　芳径，芹泥雨

润。爱贴地争飞，竞夸轻俊。红楼归晚，看足柳昏花暝。应自栖香正稳，便忘了天涯芳信。愁损翠黛双蛾，日日画栏独凭。

● 看花南陌醉，驻马翠楼歌。　《临江仙》

史青(唐)

● 寒随一夜去，春逐五更来。　《应诏赋得除夜》(5)

宋祁(宋)

《玉楼春》(选段)(10)

东城渐觉风光好。縠(hú)皱波纹迎客棹。
绿杨烟外晓寒轻，红杏枝头春意闹。

宋濂(明)

《越歌》(792)

恋郎思郎非一朝，好似并州花剪刀。
一股在南一股北，几时裁得合欢袍？

宋之问(唐)

《灵隐寺》(选段)(250)

楼观沧海日，门对浙江潮。
桂子月中落，天香云外飘。

《渡汉江》

岭外音书断，经冬复历春。
近乡情更怯，不敢问来人。

● 奔龙争渡月，飞鹊乱填河。　《牛女》(140)

宋雍(唐)
- 荷花开尽秋光晚，零落残红绿沼中。《失题》(89)

宋无(元)
- 杨柳昏黄晓西月，梨花明白夜东风。《次友人春别》(386)

宋琬(清)
- 山色浅深随夕照，江流日夜变秋声。《九日同姜如农等诸君登慧光阁饮于竹圃分韵》(487)

宋庠(xiáng)(宋)
- 长天野浪相依碧，落日残云共作红。《坐旧州驿亭上作》

施闰章(清)
《钱塘观潮》(选段)(171)
海色雨中开，飞涛江上台。
声驱千骑疾，气卷万山来。

沈偕(宋)
《遗贾耘老蟹》(321)
黄粳稻熟坠西风，肥入江南十月雄。
横跪满盘钳齿白，圆脐吸胁斗膏红。

沈佺期(唐)
- 月明三峡曙，潮满九江春。《巫山高》(136)

沈德潜(清)
- 夺朱非正色，异种也称王。《咏黑牡丹诗》(561)

沈周(明)
- 清香不与群芳并，仙种原从月里来。《桂花》(442)

沈 彬（唐）

- 白骨已枯沙上草，家人犹自寄寒衣。《吊边人》(671)

沈 约（南北朝）

- 野棠开未落，山樱发欲然。　　　　　　《早发定山》(382)

邵 雍（宋）

《山村咏怀》

一去二三里，烟村四五家。
亭台六七座，八九十枝花。

《洛阳春吟》(394)

洛阳人惯见奇葩，桃李花开未当花。
须是牡丹花盛发，满城方始乐无涯。

- 美酒饮教微醉后，好花看到半开时。《安乐窝中吟》(*932)

邵 谒（唐）

- 竹死不变节，花落有余香。　　　　　《金谷园怀古》(449)

释德清（明）

《醒世歌》(747)

红尘白浪两茫茫，忍辱柔和是妙方。
到处随缘延岁月，终身安分度时光。
休将自己心田昧，莫把他人过失扬。
谨慎应酬无懊恼，耐烦作事好商量。
从来硬弩弦先断，每见钢刀口易伤。
惹祸只因搬口舌，招愆多为狠心肠。
是非不必争人我，彼此何须论短长。
世事由来多缺陷，幻躯焉得免无常。

吃些亏处原无碍，退让三分也不妨。
春日才看杨柳绿，秋风又见菊花黄。
荣华终是三更梦，富贵还同九月霜。
老病死生谁替得，酸甜苦辣自承当。
人从巧计夸伶俐，天自从容定主张。
谄曲嗔贪堕地狱，公平正直即天堂。
麝因香重身先死，蚕为丝多命早亡。
一剂养神平胃散，两种和气二陈汤。
生前枉费心千万，死后空留手一双。
悲欢离合朝朝闹，寿夭穷通日日忙。
休得争强来斗胜，百年浑是戏文场。
顷刻一声锣鼓歇，不知何处是家乡！

石延年(宋)

《古松》 (选段)

直气森森耻曲盘，铁衣生涩紫鳞干。
影摇千尺龙蛇动，声撼半天风雨寒。

石 涛

《荷花》

荷叶五寸荷花娇，贴波不碍画船摇。
相到熏风四五月，也能遮却美人腰。

释绍嵩(宋)

● 长江淡淡吞天去，白鸟翩翩接翅飞。《列岫亭书事》

释斯植(宋)

● 风生帘幕春云碧，水绕楼台海日红。《登吴山》

孙 谔（宋）
- 四山藏一寺，方丈压诸峰。 《资深院》(251)

孙光宪（宋）
- 目送征鸿飞杳杳，思随流水去茫茫。《浣溪沙》

舒 亶（宋）
- 杜鹃啼破江南月，香风扑面吹红雪。《菩萨蛮》(273)

申时行（明）
- 轻翻玉剪穿花过，试舞霓裳带月归。《应制题扇》(285)

施耐庵（明）
- 无缘对面不相逢，有缘千里来相会。《水浒传》第三十五回

(T)

陶渊明（东晋）

《归园田居（其三）》
种豆南山下，草盛豆苗稀。
晨兴理荒秽，带月荷锄归。

《饮酒》（选句）
采菊东篱下，悠然见南山。
山气日夕佳，飞鸟相与还。

《归园田居五首（其一）》
少无适俗韵，性本爱丘山。
误落尘网中，一去三十年。
羁鸟恋旧林，池鱼思故渊。
开荒南野际，守拙归园田。

方宅十馀亩，草屋八九间；
榆柳荫后檐，桃李罗堂前。
暧暧远人村，依依墟里烟；
狗吠深巷中，鸡鸣桑树巅。
户庭无尘杂，虚室有馀闲。

- 桐庭多落叶，慨然知已秋。　　　　　《酬刘柴桑》(83)

陶　翰(唐)

- 人生志气立，所贵功业昌。　　　　　《赠郑员外》(584)

唐伯虎(唐寅)(明)

《晓起图》(111)

独立茅门懒挂筇，蘩丝凉拂豆花风。
晚鸦无数盘旋处，绿树枝头一线红。

《画鸡》(291)

头上红冠不用裁，满身雪白走将来。
平生不敢轻言语，一叫千门万户开。

《桃花庵诗》(选段)(374)

桃花坞里桃花庵，桃花庵下桃花仙；
桃花仙人种桃树，摘来桃花换酒钱。
……
但愿老死花酒间，不愿鞠躬车马前；
车尘马足富者趣，酒盏花枝贫者缘。

唐　婉(宋)

《菊花》(424)

身寄东篱心傲霜，不与群紫竞春芳。

粉蝶轻薄休沾蕊，一枕黄花夜夜香。

《钗头凤·世情薄》(813)

世情薄。人情恶。雨送黄昏花易落。晓风干。泪痕残。欲笺心事，独倚斜栏。难！难！难！　人成各。今非昨。病魂常似秋千索。角声寒。夜阑珊。怕人寻问，咽泪装欢。瞒！瞒！瞒！

唐彦谦(唐)

《蟹》(320)

充满煮熟堆琳琅，橙膏酱渫调堪尝。
一斗擘开红玉满，双螯咓出琼酥香。

《咏马》

紫云团影电飞瞳，骏骨龙媒自不同。
骑过玉楼金辔响，一声嘶断落花风。

- 无情最恨东流水，暗逐芳年去不还。《秋日感怀》
- 春风吹蚕细如蚁，桑芽才努青鸦嘴。《采桑女》(323)
- 寻芳陌上花如锦，折得东风第一枝。《无题十首(其一)》(628)

唐孝标(唐)

《饥鹰词》

遥想平原兔正肥，千回砺吻振毛衣。
纵令啄解丝绦结，未得人呼不敢飞。

汤显祖（明）

- 波光水鸟惊犹宿，露冷流萤湿不飞。《江宿》(338)
- 多少离怀起清夜，人间重望一回圆。《闰中秋》(769)
- 三分春色描来易，一段伤心画出难。《牡丹亭》
- 莺逢日暖歌声滑，人遇风情笑口开。《牡丹亭》

谭嗣同（清）

- 我自横刀向天笑，去留肝胆两昆仑！《狱中题壁》(583)

(W)

王 维（唐）

《使至塞上》(115)

单车欲问边，属国过居延。
征蓬出汉塞，归雁入胡天。
大漠孤烟直，长河落日圆。
萧关逢候骑，都护在燕然。

《观猎》(257)

风劲角弓鸣，将军猎渭城。
草枯鹰眼疾，雪尽马蹄轻。
忽过新丰市，还归细柳营。
回看射雕处，千里暮云平。

《山居秋暝》

空山新雨后，天气晚来秋。
明月松间照，清泉石上流。
竹喧归浣女，莲动下渔舟。

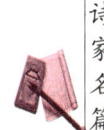

随意春芳歇，王孙自可留。

《相思》

红豆生南国，春来发几枝。

愿君多采撷(xié)，此物最相思。

《鸟鸣涧》(267)

人闲桂花落，夜静春山空。

月出惊山鸟，时鸣春涧中。

《送梓州李使君》(75)

万壑树参天，千山响杜鹃。

山中一夜雨，树杪百重泉。

《送元二使安西》

渭城朝雨浥轻尘，客舍青青柳色新。

劝君更尽一杯酒，西出阳关无故人。

《九月九日忆山东兄弟》(768)

独在异乡为异客，每逢佳节倍思亲。

遥知兄弟登高处，遍插茱萸少一人。

- 雨中草色绿堪染，水上桃花红欲燃。《辋川别业》(47)
- 一身转战三千里，一剑曾当百万师。《老将行》(231)
- 贺兰山下阵如云，羽檄交驰日夕闻。《老将行》(231)
- 漠漠水田飞白鹭，阴阴夏木啭黄鹂。《积雨辋川庄作》(297)
- 独在异乡为异客，每逢佳节倍思亲。《九月九日忆山东兄弟》(768)

● 花迎喜气皆知笑，鸟识欢心亦解歌。《既蒙宥罪旋复拜官伏感圣恩……》（856）

● 高城眺落日，极浦映苍山。《登河北城楼作》（192）

● 荒城临古渡，落日满秋山。《归嵩山作》（193）

王安石（宋）

《泊船瓜洲》（15）

京口瓜洲一水间，钟山只隔数重山。
春风又绿江南岸，明月何时照我还？

《元日》（203）

爆竹声中一岁除，春风送暖入屠苏。
千门万户曈曈日，总把新桃换旧符。

《登飞来峰》（571）

飞来峰上千寻塔，闻说鸡鸣见日升。
不畏浮云遮望眼，只缘身在最高层。

《桂枝香》(上阕)（*914）

登临送目。正故国晚秋，天气初肃。
千里澄江似练，翠峰如簇。
归帆去棹残阳里，背西风、酒旗斜矗。
彩舟云淡，星河鹭起，画图难足。

《读史》（894）

自古功名亦苦辛，行藏终欲付何人。
当时黮（tǎn）暗犹承误，末俗纷纭更乱真。
糟粕所传非粹美，丹青难写是精神。

区区岂尽高贤意，独守千秋纸上尘。

《梅花》（354）

墙角数枝梅，凌寒独自开。

遥知不是雪，为有暗香来。

《杜甫画像》（681）

吾观少陵诗，为与元气侔。

力能排天斡九地，壮颜毅色不可求。

浩荡八极中，生物岂不稠。

丑妍巨细千万殊，竟莫见以何雕锼。

惜哉命之穷，颠倒不见收。

青衫老更斥，饿走半九州。

瘦妻僵前子仆后，攘攘盗贼森戈矛。

吟哦当此时，不废朝廷忧。

常愿天子圣，大臣各伊周。

宁令吾庐独破受冻死，不忍四海寒飕飕。

伤屯悼屈止一身，嗟时之人死所羞。

所以见公像，再拜涕泗流。

惟公之心古亦少，愿起公死从之游。

- 浓绿万枝一点红，动人春色不须多。《咏石榴花》(28)
- 山月入松金破碎，江风吹水雪崩腾。《次韵平甫金山会宿寄亲友》(170)
- 独有杏花如唤客，倚墙斜日数枝红。《杏花》(369)
- 隔岸桃花红未半，枝头已有蜂儿乱。《渔家傲·梦中作》(376)

- 晴日暖风生麦气，绿阴幽草胜花时。《初夏即事》(61)
- 黄昏风雨打园林，残菊飘零满地金。《残菊》(422)
- 不畏浮云遮望眼，只缘身在最高层。《登飞来峰》(571)
- 由来犬羊着冠坐庙堂，安得四鄙无豺狼？ 《开元行》(506)
- 不须强作人间语，举世何人解语言。《鹦鹉》(512)
- 力能排天斡(wò)九地，壮颜毅色不可求。《杜甫画像》(681)
- 病身最觉风露早，归梦不知山水长。《葛溪驿》(765)
- 青山缭绕疑无路，忽见千帆隐映来。《江上》(865)
- 看似寻常最奇崛，成如容易却艰辛。《题张司业诗》(*927)
- 天提两轮光，环我屋角走。《客至当饮酒二首(其二)》(144)

王 冕(元)

- 冰雪林中着此身，不同桃李混芳尘。

  忽然一夜清香发，散作乾坤万里春。《白梅》(355)
- 吾家洗砚池头树，个个花开淡墨痕。《墨梅》(365)
- 飞鸿点点来边塞，寒雪纷纷落蓟门。《即事》
- 万里山河秋渺渺，一天风雨夜潇潇。《新店道中》

王之涣(唐)

《登鹳雀楼》(243)

白日依山尽，黄河入海流。

欲穷千里目，更上一层楼。

王 勃（唐）

《送杜少府之任蜀州》（713）

城阙辅三秦，风烟望五津。
与君离别意，同是宦游人。
海内存知己，天涯若比邻。
无为在歧路，儿女共沾巾。

王昌龄（唐）

《出塞二首（其一）》

秦时明月汉时关，万里长征人未还。
但使龙城飞将在，不教胡马度阴山。

《采莲曲》

荷叶罗裙一色裁，芙蓉向脸两边开。
乱入池中看不见，闻歌始觉有人来。

● 少年猎得平原兔，马后横捎意气归。《观猎》（860）

王 驾（唐）

《雨晴》（21）

雨前初见花间蕊，雨后全无叶底花。
蜂蝶纷纷过墙去，却疑春色在邻家。

王之道（宋）

《题浮光丘家山寺》

    tóng méng
曈曚半弄阴晴日，栗烈初迎小大寒。
溪水断流寒冻合，野田飞烧晓霜干。

王 翰（唐）

《凉州词》

葡萄美酒夜光杯，欲饮琵琶马上催。

醉卧沙场君莫笑，古来征战几人回？

王 湾（唐）

《次北固山下》

客路青山外，行舟绿水前。

潮平两岸阔，风正一帆悬。

海日生残夜，江春入旧年。

乡书何处达？归雁洛阳边。

王 令

《送春》(274)

三月残花落更开，小檐日日燕飞来。

子规夜半犹啼血，不信东风唤不回。

王 寀（宋）

- 万里波心谁折得？夕阳影里碎残红。《浪花》(122)

王 曙（宋）

- 堪笑牡丹如斗大，不成一事只空枝。《牡丹》(397)

王 观（宋）

- 水是眼波横，山是眉峰聚。 《卜算子·送鲍浩然之浙东》(476)

王 粲（三国）

- 迅风拂裳袂，白露沾衣襟。 《七哀诗（其二）》(100)

王　建(唐)
- 自是桃花贪结子，错教人恨五更风。《宫词一百首（选一）》(810)

王士祯(清)
- 郭边万户皆临水，雪后千峰半如城。《初春济南作》(194)

王守仁(明)
- 惊湍怒涌喷石窦，流沫下泻翻云湖。《咏趵突泉》(213)

王国维(清)
- 阅尽大千春世界，牡丹终古是花王。《题御笔牡丹》(391)

王贞白(唐)
- 读书不觉已春深，一寸光阴一寸金。《白鹿洞》

王献之(晋)
- 桃叶映红花，无风自婀娜。《桃叶歌三首（其一）》(379)

王实甫(元)
- 甜言蜜语三冬暖，恶语伤人六月寒。《西厢记》

王僧孺(南朝)
- 弦断犹可续，心去最难留。《为姬人自伤》(818)

温庭筠(晚唐)
- 数丛沙草群鸥散，万顷江田一鹭飞。《利州南渡》(292)
- 风翻荷叶一向白，雨湿蓼花千穗红。《溪上行》(401)
- 藕丝作线难胜针，蕊粉染黄那得深。《懊恼曲》(402)
- 三秋庭绿尽迎霜，惟有荷花守红死。《懊恼曲》(402)
- 月缺花残莫怆然，花须终发月终圆。《和王秀才伤歌姬》(521)
- 窗间谢女青蛾敛，门外萧郎白马嘶。《赠知音》(790)

文天祥（宋）

- 山河破碎风飘絮，身世浮沉雨打萍。《过零丁洋》(635)
- 人生自古谁无死？留取丹心照汗青！《过零丁洋》(635)
- 以身徇道不苟生，道在光明照千古。《言志》(636)
- 壮心欲填海，苦胆为忧天。　　　《赴阙》(647)

文征明（明）

- 一片垂杨春水渡，两崖啼鸟夕阳松。《龙门览胜图》

吴承恩（明）

《西游记·第一回》(508)

争名夺利几时休？早起迟眠不自由。
骑着驴骡思骏马，官居宰相望王侯。

《蜂》

穿花度柳飞如箭，粘絮寻香似落星。
小小微躯能负重，器器薄翅会乘风。

- 欲思宝马三公位，又忆金銮一品台。《西游记·第五十八回》(507)
- 山高自有行路客，水深岂无渡船人！《西游记》

吴伟业（清）

- 柳叶乱飘千尺雨，桃花斜带一溪烟。《鸳湖曲》(380)
- 恸哭六军俱缟素，冲冠一怒为红颜。《圆圆曲》(502)
- 黄鸡紫蟹堪携酒，红树青山好放船。《追叙旧约》(555)

吴履垒（唐）

《菊花》(418)

粲粲黄金裙，亭亭白玉肤。

極知时好异，似与岁寒俱。
堕地良不忍，抱技宁自枯。

吴叔达(唐)

《言行相顾》 (选句)

立志言为本，修身行乃先。
荣辱当于己，忠贞必动天。

吴 潜(宋)

- 半掩柴门人不见，老牛将犊伴鸦眠。《竹》(225)
- 无风无雨稻粱熟，有酒有螯橙橘香。《寄丁丞相》

吴文英(宋)

- 落絮无声春堕泪，行云有影月含羞。《浣溪沙》(142)

吴本善(明)

- 云开巫峡千峰出，路转巴江一字流。《送人之巴蜀》(184)

汪 藻(宋)

《春日》 (375)

野田春水碧于镜，人影渡傍鸥不惊。
桃花嫣然出篱笑，似开未开最有情。

汪 琬(清)

- 雨过斑竹千丛绿，潮落芳兰两岸青。《忆洞庭》(48)

汪元量(宋)

- 人生离合花间蝶，世事浮沉柳外鸥。《星子驿别客》

韦应物(唐)

《滁州西涧》 (278)

独怜幽草涧边生，上有黄鹂深树鸣。

春潮带雨晚来急，野渡无人舟自横。

《观田家》

微雨众卉新，一雷惊蛰始。

田家几日闲，耕种从此起。

魏夫人(宋)

● 溪山掩映斜阳里，楼台影动鸳鸯起。《菩萨蛮》(269)

韦 庄(唐)

《稻田》 (460)

绿波春浪满前陂，极目连云穤稏(pá yà)肥。

更被鹭鸶千百点，破烟来入画屏飞。

《观猎》 (句选)

公子喜逢朝罢日，将军夸换战时衣。

鹘(gǔ)翻锦翅云中落，犬带金铃草上飞。

● 龙翻瀚海波涛壮，鹤出金笼燕雀惊。《寄薛先辈》
● 江雨霏霏江草齐，六朝如梦鸟空啼。《台城》(688)
● 西园夜雨红樱熟，南亩清风白稻肥。《题汧阳县马跑泉李学士别业》

翁 绶(唐)

《白马》

渥洼龙种雪霜同，毛骨天生胆气雄。

金埒(liè)乍调光地照，玉关初别远嘶风。

花明锦襜(chān)垂杨下，露湿朱缨细草中。

一夜羽书催转战，紫髯(rán)骑出佩与弓。

翁　照（清）

● 友如作画须求淡，山似论文不喜平。《与友人寻山》(888)

无尽藏（唐）

《嗅梅》

尽日寻春不见春，芒鞋踏遍陇头云。

归来笑拈梅花嗅，春在枝头已十分。

无名氏

汉《生年不满百》(557)

为乐当及时，何能待来兹。

愚者爱惜费，但为后世嗤。

清《民谣》(563)

二月二日龙抬头，万岁皇爷使金牛。

九卿四相头前走，八大朝臣走后头。

正宫娘娘来送饭，保佑黎民天下收。

清《灯节诗》(*916)

看戏烛火闹元宵，划出旱船忙打招。

万放月华侵下界，烟杆火塔又是桥。

《诗经·关雎》（选段）(782)

关关雎鸠，在河之洲。窈窕淑女，君子好逑。

北朝《敕勒川》

敕勒川，阴山下。天似穹庐，笼盖四野。天苍苍，野茫茫，风吹草低见牛羊。

- 两京锁钥无双地，万里长城第一关。《山海关城楼对联》(241)
- 瓦罐不离井口碎，将军难免阵中亡。《民谚》
- 老牛自知夕阳晚，不用扬鞭自奋蹄。《格言》
- 做事不求有口皆碑，但求问心无愧。《格言》
- 善为至宝深深用，心作良田世世耕。《增广贤文》
- 书山有路勤为径，学海无涯苦作舟。《增广贤文》
- 临崖勒马收僵晚，船到江中补漏迟。《名贤集》
- 龙游浅水遭虾戏，虎落平阳被犬欺。明《增广贤文》
- 百世修来同船渡，千世修来共枕眠。明《增广贤文》
- 花香自有蜂蝶绕，树大引来凤做巢。《民谚》
- 宝剑锋从磨砺出，梅花香自苦寒来。《警世贤文》
- 书山有路勤为径，学海无涯苦作舟。《增广贤文》

(X)

辛弃疾（宋）

《菩萨蛮·书江西造口壁》 (485)

郁孤台下清江水，中间多少行人泪。

西北望长安，可怜无数山。

青山遮不住，毕竟东流去。

江晚正愁余，山深闻鹧鸪。

《西江月·夜行黄沙道中》 (97)

明月别枝惊鹊，清风半夜鸣蝉。

稻花香里说丰年，听取蛙声一片。

七八个星天外，两三点雨山前。
旧时茅店社林边，路转溪桥忽见。

《鹧鸪天·黄沙道中即事》(选句)(303)
句里春风正剪裁。溪山一片画图开。
轻鸥自趁虚船去，荒犬还迎野妇回。
松菊竹，翠成堆，要擎残雪斗疏梅。
乱鸦毕竟无才思，时把琼瑶蹴下来。

《西江月·遣兴》 (选段)(907)
昨夜松边醉倒，问松"我醉何如？"
只疑松动要来扶，以手推松曰："去！"

《青玉案·元夕》(202)
东风夜放花千树，更吹落，星如雨。
宝马雕车香满路。凤箫声动，玉壶
光转，一夜鱼龙舞。 蛾儿雪柳黄
金缕，笑语盈盈暗香去。众里寻他
千百度，蓦然回首，那人却在，灯
火阑珊处。

《清平乐·村居》 (217)
茅檐低小，溪上青青草。醉里吴音相
媚好，白发谁家翁媪。 大儿锄豆
溪东，中儿正织鸡笼；最喜小儿无
赖，溪头卧剥莲蓬。

《破阵子》 (229)
醉里挑灯看剑，梦回吹角连营。八百
里分麾下炙，五十弦翻塞外声。沙场

点秋兵。　马作的卢飞快，弓如霹雳弦惊。了却君王天下事，赢得生前身后名。可怜白发生！

《南乡子·登京口北固亭有怀》
何处望神州？满眼风光北固楼。千古兴亡多少事？悠悠。不尽长江滚滚流。

年少万兜鍪，坐断东南战未休。天下英雄谁敌手？曹刘。生子当如孙仲谋。

《永遇乐·京口北固亭怀古》(491)
千古江山，英雄无觅，孙仲谋处。舞榭歌台，风流总被雨打风吹去。斜阳草树，寻常巷陌，人道寄奴曾住。想当年，金戈铁马，气吞万里如虎。元嘉草草，封狼居胥，赢得仓皇北顾。四十三年，望中犹记，烽火扬州路。可堪回首，佛狸祠下，一片神鸦社鼓！凭谁问，廉颇老矣，尚能饭否？

《水龙吟》(650)
楚天千里清秋，水随天去秋无际。遥岑远目，献愁供恨，玉簪螺髻。落日楼头，断鸿声里，江南游子。把吴钩看了，阑干拍遍，无人会，登临意。

休说鲈鱼堪脍，尽西风，季鹰归

未？求田问舍，怕应羞见，刘郎才气。可惜流年，忧愁风雨，树犹如此。倩何人、唤取红巾翠袖，揾英雄泪！

- 江头未是风波恶，别有人间行路难。《鹧鸪天》
- 满眼不堪三月暮，举头已觉千山绿。《满江红》(27)
- 事如芳草春长在，人似浮云影不留。《鹧鸪天》(725)
- 春入平原荠菜花，新耕雨后落群鸦。《鹧鸪天·游鹅湖，醉书酒家壁》(50)

徐 渭（明）

《蟹六首（其一）》(314)

红绿碟文窑，姜橙捣未高。
双螯高雪挺，百品失风骚。

《题螃蟹诗》(313)

稻熟江村蟹正肥，双螯如戟挺青泥；
若教纸上翻身看，应见团团董卓脐。

- 二月梨花几树云，九曲黄河千尺波。《送内兄潘五北上》
- 一年乐事花流水，几夜他乡月照人。《元夕休宁道中遥忆乡里》

徐 凝（唐）

《忆扬州》(196)

萧娘脸薄难胜泪，桃叶眉头易得愁。
天下三分明月夜，二分无赖是扬州。

《庐山瀑布》

虚空落泉千仞直，雷奔入江不暂息。

今古长如白练飞，一条界破青山色。

● 觉后始知身是梦，更闻寒雨滴芭蕉。《宿列上人房》(766)

徐　玑(宋)

《新凉》(220)

水满田畴稻叶齐，日光穿树晓烟低。

黄莺也爱新凉好，飞过青山影里啼。

徐锡麟(清)

《出塞》(659)

军歌应唱大刀环，誓灭胡奴出玉关。

只解沙场为国死，何须马革裹尸还。

徐　绩(宋)

● 最喜儿孙解农事，稻花香满旧田间。《归田》(224)

徐　夤(唐)

● 万万花中第一流，浅霞轻染嫩银瓯(ōu)。《牡丹花》(392)

徐　琰(元)

● 月初圆忽被阴云，花正发频遭骤雨。《南吕一枝花》(519)

徐庭筠(宋)

● 未出土时先有节，便凌云去也无心。《咏竹》(445)

徐小松(清)

● 云带钟声穿树去，月移塔影过江来。《湖南邵阳双清公园对联》(*917)

许廷荣（清）

- 素心常耐冷，晚节本无瑕。《白菊》(419)

许　浑（唐）

《金陵怀古》(689)

玉树歌残王气收，景阳兵合戍楼空。

松楸远近千家冢，禾黍高低六代宫。

石燕拂云晴亦雨，江豚吹浪夜还风。

英雄一去豪华尽，唯有青山似洛中。

- 溪云初起日沉阁，山雨欲来风满楼。《咸阳城西楼晚眺》(72)
- 莫言三尺长无用，百万军中要指挥。《谢人赠鞭》(582)
- 一声山鸟曙云外，万点水萤秋草中。《自楞伽寺晨起泛舟道中有怀》

谢　逸（宋）

《咏岩桂》(440)

轻薄西风未办霜，夜揉黄雪作秋光。

摧残六出犹余四，正是天花更着香。

- 独倚阑干凝望远，一川烟草平如剪。《蝶恋花》
- 满院落梅香，柳梢初弄黄。《菩萨蛮》(361)

谢枋得（宋）

- 臂间弓矢真良将，舌底诗书笑腐儒。《代上张经历》
- 常人皆能办大事，天亦不必产英雄。《与李养吾书》

薛 逢(唐)

《悼古》

细推今古事堪愁，贵贱同归土一丘。

汉武玉堂人岂在，石家金谷水空流。

光阴自旦还将暮，草木从春又到秋。

闲事与时俱不了，且将身暂醉乡游。

- 泸川桑落雕初下，渭曲禾收兔正肥。

  陌上管弦清似语，草头弓马疾如飞。《猎骑》(选句)

薛 能(唐)

《惜春》

小丛初散蝶，高柳即闻蝉。

繁艳归何处，满山啼杜鹃。

- 青春背我堂堂去，白发欺人故故生。《春日使府寓怀二首(其一)》(734)

向 滈(宋)

《卜算子·寄内》(825)

休逞一灵心，争甚闲言语！

十一年间并枕时，没个牵情处？

四岁学言儿，七岁娇痴女。

说与旁人也断肠，你自思量取。

萧 贡(金)

- 洪波万里江天涌，一点金乌出海心。《日观峰》(113)

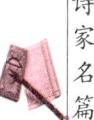

夏元鼎（清）

● 踏破铁鞋无觅处，得来全不费工夫。《绝句》

(Y)

岳 飞（南宋）

《满江红》(632)

怒发冲冠，凭栏处、潇潇雨歇。抬望眼、仰天长啸，壮怀激烈。三十功名尘与土，八千里路云和月。莫等闲、白了少年头，空悲切！　靖康耻，犹未雪。臣子恨，何时灭？驾长车，踏破贺兰山缺。壮志饥餐胡虏肉，笑谈渴饮匈奴血。待从头、收拾旧山河，朝天阙。

《满江红·黄鹤楼有感》

遥望中原，荒烟外、许多城郭。想当年、花遮柳护，凤楼龙阁。万岁山前珠翠绕，蓬壶殿里笙歌作。到而今、铁骑满郊畿，风尘恶。　兵安在，膏锋锷。民安在，填沟壑。叹江山如故，千村寥落。何日请缨提锐旅，一鞭直渡清河洛。却归来、再续汉阳游，骑黄鹤。

- 好水好山看不足，马蹄催趁月明归。《池州翠微亭》(556)

晏　殊(宋)

《浣溪沙》(486)

一曲新词酒一杯，去年天气旧亭台。

夕阳西下几时回？

无可奈何花落去，似曾相识燕归来。

小园香径独徘徊。

《鹊踏枝》(748)

槛菊愁烟兰泣露，罗幕轻寒，燕子双飞去。

明月不谙离恨苦，斜光到晓穿朱户。

昨夜西风凋碧树，独上高楼，望尽天涯路。

欲寄彩笺兼尺素，山长水阔知何处？

《玉楼春》(784)

绿杨芳草长亭路，年少抛人容易去。

楼头残梦五更钟，花底离愁三月雨。

无情不似多情苦，一寸还成千万缕。

天涯地角有穷时，只有相思无尽处。

- 腊后花期知渐近，寒梅已作东风信。《蝶恋花》(3)
- 垂杨只解惹春风，何曾系得行人住。《踏莎行》(348)
- 春风不解禁扬花，蒙蒙乱扑行人面。《踏莎行》(349)
- 夜雨染成天水碧，朝阳借出胭脂色。《渔家傲》
- 池上碧苔三四点，叶底黄鹂一二声。《破阵子》
- 眼看红芳犹抱蕊，丛中已结新莲子。《蝶恋花》

晏几道(宋)

《鹧鸪天》(899)

彩袖殷勤捧玉钟，当年拚却醉颜红。
舞低杨柳楼心月，歌尽桃花扇底风。

- 风吹梅蕊闹，雨细杏花香。 《临江仙·浅浅余寒春半》(367)

- 红烛自怜无好计，夜寒空替人垂泪。《蝶恋花》(475)

- 花落未须悲。红蕊明年又满枝。《南乡子》(522)

- 齐斗堆金，难买丹诚一寸真。《采桑子》(709)

- 有情不管别离久，情在相逢终有。《秋蕊香》(799)

- 唱得红梅字字香，柳枝桃叶尽深藏。《浣溪沙》(895)

袁 枚(清)

《遣怀》(选段)(531)

出世风怀蝴蝶梦，伤春心事鹧鸪歌。
聪明得福人间少，侥幸成名史上多。

《别常宁》(选段)(711)

六千里外一奴星，送我依依远出城。
知己那须分贵贱，穷途容易感心情。

- 残红尚有三千树，不及初开一朵鲜。《题桃树》(627)

- 爱好由来下笔难，一诗千改始心安。《遣兴二首(其一)》(889)

- 钓鱼须钓海上鳌(áo)，结交须交扶风豪。《赠吴如轩有序》

- 下字如下石，石破天方惊。《改诗》

袁褧（明）

《燕》（287）

最爱堂前燕，高飞忽复低。

趁风穿柳絮，冒雨掠花泥。

袁凯（明）

- 五湖花正落，三江莺乱飞。　《采石中望》

袁说友（宋）

- 袅娜熟眠杨柳绿，夭娆浓醉海棠红。《惜春》

元稹（唐）

《小暑六月节》

倏忽温风至，因循小暑来。

竹喧先觉雨，山暗已闻雷。

《赋得九月尽》

霜降三旬后，莫徭（míng）一叶秋。

玄阴迎落日，凉魄尽残钩。

《八骏图诗》（选段）

龙种无凡性，龙行无暂舍。

朝辞扶桑底，暮宿昆仑下。

鼻息吼春雷，蹄声裂寒瓦。

尾掉沧波黑，汗染白云赭（zhě）。

《春晓》

半欲天明半未明，醉闻花气睡闻莺。

猧（wō）儿撼起钟声动，二十年前晓寺情。

《看花》（845）

努力少年求好官，好花须是少年看。
君看老大逢花树，未折一枝心已阑。

《红芍药》(选段)（427）

芍药绽红绡，巴篱织青琐。
繁丝蹙金蕊，高焰当炉火。
翦刻彤云片，开张赤霞裹。
烟轻琉璃叶，风亚珊瑚朵。
受露色低迷，向人娇婀娜。
酡颜醉后泣，小女妆成坐。
艳艳锦不如，夭夭桃未可。
晴霞畏欲散，晚日愁将堕。

《岳阳楼》（260）

岳阳楼上日衔窗，影倒深潭赤玉幢。
怅望残春万般意，满棂湖水入西江。

《寄赠薛涛》（886）

锦江滑腻峨眉秀，幻出文君与薛涛。
言语巧偷鹦鹉舌，文章分得凤凰毛。
纷纷辞客多停笔，个个公卿欲梦刀。
别后相思隔烟水，菖蒲花发五云高。

● 山泉散漫绕阶流，万树桃花映小楼。《离思五首(其二)》（249）

● 岳阳楼上日衔窗，影到深潭赤玉幢。《岳阳楼》（260）

- 不是花中偏爱菊，此花开尽更无花。《菊花》(414)
- 龙文远水吞平岸，羊角轻风旋细尘。《早春登龙山静胜寺》
- 君看老大逢花树，未折一枝心已阑。《看花》(845)
- 自惊身上添年纪，休系心中小是非。《酬复言长庆四年元日郡斋感怀见寄》(550)
- 言语巧偷鹦鹉舌，文章分得凤凰毛。《寄赠薛涛》(886)
- 曾经沧海难为水，除却巫山不是云。《离思五首·其四》(*912)

元好问（金）

《同儿辈赋未开海棠》(410)

枝间新绿一重重，小蕾深藏数点红。

爱惜芳心莫轻吐，且教桃李闹春风。

《壬辰十二月车驾东狩后即事五首（其二）》(572)

惨淡龙蛇日斗争，干戈直欲尽生灵。

高原水出山河改，战地风来草木腥。

《两栖曲》(268)

游丝落絮春漫漫，西楼晓晴花作团。

楼中少妇弄瑶瑟，一曲未终坐长叹。……

并刀不剪东流水，湘竹年年泪痕紫。

海枯石烂两鸳鸯，只合双飞便双死。……

镜中独语人不知，欲插花枝泪如洗。

- 蛟龙岂是池中物，蚍虱空悲地上臣。《壬辰十二月车驾东狩后即事五首(其一)》(572)

- 秋风不用吹华发，沧海横流要此身！《壬辰十二月车驾东狩后即事五首(其一)》(572)

- 纵横正有凌云笔，俯仰随人亦可怜。《论诗三十首(其二十一)》(600)

- 一语天然万古新，豪华落尽见真淳。《论诗三十首(其四)》(887)

元 绛(宋)

- 花多红夹马，山远翠藏楼。 《和梅龙图游西湖见寄》

叶绍翁(宋)

《游园不值》(16)

应怜屐(jī)齿印苍苔，小扣柴扉久不开。
春色满园关不住，一枝红杏出墙来。

叶梦得(宋)

《八声甘州》(834)

故都迷岸草，望长淮、依然绕孤城。
想乌衣年少，芝兰秀发，戈戟云横。
坐看骑兵南渡，沸浪骇奔鲸。
转盼东流水，一顾功成。
千载八公山下，尚断崖草木，遥拥峥嵘。
漫云涛吞吐，无处问豪英。
信劳生、空成今古，笑我来、何事怆遗情？

东山老，可堪岁晚，独听桓筝！

故都迷岸草，望长淮、依然绕孤城。

叶楚伧(民国)

- 一天霜压关山壮，万里魂归海国阴。《秋兴》

杨万里(宋)

《晓出净慈寺送林子方》(400)

毕竟西湖六月中，风光不与四时同。

接天莲叶无穷碧，映日荷花别样红。

《夏日追凉》

夜热依然午热同，开门小立月明中。

竹深树密虫鸣处，时有微凉不是风。

《插秧歌》

田夫抛秧田妇接，小儿拔秧大儿插。

笠是兜鍪（móu）蓑（suō）是甲，雨从头上湿到胛。

《乙丑改元开禧元日》

夜半梅花添一岁，梦中爆竹报残更。

方知人喜天亦喜，作么钟鸣鸡未鸣。

- 小荷才露尖尖角，早有蜻蜓立上头。《小池》(18)
- 落红满路无人惜，踏作花泥透脚香。《小溪至新田》(36)
- 不去扫清天北雾，只来卷起浪头山。《嘲淮风》(102)
- 分清裂白两派出，跳珠跃雪双龙争。《题兴宁县东文岭瀑泉》(173)
- 月子弯弯照九州，几家欢乐几家愁？《竹枝歌》(565)

- 东风从我袖中出，小蕾已含天上香。《立春检校牡丹》
- 日日锦江呈锦祥，清溪倒照映山红。《明发西观晨炊蔼》
- 红红白白花临水，碧碧黄黄麦际天。《过杨村》

杨 收(唐)

《入洞庭望岳阳》(182)

飞鸥撇浪三千里，暮草摇风一万畦。
黛色浅深山远近，碧烟浓淡树高低。

杨 慎(明)

《临江仙》(492)

滚滚长江东逝水，浪花淘尽英雄。
是非成败转头空。青山依旧在，几度夕阳红。
白发渔樵江渚上，惯看秋月春风。
一壶浊酒喜相逢。古今多少事，
都付笑谈中。

杨维桢(元)

《鸿门会》(680)

军声十万振屋瓦，拔剑当人面如赭。
将军下马力排山，气卷黄河酒中泻。

杨显之(元)

- 黄花金兽眼，红叶火龙鳞。《临江驿潇湘秋雨杂剧》
- 常将冷眼看螃蟹，看你横行得几时。《临江驿潇湘秋雨》

杨 广（隋）

- 灯树千光照，花焰七枝开。《元夕于通衢建灯夜升南楼诗》(198)

杨 载（元）

- 柳梢听得黄鹂语，此是春来第一声！《到京师》(8)

杨 凌（唐）

- 南园桃李花落尽，春风寂寞摇空枝。《句》

杨巨源（唐）

- 一片彩霞迎曙日，万条红烛动春天。《元日呈李逢吉舍人》(6)

杨庆琛（清）

- 胸中清气吞云梦，天下奇观到岳阳。《雨后登岳阳楼》(244)

杨巽斋（宋）

- 鲜红滴滴映霞明，尽是冤禽血染成。《杜鹃花》(276)

羊士谔（唐）

- 红衣落尽暗香残，叶上秋光白露寒。《郡中即事》

于 谦（明）

《石灰吟》(596)

千锤万击出深山，烈火焚烧若等闲。
粉身碎骨全不怕，要留清白在人间。

《古意》(800)

月缺重圆会有期，人生何得久别离。
愿将身托蟾蜍影，照见良人不寐时。

- 清风两袖朝天去，免得闾阎话短长。《入京诗》(595)

- 一寸丹心图报国，两行清泪为思亲。《立春日感怀》(637)
- 富贵傥(tǎng)来君莫问，丹心报国是男儿。《靖日感怀》
- 名节重泰山，利欲轻鸿毛。《无题》(611)

于右任（现代）

《望大陆》

葬我于高山之上兮，望我故乡；

故乡不可见兮，永不能忘。

葬我于高山之上兮，望我大陆；

大陆不可见兮，只有痛哭。

天苍苍，野茫茫，山之上，国有殇！

俞德邻（宋）

- 万径千山孤岛绝，八荒四海一云同。《雪》

姚涞（元）

《再次元人旧韵》（选句）

君王和义士离心，将相都忘社稷危。

长城自坏终难复，大厦将倾未易支。

姚合（唐）

- 残云带雨轻飘雪，嫩柳含烟小绽金。《早春山居寄城中知己》(4)
- 月明松影路，春满杏花山。《游杏溪兰若》(216)
- 一带长河水，千条弱柳风。《夏日登楼晚望》

颜真卿（唐）

《劝学》(616)

三更灯火五更鸡，正是男儿读书时。

黑发不知勤学早，白首方悔读书迟。

庾信（南北朝）

- 麦随风里熟，梅逐雨中黄。 《奉和夏日应令》(68)
- 露泣连珠下，萤飘碎火流。 《拟咏怀诗（之十八）》(336)

鱼玄机（唐）

《江陵愁望寄子安》(783)

枫叶千枝复万枝，江桥掩映暮帆迟。

忆君心似西江水，日夜东流无歇时。

- 一双笑靥才回面，十万精兵尽倒戈。《浣纱庙》(849)

虞世南（唐）

《蝉》(330)

垂緌饮清露，流响出疏桐。

居高声自远，非是藉秋风。

虞俦（宋）

- 芙蓉泣露坡头见，桂子飘香月下闻。《有怀汉老弟》(441)

俞琰（宋）

《电》(59)

造物神奇岂有涯，云端闪炼掣金蛇。

一痕急逗狂雷信，万焰纷随暴雨挝。

散去星辉叠复见，掀开月色瞥还遮。

幽窗降鉴频三四，照尽人心正与邪。

殷文圭（唐）

《寄贺杜荀鹤及第》(选段) (859)

一战平畴五字劳，昼归乡去锦为袍。

作者姓氏声母排序：B C D F G H J K L M N O P Q R S T W X **Y** Z

大鹏出海翎犹湿，骏马辞天气正豪。

● 万里无云镜九天，最团圆夜是中秋。《八月十五夜》

元淮（元）

《立春日赏红梅》

昨夜东风转斗杓，陌头杨柳雪才消。

晓来一树如繁杏，开向孤村隔小桥。

易顺鼎（清）

● 朝朝暮暮山头石，风风雨雨峡里船。《羚山遇雨望峡中望夫石作》

(Z)

张孝祥（宋）

《念奴娇·过洞庭》(选段)(179)

洞庭青草，近中秋，更无一点风色。

玉鉴琼田三万顷，着我扁舟一叶。

素月分辉，明河共影，表里俱澄澈。

……

● 满载一船明月，平铺千里秋江。《西江月·黄陵庙》(121)

● 千里江山如画，万井笙歌不夜。《水调歌头·桂林中秋》(153)

● 霜日明宵水蘸(zhàn)空，鸣鞘声里绣旗红。《浣溪沙》(230)

● 寒光亭下水连天，飞起沙鸥一片。《西江月·题溧阳三塔寺》(293)

● 立志欲坚不欲锐，成功在久不在速。《论治体札》

张　籍（唐）

《秋思》（774）

洛阳城里见秋风，欲作家书意万重。
复恐匆匆说不尽，行人临发又开封。

《凉州词》（12）

边城暮雨雁飞低，芦笋初生渐欲齐。
无数铃声遥过碛，应驮白练到安西。

《重阳日至峡道》

无限青山行已尽，回看忽觉远离家。
逢高欲饮重阳酒，山菊今朝未有花。

《送李骑曹灵州归觐》

翩翩出上京，几日到边城。
渐觉风沙起，还将弓箭行。
席萁侵路暗，野马见人惊。
军府知归庆，应教数骑迎。

《关山月》（选段）（236）

秋月朗朗关山上，山中行人马蹄响。
关山秋来雨雪多，行人见月唱边歌。
……
溪水连天霜草平，野驼寻水碛中鸣。
陇头风急雁不下，沙场苦战多流星。
可怜万国关山道，年年战骨多秋草。

● 还君明珠双泪垂，何不相逢未嫁时。《节妇吟，寄东平李司空师道》（806）

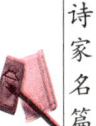

张　先(宋)

《木兰花》(520)

人意共怜花月满，花好月圆人又散。
欢情去逐远云空，往事过如幽梦断。

《千秋岁》(37)

数声鶗鴂。又报芳菲歇。惜春更选残红折。雨轻风色暴，梅子青时节。永丰柳，无人尽日飞花雪。　莫把幺弦拨。怨极弦能说。天不老，情难绝。心似双丝网，有千千结。夜过也，东窗未白凝残月。

- 浮萍破处见山影，小艇归时闻草声。《题西溪无相院》(177)

- 中庭月色正清明，无数杨花过无影。《木兰花·乙卯吴兴寒食》

- 沙上并禽池上暝，云破月来花弄影。《天仙子》(129)

张问陶(清)

《论诗十二绝句》(选段)(893)

其三

胸中成见尽消除，一气如云自卷舒。
写出此身真阅历，强于钞饾古人书。

其四

凭空何处造情文，还仗灵光助几分。
奇句忽来魂魄动，真如天上落将军。

其五

跃跃诗情在眼前，聚如风雨散如烟。

敢为常语谈何易，百炼功纯始自然。

其六

想到空灵笔有神，每从游戏得天真。

笑他正色谈风雅，戎服朝冠对美人。

其七

妙语雷同自不知，前贤应恨我生迟。

胜他刻意求新巧，做到无人得解时。

其十

文章体制本天生，只让通才有性情。

模宋规唐徒自苦，古人已死不须争。

其十二

名心退尽道心生，如梦如仙句偶成。

天籁自鸣天趣足，好诗不过近人情。

- 人从虎豹丛中健，天在峰峦缺处明。《煎茶坪题壁》(592)
- 新蚕蠕蠕一寸长，千头簇簇穿翳桑。《采桑曲》(*930)

张 耒(宋)

《早春》(7)

辉辉暖日弄游丝，风软晴云缓缓飞。

残雪暗随冰笋滴，新春偷向柳梢归。

- 日暮北风吹雨去，数峰清瘦出云来。《初见嵩山》(74)

- 近水远山情脉脉，碧云芳草思绵绵。《上元后步西园》
- 高眠寻断梦，邻树已乌惊。　　　《破幌》(305)
- 万竹萧萧雨，孤荷袅袅风。　　　《东池》

张九龄(唐)

《望月怀远》(选段)(139)

海上生明月，天涯共此时。
情人怨遥夜，竟夕起相思。

- 高节人相重，虚心世所知。《和黄门卢侍御咏竹》(447)

张 谓(唐)

《早梅》(363)

一树寒梅白玉条，迥临村路傍溪桥。
不知近水花先发，疑是经冬雪未消。

- 安边自合有长策，何必流离中国人！《代北州老翁答》(644)

张 继(唐)

《枫桥夜泊》(99)

月落乌啼霜满天，江枫渔火对愁眠。
姑苏城外寒山寺，夜半钟声到客船。

张若虚(唐)

《春江花月夜》(132)

春江潮水连海平，海上明月共潮生。
滟滟随波千万里，何处春江无月明。

江流宛转绕芳甸，月照花林皆似霰。
空里流霜不觉飞，汀上白沙看不见。
江天一色无纤尘，皎皎空中孤月轮。
江畔何人初见月，江月何年初照人？
人生代代无穷已，江月年年只相似。
不知江月待何人，但见长江送流水。
白云一片去悠悠，青枫浦上不胜愁。
谁家今夜扁舟子，何处相思明月楼？
可怜楼上月徘徊，应照离人妆镜台。
玉户帘中卷不去，捣衣砧上拂还来。
此时相望不相闻，愿逐月华流照君。
鸿雁长飞光不渡，鱼龙潜跃水成文。
昨夜闲潭梦落花，可怜春半不还家。
江水流春去欲尽，江潭落月复西斜。
斜月沉沉藏海雾，碣石潇湘无限路。
不知乘月几人归，落月摇情满江树。

张正见（南梁）

《紫骝马》(264)

将军入大宛，善马出从戎。
影绝干河上，声流水窟中。
似鹿犹依草，如龙欲向空。
须还十万里，试为一追风。

张松龄(五代)

《渔夫》 (266)

轻风细浪漾渔船。碧水斜阳欲暮天。

看白鸟，下长川。点破潇湘万里烟。

张元干(宋)

《甲午正月十四日书所见来日惊蛰节》

老去何堪节物催，放灯中夜忽惊雷。

一声大震龙蛇起，蚯蚓虾蟆也出来。

《水调歌头》(选段)(668)

想象英灵在，千古傲云涛。

……

洗尽人间尘土，扫去胸中冰炭，痛饮读离骚。

张志和

《渔歌子》 (298)

西塞山前白鹭飞，桃花流水鳜鱼肥。

青箬笠，绿蓑衣，斜风细雨不须归。

张　英(清)

《家书》 (743)

千里修书只为墙，让他三尺又何妨。

长城万里今犹在，不见当年秦始皇。

张　说(唐)

《幽州新岁》

共知人事何常定，且喜年华去复来。

边镇戎歌连夜动,京城燎火彻明开。

- 誓欲成名报国,羞将开口论勋。《破阵乐二首(选一)》(658)

张泌(唐)

- 多情只有春庭月,犹为离人照落花。《寄人》(146)
- 山河惨澹关城闭,人物萧条市井空。《边上》

张祜(唐)

《观徐州李司空猎》

晓出郡城东,分围浅草中。

红旗开向日,白马骤迎风。

背手抽金镞(zú),翻身控角弓。

万人齐指处,一雁落寒空。

《猎》

残猎渭城东,萧萧西北风。

雪花鹰背上,冰片马蹄中。

臂挂捎荆兔,腰悬落箭鸿。

归来逞馀勇,儿子乱弯弓。

- 日光斜照集灵台,红树花迎晓露开。《集灵台》(248)

张昇(宋)

《离亭燕》(81)

一带江山如画,风物向秋潇洒。水浸碧天何处断?霁色冷光相射。

蓼屿荻花洲，掩映竹篱茅舍。　云际客帆高挂，烟外酒旗低亚。多少六朝兴废事，尽入渔樵闲话。怅望倚层楼，寒日无言西下。

张 震(宋)

- 衔泥燕子迎风絮，得食鱼儿趁浪花。《鹧鸪天》(284)

张 元(宋)

- 战罢玉龙三百万，败鳞残甲满天飞。《雪》(103)

张 咏(宋)

- 无端一夜空阶雨，滴破思乡万里心。《雨夜》(480)

张 笱(唐)

- 向北望星提剑立，一生长为国家忧。《渔阳将军》(641)

张 氏(唐)

- 从来夸有龙泉剑，试割相思得断无。《寄夫》(823)

张舜民(宋)

- 夕阳牛背无人卧，带得寒鸦两两归。《村居》(308)

张以宁(明)

- 英雄已尽中原泪，臣主元无北渡心。《过辛稼轩神道》(651)

朱 熹(宋)

《春日》(17)

胜日寻芳泗水滨，无边光景一时新。
等闲识得东风面，万紫千红总是春。

《观书有感二首(其一)》(219)

半亩方塘一鉴开，天光云影共徘徊。

问渠那得清如许，为有源头活水来。
《观书有感二首》(其二) (219)
昨夜江边春水生，艨艟巨舰一毛轻。
向来枉费推移力，此日中流自在行。

- 故山风雪深寒夜，只有梅花独自香。《夜雨》(359)

朱淑真(宋)
- 宁可抱香枝上老，不随黄叶舞秋风。《黄花》(416)
- 谢却海棠飞尽絮，困人天气日初长。《即景》(63)

朱庆余(唐)
《闺意献张水部》 (821)
洞房昨夜停红烛，待晓堂前拜舅姑。
妆罢低声问夫婿：画眉深浅入时无？

《宫词》 (510)
寂寂花时闭院门，美人相并立琼轩。
含情欲说宫中事，鹦鹉前头不敢言。

朱超(南朝)
- 大江阔千里，孤舟无四邻。 《舟中望月》(159)

朱草衣(清)
- 秋草人锄荒苑地，夕阳僧打破楼钟。《由灵谷寺经孝陵》(756)

朱元璋(明)
- 双手劈开生死路，一刀割断是非根。《赠屠夫春联》(874)

郑板桥(郑燮)(清)
《竹石》 (444)
咬定青山不放松，立根原在破岩中。

作者姓氏声母排序：B C D F G H J K L M N O P Q R S T W X Y **Z**

千磨万击还坚劲，任尔东西南北风。

《墨竹图》(448)

秋风昨夜渡潇湘，触石穿林惯作狂。

惟有竹枝浑不怕，挺然相斗一千场。

《潍县署中画竹呈年伯包大中丞括》(564)

衙斋卧听萧萧竹，疑是民间疾苦声。

些小吾曹州县吏，一枝一叶总关情。

- 删繁就简三秋树，领异标新二月花。《对联》

郑　谷(唐)

- 低飞绿岸和梅雨，乱入红楼拣杏梁。《燕》(286)
- 秾丽最宜新着雨，娇娆全在欲开时。《海棠》(407)
- 情多最恨花无语，愁破方知酒有权。《中年》(798)

郑思肖(宋)

- 宁可枝头抱香死，何曾吹落北风中！《寒菊》(417)
- 胸中有誓深于海，肯使神州竟陆沉？《二砺》(579)

郑　邀(唐)

《伤农》(568)

一粒红稻饭，几滴牛颔血。

珊瑚枝下人，衔杯吐不歇。

- 帆力劈开沧海浪，马蹄踏破乱山青。《偶题》(*929)
- 浮名浮利浓于酒，醉得人心死不醒。《偶题》(*929)

郑　炎(宋)

- 一片岚光凝不飞，数里松阴翠如滴。《赠张俞秀才游金华山》

赵 翼(清)

《论诗五首(其一)》(675)

满眼生机转化钧，天工人巧日争新。

预支五百年新意，到了千年又觉陈。

《论诗五首(其二)》(675)

李杜诗篇万口传，至今已觉不新鲜。

江山代有才人出，各领风骚数百年。

《除夕》

烛影摇江严尚明，寒深知已积琼英。

老夫昌冷披衣起，要叫雄鸡第一声。

● 矮人看戏何曾见？都是随人说短长。《论诗五首(其三)》
(615)

赵 沨(金)

《黄山道中》(1)

千章秀木黄公庙，一点飞云白塔山。

好景落谁诗句里，蹇驴驮我画图间。

赵艳雪(清)

《和查为仁悼亡诗》

逝水韶华去莫留，漫伤林下是风流。

美人自古如名将，不许人间见白头。

赵 嘏(唐)

《长安秋望》(413)

残星几点雁横塞，长笛一声人倚楼。

紫艳半开篱菊静，红衣落尽渚莲愁。

赵友直(宋)

《立夏》

四时天气促相催，一夜熏风带暑来。

陇亩日长蒸翠麦，园林雨过熟黄梅。

赵师秀(宋)

● 黄梅时节家家雨，青草池塘处处蛙。《约客》(69)

赵希逢(宋)

● 千古风流歌舞地，六朝兴废帝王州。《半月寺有感》(197)

赵与滂(宋)

● 蔷薇性野难拘束，却过邻家屋上红。《花院》(433)

赵秉文(金)

● 浮云世态纷纷变，秋草人情日日疏。《寄王学士子端》(515)

赵善伦(宋)

● 江流千古英雄泪，山掩诸公富贵羞。《京口多景楼》(528)

赵师侠(宋)

● 春风解绿江南树，不与人间染白须。《鹧鸪天》(729)

赵孟𫖯(元)

● 三月江南莺乱飞，百花满树柳依依。《纪旧游》

查慎行(清)

● 一雁下投天尽处，万山浮动雨来初。《登宝婺楼》(71)

● 清泉自爱江湖去，流出红墙便不还。《玉泉山》(787)

真山民(宋)

● 鸟声山路静，花影寺门深。《兴福寺》(252)

- 归鸦不带残阳去，留得林梢一抹红。《晚步》(309)
- 归心千古终难白，啼血万山都是红。《杜花鹃得红字》

曾 几(宋)

《癸未八月十四至八月十六
夜月色皆佳》

年年岁岁望中秋，岁岁年年雾雨愁。
凉月风光三夜好，老夫怀抱一生休。

曾 巩(宋)

- 朱楼四面钩疏箔，卧看千山急雨来。《西楼》(76)

曾 纡(宋)

- 半川云影前山雨，十里香风晚稻花。《宁国道中》(222)

左宗棠(清代)

《题于无锡梅园》

发上等愿，结中等缘，享下等福。
择高处立，就平处坐，向宽处行。

周邦彦(北宋)

《蝶恋花》

月皎惊乌栖不定，更漏将残，辘轳
牵金井。唤起两眸清炯炯。泪花落
枕红绵冷。　　执手霜风吹鬓影。
去意徊徨，别语愁难听。楼上阑干
横斗柄，露寒人远鸡相应。

《玉楼春》

桃溪不作从容住，秋藕绝来无续处。

作者姓氏声母排序：B C D F G H J K L M N O P Q R S T W X Y Z　　173

当时相候赤阑桥，今日独寻黄叶路。烟中列岫青无数，雁背夕阳红欲暮。人如风后入江云，情似雨余粘地絮。

《夜游宫》

叶下斜阳照水，卷轻浪、沉沉千里。桥上酸风射眸子。立多时，看黄昏，灯火市。　　古屋寒窗底，听几片、井桐飞坠。不恋单衾再三起。有谁知？为萧娘，书一纸。

《大酺·咏春雨》

对宿烟收，春禽静，飞雨时鸣高屋。墙头青玉旆，洗铅霜都尽，嫩梢相触。润逼琴丝，寒侵枕障，虫网吹粘帘竹。邮亭无人处，听檐声不断，困眠初熟。奈愁极顿惊，梦轻难记，自怜幽独。

　　行人归意速，最先念、流潦妨车毂。怎奈向、兰成憔悴，卫玠清羸，等闲时、易伤心目。未怪平阳客，双泪落、笛中哀曲。况萧索、青芜国。红糁铺地，门外荆桃如菽。夜游共谁秉烛？

- 愁一箭风快，半篙波暖，回头迢递便数驿。
　　　　　　　　　　　　《兰陵王》
- 叶上初阳干宿雨，水面清圆，一一风荷举。
　　　　　　　　　　　　《苏幕遮》

- 凤老莺雏，雨肥梅子，午阴嘉树清圆。《满庭芳》

周　密(宋)

《西塍废园》 (868)

吟蛩鸣蜩引兴长，玉簪花落野塘香。

园翁莫把秋荷折，留与游鱼盖夕阳。

周　繇(唐)

《甘露登寺》

盘山上几层，峭壁半垂藤。

殿锁南朝像，龛禅外国僧。

海涛舂砌槛，山雨洒窗灯。

日暮疏钟起，声声彻广陵。

周紫芝(宋)

- 千山落木风转急，万里飞鸿天更寒。《晚思》
- 月色昏昏人寂寂，梅花淡淡水漪漪。《题钱少愚孤山月梅图》

择　璘(宋)

《咏杜鹃花》

蚕老麦黄三月天，青山处处有啼鹃。

断崖几树深如血，照水晴花暖欲燃。

卓文君(西汉)

《怨郎诗》

一别之后，二地相思，只说三四月，

又谁知五六年，七弦琴无心弹，八行

书无可传，九曲连环从中断，十里长亭望眼欲穿。百思想，千系念，万般无奈把郎怨。　万语千言说不完，百无聊赖十倚栏，重九登高看孤雁，八月中秋月圆人不圆。七月半，烧香秉烛问苍天，六月伏天人人扇扇我心寒，五月石榴似火红，偏遇阵阵冷雨浇花端。四月枇杷黄，我欲对镜心意乱。急匆匆，三月桃花随水转；飘零零，二月风筝线儿断。噫，郎啊郎，恨不得下一世，你为女来我做男。

注：此诗有多种版本为历代传诵，按其风格已不是西汉语风，故其不是原诗。原诗已无可查，但必为卓文君首创，虽经后人修其文而尊其意，仍具有较高的欣赏价值。

章孝标（唐）

《鲤鱼》

眼似珍珠鳞似金。时时动浪出还沈。

河中得上龙门去，不叹江湖岁月深。

- 穿云自怪身如电，煞兔谁知吻胜刀。《鹰》(289)

章碣（唐）

- 坑灰未冷山东乱，刘项原来不读书。《焚书坑》(619)

折元礼（金）

《望海潮》

地雄河岳，疆分韩晋，潼关高压秦头。

山倚断霞，江吞绝壁，野烟蒙带沧洲。虎旅貔貅。看阵云截岸，霜气横秋。千雉严城，五更残角月如钩。　西风晓入貂裘。恨儒冠误我，却羡兜鍪。六郡少年，三明老将，贺兰烽火新收。天外岳莲楼。想断云横晓，谁识归舟？剩着黄金换酒，羯鼓醉凉州。

宗泽(南宋)

- 眼中形势胸中策，缓步徐行静不哗。《早发》(631)

祖　咏(唐)

- 高飞凭力致，巧啭任天姿。《汝坟秋同仙州王长史翰闻百舌鸟》(698)

珠帘绣(元)

- 便是牡丹花下死，做鬼也风流。《正宫·醉西施(玉芙蓉)》(789)

副篇

诗词格律简述

诗词格律简述

诗词的魅力，在于它是人类心灵触摸大自然和社会碰撞出的智慧的火花，用精美的语言凝炼出的结晶。格律诗词是中华民族独有的以独特的方式凝炼出的优美辞章，是我国优秀传统文化里永存的瑰宝。《中国古典诗词、精选系列丛书》所选诗词基本上是格律诗词，为便于广大读者阅读和理解，本文在《中华诗彩》上卷中的"诗词格律简述字表"的基础上，对诗词格律最基本的常识及规则作一简述。

一、格律诗

我国古代诗词大体可分为古体诗、近体诗和词三个大类。古体诗也称作古诗或古风。近体诗又称格律诗。格律诗因对一首诗的句数、每句的字数、字音的平仄、押韵、对仗等有严格的限制，所以被称为格律诗。除用韵略受限制外，凡不受格律限制的诗，都称为古体诗或古风。

格律诗按句数区分，每首为四句的，称为绝句，或称律绝；每首为八句的，称为律诗；每首为十句以上的，称为长律，或称排律。

格律诗的每句字数是确定的，一般是每句五个字或七个字。绝句是五字的，称为五言绝句，简称五绝；是七字的，称为七言绝句，简称七绝。律诗是五字的，称为五言律诗，简称五律；是七字的，称为七言律诗，简称七律。长律有五字句和七字句（多是五字句），称为五言排律或七言排律。

二、格律诗的规则

格律诗的规则主要体现在三个方面：声调平仄有安排，音色押韵有限制，句法对仗有要求。

1. 声调平仄安排

我国的汉文字源远流长，不仅有其声，而且有其调，许多文字的音调在不同的语境下随即变化，使汉语言文字对人的情感表达极为丰富精彩。阅读或写格律诗时为什么要吟呢？其意就在这儿，格律诗首先是门创作音律美的艺术。

古代汉文字的声调有平声、上声、去声、入声四种，其中上声、去声、入声均为仄声。智慧的中华先民们早已将文字的四个声调归为平仄两大类用于诗词歌赋的创作。现代汉语使用普通话，继承并改进了古代汉文字的四声调，将平声分为阴平和阳平，将入声字分别归入了其他声调，所以现代汉语的声调也是四种：第一声为阴平，第二声为阳平，第三声为上声，第四声为去声。依次分别用符号"－、／、∨、＼"来表示。再把四个声调分作"平"、"仄"两类，阴平、阳平为一类，称做平声，上声、去声为一类，称做仄声。文学是随着语言的变化而发展的，现代汉文字与古代汉文字，在声调平仄分布的范围上虽有一些不同，但并没改变格律诗在声调平仄安排上的规则。一个人只要学过汉语拼音，就能分辨出字音的平仄。那么，写格律诗时，对诗句内的字的平仄安排遵循以下规则就是了：

其一，句内平仄间换。

一是，要求句子内的字在平仄上要交错，这种交错是按两个字为一节，即前一个两字节是平声，后一个两字节则必须是仄声，续之亦然。平仄交错使声音富有变化，从而以适应人们对万事万物及复杂情感的表达。

二是，平仄间换特指诗句中处在偶数位上的字和每句的尾字。因为汉文字的语句一般是每字一个音节，每两个字为一个节拍，处在偶数位上的字，是前后两个节拍的分水线，也是节奏点。诗句中的尾字虽处在奇数位，但它也代表一个节拍，因其特殊性，它们的平仄必须确定且轮换。这样，在格律诗句中处在偶数位上的字和句尾字的平仄间换，就成了判断一个诗句是否合乎平仄的关键。如在五言格律句中是2、4位上的字和句尾字，在七言格律句中是2、4、6位上的字和句尾字。而句中处在奇数位上的字，一般来说，可平可仄。

三是，句内不允许出现孤平。**孤平**通常指韵句或对句中，出现了除韵脚是平声字外，句中只有一个平声字，且形成两仄夹一平的情况。因其字是孤立的，故称出现此类的句子犯了孤平。孤平是格律诗词创作的大忌。如在五言诗的"平平仄仄平"这个句型中，第一个字必须用平声字，若用了仄声字，就是犯了孤平。在七言诗的"仄仄平平仄仄平"这个句型中，第三个字也必须用平声字，若用了仄声，也是犯了孤平。这就是说，句中处在奇数位上的字,一般而言是可平可仄,但在个别句型中,平仄也必须是确定的,以避免孤平。

四是,每句句尾不允许出现三字平,也最好不要出现三字仄,因为出现在句尾,会影响该句的音质效果,尤其是韵句,句尾是押平声韵,三字平是不允许出现的。

其二,联内平仄相对。格律诗,自首句排序,每两句为一联,前一句为出句,后一句为对句。联内平仄相对,就是出句与对句在对应位置上的字(一般是指出句和对句处在偶数位上的字,还包括这些出句与对句的尾字),平仄上要相对立。违反此规则叫**失对**。

其三,联间平仄相粘。联间,即上一联的对句与下一联的出句。平仄相粘,即此对句与出句对应位置上的字平仄要相同(也是指对应在偶数位上的字)。如绝句,一、二句为一联,三、四句为一联,那么,二、三句即为联间,第二句与第三句在对应位置上的字,平仄上要相同,即为相粘。律诗、长律也从其规则。违反这一规则叫**失粘**。

依据以上格律诗平仄的"间""对""粘"规则,能够自然而然地推出五言绝句与五言律诗都只有四个相同的标准句型:仄仄平平仄,平平仄仄平,平平平仄仄,仄仄仄平平。七言绝句与七言律诗也都只有相同的四个标准句型:平平仄仄平平仄,仄仄平平仄仄平,仄仄仄平平仄仄,平平仄仄仄平平。

以这些句型的任何一句为首句,都可以组成一种格式的格律诗。一首格律诗就是依规则用这四个句型轮换。这里关键是先确定首句是什么句型。只要确定了,使用平仄的"间""对""粘"规则,就能很容易地推出下句的句型,以至推写出整首诗各句,而不必去死记每个句型及格式,这一点特别重要。例如,写出一首五言绝句的首句是仄仄平平仄,根据联内相对的规则,可写出第二句是平平仄仄平;根据联间相粘的规则,可写出第三句是平平平仄仄;再根据联内相对的规则,可写出第四句是仄仄仄平平,等等。

诗中凡是平仄安排合乎"间""对""粘"规则的句子称做**律句**,而不合"间""对""粘"规则的句子,称做**拗句**。拗句可以采取补救的办法,称做**拗救**。

2.音色押韵限制

绝大多数汉文字的读音都是由声母与韵母两部分拼读而成,譬如"康"字的读音由声母k和韵母ang拼读而成。所谓韵,就是指韵母之音,所谓**押韵**,就是有规律地把同韵母的字放在不同句子的同一位置上,通常在句尾,使其声调抑扬顿挫,以形成音韵美的回旋。而格律诗中的韵还要严一些,不仅讲究音色的押韵,而且讲究音调的平仄。其对押韵要遵循以下规则:

一是,一首诗除首句可韵可不韵外,韵要押在偶数句的句尾,此句称为韵句,此句尾称作韵脚。

二是,不仅要押韵,而且在音调上要押平声韵。即押韵不只是音的同韵,还有音的同调,而这个同调限于平声。因有这条限制,处于奇数句的尾字一般要求须为仄声。其实,只要遵守平仄规则,押仄声韵也未尝不可。如诗人杜甫、柳宗元等都有专押仄字韵的名篇,如杜甫的《望岳》,柳宗元的《江雪》等。总之,格律诗的押韵,是指在韵脚用同韵且同调的字。除此之外即为**出韵**。

现在有种说法,必须用古代的平水韵写出的诗才是格律诗,这是不对的。格律诗对文字音调音韵的使用有它的规则,但并未规定必须使用哪个时代的音调音韵。语音是不断演化的,而已形成的格律诗规则,则是稳定而不变的,是通用的,因而现代人用现代音律按格律诗规则写出的诗同样是格律诗。若要对古诗词作深入专门的研究,了解有些文字在当时语境下对诗意的表达与现代人的异同,学习古音律是有益的,但这并不能否认用现代音律按格律诗规则写出的诗是格律诗。

3. 句法对仗要求

对仗是文学创作中使用的一种手法。它要求对仗的两句即出句与对句,在字数上相等,在语序上相同,而其在对应位置上的词,在词性上也要相同。即名词对名词,动词对动词,形容词对形容词,副词对副词,虚词对虚词,数量词对数量词,方位词对方位词,色彩词对色彩词等等。符合这一要求的对仗称为**工对**,只在词组语序上大致相同,而在对应的词性上基本合要求的对仗是**宽对**。格律诗创作使用对仗也遵循这些要求,但还有以下特殊规则:

一是，律诗（包括长律）一律要求对仗，而绝句不要求必须对仗。

二是，律诗有八句，一二句为首联，三四句为颔联，五六句为颈联，七八句为尾联。其首联与尾联不要求对仗。颈联与颔联必须对仗。长律也是一样，除了首联和尾联不要求对仗外，其间的各联必须对仗。

三是，格律诗的对仗在音律上适用平仄的规则。在其它文学体裁中使用的对仗，则没有这个要求。

四是，对仗的出句与对句在义上不能相同或相近。甚至出句和对句对应位置上的词在词性上要相同，但在义上却不能相同或相近，应尽量不用同义词，少用近义词。就是要求对仗两句的内容反差越大越好。义上的雷同是内容重复，在格律诗上称作"**合掌**"，也是格律诗创作的大忌。是谓反对为优，正对为劣。但也不要过于拘泥而古板。在初中时对汉语言词性即语法修辞的学习，对掌握格律诗写作十分重要。能够这么说，一个人，只要比较顺利地完成初中学业，就奠定了学习格律诗的语言基础。

综上所述，学习格律诗的规则并不难，规则就像登山地图一样指明了路径，难的是，你要有毅力登上山去。格律诗虽受这些规则的限制，但这些正是其创作走向至美的通道，因而使人们对格律诗的创作亲而敬畏。由此锲而不舍挑灯夜战，苦思冥想遣词造句，经过千百次的提炼，有可能写出令人惊叹的华章。现将诗词格律列出简表，以便使用（见表一）。

三、格律词及常用词牌韵格

到了隋唐时代，逐渐产生了一种多样的格式化的新音乐，对这种音乐配上的歌词称为"词"。音乐有节奏和音的高低轻重，而词的字音有平仄、轻重，以及词中句子的多少和长短，依曲调巧妙地结合会形成不同的情声和节拍，由此表达出人们最适宜的情感。大概是基于曲与词的这种联系，定格式的音乐从字音的选择上形成了定格式的词，也就形成了词牌和词谱。我们知道，格律诗的押韵，要求押平声韵，但词不一定。有的词牌要求押平声韵，有的是押仄声韵，有的要平、仄声韵轮次押。除此之外，所有词牌都要求，词的某处必须用平声字或仄声字，或在某处必须用叠字或使用对偶句等。可能是因为不同词牌的乐调，要求其词必须是这样的表达才能与其乐调相协的缘故。乐与词的这种关联性，因词牌的乐谱失传，至今还不得其解。

诗词格律简表(表一)

格律内容\格律范围\体例	格律诗					格律词
	五绝	七绝	五律	七律	排律	
格式	限4句,每句5字	限4句,每句7字	限8句,每句5字	限8句,每句7字	10句以上,每句5或7字	分为小令、中调、长调
声调平仄安排	1. 句中平仄交错。 2. 联内平仄相对。 3. 联间平仄相粘。 4. 以上平仄交错、相对、相粘特指句中处于偶数位的字。处于奇数位上的字,一般可仄可平,特例除外。 5. 句中不允许出现孤平。 6. 句尾不允许出现三字平和尽量少三字仄。	(同略)	(同略)	(同略)	(同略)	平仄有要求,须按词谱填写。
音色押韵限制	1. 首句可韵可不韵。 2. 除首句外,用韵只在偶数句句尾。 3. 押韵限用平声。 4. 奇数句的尾字限用仄声。 5. 一首诗只能用同一韵目的字,邻韵字少用。 6. 一首诗押韵的字不能重复。	(同略)	(同略)	(同略)	(同略)	押韵有要求,须按词谱填写。
句法对仗要求	不要求必有对仗。	(同五绝)	1. 起联、尾联不必对仗。 2. 颔联、颈联必须对仗。 3. 对仗的出句与对句在词序、词性上要对应。但句义、词义上不能雷同。	(同五律)	除起联、尾联不要求必对仗外,中间各联都要对仗。	诗词牌格律,或要求对仗。

词产生于唐而盛于宋，因那时的诗主要是格律诗，词深受其影响，使古人的词中律句特别多，词由此被称为诗余。所以，凡写词或填词，了解和掌握格律诗的一些规则是必要的。

　　古代的格式化的乐谱如今虽已散佚，但格律化的词谱和精美的词牌，作为我国一种特有的优秀文化却流传了下来。现在的人们虽然不会唱当时的歌，却可依照着这些词牌的词谱，来欣赏和创作美妙的词。

　　词的历史发展，使许多词牌形成一牌多谱或多格的情况，有正格也有变体。填词应了解一种词牌（词谱）的格律特征，一是在什么地方押韵，是平韵还是仄韵，中间有无换韵？二是词中有无叠字叠句、断句和对仗的要求？三是总的句数，及句的字数变化有什么规律？四是注意区分正格与变体。有些著名的词与词谱似有不合，是其变体所致。认识这几点对表达某种情感、选用合适的词牌很有帮助。

　　词，按其字数多少，一般分为小令、中调和长调。词，多是两段，称为上阕和下阕。词，多以长短句为句型，格式很多，形成了近千种词牌，有许多词牌又有多种格式，不易记忆。并且在押韵、平仄安排以及对仗上比起格律诗要宽泛得多。所以，写词多依照词谱去填，也叫填词。下面将100余个常用词谱句型及韵脚 分布列表，以便读者阅鉴（见表二）：

100种常用词谱句数及韵脚分布简表（表二）

总字数	词牌名称	每句字数及韵脚分布 （韵脚·）（上阕＊下阕）	韵	经典作品例示
16	十六字令	1735	平	山，快马加鞭未下鞍。惊回首，离天三尺三。——毛泽东
26	花非花	333377	仄	花非花，雾非雾。夜半来，天明去。来如春梦几多时，去似朝云无觅处。——唐 白居易
27	忆江南	35775	平	江南好，风景旧曾谙。日出江花红胜火，春来江水绿如蓝，能不忆江南。——唐 白居易
27	渔歌子	77337 另有双调，为仄韵格	平	西塞山前白鹭飞，桃花流水鳜鱼肥。青箬笠，绿蓑衣，斜风细雨不须归。——唐 张志和

总字数	词牌名称	每句字数及韵脚分布（韵脚·）（上阕*下阕）	韵	经典作品例示
27	章台柳	33777 一、二句叠韵	仄	章台柳，章台柳，昔日青青今在否？纵使长条似旧垂，也应攀折他人手。——唐 韩翃
27	捣练子	33777 另有双调38字，每调19字	平	深院静，小庭空，断续寒砧断续风。无奈夜长人不寐，数声和月到帘栊。——南唐 李煜
28	天净沙	66646 每句皆韵，其中三四句仄韵	平/仄	枯藤老树昏鸦，小桥流水人家。古道西风瘦马，夕阳西下，断肠人在天涯。 ——元 马致远
31	忆王孙	77737	平	萋萋芳草忆王孙，柳外楼高空断魂。杜宇声声不忍闻。欲黄昏，雨打梨花深闭门。 ——宋 李重元
32	调笑令	22666226 一、二、六、七句叠韵。其中四、五句为平韵	仄/平	杨柳，杨柳，日暮白沙渡口。船头江水茫茫，商人少妇断肠。肠断，肠断，鹧鸪夜飞失伴。 ——唐 王建
33	如梦令	6656226 五、六句相叠	仄	昨夜雨疏风骤，浓睡不消残酒。试问卷帘人，却道海棠依旧。知否？知否？应是绿肥红瘦。 ——宋 李清照（女）
34	饮马歌	5555*3353 每句皆韵，其中五六句平韵	仄/平	边头春未到，雪满交河道。暮沙明残照，塞峰云间小。断鸿悲。陇头低。泪湿征衣悄，岁华老。——宋 曹勋
36	长相思	3375*3375 一、二句，五、六句叠韵	平	汴水流，泗水流，流到瓜洲古渡头。吴山点点愁。思悠悠，恨悠悠，恨到归时方始休。明月人倚楼。——唐 白居易
36	相见欢	639*3339 其中四、五句仄韵	平/仄	无言独上西楼，月如钩，寂寞梧桐深院锁清秋。剪不断，理还乱，是离愁。别是一般滋味在心头。——南唐 李煜

总字数	词牌名称	每句字数及韵脚分布（韵脚·）（上阕*下阕）	韵	经典作品例示
37	何满子	667666· 可叠为双调74字， 或6言12句72字	平	正是破瓜年纪，含情惯得人饶。桃李精神鹦鹉舌，可堪虚度良宵。却爱蓝罗裙子，羡她长束纤腰。——五代唐 和凝
38	望梅花	667676·····	仄	春草全无消息，腊雪犹余踪迹。越岑寒枝香自拆，冷艳奇芳堪惜。何事寿阳无处觅，吹入谁家横笛？——五代后晋 和凝
39	感恩多	5553*63345···· 其中一二句仄韵，六、七两句相叠。	仄/平	两条红粉泪，多少香闺意。强攀桃李枝，敛愁眉。 陌上莺啼蝶舞，柳花飞。柳花飞，愿得郎心，忆家还早归。 ——五代前蜀 牛峤
40(41)	生查子	5555*5555	仄	去年元夜时，花市灯如昼。月上柳梢头，人约黄昏后。 今年元夜时，月与灯依旧。不见去年人，泪湿春衫袖。 ——宋 欧阳修
41	点绛唇	4745*45345····	仄	岭南云高，梦儿欲把羊城绕。怪他双棹，不送魂飞到。 多病多愁，多恨多烦恼。谁知道？情田虽小，长遍相思草。 ——清 钱念生（女）
42	浣溪沙	777*777··· 四、五句要求对仗	平	霜日明霄水蘸空，鸣哨声里绣旗红。淡烟衰草有无中。 万里中原烽火北，一尊浊酒戍楼东。酒阑挥泪向悲风。 ——宋 张孝祥
42	春光好	33373*6773····	平	花阴月，柳梢莺。近清明。长恨去年今夜雨，洒离亭。 枕上怀远诗成。红笺纸、小砑吴绫。寄与征人教念远，莫无情。 ——宋 晏几道

总字数	词牌名称	每句字数及韵脚分布（韵脚·）（上阕*下阕）	韵	经典作品例示
44	菩萨蛮	7755*5555 其中一、二、五、六句仄韵	仄/平	平林漠漠烟如织，寒山一带伤心碧。暝色入高楼，有人楼上愁。玉阶空伫立，宿鸟归飞急。何处是归程，长亭更短亭。 ——唐 李白
44	采桑子	7447*7447	平	少年不识愁滋味，爱上层楼。爱上层楼。为赋新词强说愁。而今识尽愁滋味，欲说还休。欲说还休。却道天凉好个秋！ ——宋 辛弃疾
44(45)	卜算子	5575*5575	仄	驿外断桥边，寂寞开无主。已是黄昏独自愁，更著风和雨。无意苦争春，一任群芳妒。零落成泥碾作尘，只有香如故。 ——宋 陆游
44	诉衷情	7565*333444 另有平仄韵格	平	青梅煮酒斗时新，天气欲残春。东城南陌花下，逢著意中人。回绣袂，展香茵，叙情亲。此情拼作，千尺游丝，惹住朝云。 ——宋 晏殊
44	减字木兰花	4747*4747 其中一、二、五、六句仄韵	仄/平	天涯旧恨，独自凄凉人不问。欲见回肠，断尽金炉小篆香。黛蛾长敛，任是春风吹不展。困倚危楼，过尽飞鸿字字愁。 ——宋 秦观
44(46)	巫山一段云	5575*5575 另有平仄格	平	雨霁巫山上，云轻映碧天。远风吹散又相连。十二晚峰前。暗湿啼猿树，高笼过客船。朝朝暮暮楚江边。几度降神仙。 ——五代前蜀 毛文锡
45	好时光	63375*53355	平	宝髻偏宜宫样，莲脸嫩，体红香。眉黛不须张敞画，天教入鬓长。莫倚倾国貌，嫁取个，有情郎。彼此当年少，莫负好时光。——唐 李隆基

总字数	词牌名称	每句字数及韵脚分布（韵脚·）（上阕*下阕）	韵	经典作品例示
46	清平乐	4576*6666 其中一、二、三、四句仄韵	仄/平	春归何处？寂寞无行路。若有人知春去处，唤取归来同住。春光踪迹谁知？除非问取黄鹂。百啭无人能解，因风飞过蔷薇。 ——宋 黄庭坚
46	忆秦娥	37344*77344 二、三句，七、八句叠韵 另有平韵格	仄	箫声咽，秦娥梦断秦楼月。秦楼月，年年柳色，灞陵伤别。乐游原上清秋节，咸阳古道音尘绝。音尘绝，西风残照，汉家陵阙。——唐 李白
47	撼庭秋	65444*444444	仄	别来音信千里，恨此情难寄。碧纱秋月，梧桐夜雨，几回无寐。楼高目断，天遥云黯，只堪憔悴。念兰堂红烛，心长焰短，向人垂泪。——宋 晏殊
47	忆少年	44455*83455	仄	年时酒伴，年时去处，年时春色。清明又近也，却天涯为客。 念过眼光阴难再得，想前欢，尽成陈迹。登临恨无语，把栏杆暗拍。——宋 曹组
48	人月圆	75444*444444	平	小桃枝上春来早，初试薄罗衣。年年此夜，华灯竞处，人月圆时。禁街箫鼓，寒轻夜永，纤手同携。夜阑人静，千门笑语，声在帘帏。 ——宋 王诜
48	眼儿媚	75444*75444	平	迟迟春日弄轻柔，花径暗香流。清明过了，不堪回首，云锁朱楼。午窗睡起莺声巧，何处唤春愁？绿杨影里，海棠枝畔，红杏枝头。 ——宋 朱淑真（女）
48	摊破浣溪沙	7773*7773	平	手卷真珠上玉钩，依前春恨锁重楼。风里落花谁是主？思悠悠。 青鸟不传云外信，丁香空结雨中愁。回首绿波三楚暮，接天流。——五代南唐 李璟

总字数	词牌名称	每句字数及韵脚分布（韵脚·）（上阕*下阕）	韵	经典作品例示
48(49)	武陵春	7575*7575	平	风住尘香花已尽，日晚倦梳头。物是人非事事休，欲语泪先流。闻说双溪春尚好，也拟泛轻舟。只恐双溪舴艋舟，载不动、许多愁。——宋 李清照（女）
48	谪仙怨	6666*6666	平	晴川落日初低，惆怅孤舟解携。鸟向平芜远近，人随流水东西。白云千里万里，明月前溪后溪。独恨长沙谪去，江潭春草萋萋。——唐 刘长卿
49	柳梢青	444444*634444 另有仄韵格	平	岸草平沙，吴王故苑，柳袅烟斜。雨后寒清。风前香软，春在梨花。　行人一棹天涯。酒醒处、残阳乱鸦。门外秋千，墙头红粉，深院谁家？——宋 秦观
49	太常引	75534*445534	平	一轮秋影转金波。飞镜又重磨。把酒问姮娥：被白发、欺人奈何？　乘风好去，长空万里，直下看山河。斫去桂婆娑。人道是、清光更多。——宋 辛弃疾
50	西江月	6676*6676 其中四、八句仄韵	平/仄	问讯湖边春色，重来又是三年。东风吹我过湖船。杨柳丝丝拂面。　世路如今已惯，此心到处悠然。寒光亭下水如天。飞起沙鸥一片。——宋 张孝祥
50	少年游	75445*75445	平	芙蓉花发去年枝。双燕欲归飞。兰堂风软，金炉香暖，新曲动帘帏。　家人拜上千春寿，深意满琼卮。绿鬓朱颜，道家装束，长似少年时。——宋 晏殊

总字数	词牌名称	每句字数及韵脚分布（韵脚·）（上阕*下阕）	韵	经典作品例示
52(51)	思远人	75545*75545	仄	红叶黄花秋意晚，千里念行客。看飞云过尽，归鸿无信，何处寄书得。　泪弹不尽临窗滴，就枕旋研墨。渐写到别来，此情深处，红笺为无色。 ——宋 晏几道
52	醉花阴	75545*75545	仄	薄雾浓云愁永昼，瑞脑消金兽。佳节又重阳，玉枕纱厨，半夜凉初透。　东篱把酒黄昏后，有暗香盈袖。莫道不销魂，帘卷西风，人比黄花瘦。 ——宋 李清照（女）
52	倾怀令	44666*73466	仄	隔座藏钩，分曹射覆，烛焰渐催三鼓。筝按教坊新谱，楼外月生春浦。　徘徊争忍忙归去，怕明朝，无情风雨。珍花美酒团坐，且作樽前笑侣。 ——宋 吕渭老
52	迎春乐	7333533*734533	仄	红深绿暗春无迹。芳心荡，冶游客。记摇鞭，跋马铜驼陌。凝涕认，珠帘侧。　絮满愁城风卷白，递多少，相似消息。何处约欢期，芳草外，高楼北。 ——宋 方千里
53	望远行	7677*33677	平	春日迟迟思寂寥，行客关山路遥。琼窗时听语莺娇，柳丝牵恨一条条。　休晕绣，罢吹箫，貌逐残花暗凋。同心犹结旧裙腰，忍辜风月度良宵。 ——五代前蜀 李珣

总字数	词牌名称	每句字数及韵脚分布（韵脚·）（上阕*下阕）	韵	经典作品例示
54	月照梨花	2244463*745643 其中一二三八九十句仄韵	仄/平	昼景，方永，重帘花影。好梦犹酣，莺声唤醒。门外风絮交飞，送春归。　修蛾画了无人问，几多别恨，泪洗残妆粉。不知嘶马何处，烟草萋迷，鹧鸪啼。 ——宋 黄升
54 (52)	浪淘沙	54774*54774	平	帘外雨潺潺，春意阑珊。罗衾不耐五更寒。梦里不知身是客，一晌贪欢。　独自莫凭栏，无限江山。别时容易见时难。流水落花春去也，天上人间！ ——南唐 李煜
55	鹧鸪天	7777*33777 三、四、五、六句多用对仗	平	客路那知岁序移，忽惊春到小桃枝。天涯海角悲凉地，记得当年全盛时。　花弄影，月流辉。水精宫殿五云飞。分明一觉华胥梦，回首东风泪满衣。 ——宋 赵鼎
55	河传	2244465*735553 其中一二三八九十句为仄韵	仄/平	去去，何处？迢迢巴楚。山水相连，朝云暮雨，依旧十二峰前。猿声到客船。　愁肠岂异丁香结，因离别，故国音书绝。想佳人花下，对明月春风，恨应同。 ——五代前蜀 李珣
56	玉楼春	7777*7777 仄起为《玉楼春》，平起为《花木兰》	仄	酒美春浓花世界。得意人人千万态。莫教辜负艳阳天，过了堆金何处买。　已去少年无计奈。且愿芳心长恁在。闲愁一点上心来，算得东风吹不解。 ——宋 欧阳修

总字数	词牌名称	每句字数及韵脚分布（韵脚·）（上阕*下阕）	韵	经典作品例示
56	鹊桥仙	446734*446734	仄	纤云弄巧，飞星传恨，银汉迢迢暗度。金风玉露一相逢，便胜却、人间无数。 　　柔情似水，佳期如梦，忍顾鹊桥归路？两情若是久长时，又岂在、朝朝暮暮。 　　　　　　——宋 秦观
56	虞美人	7579*7579 其中一、二、五、六句仄韵。 另有单调平韵格29字	仄／平	春花秋月何时了。往事知多少？小楼昨夜又东风。故国不堪回首月明中。 　　雕栏玉砌应犹在。只是朱颜改。问君能有几多愁？恰似一江春水向东流。 　　　　　——五代南唐 李煜
56	南乡子	57727*57727	平	何处望神州？满眼风光北固楼。千古兴亡多少事？悠悠。不尽长江滚滚流。　年少万兜鍪。坐断东南战未休。天下英雄谁敌手？曹刘。生子当如孙仲谋。 　　　　　——宋 辛弃疾
56	木兰花	7777*7777 平起为《花木兰》， 仄起为《玉楼春》	仄	三年流落巴山道，破尽青衫尘满帽。身如西瀼渡头云，愁抵瞿塘关上草。春盘春酒年年好，试戴银幡判醉倒。今朝一岁大家添，不是人间偏我老。 　　　　　——宋 陆游
57	贫也乐	337339*77339 其中一二三七八句为仄韵	仄／平	城下路，凄风露，今人犁田昔人墓。岸头沙，带蒹葭，漫漫昔时流水今人家。　黄埃赤日长安道，倦客无浆马无草。开函关，闭函关，千古如何不见一人还。 　　　　　——金 高宪

总字数	词牌名称	每句字数及韵脚分布 （韵脚·）（上阕*下阕）	韵	经典作品例示
58	踏莎行	44777*44777 一、二、六、七句常用对仗	仄	随水落花，离弦飞箭。今生无处能相见。长江纵使向西流，也应不尽千年怨。　盟誓无凭，情缘无便。愿魂化作衔泥燕。一年一度一归来，孤雌独入郎庭院。 ——元 贾云华
60 (58)	临江仙	76755*76755	平	夜饮东坡醒复醉，归来仿佛三更。家童鼻息已雷鸣。敲门都不应，倚杖听江声。　长恨此身非我有，何时忘却营营。夜阑风静縠纹平。小舟从此逝，江海寄余生。 ——宋 苏轼
60	蝶恋花	74577*74577	仄	花褪残红青杏小。燕子飞时，绿水人家绕。枝上柳绵吹又少。天涯何处无芳草。　墙里秋千墙外道。墙外行人，墙里佳人笑。笑渐不闻声渐悄，多情却被无情恼。 ——宋 苏轼
60	一剪梅	744744*744744	平	红藕香残玉簟秋。轻解罗裳，独上兰舟。云中谁寄锦书来，燕子回时，月满西楼。　花自飘零水自流。一种相思，两处闲愁。此情无计可消除，才下眉头，却上心头。 ——宋 李清照（女）
60	钗凤头	3373344111*3373344111 上下阕各有叠韵字	仄	红酥手，黄滕酒，满城春色宫墙柳。东风恶，欢情薄，一怀愁绪，几年离索。错！错！错！　春如旧，人空瘦，泪痕红浥鲛绡透。桃花落，闲池阁，山盟虽在，锦书难托。莫！莫！莫！——宋 陆游

总字数	词牌名称	每句字数及韵脚分布（韵脚·）（上阕*下阕）	韵	经典作品例示
62	渔家傲	77737*77737	仄	画鼓声中昏又晓。时光只解催人老。求得浅欢风日好。齐揭调。神仙一曲渔家傲。　绿水悠悠天杳杳。浮生岂得长年少。莫惜醉来开口笑。须信道。人间万事何时了？ ——宋 晏殊
62	破阵子	66775*66775 一、二，三、四，六、七，八、九句常用对仗。	平	醉里挑灯看剑，梦回吹角连营。八百里分麾下炙，五十弦翻塞外声。沙场秋点兵。　马作的卢飞快，弓如霹雳弦惊。了却君王天下事，赢得生前身后名。可怜白发生。 ——宋 辛弃疾
62	苏幕遮	3345745*3345745	仄	燎沉香，消溽暑。鸟雀呼晴，侵晓窥檐语。叶上初阳干宿雨。水面清圆，一一风荷举。　故乡遥，何日去。家住吴门，久作长安旅。五月渔郎相忆否。小楫轻舟，梦入芙蓉浦。 ——宋 周彦邦
62	赞成功	4474444*4474444	平	海棠未坼，万点深红。春色缄结一重重，似含羞态，邀勒春风。蜂来蝶去，任绕芳丛。　昨夜微雨，飘洒庭中。忽闻声摘井边桐，美人惊起，坐听晨钟。快教折取，戴玉珑璁。 ——五代前蜀 毛文锡
67	青玉案	7337445*777445	仄	东风夜放花千树，更吹落、星如雨。宝马雕车香满路。凤箫声动，玉壶光转，一夜鱼龙舞。　蛾儿雪柳黄金缕，笑语盈盈暗香去。众里寻他千百度。蓦然回首，那人却在，灯火阑珊处。 ——宋 辛弃疾

总字数	词牌名称	每句字数及韵脚分布（韵脚·）（上阕*下阕）	韵	经典作品例示
68	天仙子	777337*777337 可用单调	仄	水调数声持酒听，午醉醒来愁未醒。送春春去几时回？临晚镜，伤流景，往事后期空记省。沙上并禽池上暝，云破月来花弄影。重重帘幕密遮灯，风不定，人初静，明日落红应满径。 ——宋 张先
70	江城子	73345733*73345733 可用单调	平	十年生死两茫茫。不思量，自难忘。千里孤坟，无处话凄凉。纵使相逢应不识，尘满面，鬓如霜。　夜来幽梦忽还乡。小轩窗，正梳妆。相顾无言，惟有泪千行。料得年年肠断处，明月夜，短松冈。 ——宋 苏轼
70	连理枝 （红娘子）	5544485*5544485	仄	绿树莺声老。金井生秋早。不寒不暖，裁衣按曲，天时正好。况兰堂逢著寿筵开，见炉香缥缈。　组绣呈纤巧。歌舞夸妍妙。玉酒频倾，朱弦翠管，移宫易调。献金杯重叠祝长生，永逍遥奉道。——宋 晏殊
72 (71)	千秋岁	4575537*5565537	仄	数声鶗鴂，又报芳菲歇。惜春更迭残红折。雨轻风色暴，梅子青时节。永丰柳，无人尽日花飞雪。　莫把幺弦拨，怨极弦能说。天不老，情难绝。心似双丝网，中有千千结。夜过也，东窗未白孤灯灭。——宋 张先
72	月上海棠	73553436*7853436	仄	傲霜枝袅团珠蕾，冷香霏、烟雨晚秋意。萧散绕东篱，尚仿佛，见山清气。西风外，梦到斜川栗里。　断霞鱼尾明秋水，带三两飞鸿点烟际。疏林飒秋声，似知人，倦游无味。家何处，落日西山紫翠。——金 党怀英

总字数	词牌名称	每句字数及韵脚分布（韵脚·）（上阕*下阕）	韵	经典作品例示
76	风入松	7573466*7573466	平	听风听雨过清明,愁草瘗花铭。楼前绿暗分携路,一丝柳、一寸柔情。料峭春寒中酒,交加晓梦啼莺。　西园日日扫林亭,依旧赏新晴。黄蜂频扑秋千索,有当时、纤手香凝。惆怅双鸳不到,幽阶一夜苔生。 ——宋 吴文英
86	明月引	733457333*7334544533333	平	雨馀芳草碧萧萧。暗春潮,荡双桡。紫凤青鸾,旧梦带文箫。绰约珮环风不定,云欲堕、六铢香,天外飘。　相似为谁兰恨销。渺湘魂,无处招。素纨犹在,真真意、还倩谁描。舞镜空悬,羞对明月宵。镜里心,心里月,君去矣,旧东风,新画桥。——宋 陈允平
86	鹤冲天	4553533546*4553533546	仄	黄金榜上,偶失龙头望。明代暂遗贤,如何向?未遂风云便,争不恣狂荡。何须论得丧。才子词人,自是白衣卿相。　烟花巷陌,依约丹青屏障。幸有意中人,堪寻访。且恁偎红翠,风流事、平生畅。青春都一晌。忍把浮名,换了浅斟低唱。 ——宋 柳永
87	离别难	665553337*33362365337	平	宝马晓备雕鞍,罗帏乍别情难。那堪春景媚,送君千万里,半妆珠翠落,露华寒。红蜡烛,青丝曲,偏能钩引泪阑干。　良夜促,香尘绿,魂欲迷,檀眉半敛愁低。未别,心先咽,欲语情难说出,芳草路东西。摇袖立,春风急,樱花杨柳雨凄凄。 ——五代前蜀 薛昭蕴

总字数	词牌名称	每句字数及韵脚分布（韵脚·）（上阕*下阕）	韵	经典作品例示
89	夏云峰	33664434344*6364443434	平	守株林，无作用，空处独卧高岑。石枕草衣偃仰，极目观临。水桃山杏，随分吃、且盗阳阴。款款脱、尘躯俗状，三叠琴心。舞胎仙论浅深。自然见，不须重恁搜索。已通玄妙，得布琼林。玉花丛里，从此便、养透真金。莹静与，清风皎月，长做知音。 ——元 王嚞
93	满江红	43434477353*33335477353 七、八句，十八、十九句常用对仗。	仄	怒发冲冠，凭栏处、潇潇雨歇。抬望眼、仰天长啸，壮怀激烈。三十功名尘与土，八千里路云和月。莫等闲、白了少年头，空悲切！　靖康耻，犹未雪。臣子恨，何时灭！驾长车踏破、贺兰山缺。壮志饥餐胡虏肉，笑谈渴饮匈奴血。待从头、收拾旧山河，朝天阙。 ——宋 岳飞
93	一枝春	43646434345*6364647344	仄	竹爆惊春，竟喧填、夜起千门箫鼓。流苏帐暖，翠鼎缓腾香雾。停杯未举，奈刚要、送年新句。应自有，歌子清园，未夸上林莺语。　从他岁穷日暮，纵闲愁、怎减刘郎风度。屠苏办了，迤逦柳欺梅妒。宫壶未了，早骄马、锈车盈路。还又把，月夜花朝，自今细数。——宋 杨瓒
93	惜秋华	43646634236*554334634234	仄	细响残蛩，旁灯前，似说深秋怀抱。怕上翠微，伤心乱烟残照。西湖镜掩尘沙，翳晓影、秦鬟云扰。新鸿，唤凄凉，渐入红萸乌帽。　江上故人老，视东篱秀色，依然娟好。晚梦趁，邻杵断，乍将愁到。秋娘泪湿黄昏，又满城、雨轻风小。闲了，看芙蓉，画船多少。 ——宋 吴文英

总字数	词牌名称	每句字数及韵脚分布（韵脚·）（上阕*下阕）	韵	经典作品例示
95	水调歌头	556566555*3334766555	平	明月几时有？把酒问青天。不知天上宫阙、今夕是何年。我欲乘风归去，又恐琼楼玉宇，高处不胜寒。起舞弄清影，何似在人间！　转朱阁，低绮户，照无眠。不应有恨、何事长向别时圆？人有悲欢离合，月有阴晴圆缺，此事古难全。但愿人长久，千里共婵娟。 ——宋 苏轼
95	满庭芳	44645634345*234454634345	平	蜗角虚名，蝇头微利，算来着甚干忙。事皆前定，谁弱又谁强。且趁闲身未老，尽放我、些子疏狂。百年里，浑教是醉，三万六千场。　思量，能几许？忧愁风雨，一半相妨。又何须抵死，说短论长。幸对清风皓月，苔茵展、云幕高张。江南好，千钟美酒，一曲《满庭芳》。 ——宋 苏轼
96	烛影摇红	4775634444*4775634444	仄	芳脸匀红，黛眉巧画宫妆浅。风流天付与精神，全在娇波转。早在紫心可惯，向尊前、频频顾盼。几回相见，见了还休，争如不见。　烛影摇红，夜阑饮散春宵短。当时谁会唱阳关，离恨天涯远。争奈云收雨散。凭阑干、东风泪满。海棠开后，燕子来时，黄昏庭院。 ——宋 周邦彦
97	凤求凰（声声慢）	44664634336*6364663437 另有平韵格	仄	寻寻觅觅。冷冷清清，凄凄惨惨戚戚。乍暖还寒时候，最难将息。三杯两盏淡酒，怎敌他、晚来风急。雁过也，正伤心，却是旧时相识。　满地黄花堆积，憔悴损，如今有谁堪摘？守着窗儿，独自怎生得黑。梧桐更兼细雨，到黄昏、点点滴滴。这次第，怎一个愁字了得。 ——宋 李清照（女）

总字数	词牌名称	每句字数及韵脚分布（韵脚·）（上阕*下阕）	韵	经典作品例示
97	红情（暗香）	454477775*2354476764	仄	旧时月色，算几番照我，梅边吹笛。唤起玉人，不管清寒与攀摘。何逊而今渐老，都忘却、春风词笔。但怪得、竹外疏花，香冷入瑶席。　　江国。正寂寂。叹寄与路遥，夜雪初积。翠尊易泣。红萼无言耿相忆。长记曾携手处，千树压、西湖寒碧。又片片、吹尽也，几时见得。 ——宋 姜夔
98	双双燕	454466766*34544663466	仄	过春社了，度帘幕中间，去年尘冷。差池欲住，试入旧巢相并。还相雕梁藻井，又软语商量不定。飘然快拂花梢，翠尾分开红影。　芳径。芹泥雨润，爱贴地争飞，竞夸轻俊。红楼归晚，看足柳昏花暝，应是栖香正稳，便忘了，天涯芳信。愁损翠黛双蛾，日日画栏独凭。 ——宋 史达祖
100	念奴娇	43643644546*65443644546 另有平韵格	仄	大江东去，浪淘尽、千古风流人物。故垒西边、人道是，三国周郎赤壁。乱石穿空，惊涛拍岸，卷起千堆雪。江山如画，一时多少豪杰！　　遥想公瑾当年，小乔初嫁了，雄姿英发。羽扇纶巾、谈笑间，樯橹灰飞烟灭。故国神游，多情应笑、我早生华发。人生如梦，一尊还酹江月。——宋 苏轼
100	东风第一枝	446664776*77664776	仄	草脚愁苏，花心梦醒，鞭香拂散牛土。旧歌空忆珠帘，彩笔倦题绣户。黏鸡贴燕，想立断、东风来处。暗惹起、一掬相思，乱若翠盘红缕。　　今夜觅、梦池秀句。明日动、探花芳绪。寄声沽酒人家，预约俊游伴侣。怜它梅柳，乍忍后天街酥雨。待过了一月灯期，日日醉扶归去。——宋 史达祖

总字数	词牌名称	每句字数及韵脚分布（韵脚·）（上阕*下阕）	韵	经典作品例示
101	木兰花慢	53354424866*243354424866	平	拆桐花烂漫,乍疏雨、洗清明。正艳杏烧林,缃桃绣野,芳景如屏。倾城。尽寻胜赏,骤雕鞍绀幰出郊坰。风暖繁弦脆管,万家竞奏新声。　　盈盈,斗草踏青。人艳冶、递逢迎。向路傍往往,遗簪堕珥,珠翠纵横。欢情,对佳丽地,信金罍罄竭玉山倾。拚却明朝永日,画堂一枕春酲。——宋 柳永
101	桂枝香	4546477444*7546477444	仄	登临送目。正故国晚秋,天气初肃。千里澄江似练,翠峰如簇。归帆去棹残阳里,背西风、酒旗斜矗。彩舟云淡,星河鹭起,画图难足。　念往昔、繁华竞逐。叹门外楼头,悲恨相续。千古凭高,对此谩嗟荣辱。六朝旧事随流水,但寒烟、衰草凝绿。至今商女,时时犹唱,后庭遗曲。——宋 王安石
102	水龙吟	674444445433*67444444544	仄	似花还似非花,也无人惜从教坠。抛家路旁,思量却是,无情有思。萦损柔肠,困酣娇眼,欲开还闭。梦随风万里,寻郎去处,又还被、莺呼起。　不恨此花飞尽,恨西园落红难缀。晓来雨过,遗踪何在?一池萍碎。春色三分,二分尘土,一分流水。细看来,不是杨花,点点是离人泪。——宋 苏轼
103	雨霖铃	44463465347*73563448345	仄	寒蝉凄切,对长亭晚,骤雨初歇。都门帐饮无绪,留恋处、兰舟催发。执手相看泪眼,竟无语凝噎。念去去、千里烟波,暮霭沉沉楚天阔。　　多情自古伤离别。更那堪、冷落清秋节!今宵酒醒何处?杨柳岸、晓风残月。此去经年,应是良辰好景虚设。便纵有、千种风情,更与何人说?——宋 柳永

总字数	词牌名称	每句字数及韵脚分布（韵脚·）（上阕*下阕）	韵	经典作品例示
103	安平乐	446446444534*546534434346	平	圣德如尧，圣心如舜，欣逢出震昌期。中兴继体，抚有寰瀛，三阳方是炎曦。万国朝元，奉崇严宸，咫尺天威。瑞色满三墀。渐嵩呼，均庆彤闱。正金屋妆成，翠围红绕，香霭高散狻猊。东朝移雕辇，与坤仪，同奉瑶卮。阆殿花明，亿万载，咸歌寿祺。视天民，永祈宝历，垂衣端拱无为。 ——宋 曹勋
103	情久长	473445363446*4534443634433	仄	冰梁跨水，沉沉霁色遮千里。怎向我，小舟孤棹，天外飘坠。夜寒侵短发，睡不稳，窗外寒风渐起。岁华暮，蟾光射雪，碧瓦飘霜，尘不动，寒无际。 鸡咽荒郊，梦也无归计。拥绣枕，断魂残魄，清吟无味。想伊睡起，又念远，阁楼横枝对倚。待归去，西窗剪烛，小阁凝香，深翠幕，饶春睡。 ——宋 吕谓老
104	永遇乐	444445446346*446445446344	仄	千古江山，英雄无觅，孙仲谋处。舞榭歌台，风流总被，雨打风吹去。斜阳草树，寻常巷陌，人道寄奴曾住。想当年，金戈铁马，气吞万里如虎。 元嘉草草，封狼居胥，赢得仓皇北顾。四十三年，望中犹记，烽火扬州路。可堪回首，佛狸祠下，一片神鸦社鼓！凭谁问，廉颇老矣，尚能饭否？ ——宋 辛弃疾
105	迎新春	56533654534*4446777746	仄	嶰管变青律，帝里阳和新布。晴景回轻煦。庆嘉节，当三五。列华灯千门户，遍九陌罗绮，香风微度。十里然绛树，鳌山耸，喧天箫鼓。 渐天如水，素月当午。香径里，绝缨掷果无数。更阑烛影花阴下，少年人往往奇遇。太理进朝野多欢，民康阜随分良聚。堪对此景，争忍独醒归去。——宋 柳永

总字数	词牌名称	每句字数及韵脚分布（韵脚·）（上阕*下阕）	韵	经典作品例示
107	望海潮	44644655447*65444655465	平	东南形胜，三吴都会，钱塘自古繁华。烟柳画桥，风帘翠幕，参差十万人家。云树绕堤沙。怒涛卷霜雪，天堑无涯。市列珠玑，户盈罗绮竞豪奢。　重湖迭巘清嘉。有三秋桂子，十里荷花。羌管弄晴，菱歌泛夜，嬉嬉钓叟莲娃。千骑拥高牙。乘醉听箫鼓，吟赏烟霞。异日图将好景，归去凤池夸。——宋 柳永
108	飞雪满群山	446446544445*355444653447	平	冰结金壶，寒生罗幕，夜阑霜月侵门。翠筠敲韵，疏梅弄影，数声雁过南云。酒醒欹綀枕，怆然犹有，残妆泪痕。绣被孤拥，余香未灭，犹是那时薰。　长记得，偏舟寻旧约，听小窗风雨，灯火黄昏。锦茵才展，琼签报曙，宝钗又是轻分。黯然携手处，倚朱箔，愁凝黛颦。梦回云散，山远水远空断魂。——宋 蔡伸
114	沁园春	4445444447354*6355444447354	平	北国风光，千里冰封，万里雪飘。望长城内外，惟余莽莽；大河上下，顿失滔滔。山舞银蛇，原驰蜡象，欲与天公试比高。须晴日，看红妆素裹，分外妖娆。　江山如此多娇，引无数英雄竞折腰。惜秦皇汉武，略输文采；唐宗宋祖，稍逊风骚。一代天骄，成吉思汗，只识弯弓射大雕。俱往矣，数风流人物，还看今朝。——毛泽东
116	贺新郎	5344763473533*7344763473533	仄	北望神州路，试平章、这场公事，怎生分付。记得人行山百万，曾入宗爷驾驭。今把作、握蛇骑虎。君去京东豪杰喜，想投戈、下拜真吾父。谈笑里，定齐鲁。　两河萧瑟惟狐兔。问当年、祖生去后，有人来否？多少新亭挥泪客，谁梦中原块土？算事业、须由人做。应笑书生心胆怯，向车中、闭置如新妇。空目送，塞鸿去！——宋 刘克庄

总字数	词牌名称	每句字数及韵脚分布（韵脚·）（上阕*下阕）	韵	经典作品例示
116	摸鱼儿	346763374545*366763374545	仄	更能消、几番风雨，匆匆春又归去。惜春长怕花开早，何况落红无数。春且住，见说道、天涯芳草无归路。怨春不语，算只有殷勤，画檐蛛网，尽日惹飞絮。 　　长门事，准拟佳期又误。蛾眉曾有人妒。千金纵买相如赋，脉脉此情谁诉？君莫舞。君不见、玉环飞燕皆尘土。闲愁最苦。休去倚危栏，斜阳正在、烟柳断肠处。 　　　　　　——宋 辛弃疾
143	六州歌头	4533335333334545543*43333335333336345 54 另有平仄韵格	平	长淮望断，关塞莽然平。征尘暗，霜风劲，悄边声，黯销凝。追想当年事，殆天数，非人力，洙泗上，弦歌地，亦膻腥。隔水毡乡，落日牛羊下，区脱纵横。看名王宵猎，骑火一川明。笳鼓悲鸣，遣人惊。 　　念腰间箭匣中剑空埃蠹竟何成！时易失，心徒壮，岁将零。渺神京。干羽方怀远，静烽燧，且休兵。冠盖使，纷驰骛，若为情！闻道中原遗老，常南望、翠葆霓旌。使行人到此，忠愤气填膺，有泪如倾！ 　　　　　　——宋 张孝祥

　　注：词谱有正格也有变体，以上表中所例词若与词谱不合的，是其因所致。

部分词牌韵格易记简表（表三）

类型	词牌名称	每句字数及韵脚分布（韵脚·）（上阕※下阕）		韵
五字格	生查子	5555*5555		仄
	饮马歌	5555*3353	每句皆韵，其中五六句平韵	仄/平
	菩萨蛮	7755*5555	其中一、二、五、六句仄韵	仄/平
六字格	谪仙怨	6666*6666		平
	清平乐	4576*6666	其中一、二、三、四句仄韵	平/仄
	西江月	6676*6676	其中四、八句仄韵	平/仄
	何满子	667666	可叠为双调74字，或6言12句72字	平
	望梅花	667676		仄
	天净沙	66646	每句皆韵，其中三四句仄韵	平/仄
七字格	玉楼春	7777*7777	仄起为《玉楼春》，平起为《花木兰》	仄
	木兰花	7777*7777	平起为《花木兰》，仄起为《玉楼春》	仄
	减字木兰花	4747*4747	其中一、二、五、六句仄韵	仄/平
	鹧鸪天	7777*33777	三、四、五、六句多用对仗	平
	浣溪沙	777*777	四、五句要求对仗	平
	摊破浣溪沙	7773*7773		平
	忆王孙	77737		平
	渔家傲	77737*77737		仄
	天仙子	777337*777337	可用单调	仄
	渔歌子	77337	另有双调，为仄韵格	平
	望远行	7677*33677		平
七五字格	卜算子	5575*5575		仄
	巫山一段云	5575*5575		平
	长相思	3375*3375	一、二、五、六句叠韵	平
	武陵春	7575*7575		平
	虞美人	7579*7579	其中一、二、五、六句仄韵	仄/平
三七字格	章台柳	33777	一、二句叠韵	仄
	捣练子	33777	另有双调38字，每调19字	平
	花非花	333377		仄
四七字格	踏莎行	44777*44777	一、二，六、七句常用对仗	仄
	赞成功	4474444*4474444		平
	采桑子	7447*7447		平
	人月圆	75444*444444		平
	浪淘沙	54774*54774		平

图书在版编目(CIP)数据

千古绝唱:全2册/少轩编著.—北京:
中国书籍出版社,2018.2
ISBN 978-7-5068-6783-2

Ⅰ.①千… Ⅱ.①少… Ⅲ.①古典诗歌-诗歌欣赏-中国 Ⅳ.①I207.22

中国版本图书馆CIP数据核字(2018)第044014号

千古绝唱(全2册)

少轩 编著

策划编辑	成晓春
责任编辑	成晓春 张 娟
责任印制	孙马飞 马 芝
封面设计	王 菲
出版发行	中国书籍出版社
地 址	北京市丰台区三路居路97号(邮编:100073)
电 话	(010)52257143(总编室) (010)52257140(发行部)
电子邮箱	eo@chinabp.com.cn
经 销	全国新华书店
印 刷	宁夏精捷彩色印务有限公司
开 本	710毫米×1000毫米 1/16
字 数	380千字
印 张	26.5
版 次	2018年5月第1版 2018年5月第1次印刷
书 号	ISBN 978-7-5068-6783-2
定 价	88.00元

版权所有 翻印必究

丙申年之夏 士心

少轩 编著

千古绝唱

下册 分类精选

中国书籍出版社
China Book Press

陶渊明 　　　　　　王维 　　　　　　韩愈

杜牧 　　　　　　刘禹锡 　　　　　　李煜

柳永 　　　　　　欧阳修 　　　　　　王安石

目 录

本书所选诗词基本取自2015年后的新版《中华诗彩》，每首出处注明的红色编号与《中华诗彩》中的编号一致，可从新版《中华诗彩》正文和附录中查找原文和阐释。本书中未编号的，多是新加入的。

上篇　千古绝唱话自然

● 年轮四季	冬去春来	早春萌芽	仲春吐蕊	……………… 3~10
暮春落红	春晓梦醉	春风送暖	春雨润禾	……………… 11~14
雷电闪擎	孟夏绿浓	夏暑酷热	夏日云雨	……………… 14~17
秋色紫黄	秋风萧瑟	霜露雾漫	冬寒雪凝	……………… 18~21
● 朝阳似火	夕阳残红	花好月圆	繁星点烁	……………… 22~26
云涛彩霞	山高川平	山林秀色	江河湖海	……………… 27~31
浪涛飞瀑	水中行船	静景特写	动景特写	……………… 33~35
梦幻光影	情景交融			……………… 36~37
● 奔马追风	憨牛力竭	猎犬迎主	飞鸟翩翩	……………… 37~41
鸳鸯伴侣	杜鹃啼血	黄鹂鸣歌	燕子轻飞	……………… 42~43
鹰掠兔起	鸥鹭雁禽	晓鸦昏飞	鹦鹉学舌	……………… 44~48
蟹鱼蛙鸣	春蚕蠕蠕	蜂蝶蜻蜓	蝉萤螳螂	……………… 48~51
● 春柳青青	梅花喜雪	红杏芳蕊	桃红樱燃	……………… 52~56

1

梨花雪白	杜鹃花红	牡丹花王	荷花雅洁	57~60
胭脂海棠	菊花傲霜	芍药争芳	蔷薇葳蕤(wēi ruí)	61~64
桂花飘香	杞红橘黄	稻花麦香	香茶润喉	64~67
青竹品节	松柏挺姿	物性言志		67~69

中篇　千古绝唱话人间

● 纵古论今　江山多娇　都城风貌　雄关边陲 …… 73~76
　楼阁塔寺　乡村风情　传统佳节　道法自然 …… 77~85
　新陈代谢 …… 86
● 奢淫权贵　腐败亡国　昏暗民生　争权夺利 …… 87~91
　关系复杂　人心难测　事有不测　奴颜婢膝 …… 92~93
　蔑视权贵　不满处世　极度伤感　梦中愁絮 …… 94~98
　豁达知足　自寻快乐　众生脸谱 …… 99~101
● 廉洁自律　情系民本　壮志云天　砺志修行 …… 103~107
　操守气节　善恶是非　功名富贵　慎言理智 …… 108~112
　君子风度 …… 113
● 悟学育人　妙文创作　文萃苦寒　改革创新 …… 113~118
　举贤用能　慧眼识才　德品识人　机遇处境 …… 119~120
● 民族气节　忧国如焚　志士报国　硝烟烽火 …… 121~125
　情感英灵　豪士侠义　咏史怀古 …… 127~129
● 怀故乡情　诚心结交　寻觅知己　友人逢别 …… 131~134
　血浓亲情　夫妻婚姻　怀亲悼亡　情恋缠绵 …… 135~140
　忠贞执着　相思离别　孤独忧愁　追悔恨晚 …… 141~146
　私密传情　情断意别　红颜伤逝 …… 147~149
● 豆蔻年华　青春少年　美女姿情　丽人装束 …… 150~153
　暮年情怀　心静延年　人生苦短 …… 154~156
● 威健灵动　军旅途中　跃马出猎　野外垂钓 …… 158~161
　保护自然　人逢喜事　宴会醉酒 …… 161~163

● 惊叹文笔　赞书画技　歌舞乐技　身怀绝技 ………………… 165~169
　文武双全　人生箴言 …………………………………………… 170

下篇　诗艺荟萃

(一)比兴 ……………………………………………………………… 175
(二)夸张 ……………………………………………………………… 176
(三)拟人 ……………………………………………………………… 177
(四)对仗 ……………………………………………………………… 179
　(1)名物对(工对　宽对　邻对　反对　流水对　正对) ……… 179
　(2)数目对(顺数对　倒数对　殊数对　隔数对　等数对　约数对
　　　　　　整数对　不定数对) ……………………………… 184
　(3)连珠对(首珠对　腹珠对　尾珠对　连滚对　续滚对) …… 189
　(4)双声对(句首双声对　句中双声对　句尾双声对) ………… 192
　(5)叠韵对(叠韵对　双声叠韵对) ………………………………… 192
　(6)句　对(当句对　隔句对) …………………………………… 193
　(7)掉字对 …………………………………………………………… 194
　(8)色彩对 …………………………………………………………… 195
(五)经典诗句的一般描述方式 …………………………………… 197
　1.过程延展式描述 ………………………………………………… 197
　　(1)后缀描述　(2)前缀描述　(3)前、后缀描述
　2.物象排列式描述 ………………………………………………… 201

上篇

千古绝唱话自然

❀ 年轮四季

春雨惊春清谷天，夏满芒夏暑相连。
秋处露秋寒霜降，冬雪雪冬小大寒。　　民谣《二十四节气歌》

立春

- 风光行处好，云物望中新。
  流水初消冻，潜鱼欲振鳞。　　　　　唐 冷朝阳《立春》

- 昨夜东风转斗杓(biāo)，陌头杨柳雪才消。
  晓来一树如繁杏，开向孤村隔小桥。　元 元淮《立春日赏红梅》

- 柳梢听得黄鹂语，此是春来第一声！　元 杨载《到京师》(8)

- 东风从我袖中出，小蕾已含天上香。　宋 杨万里《立春检校牡丹》

雨水

- 好雨知时节，当春乃发生。
  随风潜入夜，润物细无声。　　　　　唐 杜甫《春夜喜雨》(44)

- 天街小雨润如酥，草色遥看近却无。
  最是一年春好处，绝胜烟柳满皇都。　唐 韩愈《早春呈水部张十八员外》

- 小楼一夜听春雨，深巷明朝卖杏花。　宋 陆游《临安春雨初霁》(46)

惊蛰

- 微雨众卉新，一雷惊蛰始。
  田家几日闲，耕种从此起。　　　　　唐 韦应物《观田家》

- 老去何堪节物催，放灯中夜忽惊雷。
  一声大震龙蛇起，蚯蚓虾蟆也出来。　宋 张元干《甲午正月十四日书所见来日惊蛰节》

- 坤宫半夜一声雷，蛰户花房晓已开。
  野阔风高吹烛灭，电明雨急打窗来。
  顿然草木精神别，自是寒暄气候催。
  惟有石龟并木雁，守株不动任春回。　宋 仇远《惊蛰日雷》

春分

- 春分雨脚落声微，柳岸斜风带客归。
  时令北方偏向晚，可知早有绿腰肥。　唐 徐铉《七绝》
- 雪入春分省见稀，半开桃李不胜威。
  应惭落地梅花识，却作漫天柳絮飞。　宋 苏轼《癸丑春分后雪》
- 天将小雨交春半，谁见枝头花历乱。　唐 徐铉《偷声木兰花春分遇雨》

清明

- 佳节清明桃李笑，野田荒冢自生愁。
  雷惊天地龙蛇蛰，雨足郊原草木柔。　宋 黄庭坚《清明》
- 梨花风起正清明，游子寻春半出城。　宋 吴惟信《苏堤清明即事》
- 寒食花开千树雪，清明日出万家烟。　唐 王表《清明日登城春望寄大夫使君》
- 半醉半醒寒食酒，欲晴欲雨杏花天。　宋 方岳《次韵徐宰集珠溪》
- 惆怅东栏一株雪，人生看得几清明！　宋 苏轼《东栏梨花》(388)

谷雨

- 红紫妆林绿满池，游丝飞絮两依依。
  正当谷雨弄晴时。　北宋 仇远《浣溪沙》
- 白云峰下两旗新，腻(nì)绿长鲜谷雨春。　宋 林和靖《尝茶次寄越僧灵皎》

立夏

- 纷纷红紫已成尘，布谷声中夏令新。　宋 陆游《初夏绝句》(38)
- 晴日暖风生麦气，绿阴幽草胜花时。　宋 王安石《初夏即事》(61)
- 四时天气促相催，一夜熏风带暑来。
  陇亩日长蒸翠麦，园林雨过熟黄梅。　宋 赵友直《立夏》
- 江南孟夏天，慈竹笋如编。
  蜃气为楼阁，蛙声作管弦。　唐 贾弇《状江南·孟夏》(62)

小满

- 夜莺啼绿柳，皓月醒长空。
  最爱垄头麦，迎风笑落红。　　　　宋 欧阳修《五绝 小满》
- 麦穗初齐稚子娇，桑叶正肥蚕食饱。
  老翁但喜岁年熟，饷妇安知时节好。　宋 欧阳修《归田园四时乐春夏》
- 汝家蚕迟犹未箔，小满已过枣花落。　宋 邵定《缫车》

芒种

- 芒种初过雨及时，纱厨睡起角巾欹(qī)。
  痴云不散常遮塔，野水无声自入池。　宋 陆游《芒种后经旬无日不雨偶
  　　　　　　　　　　　　　　　　　　　　得长句》
- 田夫抛秧田妇接，小儿拔秧大儿插。
  笠是兜鍪(móu)蓑(suō)是甲，雨从头上湿到胛。　宋 杨万里《插秧歌》

夏至

- 绿树阴浓夏日长，楼台倒影入池塘。
  水晶帘动微风起，满架蔷薇一院香。　唐 高骈《山亭夏日》(66)
- 永日不可暮，炎蒸毒我肠。
  安得万里风，飘飖(yáo)吹我裳。
  昊天出华月，茂林延疏光。
  仲夏苦夜短，开轩纳微凉。　　　　唐 杜甫《夏夜叹》(64)

小暑

- 万瓦鳞鳞若火龙，日车不动汗珠融。
  无因羽翮(hé)氛埃外，坐觉蒸炊釜甑(zèng)中。　南宋 陆游《苦热》
- 山光忽西落，池月渐东上。
  散发乘夕凉，开轩卧闲敞。
  荷风送香气，竹露滴清响。

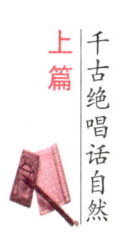

欲取鸣琴弹，恨无知音赏。　　　　　唐 孟浩然《夏日南亭怀辛大》(451)
- 倏忽温风至，因循小暑来。
竹喧先觉雨，山暗已闻雷。　　　　　唐 元稹《小暑六月节》

大暑

- 老柳蜩螗（tiáo táng）噪，荒庭繄燿（yì yào）流。
人情正苦暑，物怎已惊秋。　　　　　宋 司马光《六月十八日夜大暑》
- 隆暑方盛气，势欲焚山樊。
悠然此君子，不容至其间。　　　　　宋 郑刚中《大暑竹下独酌》

立秋

- 乳鸦啼散玉屏空，一枕新凉一扇风。
睡起秋声无觅处，满阶梧桐月明中。　宋 刘翰《立秋》
- 一带江山如画，风物向秋潇洒。　　　宋 张昇《离亭燕》(81)
- 万事销身外，生涯在镜中。
唯将满鬓雪，明日对秋风。　　　　　唐 李益《立秋前一日览镜》
- 闲庭多落叶，慨然知已秋。　　　　　东晋 陶渊明《酬刘柴桑》(83)

处暑

- 疾风驱急雨，残暑扫除空。
因识炎凉态，都来顷刻中。　　　　　宋 仇远《处暑后风雨》
- 处暑无三日，新凉直万金。
白头更世事，青草印禅心。　　　　　宋 苏泂《长江二首(其一)》

白露

- 遍渚芦先白，沾篱菊自黄。
悲秋将岁晚，繁露已成霜。　　　　　唐 颜粲《白露为霜》
- 红衣落尽暗香残，叶上秋光白露寒。　唐 羊士谔《郡中即事》

秋分

- 拥鼻悲吟一向愁，寒更转尽未回头。

绿屏无睡秋分簟(diàn)，红叶伤心月午楼。　　唐 韩偓《拥鼻》

- 遇节思吾子，吟诗对夕曛(xūn)。
  燕将明日去，秋向此时分。　　清 紫静仪《秋分日忆用济》

寒露

- 空庭得秋长漫漫，寒露入暮愁衣单。
  喧喧人语已成市，白日未到扶桑间。　　宋 王安石《八月十九日试院梦冲卿》
- 数派清泉黄菊盛，一林寒露紫梨繁。　　唐 卢纶《晚次新丰北野老家书事呈赠韩质明府》

霜降

- 鸿声断续暮天远，柳影萧疏秋日寒。
  霜降幽林沾蕙(huì)若，弦惊翰苑失鸳鸾。　　唐 钱起《送李九贬南阳》
- 泊舟淮水次，霜降夕流清。
  夜久潮侵岸，天寒月近城。　　唐 韦建《泊舟盱眙》
- 霜降三旬后，蓂(míng)馀一叶秋。
  玄阴迎落日，凉魄尽残钩。　　唐 元稹《赋得九月尽》

立冬

- 细雨生寒未有霜，庭前木叶半青黄。
  小春此去无多日，何处梅花一绽香。　　宋 仇远《立冬即事》
- 昨夜清霜冷絮裯(chóu)，纷纷红叶满阶头。
  园林尽扫西风去，惟有黄花不负秋。　　宋 钱时《立冬前一日霜对菊有感》

小雪

- 花雪随风不厌看，更多还肯失林峦。
  愁人正在书窗下，一片飞来一片寒。　　唐 戴叔伦《小雪》
- 夜来急雪打船窗，今夜推窗月满江。

堪恨无情一枝橹，水禽惊起不成双。　宋 陆游《十二月十日暮小雪即止》

大雪

- 恰当岁日纷纷落，天宝瑶花助物华。
  自古最先标瑞牒(dié)，有谁轻拟比杨花。　唐 张义方《奉和圣制元日大雪登楼》
- 海天黯黯万重云，欲到前村路不分。
  烈风吹雪深一丈，大布缝衫重七斤。　宋 陆游《大雪》
- 朔风吹雪飞万里，三更簌(sù)簌鸣窗纸。
  初疑天女下散花，复恐麻姑行掷米。　宋 陆游《夜大雪歌》
- 烈风大雪吞江湖，巨木摧折竹苇枯。
  乌鸢(yuān)瑟缩堕地死，岂复能顾卵与雏。　宋 陆游《唐希雅雪鹊》

冬至

- 心灰不及炉中火，鬓雪多于砌下霜。
  三峡南宾城最远，一年冬至夜偏长。　唐 白居易《冬至夜》
- 旅馆夜忧姜被冷，暮江寒觉晏(yàn)裘轻。
  竹门风过还惆怅，疑是松窗雪打声。　唐 杜牧《冬至日遇京使发寄弟》
- 邯郸驿里逢冬至，抱膝灯前影伴身。
  想得家中夜深坐，还应说着远行人。　唐 白居易《邯郸冬至夜》
- 四野便应枯草绿，九重先觉冻云开。
  阴冰莫向河源塞，阳气今从地底回。　唐 韩偓《冬至夜作》
- 岸容待腊将舒柳，山意冲寒欲放梅。　唐 杜甫《小至》
- 梅逼玉肌春欲透，小槽新压冰澌溜。　宋 冯时行《渔家傲·冬至》

小寒

- 江雨蒙蒙作小寒，雪飘五老发毛斑。
  城中咫尺云横栈，独立前山望后山。　宋 黄庭坚《驻舆遣人寻访后山陈德方家》

- 东风吹雨小寒生，杨柳飞花乱晚晴。
  客子从今无可恨，窦家园里有莺声。　宋 陈与义《窦园醉中前后五绝句》
- 辛苦孤花破小寒，花心应似客心酸。
  更凭青女留连得，未作愁红怨绿看。　宋 范成大《窗前木芙蓉》

大寒

- 旧雪未及消，新雪又拥户。
  阶前冻银床，檐头冰钟乳(yún)。　宋 邵雍《大寒吟》
- 曈曚(tóng méng)半弄阴晴日，栗烈初迎小大寒。
  溪水断流寒冻合，野田飞烧晓霜干。　南宋 王之道《题浮光丘家寺》

❀冬去春来

　　应诏赋得除夜(5)
今夜今宵尽，明年明日催。
寒随一夜去，春逐五更来。
气色空中改，云颜暗里回。
风光人不觉，已著后园梅。　　　　　唐 史青

- 寒雪梅中尽，春风柳上归。　唐 李白《宫中行乐词(其七)》(2)
- 腊后花期知渐近，寒梅已作东风信。　北宋 晏殊《蝶恋花》(3)

❀早春萌芽

　　到京师(8)
城雪初消荠菜生，角门深巷少人行。
柳梢听得黄鹂语，此是春来第一声！　元 杨载

　　题惠崇春江晚景(9)
竹外桃花三两枝，春江水暖鸭先知。

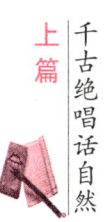

蒌(lóu)蒿(hāo)满地芦芽短，正是河豚欲上时。　　宋　苏轼

忆江南(14)

江南好，风景旧曾谙。日出江花红胜火，
春来江水绿如蓝，能不忆江南。　　唐　白居易

次北固山下

潮平两岸阔，风正一帆悬。
海日生残夜，江春入旧年。　　唐　王湾

- 昨夜东风转斗杓(biāo)，陌头杨柳雪才消。
  晓来一树如繁杏，开向孤村隔小桥。　　元　元淮《立春日赏红梅》
- 一片彩霞迎曙日，万条红烛动春天。　　唐　杨巨源《元日呈李逢吉舍人》(6)
- 辉辉暖日弄游丝，风软晴云缓缓飞。　　宋　张耒《早春》(7)
- 残雪暗随冰笋滴，新春偷向柳梢归。　　北宋　张耒《早春》(7)
- 白雪却嫌春色晚，故穿庭树作飞花。　　唐　韩愈《春雪》(11)
- 残云带雨轻飘雪，嫩柳含烟小绽金。　　中唐　姚合《早春山居寄城中知己》(4)
- 白雪却嫌春色晚，故穿庭树作飞花。　　唐　韩愈《春雪》(11)
- 残雪压枝犹有橘，冻雷惊笋欲抽芽。　　宋　欧阳修《戏答元珍》
- 绿杨烟外晓寒轻，红杏枝头春意闹。　　宋　宋祁《玉楼春》(10)
- 高楼晓见一花开，便觉春光四面来。　　唐　令狐楚《游春词》(13)
- 今夜偏知春气暖，虫声新透绿窗纱。　　唐　刘方平《夜月》(19)
- 边城暮雨雁飞低，芦笋初生渐欲齐。　　唐　张籍《凉州词》(12)

❀ 仲春吐蕊

游园不值(16)

应怜屐(jī)齿印苍苔，小扣柴扉久不开。
春色满园关不住，一枝红杏出墙来。　　宋　叶绍翁

春日(17)

胜日寻芳泗水滨，无边光景一时新。
等闲识得东风面，万紫千红总是春。　宋　朱熹

- 白片落梅浮涧水，黄梢新柳出城墙。　唐 白居易《春至》(24)
- 半醉半醒寒食酒，欲晴欲雨杏花天。　宋 方岳《次韵徐宰集珠溪》
- 草色青青柳色黄，桃花历乱李花香。　唐 贾至《春思》(20)
- 鸭头春水浓如染，水面桃花弄春脸。　宋 苏轼《送别》(23)
- 径草渐生长短绿，庭花欲绽浅深红。　中唐 鲍溶《春日》(22)
- 小荷才露尖尖角，早有蜻蜓立上头。　南宋 杨万里《小池》(18)
- 三月江南莺乱飞，百花满树柳依依。　元 赵孟頫《纪旧游》
- 蜂蝶纷纷过墙去，却疑春色在邻家。　晚唐 王驾《雨晴》(21)
- 应惭落地梅花识，却作漫天柳絮飞。　宋 苏轼《癸丑春分后雪》
- 彭蠡湖天晚，桃花水气春。
  鸟飞千百点，日没半红轮。　　唐 白居易《彭蠡湖晚归》(选段)(25)
- 月色溶溶夜，花阴寂寂春。　　金 董解元《西厢记》(26)

🌸 暮春落红

蝶恋花(31)

花褪残红青杏小。燕子飞时，绿水人家绕。枝上柳绵吹又少，天涯何处无芳草。　　墙里秋千墙外道。墙外行人，墙里佳人笑。笑渐不闻声渐悄，多情却被无情恼。　　宋　苏轼

- 花谢花飞飞满天，红消香断有谁怜？
  游丝软系飘风榭，落絮轻沾扑绣帘。　清 曹雪芹《葬花诗》(选段)(731)

- 草树知春不久归，百般红紫斗芳菲。　唐 韩愈《晚春》(32)
- 满眼不堪三月暮，举头已觉千山绿。　南宋 辛弃疾《满江红》(27)
- 浓绿万枝一点红，动人春色不须多。　北宋 王安石《咏石榴花》(28)
- 狂风落尽深红色，绿叶成荫子满枝。　唐 杜牧《怅诗》(30)
- 野草芳菲红锦地，游丝缭乱碧春天。　唐 刘禹锡《春日抒怀》(35)
- 游丝落絮春漫漫，西楼晓晴花作团。　金 元好问《两栖曲》(268)
- 无风杨柳漫天絮，不雨棠梨满地花。　宋 范成大《碧瓦》
- 南园桃李花落尽，春风寂寞摇空枝。　唐 杨凌《句》
- 落红满路无人惜，踏作花泥透脚香。　南宋 杨万里《小溪至新田》(36)
- 数声鶗(tí)鴂(jué)，又报芳菲歇。

  惜春更选残红折，雨轻风色暴，梅子

  青时节。　　　　　　　　　宋 张先《千秋岁》(选段)(37)

🌸 春晓梦醉

春晓(39)

春眠不觉晓，处处闻啼鸟。

夜来风雨声，花落知多少。　　　唐 孟浩然

西江月(40)

照野弥弥浅浪，横空暧暧微霄。

障泥未解玉骢骄。我欲醉眠芳草。

可惜一溪明月，莫教踏破琼瑶。

解鞍欹(qī)枕绿杨桥。杜宇一声春晓。　宋 苏轼

- 春宵一刻值千金，花有清香月有阴。　宋 苏轼《春宵》(41)
- 山花野草自幽意，布谷一声春水生。　宋 李缙《晓步》
- 半欲天明半未明，醉闻花气睡闻莺。

猧(wǒ)儿撼起钟声动，二十年前晓寺情。　唐　元稹《春晓》
● 残烛犹存月尚明，几家帷幌梦魂惊。
　　星河渐没行人动，历历林梢百舌声。　唐　李中《春晓》

● 春庭晓景别，清露花丽迤(yǐ)。
　　黄蜂一过慵，夜夜栖香蕊。　　　　唐　陆龟蒙《春晓》

🌸 春风送暖

泊船瓜洲(15)

京口瓜洲一水间，钟山只隔数重山。
春风又绿江南岸，明月何时照我还？　宋　王安石

春风(42)

春风先发苑中梅，樱杏桃梨次第开。
荠花榆荚深村里，亦道春风为我来。　唐　白居易

● 碧玉妆成一树高，万条垂下绿丝绦。
　　不知细叶谁裁出，二月春风似剪刀。　唐　贺知章《咏柳》(341)
● 春风春雨花经眼，江北江南水拍天。　宋 黄庭坚《次元明韵寄子由》(43)
● 昏昏淡月疏疏影，缓缓清风细细香。　宋　刘学箕《与政仲山行见梅偶成》
● 东风忽起垂杨舞，更作荷心万点生。　宋　刘攽《雨后池上》(51)
● 龙文远水吞平岸，羊角轻风旋细尘。　唐　元稹《早春登龙山静胜寺》
● 春风大雅能容物，秋水文章不染尘。　清　邓石如《白颐联》
● 唯有南风旧相识，偷开门户又翻书。　宋　刘攽《新晴》(91)
● 沾衣欲湿杏花雨，吹面不寒杨柳风。　宋　僧志南《绝句》

❀ 春雨润禾

春夜喜雨(44)

好雨知时节,当春乃发生。
随风潜入夜,润物细无声。
野径云俱黑,江船火独明。
晓看红湿处,花重锦官城。　　唐 杜甫

好事近·梦中作(49)

春路雨添花,花动一山春色。
行到小溪深处,有黄鹂千百。
飞云当面化龙蛇,夭矫转空碧。
醉卧古藤阴下,了不知南北。　　宋 秦观

- 落絮无声春堕泪,行云有影月含羞。　南宋 吴文英《浣溪沙》(142)
- 小楼一夜听春雨,深巷明朝卖杏花。　南宋 陆游《临安春雨初霁》(46)
- 雨中草色绿堪染,水上桃花红欲然。　唐 王维《辋川别业》(47)
- 天将小雨交春半,谁见枝头花历乱。　唐 徐铉《偷声木兰花·春分遇雨》
- 雨过斑竹千丛绿,潮落芳兰两岸青。　清 汪琬《忆洞庭》(48)
- 春入平原荠菜花,新耕雨后落群鸦。　宋 辛弃疾《鹧鸪天·游鹅湖,醉书酒家壁》(50)
- 声落牙檐^{yán}飞短瀑,点匀池面起圆波。　宋 韩琦《北塘春雨》(79)
- 映空初作茧细微,掠地俄成箭镞^{zú}飞。　宋 陆游《雨》(80)
- 夜雨剪春韭,新炊间黄粱。　唐 杜甫《赠卫八处士》(45)

❀ 雷电闪掣

电(59)

造物神奇岂有涯,云端闪炼掣金蛇。

一痕急逗狂雷信，万焰纷随暴雨挝。
散去星辉叠复见，掀开月色瞥还遮。
幽窗降鉴频三四，照尽人心正与邪。宋 俞琰

甲午正月十四日书所见来日惊蛰节

老去何堪节物催，放灯中夜忽惊雷。
一声大震龙蛇起，蚯蚓虾蟆也出来。宋 张元干

- 雷惊天地龙蛇蛰，雨足郊原草木柔。　宋 黄庭坚《清明》
- 坤宫半夜一声雷，蛰户花房晓已开。　宋 仇远《惊蛰日雷》
- 雨过潮平江海碧，电光时掣紫金蛇。　宋 苏轼《望海楼晚景(其二)》(55)
- 一曲彩虹横界断，南山雷雨北山晴。　元 黄庚《暮景》(60)
- 飒飒东风细雨来，芙蓉塘外有轻雷。　唐 李商隐《无题四首(其一)》(53)
- 雷声前嶂落，雨色万峰来。　明 李攀龙《广阳山道中》(54)
- 激电光入牖，奔雷势掀屋。　宋 陆游《夜雨》(56)
- 电挚光如昼，雷轰意未平。　宋 陆游《七月十八日夜枕上作》(57)
- 紫电光牖飞，迅雷终天奔。　东晋 曹毗《霖雨》(58)
- 微雨众卉新，一雷惊蛰始。　唐 韦应物《观田家》

孟夏绿浓

立夏

四时天气促相催，一夜熏风带暑来。
陇亩日长蒸翠麦，园林雨过熟黄梅。宋 赵友直

状江南·孟夏 (62)

江南孟夏天，慈竹笋如编。
蜃气为楼阁，蛙声作管弦。唐 贾弇

- 纷纷红紫已成尘,布谷声中夏令新。　宋 陆游《初夏绝句》(38)
- 晴日暖风生麦气,绿阴幽草胜花时。　宋 王安石《初夏即事》(61)
- 谢却海棠飞尽絮,困人天气日初长。　宋 朱淑真《即景》(63)
- 黄梅时节家家雨,青草池塘处处蛙。　南宋 赵师秀《约客》(69)

❀ 夏暑酷热

苦热

万瓦鳞鳞若火龙,日车不动汗珠融。

无因羽翮(hé)氛埃外,坐觉蒸炊釜甑(zèng)中。　南宋 陆游

观刈麦 (选段)(65)

田家少闲月,五月人倍忙。

夜来南风起,小麦覆陇黄。

妇姑荷箪食,童稚携壶浆。

相随饷田去,丁壮在南冈。

足蒸暑土气,背灼炎天光。

力尽不知热,但惜夏日长。　　　唐 白居易

- 绿树阴浓夏日长,楼台倒影入池塘。
  水晶帘动微风起,满架蔷薇一院香。　唐 高骈《山亭夏日》(66)
- 日长篱落无人过,惟有蜻蜓蛱蝶飞。　宋 范成大《四时田园杂兴》(67)
- 清风无力屠得热,落日着翅飞上山。
  人固已惧江海竭,天岂不惜河汉干?　宋 王令《暑旱苦热》(选段)
- 夜热依然午热同,开门小立月明中。
  竹深树密虫鸣处,时有微凉不是风。　宋 杨万里《夏日追凉》
- 仲夏苦夜短,开轩纳微凉。　唐 杜甫《夏夜叹》(64)
- 麦随风里熟,梅逐雨中黄。　北周 庾信《奉和夏日应令》(68)

🌸 夏日云雨

西楼(76)

海浪如云去却回，北风吹起数声雷。
朱楼四面钩疏箔，卧看千山急雨来。　宋 曾巩

大风雨中作(77)

风如拔山怒，雨如决河倾。
屋漏不可支，窗户俱有声。
乌鸢(yuān)堕地死，鸡犬噤不鸣。
老病无避处，起坐徒叹惊。
三年稼如云，一旦败垂成。
夫岂或使之，忧乃及躬耕。
邻曲无人色，妇子泪纵横。
且抽架上书，洪范推五行。　　　　宋 陆游

- 落日千帆低不度，惊涛一片雪山来。　明 李攀龙《送子相归广陵》(70)
- 一雁下投天尽处，万山浮动雨来初。　清 查慎行《登宝婺楼》(71)
- 溪云初起日沉阁，山雨欲来风满楼。　晚唐 许浑《咸阳城西楼晚眺》(72)
- 惊风乱飐(zhǎn)芙蓉水，密雨斜侵薜荔墙。　唐 柳宗元《登柳州城楼寄漳汀封连四州刺史》(73)
- 黄梅时节家家雨，青草池塘处处蛙。　南宋 赵师秀《约客》(69)
- 日暮北风吹雨去，数峰清瘦出云来。　宋 张耒《初见嵩山》(74)
- 万里山河秋渺渺，一天风雨夜潇潇。　元 王冕《新店道中》
- 万壑(hè)树参天，千山响杜鹃。
  山中一夜雨，树杪百重泉。　　唐 王维《送梓州李使君》(75)
- 雨势平吞野，风声倒卷江。　宋 陆游《卯饮醉卧枕上有赋》(78)

秋色紫黄

山行(87)

远上寒山石径斜，白云生处有人家。
停车坐爱枫林晚，霜叶红于二月花。　　唐 杜牧

八声甘州(85)

对潇潇暮雨洒江天，一番洗清秋。
渐霜风凄紧，关河冷落，残照当楼。
是处红衰翠减，苒苒物华休。
惟有长江水，无语东流。　　不忍登
高临远，望故乡渺邈，归思难收。
叹年来踪迹，何事苦淹留！想佳人、
妆楼颙望，误几回、天际识归舟。争
知我、倚阑干处，正恁凝愁！　　宋 柳永

- 草满池塘水满陂，山衔落日浸寒漪(yī)。
  牧童归去横牛背，短笛无腔信口吹。　宋 雷震《村晚》(98)
- 一带江山如画，风物向秋潇洒。　宋 张升《离亭燕》(81)
- 丹林黄叶斜阳外，绝胜春山暮雨时。　南宋 杜耒《秋晚》(82)
- 山明水净夜来霜，数树深红出浅黄。　唐 刘禹锡《秋词二首(其二)》(86)
- 满地新蔬和雨绿，半林残叶带霜红。　唐 牟融《送报本寺分韵得通字》(88)
- 荷花开尽秋光晚，零落残红绿沼中。　唐 宋雍《失题》(89)
- 数派清泉黄菊盛，一林寒露紫梨繁。　唐 卢纶《晚次新丰北野老家书事呈赠韩质明府》
- 闲庭多落叶，慨然知已秋。　东晋 陶渊明《酬刘柴桑》(83)
- 荷香销晚夏，菊气入新秋。　初唐 骆宾王《晚泊江镇》(84)
- 鹜(wù)落霜洲，雁横烟渚，分明画出秋色。……

离愁万绪,闻岸草、切切蛩吟如织。 宋 柳永《倾杯》(选段)(96)

秋风萧瑟

风(90)

解落三秋叶,能开二月花。
过江千尺浪,入竹万竿斜。 唐 李峤

登高(93)

风急天高猿啸哀,渚清沙白鸟飞回。
无边落木萧萧下,不尽长江滚滚来。
万里悲秋常作客,百年多病独登台。
艰难苦恨繁霜鬓,潦倒新停浊酒杯。 唐 杜甫

茅屋为秋风所破歌(92)

八月秋高风怒号,卷我屋上三重茅。
茅飞渡江洒江郊,高者挂罥长林梢,
下者飘转沉塘坳。
南村群童欺我老无力,忍能对面为盗贼。
公然抱茅入竹去,唇焦口燥呼不得,
归来倚杖自叹息。
俄顷风定云墨色,秋天漠漠向昏黑。
布衾多年冷似铁,娇儿恶卧踏里裂。
床头屋漏无干处,雨脚如麻未断绝。
自经丧乱少睡眠,长夜沾湿何由彻。
安得广厦千万间,大庇天下寒士俱
欢颜,风雨不动安如山。
呜呼!何时眼前突兀见此屋,
吾庐独破受冻死亦足! 唐 杜甫

- 明月别枝惊鹊，清风半夜鸣蝉。
  稻花香里说丰年，听取蛙声一片。　　宋 辛弃疾《西江月·夜行黄沙道中》
　　　　　　　　　　　　　　　　　　　　　选段(97)
- 枫岸纷纷落叶多，洞庭秋水晚来波。　唐 贾至《泛洞庭湖三首(其二)》(94)
- 芙蓉零落秋池雨，杨柳萧疏晓岸风。　唐 崔致远《兖州留献李员外》(95)
- 不去扫清天北雾，只来卷起浪头山。　宋 杨万里《嘲淮风》(102)
- 秋风昨夜渡潇湘，触石穿林惯作狂。　清 郑板桥《墨竹图》(448)
- 千山落木风转急，万里飞鸿天更寒。　宋 周紫芝《晚思》
- 九月天山风似刀，城南猎马缩寒毛。　唐 岑参《赵将军歌》(237)

霜露雾漫

枫桥夜泊(99)

月落乌啼霜满天，江枫渔火对愁眠。
姑苏城外寒山寺，夜半钟声到客船。　　唐 张继

送李九贬南阳

鸿声断续暮天远，柳影萧疏秋日寒。
霜降幽林沾蕙(huì)若，弦惊翰苑失鸳鸾。　　唐 钱起

- 山明水净夜来霜，数树深红出浅黄。　唐 刘禹锡《秋词二首(其二)》(86)
- 满地新蔬和雨绿，半林残叶带霜红。　唐 牟融《送报本寺分韵得通字》(88)
- 可怜九月初三夜，露似真珠月似弓。　唐 白居易《暮江吟》(119)
- 红衣落尽暗香残，叶上秋光白露寒。　唐 羊士谔《郡中即事》
- 数派清泉黄菊盛，一林寒露紫梨繁。　唐 卢纶《晚次新丰北野老家书事呈
　　　　　　　　　　　　　　　　　　　　　赠韩质明府》
- 空庭得秋长漫漫，寒露入暮愁衣单。　宋 王安石《八月十九日试院梦冲卿》
- 波光水鸟惊犹宿，露冷流萤湿不飞。　明 汤显祖《江宿》(338)
- 一天霜压关山壮，万里魂归海国阴。　民国 叶楚伧《秋兴》

- 行冲薄薄轻轻雾，看放重重叠叠山。　宋 范成大《早发竹下》
- 迅风拂裳袂(mèi)，白露沾衣襟。　　三国 王粲《七哀诗(其二)》(100)
- 风枝惊暗鹊，露草覆寒蛩(qióng)。　中唐 戴叔伦《江乡故人偶集客舍》(101)
- 垂緌饮清露，流响出疏桐。　　　　初唐 虞世南《蝉》(330)
- 露重飞难进，风多响易沉。　　　　初唐 骆宾王《在狱咏蝉》(332)
- 露泣连珠下，萤飘碎火流。　　　　北朝 庾信《拟咏怀诗(之十八)》(336)

🌸 冬寒雪凝

江雪(110)

千山鸟飞绝，万径人踪灭。
孤舟蓑笠翁，独钓寒江雪。　　　　唐 柳宗元

大雪

海天黯黯(àn)万重云，欲到前村路不分。
烈风吹雪深一丈，大布缝衫重七斤。　宋 陆游

夜大雪歌

朔风吹雪飞万里，三更簌簌(sù)鸣窗纸。
初疑天女下散花，复恐麻姑行掷米。　宋 陆游

- 江山不夜雪千里，天地无私玉万家。　元 黄庚《雪》(107)
- 寒窗呵笔寻诗句，一片飞来纸上消。　唐 罗隐《雪》(108)
- 愁人正在书窗下，一片飞来一片寒。　唐 戴叔伦《小雪》
- 忽如一夜春风来，千树万树梨花开。　唐 岑参《白雪歌送武判官归京》(104)
- 战罢玉龙三百万，败鳞残甲满天飞。　北宋 张元《雪》(103)
- 燕山雪花大如席，纷纷吹落轩辕台。　唐 李白《北风行》(105)

- 烈风大雪吞江湖，巨木摧折竹苇枯。　宋 陆游《唐希雅雪鹊》
- 九月天山风似刀，城南猎马缩寒毛。　唐 岑参《赵将军歌》(237)
- 野云万里无城郭，雨雪纷纷连大漠。　唐 李颀《古从军行》(106)
- 瀚海阑干百丈冰，愁云惨淡万里凝。　唐 岑参《白雪歌送武判官归京》(104)
- 将军角弓不得控，都护铁衣冷难着。　唐 岑参《白雪歌送武判官归京》(104)
- 纷纷暮雪下辕门，风掣红旗冻不翻。　唐 岑参《白雪歌送武判官归京》(104)
- 剑河风急雪片阔，沙口石冻马蹄脱。　唐 岑参《轮台歌奉送封大夫出师西征》(109)
- 万径千山孤岛绝，八荒四海一云同。　宋 俞德邻《雪》
- 夜深知雪重，时闻折竹声。　唐 白居易《夜雪》

朝阳似火

忆江南(14)

江南好，风景旧曾谙。日出江花红胜火，
春来江水绿如蓝，能不忆江南。　　唐 白居易

庐山谣寄卢侍御虚舟(选段)(112)

五岳寻仙不辞远，一生好入名山游。
庐山秀出南斗傍，屏风九迭云锦张。
影落明湖青黛光，金阙前开二峰长。
银河倒挂三石梁，香炉瀑布遥相望。
回崖沓障凌苍苍。
翠影红霞映朝日，鸟飞不到吴天长。
登高壮观天地间，大江茫茫去不还。
黄云万里动风色，白波九道流雪山。　唐 李白

- 星光欲灭晓光连，霞晕红浮一角天。
  干尽小园花上露，日痕恰恰到窗前。　南宋 黄大受《早作》(114)
- 晓鸦无数盘旋处，绿树枝头一线红。　明 唐伯虎《晓起图》(111)
- 洪波万里江天涌，一点金乌出海心。　金 萧贡《日观峰》(113)
- 风生帘幕春云碧，水绕楼台海日红。　宋 释斯植《登吴山》

❀ 夕阳残红

使至塞上 (115)

单车欲问边，属国过居延。
征蓬出汉塞，归雁入胡天。
大漠孤烟直，长河落日圆。
萧关逢候骑，都护在燕然。　　　唐 王维

秋晚野望 (选段)(117)

余霞红映暮云边，村北村南少夕烟。
远树捧高沧海月，乱鸦点碎夕阳天。　清 陈玉树

暮江吟 (119)

一道残阳铺水中，半江瑟瑟半江红。
可怜九月初三夜，露似真珠月似弓。　唐 白居易

- 日下壁而沉彩，月上轩而流光。　宋 江淹《别赋》(118)
- 波神留我看斜阳，唤起鳞鳞细浪。　宋 张孝祥《西江月·黄陵庙》(121)
- 苍山斜入三湘路，落日半铺七泽流。　元 揭傒斯《梦武昌》(120)
- 万里波心谁折得，夕阳影里碎残红。　北宋 王寀《浪花》(122)
- 晴天摇动清江底，晚日浮沉急浪中。　宋 陈师道《十七日观潮》(123)
- 长天野浪相依碧，落日残云共作红。　宋 宋庠《坐旧州驿亭上作》
- 峥嵘赤云西，日脚下平地。　唐 杜甫《羌村三首(其一)》(116)
- 浮云游子意，落日故人情。　唐 李白《送友人》(124)

• 夕阳无限好，只是近黄昏。　　　　　唐 李商隐《登乐游原》(125)

🌸 花好月圆

水调歌头 (127)

明月几时有，把酒问青天。
不知天上宫阙，今夕是何年？
我欲乘风归去，又恐琼楼玉宇，高处不胜寒。起舞弄清影，何似在人间！
　转朱阁，低绮户，照无眠。不应有恨，何事长向别时圆？人有悲欢离合，月有阴晴圆缺，此事古难全。但愿人长久，千里共婵娟。　　　宋 苏轼

春江花月夜 (132)

春江潮水连海平，海上明月共潮生。
滟(yàn)滟随波千万里，何处春江无月明。
江流宛转绕芳甸，月照花林皆似霰。
空里流霜不觉飞，汀上白沙看不见。
江天一色无纤尘，皎皎空中孤月轮。
江畔何人初见月，江月何年初照人？
人生代代无穷已，江月年年只相似。
不知江月待何人，但见长江送流水。
白云一片去悠悠，青枫浦上不胜愁。
谁家今夜扁舟子，何处相思明月楼？
可怜楼上月徘徊，应照离人妆镜台。
玉户帘中卷不去，捣衣砧上拂还来。
此时相望不相闻，愿逐月华流照君。

鸿雁长飞光不渡，鱼龙潜跃水成文。
昨夜闲潭梦落花，可怜春半不还家。
江水流春去欲尽，江潭落月复西斜。
斜月沉沉藏海雾，碣石潇湘无限路。
不知乘月几人归，落月摇情满江树。　唐 张若虚

- 无云世界秋三五，共看蟾盘上海涯。
  直到天头无尽处，不曾私照一人家。　唐 曹松《中秋对月》(126)
- 照野弥弥浅浪，横空隐隐微霄。

  障泥未解玉骢(cōng)骄，我欲醉眠芳草。

  可惜一溪明月，莫教踏破琼瑶。

  解鞍欹(qī)枕绿杨桥，杜宇一声春晓。　　宋 苏轼《西江月》(40)
- 青天有月来几时？我今停杯一问之。
  人攀明月不可得，月行却与人相随。……
  今人不见古时月，今月曾经照古人。
  古人今人若流水，共看明月皆如此。　唐 李白《把酒问月》(选段)(145)
- 乌飞飞，兔蹶(jué)蹶，朝来暮去驱时节。　晚唐 司空图《杂言》(*911)
- 冰轮斜辗(zhǎn)镜天长，江练隐寒光。　南宋 陈亮《一丛花·溪堂玩月作》(143)
- 一天蟾影映婆娑，万古谁将此镜磨？　元 方壶《水仙子》
- 青女素娥俱耐冷，月中霜里斗婵娟。　唐 李商隐《霜月》
- 天空高阁留孤月，夜静河灯散万星。　明 袁衍《中秋登偀家楼》(134)
- 光移星斗天逾近，影倒山河月正圆。　明 丁鹤年《元夕》(137)
- 明灯海上无双夜，皓月人间第一圆。　清 陈曾寿《元夕》(138)
- 落木千山天远大，澄江一道月分明。　北宋 黄庭坚《登快阁》(135)
- 满载一船明月，平铺千里秋江。　宋 张孝祥《西江月·黄陵庙》(121)

- 洞庭秋月生湖心，层波万顷如熔金。　唐 刘禹锡《洞庭秋月行》(133)
- 峨眉山月半轮秋，影入平羌江水流。　唐 李白《峨眉山月歌》(*931)
- 沙上并禽池上暝，云破月来花弄影。　宋代 张先《天仙子》(129)
- 松排山面千重翠，月点波心一颗珠。　唐 白居易《春题湖上》(130)
- 飘然一叶乘空度，卧听银潢泻月声。　北宋 孔武仲《五鼓乘风过洞庭湖》(141)
- 落絮无声春堕泪，行云有影月含羞。　南宋 吴文英《浣溪沙》(142)
- 多情只有春庭月，犹为离人照落花。　唐 张泌《寄人》(146)
- 月色昏昏人寂寂，梅花淡淡水漪漪。　宋 周紫芝《题钱少愚孤山月梅图》
- 昏昏淡月疏疏影，缓缓清风细细香。　宋 刘学箕《与政仲山行见梅偶成》
- 月缺花残莫怆然，花须终发月终圆。　唐 温庭筠《和王秀才伤歌姬》(521)
- 烟霄微月澹(dàn)长空，银汉秋期万古同。　唐 白居易《七夕二首(其二)》(786)
- 星垂平野阔，月涌大江流。　唐 杜甫《旅夜书怀》(131)
- 海上生明月，天涯共此时。　唐 张九龄《望月怀远》(139)
- 月明三峡曙，潮满九江春。　唐 沈佺期《巫山高》(136)
- 奔龙争渡月，飞鹊乱填河。　唐 宋之问《牛女》(140)
- 雁引愁心去，山衔好月来。　唐 李白《与夏十二登岳阳楼》(160)
- 缺月挂疏桐，漏断人初静。　宋 苏轼《卜算子·黄州定慧院寓居作》(128)

繁星点烁

旅夜书怀(131)

细草微风岸，危樯独夜舟。
星垂平野阔，月涌大江流。
名岂文章著，官应老病休。
飘飘何所似？天地一沙鸥。　　　　　　　　唐 杜甫

鹊桥仙(801)

纤云弄巧，飞星传恨，银汉迢迢暗渡。
金风玉露一相逢，便胜却、人间无数。
柔情似水，佳期如梦，忍顾鹊桥归路。
两情若是久长时，又岂在、朝朝暮暮。 宋 秦观

- 飞星过水白，落月动沙虚。　　　　　唐 杜甫《中宵》(147)
- 丹霞夹明月，华星出云间。　　　　　三国 曹丕《芙蓉池作》(148)
- 天月相终始，流星没无精。　　　　　三国 曹植《弃妇诗》(149)
- 光移星斗天逾近，影倒山河月正圆。　明 丁鹤年《元夕》(137)
- 残星几点雁横塞，长笛一声人倚楼。　唐 赵嘏《长安秋望》(413)
- 秋风萧瑟，洪波涌起。日月之行，
  若出其中。星汉灿烂，若出其里。　　三国 曹操《观沧海》(选段)(150)

🌸 云涛彩霞

送子相归广陵(70)

广陵秋色雨中开，系马青枫江上台。
落日千帆低不度，惊涛一片雪山来。 明 李攀龙

- 一条雪浪吼巫峡，千里火云烧益州。　唐 李商隐《送崔珏往西川》(*913)
- 日出江花红胜火，春来江水绿如蓝。　唐 白居易《忆江南》(14)
- 翠影红霞映朝日，鸟飞不到吴天长。　唐 李白《庐山谣寄卢侍御虚舟》(112)
- 一道残阳铺水中，半江瑟瑟半江红。　唐 白居易《暮江吟》(119)
- 万里波心谁折得，夕阳影里碎残红。　北宋 王寀《浪花》(122)
- 长天野浪相依碧，落日残云共作红。　宋 宋庠《坐旧州驿亭上作》
- 曾经沧海难为水，除却巫山不是云。　唐 元稹《离思五首(其四)》(*912)
- 一雁下投天尽处，万山浮动雨来初。　清 查慎行《登宝婺楼》(71)

- 溪云初起日沉阁，山雨欲来风满楼。　　晚唐 许浑《咸阳城西楼晚眺》(72)
- 日暮北风吹雨去，数峰清瘦出云来。　　宋 张耒《初见嵩山》(74)
- 沙上并禽池上暝，云破月来花弄影。　　宋 张先《天仙子》(129)
- 辉辉暖日弄游丝，风软晴云缓缓飞。　　宋 张耒《早春》(7)
- 纤云弄巧，飞星传恨，银汉迢迢暗渡。　宋 秦观《鹊桥仙》(801)
- 瀚海阑干百丈冰，愁云惨淡万里凝。　　唐 岑参《白雪歌送武判官归京》(104)
- 山从人面起，云傍马头生。　　　　　　唐 李白《送友人入蜀》(155)
- 浮云游子意，落日故人情。　　　　　　唐 李白《送友人》(124)
- 月下飞天镜，云生结海楼。　　　　　　唐 李白《渡荆门送别》(152)

❀ 山高川平

岳望 (156)

岱宗夫如何？齐鲁青未了。
造化钟神秀，阴阳割昏晓。
荡胸生层云，决眦入归鸟。
会当凌绝顶，一览众山小。　　　　　　唐 杜甫

渡荆门送别 (152)

渡远荆门外，来从楚国游。
山随平野尽，江入大荒流。
月下飞天镜，云生结海楼。
仍怜故乡水，万里送行舟。　　　　　　唐 李白

蜀道难 (154)

噫吁嚱，危乎高哉！
蜀道之难难于上青天。
蚕丛及鱼凫，开国何茫然。
尔来四万八千岁，始与秦塞通人烟。

西当太白有鸟道，可以横绝峨嵋巅。
地崩山摧壮士死，然后天梯石栈相钩连。
上有六龙回日之高标，下有冲波逆折之回川。

黄鹤之飞尚不得过，猿猱(náo)欲度愁攀缘。

青泥何盘盘，百步九折萦(yíng)岩峦。

扪(mén)参历井仰胁息，以手抚膺坐长叹！

问君西游何时还？畏途巉(chán)岩不可攀。
但见悲鸟号古木，雄飞雌从绕林间。
又闻子规啼夜月，愁空山。
蜀道之难难于上青天，使人听此凋朱颜。
连峰去天不盈尺，枯松倒挂倚绝壁。

飞湍瀑流争喧豗(huī)，砯(pīng)崖转石万壑雷。
其险也若此，嗟尔远道之人，胡为乎来哉！剑阁峥嵘而崔嵬，一夫当关，万夫莫开。所守或匪亲，化为狼与豺。
朝避猛虎，夕避长蛇。磨牙吮血，杀人如麻。锦城虽云乐，不如早还家。
蜀道之难难于上青天，侧身西望长咨嗟(jiē)！

　　　　　　　　　　　　　　唐 李白

- 山从人面起，云傍马头生。　　唐 李白《送友人入蜀》(155)
- 星垂平野阔，月涌大江流。　　唐 杜甫《旅夜书怀》(131)
- 大漠孤烟直，长河落日圆。　　唐 王维《使至塞上》(115)

- 千里江山如画，万井笙歌不夜。　　　宋 张孝祥《水调歌头》(153)
- 遥望齐州九点烟，一泓海水杯中泻。　唐中期 李贺《梦天》(151)
- 九江秀色可揽结，吾将此地巢云松。　唐 李白《望庐山五老峰》(211)
- 千峰万峰巴峡里，不信人间有平地。　宋 范成大
- 海天东望夕茫茫，山势川形阔复长。　唐 白居易《江楼夕望招客》
- 独倚阑干凝望远，一川烟草平如剪。　宋 谢逸《蝶恋花》
- 万户楼台临渭水，五陵花柳满秦川。　唐 崔颢《渭城少年行》
- 平川沃野望不尽，麦垄青青桑郁郁。　宋 陆游《山南行》
- 晴川历历汉阳树，芳草萋萋鹦鹉洲。　唐 崔颢《黄鹤楼》(209)
- 一川花柳拥雕阑，浓绿浮空四面山。　宋 李光《广德州三峰楼》
- 北国风光，千里冰封，万里雪飘。

　　……

　　山舞银蛇，原驰蜡象，欲与天公试比高。现代 毛泽东《沁园春·雪》(选句)(493)

山林秀色

山花（选段）

山花照坞复烧溪，树树枝枝尽可迷。
野客未来枝畔立，流莺已向树边啼。　　唐 钱起《山花》

鸟鸣涧(267)

人闲桂花落，夜静春山空。
月出惊山鸟，时鸣春涧中。

好事近·梦中作（选段）(49)

春路雨添花，花动一山春色。
行到小溪深处，有黄鹂千百。　　　　宋 秦观

入若耶溪（选段）

阴霞生远岫，阳景逐回流。
蝉噪林逾静，鸟鸣山更幽。　　　　　南朝 王籍

- 黛色浅深山远近，碧烟浓淡树高低。　唐　杨收《入洞庭湖望岳阳》(182)
- 横云岭外千重树，流水声中一两家。　唐　钱起《题郎士元半日吴村别业兼呈李长官》
- 山红涧碧纷烂漫，时见松枥皆十围。　唐　韩愈《山石》(454)
- 山上层层桃李花，云间烟火是人家。　唐　刘禹锡《竹枝词九首》
- 山桃红花满上头，蜀江春水拍山流。　唐　刘禹锡《竹枝词九首(其二)》(478)
- 沙洲枫岸无来客，草绿花开山鸟鸣。　唐　张继《郢城西楼吟》
- 衰草凄凄一径通，丹枫瑟瑟满林红。　金　董解元《西厢记》
- 一片岚光凝不飞，数里松阴翠如滴。　宋　郑炎《赠张俞秀才游金华山》
- 一川花柳拥雕阑，浓绿浮空四面山。　宋　李光《广德州三峰楼》
- 满眼不堪三月暮，举头已觉千山绿。　宋　辛弃疾《满江红》(27)
- 松排山面千重绿，月点波心一颗珠。　唐　白居易《春题湖上》(130)
- 水流曲曲数重重，树里春山一二峰。　清　郑板桥《潍县竹枝词》
- 三十六峰凝翠霭，数千余仞锁岚烟。　宋　鲁宗道《登黄山》
- 岭树重遮千里目，江流曲似九回肠。　唐　柳宗元《登柳州城楼寄漳汀封连四州刺史》(73)
- 明月净松林，千峰同一色。　宋　欧阳修《自菩提步月归广化寺》
- 疏峰时吐月，密树不开天。　南朝梁　吴均《登寿阳八公山》
- 万壑树参天，千山响杜鹃。　唐　王维《送梓州李使君》(75)

🌸 江河湖海

登岳阳楼 (162)

昔闻洞庭水，今上岳阳楼。
吴楚东南坼，乾坤日夜浮。
亲朋无一字，老病有孤舟。
戎马关山北，凭轩涕泗流。　　　唐　杜甫

望洞庭湖赠张丞相(161)

八月湖水平，涵虚混太清。
气蒸云梦泽，波撼岳阳城。
欲济无舟楫，端居耻圣明。
坐观垂钓者，徒有羡鱼情。 　　　　唐 孟浩然

观沧海(150)

东临碣石，以观沧海。
水何澹澹(dàn)，山岛竦峙。
树木丛生，百草丰茂。
秋风萧瑟，洪波涌起。
日月之行，若出其中。
星汉灿烂，若出其里。
幸甚至哉，歌以咏志。 　　　　三国 曹操

将进酒(选段)(157)

君不见，黄河之水天上来，奔流到海不复回！
君不见，高堂明镜悲白发，朝如青丝暮成雪！ 　　　　唐 李白

桂枝香(上阕)(*914)

登临送目。正故国晚秋，天气初肃。
千里澄江似练，翠峰如簇。
归帆去棹残阳里，背西风、酒旗斜矗。
彩舟云淡，星河鹭起，画图难足。 　　　　宋 王安石

- 大江阔千里，孤舟无四邻。 　　南朝 朱超《舟中望月》(159)
- 大江寒见底，匡山青倚天。 　　唐 白居易《题浔阳楼》(164)

- 五湖花正落，三江莺乱飞。　　　　　明 袁凯《采石中望》
- 楼观岳阳尽，川迥洞庭开。　　　　　唐 李白《与夏十二登岳阳楼》(160)
- 楚山全控蜀，汉水半吞吴。　　　　　宋代 晁冲之《与秦少章题汉江远帆》(163)
- 潮吞淮泽小，云抱楚天低。　　　　　金 党怀英《奉使行高邮道中》(165)
- 登高壮观天地间，大江茫茫去不还。　唐 李白《庐山遥寄卢侍御虚舟》(112)
- 无边落木萧萧下，不尽长江滚滚来。　唐 杜甫《登高》(93)
- 长江淡淡吞天去，白鸟翩翩接翅飞。　宋 释绍嵩《列岫亭书事》
- 三山半落青天外，二水中分白鹭洲。　唐 李白《登金陵凤凰台》(158)
- 飞鸥撒(sǎ)浪三千里，暮草摇风一万畦。　唐 杨收《入洞庭望岳阳》(182)
- 二月梨花几树云，九曲黄河千尺波。　明 徐渭《送内兄潘五北上》
- 风生帘幕春云碧，水绕楼台海日红。　宋 释斯植《登吴山》
- 遥望齐州九点烟，一泓海水杯中泻。　唐中期 李贺《梦天》(151)

浪涛飞瀑

望庐山瀑布 (172)

日照香炉生紫烟，遥看瀑布挂前川。
飞流直下三千尺，疑是银河落九天。　唐 李白

钱塘观潮（选段）(171)

海色雨中开，涛飞江上台。
声驱千骑疾，气卷万山来。　　清 施闰章

十七日观潮 (123)

漫漫平沙走白虹，瑶台失手玉杯空。
晴天摇动清江底，晚日浮沉急浪中。　宋 陈师道

庐山瀑布

虚空落泉千仞直，雷奔入江不暂息。

今古长如白练飞，一条界破青山色。　唐　徐凝

- 海上涛头一线来，楼前指顾雪成堆。　宋　苏轼《望海楼晚景（五绝其一）》（168）
- 乱石穿空，惊涛拍岸，卷起千堆雪。　宋　苏轼《念奴娇·赤壁怀古》（167）
- 山月入松金破碎，江风吹水雪崩腾。　宋　王安石《次韵平甫金山会宿寄亲友》（170）
- "浪打天门石壁开"，"涛似连山喷雪来"。　唐　李白《横江词（其二）》（166）
- 奔涛振石壁，峰势如动摇。　唐　岑参《青山峡口泊舟怀狄侍御》（169）
- 飞湍瀑流争喧豗，砯崖转石万壑雷。　唐　李白《蜀道难》（154）
  （huī　pīng　hè）
- 分清裂白两派出，跳珠跃雪双龙争。　南宋　杨万里《题兴宁县东文岭瀑泉》（173）
- 一声长啸来丹壑，千丈飞流下碧天。　宋　吕定《游匡庐山》
- 银河倒挂三石梁，香炉瀑布遥相望。　唐　李白《庐山谣寄卢侍御虚舟》（112）
- 争知不是青天阙？扑下银河一半来！　唐　褚载《瀑布》（*915）

❀ 水中行船

早发白帝城（176）
朝辞白帝彩云间，千里江陵一日还。
两岸猿声啼不住，轻舟已过万重山。　唐　李白

黄鹤楼送孟浩然之广陵（174）
故人西辞黄鹤楼，烟花三月下扬州。
孤帆远影碧空尽，唯见长江天际流。　唐　李白

- 玉鉴琼田三万顷，着我扁舟一叶。
  素月分辉，明河共影，表里俱澄澈。　宋　张孝祥《念奴娇·过洞庭》（选段）（179）

- 昨夜江边春水生，艨艟巨舰一毛轻。
  向来枉费推移力，此日中流自在行。 宋 朱熹《观书有感二首（其二）》（219）

- 两岸青山相对出，孤帆一片日边来。 唐 李白《望天门山》（175）
- 浮萍破处见山影，小艇归时闻草声。 北宋 张先《题西溪无相院诗》（177）
- 船冲水鸟飞还住，袖拂杨花去却来。 唐 韩偓《乱后春日途经野塘》（180）
- 朝朝暮暮山头石，风风雨雨峡里船。 清 易顺鼎《羚山遇雨望峡中望夫石作》
- 棹穿波底月，船压水中天。 唐 贾岛《过海联句》（178）

静景特写

绝句四首 (其三)（181）

两个黄鹂鸣翠柳，一行白鹭上青天。
窗含西岭千秋雪，门泊东吴万里船。 唐 杜甫

- 黛色浅深山远近，碧烟浓淡树高低。 唐 杨收《入洞庭望岳阳》（182）
- 天空高阁留孤月，夜静河灯散万星。 明 裘衍《中秋登偀家楼》（134）

动景特写

百步洪 (选段)（186）

长洪斗落生跳波，轻舟南下如投梭。
水师绝叫凫雁起，乱石一线争磋磨。
有如兔走鹰隼(sǔn)落，骏马下注千丈坡。
断弦离柱箭脱手，飞电过隙珠翻荷。
四山眩转风掠耳，但见流沫生千涡。 宋 苏轼

- 长安回望绣成堆，山顶千门次第开。

一骑红尘妃子笑，无人知是荔枝来。　唐 杜牧《过华清宫绝句》(183)
* 弄风骄马跑空立，趁兔苍鹰掠地飞。　宋 苏轼《祭常山小猎》(187)
* 帆力劈开沧海浪，马蹄踏破乱山青。　唐 郑邀《偶题》(*929)
* 云开巫峡千峰出，路转巴江一字流。　明 吴本泰《送人之巴蜀》(184)
* 无边落木萧萧下，不尽长江滚滚来。　唐 杜甫《登高》(93)
* 飞流直下三千尺，疑是银河落九天。　唐 李白《望庐山瀑布》(172)
* 即从巴峡穿巫峡，便下襄阳向洛阳。　唐 杜甫《闻官军收河南河北》(185)
* 分清裂白两派出，跳珠跃雪双龙争。　南宋 杨万里《题兴宁县东文岭瀑泉》(173)
* 山月入松金破碎，江风吹水雪崩腾。　宋 王安石《次韵平甫金山会宿寄亲友》(170)
* 飞湍瀑流争喧豗（huī），砯（pīng）崖转石万壑（hè）雷。
　　　　　　　　　　　　　　　　唐 李白《蜀道难》(154)
* 衔泥燕子迎风絮，得食鱼儿趁浪花。　宋 张震《鹧鸪天》(284)
* 奔龙争渡月，飞鹊乱填河。　唐 宋之问《牛女》(140)
* 海色雨中开，涛飞江上台。
　　声驱千骑疾，气卷万山来。　　清 施闰章《钱塘观潮》(171)

🌸 梦幻光影

　　　　张山草堂会王方人士 (选段)(258)

屿花晚，山日长，蕙带麻襦（rú）食草堂。
一片水光飞入户，千竿竹影乱登墙。　唐 韩翃

　　　　岳阳楼(260)

岳阳楼上日衔窗，影倒深潭赤玉幢。
怅望残春万般意，满椶湖水入西江。　唐 元稹

- 沙上并禽池上暝(míng)，云破月来花弄影。 宋 张先《天仙子》(129)
- 一杆竹影敲明月，半榻松风卧白云。 北京香界寺大乘门联语
- 一片岚光凝不飞，数里松阴翠如滴。 宋 郑炎《赠张俞秀才游金华山》
- 芙蓉旌旗烟雾落，影动倒景摇潇湘。 唐 杜甫《寄韩谏议注》(259)
- 驾八龙之蜿蜿兮，载云旗之委蛇。 战国 屈原《离骚》(261)
- 自在飞花轻似梦，无边丝雨细如愁。 宋 秦观《浣溪沙》(350)
- 夜阑卧听风吹雨，铁马冰河入梦来。 宋 陆游《十一月四日风雨大作》(262)
- 惊回万里关河梦，滴碎孤臣犬马心。 宋 陆游《秋夜闻雨》(263)
- 我是梦中传彩笔，欲书花叶寄朝云。 唐 李商隐《牡丹》

情景交融

宿骆氏亭寄怀崔雍崔衮

竹坞无尘水槛清，相思迢递隔重城。
秋阴不散霜飞晚，留得枯荷听雨声。 唐 李商隐

- 昔年凄断此江湄，风满征帆泪满衣。
  今日重怜鹡鸰羽，不堪波上又分飞。 唐 韩熙载《送徐铉流舒州》
- 衙斋卧听萧萧竹，疑是民间疾苦声。
  些小吾曹州县吏，一枝一叶总关情。 清 郑板桥《潍县署中画竹呈年伯包大中丞括》(564)

奔马追风

紫骝马(264)

将军入大宛，善马出从戎。
影绝干河上，声流水窟中。
似鹿犹依草，如龙欲向空。
须还十万里，试为一追风。 南朝(陈) 张正见

紫骝马

紫骝行且嘶，双翻碧玉蹄。
临流不肯渡，似惜锦障泥。
白雪关山远，黄山海树迷。
挥鞭万里去，安得念春闺。　　　唐 李白

房兵曹胡马

胡兵大宛名，锋棱瘦骨成。
竹批双耳峻，风入四蹄轻。
所向无空阔，真堪托死生。
骁腾有如此，万里可横行。　　　唐 杜甫

咏马

紫云团影电飞瞳，骏骨龙媒自不同。
骑过玉楼金辔(pèi)响，一声嘶断落花风。　唐 唐彦谦

白马

渥洼龙种雪霜同，毛骨天生胆气雄。
金埒(liè)乍调光地照，玉关初别远嘶风。
花明锦幨(chān)垂杨下，露湿朱缨细草中。
一夜羽书催转战，紫髯(rán)骑出佩与弓。　唐 翁绶

骢马

金络青骢(cōng)白玉鞍，长鞭紫陌野游盘。
朝驱东道尘恒灭，暮到河源日未阑。
汗血每随边地苦，蹄伤不惮陇月寒。
君能一饮长城窟，为报天山行路难。　唐 万楚

画马篇 (选句)

君侯枥上骢(cōng)，貌在丹青中。
马毛连线蹄铁色，图画光辉骄玉勒。
马行不动势若来，权奇蹴踏无尘埃。
麒麟独步自可珍，驽骀万匹知何有。
荷君剪拂与君用，一日千里如旋风。　　唐　高适

八骏图 (选句)

穆满志空阔，将行九州野。
朝辞扶桑底，暮宿昆仑下。
鼻息吼春雷，蹄声裂寒瓦。
尾掉沧波黑，汗染白云赭(zhě)。　　唐　元稹

马

天马本来东，嘶惊御史骢(cōng)。
苍龙遥逐日，紫燕迥追风。
明月来鞍上，浮云落盖中。
得随穆天子，何假唐成公。　　唐　李峤

- 千峰兼万壑，匹马逐孤云。　　　明 程琡《栈道》
- 一朝沟陇出，看取拂云飞。　　　唐 李贺《马诗》(739)
- 马作的卢飞快，弓如霹雳弦惊。　宋 辛弃疾《破阵子》(229)
- 奔电无以追其踪，逸羽不能企其足。东晋 曹毗《马射赋》(265)
- 有如兔走鹰隼落，骏马下注千丈坡。宋 苏轼《百步洪(其一)》(186)
- 弄风骄马跑空立，趁兔苍鹰掠地飞。宋 苏轼《祭常山回小猎》(187)
- 呼鹰腰箭归来晚，马上倒悬双白狼。元 萨都剌《上京即事》(256)
- 高蹄战马三千匹，落日平原秋草中。中唐 戎昱《塞下曲》(*918)

- 马蹄残雪六七里，山嘴有梅三四花。　宋 方岳《梦寻梅》
- 骅骝作驹已汗血，鸷鸟举翮连青云。　唐 杜甫《醉歌行》(882)
- 朝天数换飞龙马，敕赐珊瑚白玉鞭。　唐 李白《玉壶吟》(501)
- 专权意气本豪雄，青虬(qiú)紫燕坐春风。　唐初 卢照邻《长安古意》(436)
- 夜阑卧听风吹雨，铁马冰河入梦来。　宋 陆游《十一月四日风雨大作》(262)
- 惊回万里关河梦，滴碎孤臣犬马心。　宋 陆游《秋夜闻雨》(263)

❀ 憨牛力竭

　　　咏卧牛

曾遭宁戚鞭敲角，又被田单火燎身。
闲向斜阳嚼枯草，近来问喘为无人。　唐 李家明

　　　放牛

江草秋穷似秋半，十角吴牛放江岸。
肩邻抵尾乍依偎，横去斜奔忽分散。
黄陂断堑无端入，背上时时孤鸟立。
日暮相将带雨归，田家烟火微茫湿。　唐 陆龟蒙

　　　病牛

耕犁千亩实千箱，力尽筋疲谁复伤。
但得众生皆温饱，不辞羸(léi)病卧残阳。　宋 李纲

- 老牛粗了耕耘债，啮(niè)草坡头卧夕阳。　宋 孔平仲《禾熟》(226)
- 草卧夕阳牛犊健，菊留秋色蟹螯肥。　宋 方岳《次韵田园居》(322)
- 牧童归去横牛背，短笛无腔信口吹。　宋 雷震《村晚》(98)
- 半掩柴门人不见，老牛将犊(dú)傍篱眠。　宋 吴潜《竹》(225)
- 老牛自知夕阳晚，不用扬鞭自奋蹄。　《格言》

- 天苍苍，野茫茫，风吹草低见牛羊。　　北朝 无名氏《敕勒川》
- 横眉冷对千夫指，俯首甘为孺子牛。　　现代 鲁迅《自嘲》(603)

猎犬迎主

江城子·密州出猎 (255)

老夫聊发少年狂，左牵黄，右擎苍，锦帽貂裘，千骑卷平冈。欲报倾城随太守，亲射虎，看孙郎。

酒酣胸胆尚开张，鬓微霜，又何妨！持节云中，何日遣冯唐？会挽雕弓如满月，西北望，射天狼。　　宋 苏轼

- 山店云迎客，江村犬吠船。　　唐 岑参《汉川山行》
- 轻鸥自趁虚船去，荒犬还迎野妇回。　　宋 辛弃疾《鹧鸪天·黄沙道中即事》
- 乌龙未睡定惊猜，鹦鹉能言防漏泄。　　宋 柳永《玉楼春》(511)
- 鹘(gǔ)翻锦翅云中落，犬带金铃草上飞。　　唐 韦庄《观猎》

飞鸟翩翩

鸟鸣涧 (267)

人闲桂花落，夜静春山空。
月出惊山鸟，时鸣春涧中。　　唐 王维

- 鸟飞千白点，日没半红轮。　　唐 白居易《彭蠡湖晚归》(25)
- 鸟宿池边树，僧敲月下门。　　唐 贾岛《《题李凝幽居》》
- 三山巨鳌涌，万里大鹏飞。　　唐 李峤《海》
- 长江淡淡吞天去，白鸟翩翩接翅飞。　　宋 释绍嵩《列岫亭书事》
- 看白鸟，下长川，点破潇湘万里烟。　　五代 张松龄《渔夫》(266)

- 一声山鸟曙云外，万点水萤秋草中。　唐 许浑《自楞伽寺晨起泛舟道中有怀》
- 天峰最高明日登，手接飞鸟攀危藤。　明 高启《忆昨行寄吴中诸故人》(295)
- 百啭千声随意移，山花红紫树高低。　宋 欧阳修《画眉鸟》(527)
- 山鸟踏枝红果落，家童引钓白鱼惊。　唐 方干《山中言事》

❀ 鸳鸯伴侣

　　正月三日闲行(271)
　黄鹂巷口莺欲语，乌鹊河头冰欲销。
　绿浪东西南北水，红栏三百九十桥。
　鸳鸯荡漾双双翅，杨柳交加万万条。
　借问春风来早晚，只从前日到今朝。　唐 白居易

- 溪山掩映斜阳里，楼台影动鸳鸯起。　北宋 魏夫人《菩萨蛮》(269)
- 无端陌上狂风急，惊起鸳鸯出浪花。　唐 刘禹锡《浪淘沙九首(其二)》(270)
- 惊起鸳鸯岂无恨，一双飞去却回头。　唐 杜牧《入茶山下题水口草市绝句》(272)
- 海枯石烂两鸳鸯，只合双飞便双死。　金 元好问《两栖曲》(268)

❀ 杜鹃啼血

　　送春(274)
　三月残花落更开，小檐日日燕飞来。
　子规夜半犹啼血，不信东风唤不回。　宋 王令

- 杜鹃啼破江南月，香风扑面吹红雪。　北宋 舒亶《菩萨蛮》(273)
- 杜宇怨亡积有时，年年啼血动人悲。　唐 顾况《子规》(275)
- 解鞍欹枕绿杨桥，杜宇一声春晓。　宋 苏轼《西江月》(40)

- 纷纷红紫已成尘，布谷声中夏令新。　宋 陆游《初夏绝句》(38)
- 数声鶗鴂，又报芳菲歇。　　　　　宋 张先《千秋岁》(37)
- 万壑树参天，千山响杜鹃。　　　　唐 王维《送梓州李使君》(75)

🌸 黄鹂鸣歌

好事近·梦中作 (49)

春路雨添花，花动一山春色。
行到小溪深处，有黄鹂千百。
飞云当面化龙蛇，夭矫转空碧。
醉卧古藤阴下，了不知南北。　　　宋 秦观

新凉 (220)

水满田畴稻叶齐，日光穿树晓烟低。
黄莺也爱新凉好，飞过青山影里啼。　宋 徐玑

- 两个黄鹂鸣翠柳，一行白鹭上青天。　唐 杜甫《绝句四首(其三)》(181)
- 柳梢听得黄鹂语，此是春来第一声。　元 杨载《到京师》(8)
- 映阶碧草自春色，隔叶黄鹂空好音。　唐 杜甫《蜀相》(242)
- 春草阶前随意绿，晓莺花里尽情啼。　宋 何基《春日闲居》(277)
- 即遣花开深造次，便教莺语太叮咛。　唐 杜甫《绝句漫兴九首(其一)》(279)
- 独怜幽草涧边生，上有黄鹂深树鸣。　唐 韦应物《滁州西涧》(278)
- 几处早莺争暖树，谁家新燕啄春泥？　唐 白居易《钱塘湖春行》(280)

🌸 燕子轻飞

双双燕·咏燕 (288)

过春社了，度帘幕中间，去年尘冷。
差池欲住，试入旧巢相并。

还相雕梁藻井，又软语商量不定。
飘然快拂花梢，翠尾分开红影。
　　芳径，芹泥雨润。爱贴地争飞，
竞夸轻俊。红楼归晚，看足柳昏花暝。
应自栖香正稳，便忘了天涯芳信。
愁损翠黛双蛾，日日画栏独凭。　　宋 史达祖

绝句漫兴九首(其三)(279)

熟知茅斋绝低小，江上燕子故来频。
衔泥点污琴书内，更接飞虫打着人。　唐 杜甫

- 自来自去梁上燕，相亲相近水中鸥。　唐 杜甫《江村》(281)
- 几处早莺争暖树，谁家新燕啄春泥。　唐 白居易《钱塘湖春行》(280)
- 池鱼鲅鲅(bà)随沟出，梁燕翩翩接翅飞。　宋 陆游《雨》(80)
- 衔泥燕子迎风絮，得食鱼儿趁浪花。　宋 张震《鹧鸪天》(284)
- 花褪残红青杏小。燕子飞时，绿水
  人家绕。　　　　　　　　宋 苏轼《蝶恋花》(31)
- 轻翻玉剪穿花过，试舞霓裳带月归。　明 申时行《应制题扇》(285)
- 低飞绿岸和梅雨，乱入红楼拣杏梁。　唐 郑谷《燕》(286)
- 春水初生乳燕飞，黄蜂小尾扑花归。　唐 李贺《南园十三首(其八)》(283)
- 岸花临水发，江燕绕樯飞。　南朝 何逊《赠诸旧友》(282)
- 趁风穿柳絮，冒雨掠花泥。　明 袁裘《燕》(287)

鹰掠兔起

笼鹰词(290)

凄风淅沥飞严霜，苍鹰上击翻曙光。
云披雾裂虹霓断，霹雳掣电捎平冈。

哗(huā)然劲翮剪荆棘，下攫(jué)狐兔腾苍茫。
爪毛吻血百鸟逝，独立四顾时激昂。

炎风溽(rù)暑忽然至，羽翼脱落自摧藏。
草中狸鼠足为患，一夕十顾惊且伤。
但愿清商复为假，拔去万累云间翔。　　唐 柳宗元

饥鹰词

遥想平原兔正肥，千回砺吻振毛衣。
纵令啄解丝绦结，未得人呼不敢飞。　　唐 唐孝标

- 弄风骄马跑空立，趁兔苍鹰掠地飞。　　宋 苏轼《祭常山小猎》(187)
- 有如兔走鹰隼落，骏马下注千丈坡。　　宋 苏轼《百步洪(其一)》(186)
- 穿云自怪身如电，煞兔谁知吻胜刀。　　唐 章孝标《鹰》(289)
- 呼鹰腰箭归来晚，马上倒悬双白狼。　　元 萨都剌《上京即事》(256)
- 草枯鹰眼疾，雪尽马蹄轻。　　唐 王维《观猎》(257)
- 老夫聊发少年狂，左牵黄，右擎苍，
  锦帽貂裘，千骑卷平冈。　　宋 苏轼《江城子·密州出猎》(选段)(255)

❀ 鸥鹭雁禽

采桑子(206)

轻舟短棹西湖好，绿水逶迤。
芳草长堤。隐隐笙歌处处随。
无风水面琉璃滑，不觉船移，
微动涟漪，惊起沙禽掠岸飞。　　宋 欧阳修

渔歌子(298)

西塞山前白鹭飞，桃花流水鳜鱼肥。
青箬笠，绿蓑(ruò)衣，斜风细雨不须归。　　唐 张志和

咏寒食斗鸡应秦王教

寒食东郊道，扬鞲(gōu)竞出笼。
冠花初照日，芥羽正生风。
顾敌知心勇，先鸣觉气雄。
长翘频扫阵，利爪屡通中。
飞毛遍绿野，洒血渍(zì)芳丛。
虽然百战胜，会自不论功。　　　　　唐 杜淹

- 飞鸥撒(sǎ)浪三千里，暮草摇风一万畦。　唐 杨收《入洞庭望岳阳》(182)
- 数丛沙草群鸥散，万顷江田一鹭飞。　晚唐 温庭筠《利州南渡》(292)
- 漠漠水田飞白鹭，阴阴夏木啭黄鹂。　唐 王维《积雨辋川庄作》(297)
- 寒光亭下水连天，飞起沙鸥一片。　宋 张孝祥《西江月·题溧阳三塔寺》(293)
- 娟娟戏蝶过闲幔，片片轻鸥下急湍。　唐 杜甫《小寒食舟中作》(294)
- 惊鸥飞过片片轻，有似梅花落江水。　明 高启《忆昨行寄吴中诸故人》(295)
- 白鹭行时散飞去，又如雪点青山云。　唐 李白《经溪东亭寄郑少府谔》(296)
- 白芷汀寒立鹭鸶，苹风轻剪浪花时。　唐 和凝《渔夫》(300)
- 沙头宿鹭联拳静，船尾跳鱼拨剌(lá)鸣。　唐 杜甫《漫成一首》(299)
- 山环水抱花相映，天开云阔鹤自飞。　宋 陈著《八句呈董稼山》
- 晴空一鹤排云上，便引诗情到碧霄。　唐 刘禹锡《秋词二首（其一）》(86)
- 大河直下千万里，哀雁差池二三声。　清 洪升《过蒲口和清字》(301)
- 伤心桥下春波绿，疑是惊鸿照影来。　宋 陆游《沈园二首（其一）》(302)
- 万壑泉声松外去，数行秋色雁边来。　元 萨都剌《梦登高山得诗》
- 目送征鸿飞杳杳，思随流水去茫茫。　宋 孙光宪《浣溪沙》

- 鸿雁长飞光不渡，鱼龙潜跃水成文。　唐 张若虚《春江花月夜》(132)
- 千山落木风转急，万里飞鸿天更寒。　宋 周紫芝《晚思》
- 飞鸿点点来边塞，寒雪纷纷落蓟门。　元 王冕《即事》
- 黄鸡紫蟹堪携酒，红树青山好放船。　清 吴伟业《追叙旧约》(555)
- 头上红冠不用戴，满身雪白走将来。
  平生不敢轻言语，一叫千门万户开。　唐 唐伯虎《画鸡》(291)
- 天逐残梅老，心随朔雁飞。　清 蒲松龄《旅思》
- 望月惊弦影，排云结阵行。　唐 李峤《雁》(*919)

晓鸦昏飞

晓起图(111)

独立茅门懒挂筇(qióng)，鬓丝凉拂豆花风。
晓鸦无数盘旋处，绿树枝头一线红。　明 唐寅

- 斗柄横斜河欲没，数山青处乱鸦鸣。　宋 裘万顷《早作》(304)
- 乱鸦毕竟无才思，时把琼瑶蹴下来。　宋 辛弃疾《鹧鸪天·黄沙道中即事》(303)
- 折竹声高晓梦惊，寒鸦一阵噪冬青。　南宋 利登《早起见雪》(306)
- 小桃无主自开花，烟草茫茫带晓鸦。　南宋 戴复古《淮村兵后》(307)
- 夕阳牛背无人卧，带得寒鸦两两归。　北宋 张舜民《村居》(308)
- 归鸦不带残阳去，留得林梢一抹红。　宋 真山民《晚步》(309)
- 月落乌啼霜满天，江枫渔火对愁眠。　唐 张继《枫桥夜泊》(99)
- 寒鸦散乱知多少，飞向江头一树栖。　宋 刘子翚《天迥》(310)
- 高眠寻断梦，邻树已乌惊。　北宋 张耒《破幌》(305)
- 月明星稀，乌鹊南飞，
  绕树三匝，何枝可依？　三国 曹操《短歌行》(选段)(311)

🌸 鹦鹉学舌

鹦鹉词

莫把金笼闭鹦鹉，个个分明解人语。
忽然更向君前言，三十六宫愁几许。　唐　苏郁

鹦鹉

陇西鹦鹉到江东，养得经年嘴渐红。
常恐思归先剪翅，每因喂食暂开笼。
人怜巧语情虽重，鸟忆高飞意不同。
应似朱门歌舞妓，深藏牢闭后房中。　唐　白居易

- 乌龙未睡定惊猜，鹦鹉能言防漏泄。　宋 柳永《玉楼春》(511)
- 含情欲说宫中事，鹦鹉前头不敢言。　唐 朱庆余《宫词》(510)
- 不须强作人间语，举世何人解语言？　宋 王安石《鹦鹉》(512)
- 香稻啄余鹦鹉粒，碧梧栖老凤凰枝。　唐 杜甫《秋兴八首(其八)》(461)

🌸 蟹鱼蛙鸣

蟹(320)

充满煮熟堆琳琅，橙膏酱渫(xiè)调堪尝。
一斗擘(bò)开红玉满，双螯哕(yuè)出琼酥香。　唐　唐彦谦

遗贾耘老蟹(321)

黄粳稻熟坠西风，肥入江南十月雄。
横跪蹒跚(pán shān)钳齿白，圆脐吸胁斗膏红。　宋　沈偕

雨(80)

映空初作茧丝微，掠地俄成箭镞飞。
纸帐光迟饶晓梦，铜炉香润覆春衣。

池鱼鲅鲅随沟出，梁燕翩翩接翅飞。
唯有落花吹不去，数枝红湿自相依。　宋 陆游

- 红绿碟文窑，姜橙捣末膏。
  双螯高雪挺，百品失风骚。　　　明 徐渭《蟹六首(其一)》(314)
- 一腹金相玉质，两螯明月秋江。　宋 黄庭坚《蟹联》(317)
- 稻熟江村蟹正肥，双螯如戟挺青泥。明 徐渭《题螃蟹诗》(313)
- 莫道无心畏雷电，海龙王处也横行。唐 皮日休《咏蟹》(315)
- 满腹红膏疑是髓，贮盘青壳大于杯。北宋 梅尧臣《二月十日呈吴正仲遗活蟹》(316)
- 蟹黄暂擘馋涎坠，酒绿初倾老眼明。宋 陆游《病愈》(318)
- 草卧夕阳牛犊健，菊留秋色蟹螯肥。宋 方岳《次韵田园居》(322)
- 堪笑吴中馋太守，一诗换得两尖团。宋 苏轼《丁公默送蝤蛑》(319)
- 衔泥燕子迎风絮，得食鱼儿趁浪花。宋 张震《鹧鸪天》(284)
- 兰溪三日桃花雨，半夜鲤鱼来上滩。唐 戴叔伦《兰溪棹歌》(312)
- 沙头宿鹭联拳静，船尾跳鱼拨剌鸣。唐 杜甫《漫成一首》(299)
- 西塞山前白鹭飞，桃花流水鳜鱼肥。唐 张志和《渔歌子》(298)
- 山鸟踏枝红果落，家童引钩白鱼惊。唐 方千《山中言事》
- 路人借问遥招手，怕得鱼惊不应人。唐 胡令能《小儿垂钓》(864)
- 蝌蚪已成蛙阁阁，樱桃初结子青青。宋 陆游《山园杂咏》
- 稻花香里说丰年，听取蛙声一片。宋 辛弃疾《西江月·夜行黄沙道中》(97)
- 黄梅时节家家雨，青草池塘处处蛙。南宋 赵师秀《约客》(69)
- 眼似珍珠鳞似金。时时动浪出还沈。唐 章孝标《鲤鱼》
- 池塘水满蛙成市，门巷春深燕作家。宋 方岳《农谣五首》

- 潭清疑水浅，荷动知鱼散。 唐 储光羲《钓鱼湾》(863)
- 江南孟夏天，慈竹笋如编。
  蜃气为楼阁，蛙声作管弦。 唐 贾弇《状江南·孟夏》(62)
- 三山巨鳌涌，万里大鹏飞。 唐 李峤《海》

❀ 春蚕蠕蠕

采桑女 (323)

春风吹蚕细如蚁，桑芽才努青鸦嘴。
侵晨采桑谁家女，手挽长条泪如雨。
去岁初眠当此时，今岁春寒叶放迟。
愁听门外催里胥，官家二月收新丝。 唐 唐彦谦

- 新蚕蠕蠕一寸长，千头簇簇穿翳桑。 清 张问陶《采桑曲》(*930)
- 春蚕到死丝方尽，蜡炬成灰泪始干。 唐 李商隐《无题》(324)
- 野蚕食青桑，吐丝亦成茧。
  无功及生人，何异偷饱暖。
  我愿均尔丝，化为寒衣者。 唐 于濆《野蚕》

❀ 蜂蝶蜻蜓

江畔独步寻花七绝句 (其六) (326)

黄四娘家花满蹊，千朵万朵压枝低。
留连戏蝶时时舞，自在娇莺恰恰啼。 唐 杜甫

春词 (328)

新妆宜面下朱楼，深锁春光一院愁。
行到中庭数花朵，蜻蜓飞上玉搔头。 唐 刘禹锡

雨晴 (21)

雨前初见花间蕊，雨后全无叶底花。
蜂蝶纷纷过墙去，却疑春色在邻家。　唐 王驾

　　咏蜂

不论平地与山尖，无限风光尽被占。
采得百花成蜜后，为谁辛苦为谁甜？　唐 罗隐

　　蜂

穿花度柳飞如箭，粘絮寻香似落星。
小小微躯能负重，器器薄翅会乘风。　明 吴承恩

　　蜂

小苑华池烂熳通，后门前槛思无穷。
宓妃腰细才胜露，赵后身轻欲倚风。
红壁寂寥崖蜜尽，碧帘迢递雾巢空。
青陵粉蝶休离恨，长定相逢二月中。　唐 李商隐

- 一水无涯净，群峰满眼春。　宋 范仲淹《寄西湖林处士》
- 穿花蛱蝶深深见，点水蜻蜓款款飞。　唐 杜甫《曲江二首(其二)》(325)
- 娟娟戏蝶过闲幔，片片轻鸥下急湍。　唐 杜甫《小寒食舟中作》(294)
- 药蔓交加虫上下，柳花撩乱蝶高低。　宋 周弼《行吟》
- 小荷才露尖尖角，早有蜻蜓立上头。　宋 杨万里《小池》(18)
- 风蒲猎猎弄轻柔，欲立蜻蜓不自由。　北宋 道潜《经临平作》(329)
- 无数蜻蜓齐上下，一双鸂鶒对沉浮。　唐 杜甫《卜居》(327)

蝉萤螳螂

　　蝉 (333)

本以高难饱，徒劳恨费声。

五更疏欲断，一树碧无情。
薄宦梗犹泛，故园芜已平。
烦君最相警，我亦举家清。　　　　唐 李商隐

蝉(330)

垂緌饮清露，流响出疏桐。
居高声自远，非是藉秋风。　　　　唐 虞世南

秋日行村路(334)

儿童篱落带斜阳，豆荚姜芽社肉香。
一路稻花谁是主，红蜻蜓伴绿螳螂。　唐 乐雷发

- 莫倚高枝纵繁响，也应回首顾螳螂。　唐 陆龟蒙《闻蝉》(331)
- 波光水鸟惊犹宿，露冷流萤湿不飞。　明 汤显祖《江宿》(338)
- 墙东便是伤心地，夜夜流萤飞去来。　唐 刘禹锡《代靖安佳人怨二首》(337)
- 银烛秋光冷画屏，轻罗小扇扑流萤。　唐 杜牧《七夕》(339)
- 一声山鸟曙云外，万点水萤秋草中。　唐 许浑《自楞伽寺晨起泛舟道中有怀》
- 明月别枝惊鹊，清风半夜鸣蝉。　　宋 辛弃疾《西江月·夜行黄沙道中》(97)
- 露重飞难进，风多响易沉。　　　　唐 骆宾王《在狱咏蝉》(332)
- 青松巢白鸟，深竹逗流萤。　　　　宋 贺铸《雁后归》(340)
- 露泣连珠下，萤飘碎火流。　　　　北朝 庾信《拟咏怀诗(之十八)》(336)
- 疏篁一径，流萤几点，飞来又去。　宋 柳永《女冠子》(335)

春柳青青

咏柳(341)

碧玉妆成一树高，万条垂下绿丝绦。

不知细叶谁裁出，二月春风似剪刀。　唐 贺知章

水龙吟·次韵章质夫杨花词(351)

似花还似非花，也无人惜从教坠。
抛家路旁，思量却是，无情有思。
萦损柔肠，困酣娇眼，欲开还闭。
梦随风万里，寻郎去处，又还被、
莺呼起。　不恨此花飞尽，恨西园、
落红难缀。晓来雨过，遗踪何在？
一池萍碎。春色三分，二分尘土，
一分流水。细看来、不是杨花，点
点是离人泪。　　　　　宋 苏轼

杨柳枝(343)

依依袅袅复青青，勾引春风无限情。
叶含浓露如啼眼，枝袅轻风似舞腰。　唐 白居易

- 一树春风千万枝，嫩于金色软于丝。　唐 白居易《杨柳枝》(344)
- 白雪花繁空扑地，绿丝条弱不胜莺。　唐 白居易《杨柳枝》(342)
- 鸳鸯荡漾双双翅，杨柳交加万万条。　唐 白居易《正月三日闲行》(271)
- 自在飞花轻似梦，无边丝雨细如愁。　宋 秦观《浣溪沙》(350)
- 柳丝袅袅风缲出，草缕茸茸雨剪齐。　唐 白居易《天津桥》(345)
- 船冲水鸟飞还住，袖拂杨花去却来。　唐 韩偓《乱后春日途经野塘》(180)
- 春风不解禁杨花，蒙蒙乱扑行人面。　宋 晏殊《踏莎行》(349)
- 枝上柳绵吹又少，天涯何处无芳草。　宋 苏轼《蝶恋花》(31)
- 长安陌上无穷树，唯有垂杨管别离。　唐 刘禹锡《杨柳枝词》(347)
- 垂杨只解惹春风，何曾系得行人住。　宋 晏殊《踏莎行》(348)

梅花喜雪

梅花（354）

墙角数枝梅，凌寒独自开。

遥知不是雪，为有暗香来。　　　　宋　王安石

早梅（363）

一树寒梅白玉条，迥临村路傍溪桥。

不知近水花先发，疑是经冬雪未消。　　唐　张谓

卜算子·咏梅（353）

驿外断桥边，寂寞开无主。

已是黄昏独自愁，更着风和雨。

无意苦争春，一任群芳妒。

零落成泥碾作尘，只有香如故。　　　宋　陆游

卜算子·咏梅（356）

风雨送春归，飞雪迎春到。

已是悬崖百丈冰，犹有花枝俏。

俏也不争春，只把春来报。

待到山花烂漫时，她在丛中笑。　　　毛泽东

白梅（355）

冰雪林中着此身，不同桃李混芳尘。

忽然一夜清香发，散作乾坤万里春。　　元　王冕

- 红酥肯放琼苞碎，探著南枝开遍未？

  不知酝(yùn)藉(jí)几多香，但见包藏无限意。　　宋　李清照《玉楼春·红梅》（364）

- 梅须逊雪三分白，雪却输梅一段香。　　宋　卢梅坡《雪梅》（357）

- 疏影横斜水清浅，暗香浮动月黄昏。　　北宋　林逋《山园小梅》（358）

- 故山风雪深寒夜，只有梅花独自香。　　南宋　朱熹《雨夜》（359）

- 柑为天下无双果，梅是春前第一花。　元 方回《观灯小酌》
- 腊后花期知渐近，寒梅已作东风信。　北宋 晏殊《蝶恋花》(4)
- 玉梅谢后阳和至，散与群芳自在春。　隋 侯夫人《春日看梅诗二首(其二)》(360)
- 故作小红桃杏色，尚余孤瘦雪霜姿。　宋 苏轼《红梅》(362)
- 我家洗砚池头树，朵朵花开淡墨痕。　元 王冕《墨梅》(365)
- 寒梅最堪恨，常作去年花。　唐 李商隐《忆梅》(352)
- 满院落梅香，柳梢初弄黄。　宋 谢逸《菩萨蛮》(361)

红杏芳蕊

木兰花·杏花 (372)

剪裁用尽春工意，浅蘸朝霞千万蕊。
天然淡泞好精神，洗尽严妆方见媚。
风亭月榭闲相绮，紫玉枝梢红蜡蒂。
假饶花落未消愁，煮酒杯盘催结子。　宋 柳永

游园不值 (16)

应怜屐齿印苍苔，小扣柴扉久不开。
春色满园关不住，一枝红杏出墙来。　南宋 叶绍翁

减字木兰花 (371)

卖花担上，买的一枝春欲放。
泪染轻匀，犹带彤霞晓露痕。　宋 李清照

- 暖气潜催次第春，梅花已谢杏花新。　唐 罗隐《杏花》(366)
- 杨柳不遮春色断，一枝红杏出墙头。　宋 陆游《马上作》(368)
- 绿杨烟外晓寒轻，红杏枝头春意闹。　北宋 宋祁《玉楼春》(10)
- 独有杏花如唤客，倚墙斜日数枝红。　宋 王安石《杏花》(369)
- 半醉半醒寒食酒，欲晴欲雨杏花天。　宋 方岳《次韵徐宰集珠溪》

- 莫怪杏园憔悴去，满城多少插花人。　唐 杜牧《杏园》(370)
- 小楼一夜听春雨，深巷明朝卖杏花。　宋 陆游《临安春雨初霁》(46)
- 梅子金黄杏子肥，麦花雪白菜花稀。　宋 范成大《四时田园杂兴》(67)
- 拆桐花烂漫，正艳杏烧林。　宋 柳永《木兰花慢》(52)
- 风吹梅蕊闹，雨细杏花香。　宋 晏几道《临江仙·浅浅余寒春半》(367)
- 肌细分红脉，香浓破紫苞。　唐 司空图《村西杏花》

桃红樱燃

大林寺桃花(381)

人间四月芳菲尽，山寺桃花始盛开。
长恨春归无觅处，不知转入此中来。　唐 白居易

题都城南庄(373)

去年今日此门中，人面桃花相映红。
人面不知何处去，桃花依旧笑春风。　唐 崔护

- 鸭头春水浓如染，水面桃花弄春脸。　宋 苏轼《送别》(23)
- 桃花嫣然出篱笑，似开未开最有情。　宋 汪藻《春日》(375)
- 隔岸桃花红未半，枝头已有蜂儿乱。　宋 王安石《渔家傲》(376)
- 雨中草色绿堪染，水上桃花红欲燃。　唐 王维《辋川别业》(47)
- 桃花一簇开无主，可爱深红爱浅红。　唐 杜甫《江畔独步寻花七绝句（其五）》(377)
- 过雨樱桃血满枝，弄色奇花红间紫。　金 董解元《西厢记诸宫调》
- 枝枝烂熟樱桃紫，朵朵争妍芍药红。　元 方回《三月二十九日饮杭州路耿同知花园》
- 百叶双桃晚更红，窥窗映竹见玲珑。　唐 韩愈《题百叶桃花》(378)
- 柳叶乱飘千尺雨，桃花斜带一溪烟。　明末 吴伟业《鸳湖曲》(380)
- 桃花坞里桃花庵，桃花庵下桃花仙。

桃花仙人种桃树，摘来仙桃换酒钱。　唐 唐伯虎《桃花庵诗》(374)

- 桃叶映红花，无风自婀娜(ē nuó)。　晋 王献之《桃叶歌三首(其一)》(379)
- 野棠开未落，山樱发欲燃。　南朝 沈约《早发定山》(382)

❀ 梨花雪白

东栏梨花(388)

梨花淡白柳深青，柳絮飞时花满城。
惆怅东栏一株雪，人生看得几清明！　宋 苏轼

梨花

粉香初试晓妆匀，花貌参差是玉真。
茅屋诗人嗟老去，东风勿送一枝春。　宋 陆文佳

- 忽如一夜春风来，千树万树梨花开。　唐 岑参《白雪歌送武判官归京》(104)
- 杨柳昏黄晓西月，梨花明白夜东风。　元 宋无《次友人春别》(386)
- 燕子未归梅落尽，小窗明月属梨花。　宋 法具《绝句春日》(385)
- 总向风尘尘莫染，轻轻笼月倚墙东。　宋 黄庭坚《次韵梨花》(387)
- 日斜深巷无人迹，时见梨花片片飞。　唐 戴叔伦《过柳溪道院》
- 二月梨花几树云，九曲黄河千尺波。　明 徐渭《送内兄潘五北上》
- 玉容寂寞泪阑干，梨花一枝春带雨。　唐 白居易《长恨歌》(495)
- 梨花千树雪，杨叶万条烟。　唐 岑参《送杨子》(383)
- 柳色黄金嫩，梨花白雪香。　唐 李白《宫中行乐词八首(其二)》(384)

❀ 杜鹃花红

新楼诗(句选)

杜鹃如火千房拆，丹槛低看晚景中。

惟有此花随越鸟，一声啼处满山红。 唐 李绅

咏杜鹃花 (选段)

蚕老麦黄三月天，青山处处有啼鹃。
断崖几树深如血，照水晴花暖欲燃。 宋 择璘

杜鹃花得红字 (选段)

愁锁巴云往事空，只将遗恨寄芳丛。
归心千古终难白，啼血万山都是红。 宋 真山民

山石榴，一名杜鹃花寄元九

九江三月杜鹃来，一声催得一枝开。
江城上佐闲无事，山下斫得厅前栽。
烂熳一栏十八树，根株有数花无数。

千房万叶一时新，嫩紫殷红鲜麹(qū)尘。

泪痕浥(yì)损燕支脸，剪刀裁破红绡巾。
谪仙初堕愁在世，姹女新嫁娇泥春。
日射血珠将滴地，风翻火焰欲烧人。
闲折两枝持在手，细看不似人间有。
花中此物似西施，芙蓉芍药皆嫫母。 唐 白居易

- 杜鹃花与鸟，怨艳两何赊。
  疑是口中血，滴成枝上花。 唐 成彦雄《杜鹃花》
- 小丛初散蝶，高柳即闻蝉。
  繁艳归何处，满山啼杜鹃。 唐 薛能《惜春》
- 水蝶岩蜂俱不知，露红凝艳数千枝。
  山深春晚无人赏，即是杜鹃催落时。 唐 李群玉《叹灵鹫寺山石榴》
- 火树风来翻绛焰，琼枝日出晒红纱。

回看桃李都无色，映得芙蓉不是花。 唐 白居易《山枇杷》

- 玉泉南涧花奇怪，不似花丛似火堆。
  今日多情唯我到，每年无故为谁开。 唐 白居易《咏杜鹃》

- 一园红艳醉坡陀(tuó)，自地连梢簇蒨(qiàn)罗。
  蜀魄未归长滴血，只应偏滴此丛多。 唐 韩偓《净兴寺杜鹃一枝繁艳无比》

- 鲜红滴滴映霞明，尽是冤禽血染成。 宋 杨巽斋《杜鹃花》(276)

- 罗帏护日金泥皱。映霞腮动檀痕溜。 宋 元绛《映山红慢》

- 高处已应闻滴血，山榴一夜几枝红。 唐 雍陶《闻杜鹃》

- 日日锦江呈锦样，清溪倒照映山红。 宋 杨万里《明发西观晨炊蔼》

❀ 牡丹花王

赏牡丹(396)

庭前芍药妖无格，池上芙蓉净少情。
唯有牡丹真国色，花开时节动京城。 唐 刘禹锡

牡丹(390)

落尽残红始吐芳，佳名唤作百花王。
竟夸天下无双艳，独占人间第一香。 唐 皮日休

牡丹芳(选段)(395)

牡丹芳，牡丹芳，黄金蕊绽红玉房。
千片赤英霞烂烂，百枝绛点灯煌煌。
照地初开锦绣段，当风不结兰麝囊。
宿露轻盈泛紫艳，朝阳照耀生红光。
红紫二色间深浅，向背万态随低昂。
映叶多情隐羞面，卧丛无力含醉妆。
低娇笑容疑掩口，凝思怨人如断肠。 唐 白居易

牡丹花(句选)(392)

万万花中第一流，浅霞轻染嫩银瓯。
能狂绮陌千金子，也惑朱门万户侯。　唐 徐夤

- 魏紫姚黄凝晓露。国艳天然，造物偏钟赋。
独占风光三月暮。声名都压花无数。　宋 曹冠《凤栖梧·牡丹》(上阕)(389)
- 阅尽大千春世界，牡丹终古是花王。　近代 王国维《题御笔牡丹》(391)
- 洛阳地脉花最宜，牡丹尤为天下奇。　宋 欧阳修《洛阳牡丹图》(393)
- 须是牡丹花盛发，满城方始乐无涯。　北宋 邵雍《洛阳春吟》(394)
- 花开花落二十日，一城之人皆若狂。　唐 白居易《牡丹芳》(395)
- 堪笑牡丹如斗大，不成一事又空枝。　宋 王曙《牡丹》(397)

❀荷花雅洁

晓出净慈寺送林子方(400)

毕竟西湖六月中，风光不与四时同。
接天莲叶无穷碧，映日荷花别样红。　宋 杨万里

采莲曲

荷叶罗裙一色裁，芙蓉向脸两边开。
乱入池中看不见，闻歌始觉有人来。　唐 王昌龄

荷花

荷叶五寸荷花娇，贴波不碍画船摇。
相到熏风四五月，也能遮却美人腰。　清 石涛

- 风含翠筱(xiǎo)娟娟净，雨浥(yì)红蕖(qú)冉冉香。　唐 杜甫《狂夫》(398)
- 翻空白鸟时时见，照水红蕖细细香。　宋 苏轼《鹧鸪天》(399)

- 风翻荷叶一向白,雨湿蓼(liǎo)花千穗红。　唐 温庭筠《溪上行》(401)
- 荷花开尽秋光晚,零落残红绿沼中。　唐 宋雍《失题》(89)
- 三秋庭绿尽迎霜,惟有荷花守红死。　唐 温庭筠《懊恼曲》(402)
- 多少绿荷相倚恨,一时回首背西风。　唐 杜牧《齐安郡中偶题二首(其一)》(403)

🌸 胭脂海棠

海棠(409)

东风袅袅泛崇光,香雾空蒙月转廊。
只恐夜深花睡去,故烧高烛照红妆。　宋 苏轼

同儿辈赋未开海棠(410)

枝间新绿一重重,小蕾深藏数点红。
爱惜芳心莫轻吐,且教桃李闹春风。　金 元好问

花时遍游诸家园(*926)

为爱名花抵死狂,只恐日风损红芳。
露章夜奏通明殿,乞借春阴护海棠。　宋 陆游

- 客散酒醒夜深后,更持红烛赏残花。　唐 李商隐《花下醉》(*920)
- 东风催露千娇面,欲绽红深开处浅。　宋 柳永《木兰花·海棠》(406)
- 秾丽最宜新着雨,娇娆全在欲开时。　唐 郑谷《海棠》(407)
- 猩红鹦绿极天巧,拂(fū)萼重跗(xuàn)眩朝日。　宋 陆游《驿舍见故屏风画海棠有感》(405)
- 海棠不惜胭脂色,独立蒙蒙细雨中。　南宋 陈与义《春寒》(408)
- 袅娜熟眠杨柳绿,夭娆浓醉海棠红。　宋 袁说友《惜春》
- 千缕未摇官柳绿,一梢初放海棠红。　宋 陆游《初春探花有作》
- 嫣然一笑竹篱间,桃李满山总粗俗。　宋 苏轼《寓居定惠院之东杂花满山有海棠一株土人不知贵也》

- 虽艳无俗姿，太皇真富贵。　　　　　宋 陆游《海棠》(404)
- 野棠开未落，山樱发欲燃。　　　　　南朝 沈约《早发定山》(382)

菊花傲霜

菊花(424)

身寄东篱心傲霜，不与群紫竞春芳。
粉蝶轻薄休沾蕊，一枕黄花夜夜香。　宋 唐婉

菊花(412)

待到秋来九月八，我花开后百花杀。
冲天香阵透长安，满城尽带黄金甲。　唐末 黄巢

立冬前一日霜对菊有感

昨夜清霜冷絮裯（cháo），纷纷红叶满阶头。
园林尽扫西风去，惟有黄花不负秋。　宋 钱时

菊韵(425)

秋霜造就菊城花，不尽风流写晚霞。
信手拈来无意句，天生韵味入千家。　唐 李师广

- 菊花到死犹堪惜，秋叶虽红不耐观。宋 戴复古《都中怀竹隐徐渊子直院》(421)
- 紫艳半开篱菊静，红衣落尽渚莲愁。唐 赵嘏《长安秋望》(413)
- 黄昏风雨打园林，残菊飘零满地金。宋 王安石《残菊》(422)
- 不是花中偏爱菊，此花开尽更无花。唐 元稹《菊花》(414)
- 生成傲骨秋方劲，嫁得西风晚更奇。明末 黄体元《菊花》(*921)
- 荷尽已无擎雨盖，菊残犹有傲霜枝。宋 苏轼《赠刘景文》(420)
- 耐寒惟有东篱菊，金粟初开晓更清。唐 白居易《咏菊》(415)
- 月朵暮开无绝艳，风茎时动有奇香。唐 陆龟蒙《重忆白菊》(423)

- 宁可抱香枝上老，不随黄叶舞秋风。　唐 朱淑真《黄花》(416)
- 宁可枝头抱香死，何曾吹落北风中。　宋 郑思肖《寒菊》(417)
- 粲粲黄金裙，亭亭白玉肤。
  极知时好异，似与岁寒俱。　　　　　唐 吴履垒《菊花》(418)
- 黄花金兽眼，红叶火龙鳞。　元 杨显之《临江驿潇湘秋雨杂剧》
- 堕地良不忍，抱技宁自枯。　　　　　唐 吴履垒《菊花》(418)
- 素心常耐冷，晚节本无瑕。　　　　　清 许廷荣《白菊》(419)
- 莫道不消魂，帘卷西风，人比黄花瘦。宋 李清照《醉花阴》(411)

芍药争芳

红芍药 (427)

芍药绽红绡，巴篱织青琐。

繁丝蹙金蕊，高焰当炉火。

翦刻彤云片，开张赤霞裹。

烟轻琉璃叶，风亚珊瑚朵。

受露色低迷，向人娇婀娜。

酡颜醉后泣，小女妆成坐。

艳艳锦不如，夭夭桃未可。

晴霞畏欲散，晚日愁将堕。

结植本为谁，赏心期在我。

采之谅多思，幽赠何由果。　　　　　唐 元稹

- 有情芍药含春泪，无力蔷薇卧晓枝。　宋 秦观《春日》(426)
- 春来草色一万里，芍药牡丹相间红。　南宋 姜夔《契丹歌》(428)
- 是何芍药争风彩，自共牡丹长作对。　唐五代 庾传素《木兰花》(429)
- 芍药与君为近侍，芙蓉何处避芳尘。　唐 罗隐《牡丹花》(430)

- 醉对数丛红芍药，渴尝一碗绿昌明。　唐 白居易《春尽日》(431)
- 枝枝烂熟樱桃紫，朵朵争妍芍药红。　元 方回《三月二十九日饮杭州路耿同知花园》

🌸蔷薇葳蕤

咏蔷薇诗(435)

当户程蔷薇，枝叶太葳蕤(wēi ruí)。
不摇香已乱，无风花自飞。　　　南朝(梁) 江洪

蔷薇花

朵朵精神叶叶柔，雨晴香拂醉人头。
石家锦障依然在，闲倚狂风夜不收。　唐 杜牧

- 蔷薇繁艳满城阴，烂熳开红次第深。　唐 李绅《城上蔷薇》(432)
- 有情芍药含春泪，无力蔷薇卧晓枝。　宋 秦观《春日》(426)
- 蔷薇性野难拘束，却过邻家屋上红。　宋 赵与滂《花院》(433)
- 外布芳菲虽笑日，中含芒刺欲伤人。　唐 陆龟蒙《蔷薇》
- 根本似玫瑰，繁美刺外开。　唐 齐已《蔷薇》(434)

🌸桂花飘香

桂花(439)

独占三秋压众芳，何夸橘绿与橙黄。
自从分下月中秋，果若飘来天际香。　宋 吕声之

咏岩桂(440)

轻薄西风未办霜，夜揉黄雪作秋光。
摧残六出犹余四，正是天花更着香。　北宋 谢逸

鹧鸪天·桂花 (437)

暗淡轻黄体性柔，情疏迹远只香留。

何须浅碧深红色，自是花中第一流。
梅定妒，菊应羞。画阑开处冠中秋。
骚人可煞无情思，何事当年不见收。　宋 李清照

- 揉破黄金万点轻，剪成碧玉叶层层。　宋 李清照《摊破浣溪沙》(438)
- 独有南山桂花发，飞来飞去袭人裾。　唐 卢照邻《长安古意》(436)
- 芙蓉泣露坡头见，桂子飘香月下闻。　宋 虞俦《有怀汉老弟》(441)
- 清香不与群芳许，仙种原从月里来。　明 沈周《桂花》(442)
- 山寺月中寻桂子，郡亭枕上看潮头。　唐 白居易《忆江南》
- 问讯吴刚何所有，吴刚捧出桂花酒。　现代 毛泽东《蝶恋花·答李淑一》(443)
- 桂子月中落，天香云外飘。　初唐 宋之问《灵隐寺》(250)

杞红橘黄

竹枝词

六月枸杞树树红，宁安药果擅寰中。
千钱一斗矜时价，绝胜瘐田岁早丰。　清 黄恩锡

诵地仙

僧房药树依寒井，井有香泉树有灵。
翠黛叶生笼石甃(zhòu)，殷红子熟照铜瓶。
枝繁本是仙人杖，根老新成瑞犬形。
上品功能甘露味，还知一勺可延龄。　唐 刘禹锡

- 神药不自閟(bì)，罗生满山泽。
日有牛羊忧，岁有野火厄。
似闻朱明洞，中有千岁质。
仙人倘许我，借杖扶衰疾。　宋 苏轼《枸杞》（句选）

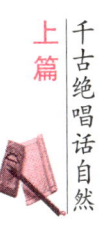

- 饮此枸杞水，与结千岁盟。　　　　　宋 蒲寿宬《枸杞井》
- 花杯承此饮，椿岁小无穷。　　　　　唐 孟郊《井上枸杞架》
- 却忆荆溪古城上，翠条红乳摘盈筐。　宋 杨万里《尝枸杞》
- 柑为天下无双果，梅是春前第一花。　元 方回《观灯小酌》
- 无风无雨稻梁熟，有酒有螯橙橘香。　宋 吴潜《寄丁丞相》
- 果擘洞庭橘，脍切天池鳞。　　　　　唐 白居易《轻肥》(903)
　　　　　　　　　　　　　　　　　　　bò　jú

🌸 稻花麦香

稻田(460)

绿波春浪满前陂，极目连云䆉稏肥。
　　　　　　　　　　　　　　　pá yù
更被鹭鸶千点雪，破烟来入画屏飞。　晚唐 韦庄

- 田家少闲月，五月人倍忙。
  夜来南风起，小麦覆陇黄。　　　　　唐 白居易《观刈麦》(选段)(65)
- 碧毯线头抽早稻，青罗裙带展新蒲。　唐 白居易《春题湖上》(130)
- 郁郁林间桑葚紫，茫茫水面稻青青。　宋 陆游《湖塘夜归》
- 水满田畴稻叶齐，日光穿树晓烟低。　宋 徐玑《新凉》(220)
- 半川云影前山雨，十里香风晚稻花。　宋 曾纡《宁国道中》(222)
- 无风无雨稻梁熟，有酒有螯橙橘香。　宋 吴潜《寄丁丞相》
- 黄粳稻熟坠西风，肥入江南十月雄。　宋 沈偕《遗贾耘老蟹》(321)
- 西园夜雨红樱熟，南亩清风白稻肥。　晚唐 韦庄《题沂阳县马跑泉李学士别业》
- 香稻啄余鹦鹉粒，碧梧栖老凤凰枝。　唐 杜甫《秋兴八首(其八)》(461)
- 二升菰米晨催饭，一碗松灯夜读书。　宋 陆游《题斋壁》
- 独出前门望野田，月明荞麦花如雪。　唐 白居易《村夜》(462)
- 梅子金黄杏子肥，麦花雪白菜花稀。　宋 范成大《四时田园杂兴(其二)》(67)

- 红红白白花临水，碧碧黄黄麦际天。　宋 杨万里《过杨村》
- 永日屋头槐影暗，微风扇里麦花香。　宋 范成大《初夏二首》(之二)
- 平川沃野望不尽，麦垄青青桑郁郁。　宋 陆游《山南行》
- 百里西风禾黍香，鸣泉落窦谷登场。　宋 孔平仲《禾熟》(226)
- 大麦干枯小麦黄，妇女行泣夫走藏。　唐 杜甫《大麦行》(771)

❀ 香茶润喉

雪后煎茶(463)

雪液清甘涨井泉，自携茶灶就烹煎。

一毫无复关心事，不枉人间往百年。　宋 陆游

双井茶(选段)(465)

白毛囊以红碧纱，十斤茶养一两芽。

长安富贵五侯家，一啜(chuò)龙须三日夸。　宋 欧阳修

- 寒夜客来茶当酒，竹炉汤沸火初红。

  寻常一样窗前月，才有梅花便不同。　南宋 杜耒《寒夜》(464)
- 一壶吻喉通仙灵，惟觉清风习习生。　唐 卢仝《七碗茶》
- 今宵更有湘江月，照上霏(fēi)霏满碗花。　唐 刘禹锡《尝茶》(467)
- 溪边奇茗冠天下，武夷仙人从古栽。　宋 范仲淹《和章岷从事斗茶歌》(466)
- 戏作小诗君勿笑，从来佳茗似佳人。　宋 苏轼《次韵曹辅寄壑源式焙新芽》(468)
- 驱愁知酒力，破睡见茶功。　唐 白居易《赠东邻王十三》(469)

❀ 青竹品节

竹石(444)

咬定青山不放松，立根原在破岩中。

067

千磨万击还坚劲，任尔东西南北风。　清 郑板桥

潍县署中画竹呈年伯包大中丞括(564)

衙斋卧听萧萧竹，疑是民间疾苦声。
些小吾曹州县吏，一枝一叶总关情。　清 郑板桥

斑竹筒簟

血染斑斑成锦纹，昔年遗恨至今存。
分明知是湘妃泣，何忍将身卧泪痕。　唐 杜牧

- 竹笋才生黄犊(dú)角，蕨芽初长小儿拳。　宋 黄庭坚《咏竹》(452)
- 一片不留花着树，数竿忽见笋成林。　宋 刘克撞《小园即事》
- 风含翠筱(xiǎo)娟娟净，雨浥(yì)红蕖冉冉香。　宋 杜甫《狂夫》(398)
- 未出土时先有节，便凌云去也无心。　宋 徐庭筠《咏竹》(445)
- 惟有竹枝浑不怕，挺然相斗一千场。　清 郑板桥《墨竹图》(448)
- 夜深风竹敲秋韵，万叶千声皆是恨。　宋 欧阳修《木兰花》(450)
- 竹死不变节，花落有余香。　晚唐 邵谒《金谷园怀古》(449)
- 荷风送香气，竹露滴清响。　唐 孟浩然《夏日南亭怀辛大》(451)
- 高节人相重，虚心世所知。　初唐 张九龄《和黄门卢侍御咏竹》(447)

- 可使食无肉，不可居无竹。
  无肉令人瘦，无竹令人俗。　宋 苏轼《于潜僧绿筠轩》(选段)(446)

❀ 松柏挺姿

松(*928)

地耸苍龙势抱云，天教青共众材分。
孤标百尺雪中见，长啸一声风里闻。
桃李傍他真是佞，藤萝攀尔亦非群。

平生相爱应相识，谁道修篁胜此君。 唐 李山甫

古松（选段）

直气森森耻曲盘，铁衣生涩紫鳞干。
影摇千尺龙蛇动，声撼半天风雨寒。 宋 石延年

- 愿君学长松，慎勿作桃李。
  受屈不改心，然后知君子。　　　唐 李白《赠韦侍御黄裳（其一）》（458）
- 落尽最高树，始知松柏青。　　　唐 廖凝《落叶》（456）
- 壮士难移节，贞松不改柯。　　　唐 李咸用《自愧》（453）
- 山红涧碧纷烂漫，时见松枥皆十围。　唐 韩愈《山石》（454）
- 苍然古柏势横空，数尺盘拏(ná)成百折。　明 李东阳《左阙雪后行古柏下有作》（455）
- 后来富贵已零落，岁寒松柏犹依然。　唐 刘禹锡《将赴汝州，途出浚下，留辞李相公》（457）
- 霜皮溜雨四十围，黛色参天二千尺。　唐 杜甫《古柏行》
- 一片岚光凝不飞，数里松阴翠如滴。　宋 郑炎《赠张俞秀才游金华山》
- 新松恨不高千尺，恶竹应须斩万竿。　唐 杜甫《将赴成都草堂途中有作（五首其一）》（459）

物性言志

自京赴奉先县咏怀五百字（选段）（471）

取笑同学翁，浩歌弥激烈。
非无江海志，潇洒送日月。
生逢尧舜君，不忍便永诀。
当今廊庙具，构厦岂云缺？
葵藿倾太阳，物性固莫夺。

顾惟蝼蚁辈，但自求其穴。　　　　　　唐 杜甫

- 幸甚至哉！歌以咏志。　　　　　　三国 曹操《龟虽寿》(838)
- 言论关时务，篇章见国风。　　　　唐 杜荀鹤《秋日山中寄李处士》
- 蕉心不展待时雨，葵叶为谁倾太阳。　宋 黄庭坚《题净因壁》(472)
- 衙斋卧听萧萧竹，疑是民间疾苦声。
  些小吾曹州县吏，一枝一叶总关情。清 郑板桥《潍县署中画竹呈年伯包
  　　　　　　　　　　　　　　　　　大中丞括》(564)
- 咬定青山不放松，立根原在破岩中。
  千磨万击还坚劲，任尔东西南北风。　清 郑板桥《竹石》(444)
- 荷尽已无擎雨盖，菊残犹有傲霜枝。　宋 苏轼《赠刘景文》(420)
- 但操大柄掌在手，覆尽东南西北行。　元 萨都剌《潮州纸伞业》(473)
- 蜡烛有心还惜别，替人垂泪到天明。　唐 杜牧《赠别二首(其二)》(474)
- 红烛自怜无好计，夜寒空替人垂泪。　宋 晏几道《蝶恋花》(475)
- 潇湘月浸千年色，梦泽烟含万古愁。　唐 韩溉《水》(477)
- 花红易衰似郎意，水流无限似侬愁。　唐 刘禹锡《竹枝词九首(其二)》
  　　　　　　　　　　　　　　　　　　　(478)
- 惊回万里关河梦，滴碎孤臣犬马心。　宋 陆游《秋闻夜雨》(263)
- 无端一夜空阶雨，滴破思乡万里心。　宋 张咏《雨夜》(480)
- 悲欢离合总无情，一任阶前，点滴
  到天明。　　　　　　　　　　　宋 蒋捷《虞美人·听雨》(选段)(479)

中篇

千古绝唱话人间

纵古论今

念奴娇·赤壁怀古 (167)

大江东去，浪淘尽、千古风流人物。故垒西边，人道是，三国周郎赤壁。乱石穿空，惊涛拍岸，卷起千堆雪。江山如画，一时多少豪杰！　遥想公瑾当年，小乔初嫁了，雄姿英发。羽扇纶巾，谈笑间，樯橹灰飞烟灭。故国神游，多情应笑我，早生华发。人生如梦，一尊还酹江月。
宋 苏轼

沁园春·雪 (493)

北国风光，千里冰封，万里雪飘。望长城内外，惟余莽莽。大河上下，顿失滔滔。山舞银蛇，原驰蜡象，欲与天公试比高。须晴日，看红妆素裹，分外妖娆。　江山如此多娇，引无数英雄竞折腰。惜秦皇汉武，略输文采；唐宗宋祖，稍逊风骚。一代天骄，成吉思汗，只识弯弓射大雕。俱往矣，数风流人物，还看今朝。
现代 毛泽东

乌衣巷 (490)

朱雀桥边野草花，乌衣巷口夕阳斜。旧时王谢堂前燕，飞入寻常百姓家。
唐 刘禹锡

悼古

细推今古事堪愁，贵贱同归土一丘。

汉武玉堂人岂在，石家金谷水空流。
光阴自旦还将暮，草木从春又到秋。
闲事与时俱不了，且将身暂醉乡游。 唐 薛逢

江山多娇

沁园春·雪 (选段)（493）

北国风光，千里冰封，万里雪飘。
望长城内外，惟余莽莽。大河上下，
欲与天公试比高。须晴日，看红妆
顿失滔滔。山舞银蛇，原驰蜡象，
素裹，分外妖娆。 江山如此多娇，
引无数英雄竞折腰。 现代 毛泽东

念奴娇·赤壁怀古 (选段)（167）

乱石穿空，惊涛拍岸，卷起千堆雪。
江山如画，一时多少豪杰 宋 苏轼

采桑子（206）

轻舟短棹西湖好，绿水逶迤(wēi yí)。芳草
长堤。隐隐笙歌处处随。 无风
水面琉璃滑，不觉船移，微动涟漪(yī)，
惊起沙禽掠岸飞。 宋 欧阳修

满江红（205）

暮雨初收，长川静，征帆夜落。
临鸟屿，蓼烟疏淡，苇风萧索。
几许渔人飞短艇，尽载灯火归村落。
遣行客、当此念回程，伤漂泊。

桐江好，烟漠漠。波似染，山如削。绕严陵滩畔，鹭飞鱼跃。游宦区区成底事？平生况有云泉约。归去来，一曲仲宣吟，从军乐。　　宋 柳永

敕勒川

敕勒川，阴山下。天似穹庐，笼盖四野。天苍苍，野茫茫，风吹草低见牛羊。　　北朝 无名氏

- 水光潋滟(liàn yàn)晴方好，山色空蒙雨亦奇。欲把西湖比西子，淡妆浓抹总相宜。　宋 苏轼《饮湖上初晴后雨》(207)
- 晴川历历汉阳树，芳草萋萋(qī)鹦鹉洲。　唐 崔颢《黄鹤楼》(209)
- 楼下长江百丈清，山头落日半轮明。　唐 杜甫《越王楼歌》(210)
- 云雾润蒸华不注，波涛声震大明湖。　元 赵孟頫
- 双崖云洗肌如铁，一石江穿骨在喉。　清末 刘光第《瞿塘》(212)
- 惊湍(tuān)怒涌喷石窦(dòu)，流沫下泻翻云湖。　明 王守仁《咏趵突泉》(213)
- 山余落日千峰紫，海泻遥空一气青。　清 吕履恒《山海关》(240)
- 庐山东南五老峰，青天削出金芙蓉。　唐 李白《望庐山五老峰》(211)
- 一庭花影三更月，万壑(hè)松声半夜风。　宋 戴复古《同郑子野访王隐居》(215)
- 月明松影路，春满杏花山。　唐 姚合《游杏溪兰若》(216)
- 月明三峡曙，潮满九江春。　唐 沈佺期《巫山高》(136)

都城风貌

望海潮 (188)

东南形胜，三吴都会，钱塘自古繁华。

烟柳画桥，风帘翠幕，参差十万人家。
云树绕堤沙。怒涛卷霜雪，天堑无涯。
市列珠玑，户盈罗绮，竞豪奢。　重
湖叠巘(yǎn)清嘉。有三秋桂子，十里荷花。
羌管弄晴，菱歌泛夜，嬉嬉钓叟莲娃。
千骑拥高牙。乘醉听箫鼓，吟赏烟霞。
异日图将好景，归去凤池夸。　　　宋 柳永

江楼夕望招客(189)

海天东望夕茫茫，山势川形阔复长。
灯火万家城四畔，星河一道水中央。　唐 白居易

- 洛阳春日最繁华，红绿荫中十万家。　宋 司马光《京洛春早》(190)
- 阖闾(hé lǘ)城碧铺秋草，乌鹊桥红带夕阳。　唐 白居易《登阊门闲望》(191)
- 郭边万户皆临水，雪后千峰半入城。　清 王士禛《初春济南作》(194)
- 四面荷花三面柳，一城山色半城湖。　清 刘鹗《老残游记》
- 城边流水桃花过，帘外春风杜若香。　唐 刘禹锡《寄朗州温右史曹长》
- 天下三分明月夜，二分无赖是扬州。　唐 徐凝《忆扬州》(196)
- 千古风流歌舞池，六朝兴废帝王州。　宋 赵希淦《半月寺有感》(197)
- 半壕春水一城花，烟雨暗千家。　宋 苏轼《望江南·超然台作》
- 城阙辅三秦，风烟望五津。　唐 王勃《杜少府之任蜀州》(713)
- 荒城临古渡，落日满秋山。　唐 王维《归嵩山作》(193)
- 高城眺落日，极浦映苍山。　唐 王维《登河北城楼作》(192)

雄关边陲

山海关(240)

天际重关虎豹屈，前瞻云树尚冥冥。

山余落日千峰紫，海泻遥空一气青。
汉塞烽烟亭甓坏，秦城膏血土花腥。
漫吟碣石东临句，绝代雄才敢乞灵。　清 吕履恒

- 两京锁钥无双地，万里长城第一关。《山海关城门对联》(241)
- 边城暮雨雁飞低，芦笋初生渐欲齐。唐 张籍《凉州词》(12)
- 函关月落听鸡度，华岳云开立马看。明 高启《送沈左司从汪参政分省陕西由御史中丞出》(238)
- 朝登剑阁云随马，夜渡巴江雨洗兵。唐 岑参《奉和相公发益昌》(239)
- 九月天山风似刀，城南猎马缩寒毛。唐 岑参《赵将军歌》(237)
- 纷纷暮雪下辕门，风掣红旗冻不翻。唐 岑参《白雪歌送武判官归京》(104)
- 剑河风急雪片阔，沙口石冻马蹄脱。唐 岑参《轮台歌奉送封大夫出师征》(109)

楼阁塔寺

蜀相(242)

丞相祠堂何处寻？锦官城外柏森森。
映阶碧草自春色，隔叶黄鹂空好音。
三顾频烦天下计，两朝开济老臣心。
出师未捷身先死，长使英雄泪满襟。　唐 杜甫

黄鹤楼(209)

昔人已乘黄鹤去，此地空余黄鹤楼。
黄鹤一去不复返，白云千载空悠悠。
晴川历历汉阳树，芳草萋萋鹦鹉洲。
日暮乡关何处是？烟波江上使人愁。　唐 崔颢

黄鹤楼送孟浩然之广陵(174)

故人西辞黄鹤楼，烟花三月下扬州。

孤帆远影碧空尽，唯见长江天际流。　唐 李白

　　　江南春绝句(254)

千里莺啼绿映红，水村山郭酒旗风。

南朝四百八十寺，多少楼台烟雨中。　唐 杜牧

　　　登鹳鹊楼(243)

白日依山尽，黄河入海流。

欲穷千里目，更上一层楼。　　　唐 王之涣

　　　夜宿山寺(208)

危楼高百尺，手可摘星辰。

不敢高声语，恐惊天上人。　　　唐 李白

　　　登甘露寺

盘山上几层，峭壁半垂藤。

殿锁南朝像，龛禅外国僧。

海涛舂砌槛，山雨洒窗灯。

日暮疏钟起，声声彻广陵。　　　唐 周繇

- 千章秀木黄公庙，一点飞雪白塔山。

　好景落谁诗句里，蹇驴驮我画图间。　金 赵沨《黄山道中》(1)

- 胸中清气吞云梦，天下奇观到岳阳。　清 杨庆琛《雨后登岳阳楼》(244)

- 垂楼万幕青云合，破浪千帆陈马来。　唐 杜牧《怀钟陵旧游四首(其二)》(245)

- 宫中下见南山尽，城上平临北斗悬。　唐 苏颋《奉和春日幸望春宫应制》(246)

- 旌旗日暖龙蛇动，宫殿风微燕雀高。　唐 杜甫《奉和贾至舍人早朝大明宫》(247)

- 凤阁龙楼连霄汉，玉树琼枝作烟萝。　南唐 李煜《破阵子·四十年来家国》

- 云带钟声穿树去，月移塔影过江来。　清 徐小松《湖南邵阳双清公园对联》(*917)

- 山泉散漫绕阶流，万树桃花映小楼。 唐 元稹《离思五首(其二)》(249)
- 日光斜照集灵台，红树花迎晓露开。 唐 张祜《集灵台》(248)
- 鸦带斜阳投古刹，草将野色入荒城。 宋 贺铸《病后登快哉亭》(253)
- 楼观沧海日，门对浙江潮。
  楼观岳阳尽，川迥洞庭开。 唐 李白《与夏十二登岳阳楼》(160)
- 桂子月中落，天香云外飘。 唐 宋之问《灵隐寺》(250)
- 四山藏一寺，方丈压诸峰。 宋 孙谔《资深院》(251)
- 鸟声山路静，花影寺门深。 宋 真善民《兴福寺》(252)

乡村风情

西江月·夜行黄沙道中 (97)

明月别枝惊鹊，清风半夜鸣蝉。
稻花香里说丰年，听取蛙声一片。
七八个星天外，两三点雨山前。
旧时茅店社林边，路转溪桥忽见。　宋 辛弃疾

清平乐·村居 (217)

茅檐低小，溪上青青草。
醉里吴音相媚好，白发谁家翁媪。
大儿锄豆溪东，中儿正织鸡笼；
最喜小儿无赖，溪头卧剥莲蓬。　宋 辛弃疾

四时田园杂兴(其八) (218)

新筑场泥镜面平，家家打稻趁霜晴。
笑歌声里轻雷动，一夜连枷响到明。　南宋 范成大

鹧鸪天·黄沙道中即事 (303)

句里春风正剪裁。溪山一片画图开。
轻鸥自趁虚船去，荒犬还迎野妇回。

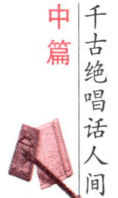

松共竹，翠成堆。要擎残雪斗疏梅。
乱鸦毕竟无才思，时把琼瑶蹴下来。　宋 辛弃疾

- 半亩方塘一鉴开，天光云影共徘徊。　宋 朱熹《观书有感二首》(219)
- 春入平原荠菜花，新耕雨后落群鸦。　宋 辛弃疾《鹧鸪天·游鹅湖，醉书酒家壁》(50)
- 水满田畴稻叶齐，日光穿树晓烟低。　南宋 徐玑《新凉》(220)
- 万里秋风菰(gū)菜老，一川明月稻花香。　宋 陆游《秋日郊居》(221)
- 半川云影前山雨，十里香风晚稻花。　北宋 曾纡《宁国道中》(222)
- 梅子金黄杏子肥，麦花雪白菜花稀。　宋 范成大《四时田园杂兴》(67)
- 最喜儿孙解农事，稻花香满旧田间。　北宋 徐绩《归田》(224)
- 半掩柴门人不见，老牛将傍篱眠。　宋 吴潜《竹》(225)
- 老牛粗了耕耘债，啮(niè)草坡头卧夕阳。　宋 孔平仲《禾熟》(226)
- 烟村天北黄鹂语，麦陇高低紫燕飞。　宋 王庭皂《二月二日出郊》
- 竹林近水半边绿，桃树连村一片红。　宋 司马光《寒食许昌道中寄幕府诸君》
- 一畦春韭绿，十里稻花香。　清 曹雪芹《红楼梦·第十八回》(223)

🌸 传统佳节

春节（除夕）

- 今夜今宵尽，明年明日催。
  寒随一夜去，春逐五更来。　唐 史青《应诏赋得除夜》(5)
- 爆竹声中一岁除，春风送暖入屠苏。
  千门万户曈(tóng)曈日，总把新桃换旧符。　宋 王安石《元日》(203)
- 共知人事何常定，且喜年华去复来。
  边镇戍歌连夜动，京城燎火彻明开。　唐 张悦《幽州新岁》

- 夜半梅花添一岁，梦中爆竹报残更。
  方知人喜天亦喜，作么钟鸣鸡未鸣。　宋 杨万里《乙丑改元开禧元日》
- 旅馆寒灯独不眠，客心何事转凄然。
  故乡今夜思千里，愁鬓明朝又一年。　唐 高适《除夜作》(770)
- 野水枫林屋数椽，寒炉无火坐无毡。
  残灯耿耿愁孤影，小雪霏(fēi)霏送旧年。　宋 陆游《除夜》

元宵节

- 东风夜放花千树，更吹落，星如雨。
  宝马雕车香满路。凤箫声动，玉壶光
  转，一夜鱼龙舞。　蛾儿雪柳黄金缕，
  笑语盈盈暗香去。众里寻他千百度，
  蓦(mò)然回首，那人却在，灯火阑珊处。　宋 辛弃疾《青玉案·元夕》(202)
- 看戏烛火闹元宵，划出旱船忙打招。
  万放月华侵下界，烟杆火塔又是桥。　清 无名氏《灯节诗》(*916)
- 灯火楼台锦绣筵，谁家箫鼓夜喧天。　明 丁鹤年《元夕》(137)
- 月色灯光满帝都，香车宝辇(niǎn)溢通衢(qú)。　唐 李商隐《观灯乐行》(199)
- 灯树千光照，花焰七枝开。　隋炀帝 杨广《元夕于通衢建灯夜升南楼诗》(198)
- 灯火家家市，箫笙处处楼。　唐 白居易《正月十一夜日》(200)
- 欢乐无穷已，歌舞到明晨。　唐 崔知贤《上元夜效小庾体》(201)

春龙节

- 二月二日龙抬头，万岁皇爷使金牛。
  九卿四相头前走，八大朝臣走后头。
  正宫娘娘来送饭，保佑黎民天下收。　清《民谣》(563)
- 二月二日江上行，东风日暖闻吹笙。

花须柳眼各无赖，紫蝶黄蜂俱有情。　唐 李商隐《二月二日》(选段)(814)
- 二月二日新雨晴，草芽菜甲一时生。
轻衫细马青年少，十字津头一字行。　唐 白居易《二月二日》
- 天忽作晴山卷幔，云犹含态石披衣。
烟村天北黄鹂语，麦陇高低紫燕飞。　宋 王庭皀《二月二日出郊》(选句)

清明节（寒食节）

- 佳节清明桃李笑，野田荒冢只生愁。
雷惊天地龙蛇蛰，雨足郊原草木柔。　宋 黄庭坚《清明》
- 清明时节雨纷纷，路上行人欲断魂。
借问酒家何处有，牧童遥指杏花村。　唐 杜牧《清明》
- 南北山头多墓魂，各家纷然祭清明。
纸灰飞作蝴蝶梦，泪血染落杜鹃红。　南宋 高翥《清明日对酒》(826)
- 风吹旷野纸钱飞，古墓累累春草绿。
棠梨花映白杨树，尽是生死离别处。　唐 白居易《寒食野望吟》
- 春城闲望爱晴天，何处风光不眼前。
寒食花开千树雪，清明日出万家烟。　唐 王表《清明日登城春望寄大夫使君》
- 春城无处不飞花，寒食东风御柳斜。
日暮汉宫传蜡烛，轻烟散入五侯家。　唐 韩翃《寒食》
- 簪花楚楚归宁女，荷锸纷纷上冢人。　元 刘因《寒食道中》
- 中庭月色正清明，无数杨花过无影。　宋 张先《木兰花·乙卯吴兴寒食》
- 半醉半醒寒食酒，欲晴欲雨杏花天。　宋 方岳《次韵徐宰集珠溪》

端午节

- 轻汗微微透碧纨，明朝端午浴芳兰，
流香涨腻满晴川。　　彩线轻缠红玉臂，
小符斜挂绿云鬟（huán），佳人相见一千年。　宋 苏轼《浣溪沙》

- 竞渡深悲千载冤，忠魂一去讵能还。
  国亡身殒今何有？只留离骚在世间。 唐 张耒《和端午》
- 红旗高举，飞出深深杨柳渚。
  击鼓春雷，直破烟波远远回。
  欢声震地，惊退万人争战气。
  金碧楼西，衔得锦标第一归。 宋 黄裳《减字木兰花》(204)

乞巧节（七夕）

- 纤云弄巧，飞星传恨，银汉迢迢暗渡。
  金风玉露一相逢，便胜却、人间无数。 宋 秦观《鹊桥仙》(801)
- 烟霄微月澹长空，银汉秋期万古同。
  几许欢情与离恨，年年并在此宵中。 唐 白居易《七夕二首(其二)》(786)
- 未会牵牛意如何，须邀织女弄金梭。
  年年乞与人间巧，不道人间巧已多。 五代 后唐 杨璞《七夕》
- 牵牛河东织女西，相望千古几时期？
  夜深只恐天轮转，地底相逢未可知。 元 赵孟頫《七夕》
- 奔龙争渡月，飞鹊乱填河。 唐 宋之问《牛女》(140)

中秋节

- 无云世界秋三五，共看蟾盘上海涯。
  直到天头无尽处，不曾私照一人家。 唐 曹松《中秋对月》(126)
- 暮云收尽溢清寒，银汉无声转玉盘。
  此生此夜不长好，明月明年何处看？ 宋 苏轼《中秋月》
- 中庭地白树栖鸦，冷霜无声湿桂花。
  今夜月明人尽望，不知秋思落谁家？ 唐 王建《十五夜望月》
- 年年岁岁望中秋，岁岁年年雾雨愁。
  凉月风光三夜好，老夫怀抱一生休。 宋 曾几《癸未八月十四至八月十六夜月色皆佳》

- 万里无云镜九天，最团圆夜是中秋。　五代 殷文圭《八月十五夜》
- 天空高阁留孤月，夜静河灯散万星。　明 裘衍《中秋登傻家楼》(134)
- 海上生明月，天涯共此时。
　情人怨遥夜，竟夕起相思。　唐 张九龄《望月怀远》(139)
- 花间一壶酒，独酌无相亲。
　举杯邀明月，对影成三人。　唐 李白《月下独酌》
- 莫惜三更坐，难消万里情。
　同看一片月，俱在广州城。　唐 李群玉《中秋广江驿示韦益》

重阳节

- 薄雾浓云愁永昼，瑞脑消金兽。佳节又重阳，玉枕纱厨，半夜凉初透。　　东篱把酒黄昏后，有暗香盈袖。莫道不消魂，帘卷西风，人比黄花瘦。　宋 李清照《醉花阴》(411)
- 独在异乡为异客，每逢佳节倍思亲。遥知兄弟登高处，遍插茱萸(zhū yú)少一人。　唐 王维《九月九日忆山东兄弟》(768)
- 思量却也有悲时，重阳节近多风雨。　宋 辛弃疾《踏莎行》
- 中秋恨是在天涯，客里凄凉负月华。
　今日重阳又虚度，渊明无酒对黄花。　清 蒲松龄《重阳》
- 无限青山行已尽，回看忽觉远离家。
　逢高欲饮重阳酒，山菊今朝未有花。　唐 张籍《重阳日至峡道》
- 征雁南飞无故国，啼猿北望有神州。
　茱萸黄菊寻常事，此日催人易白头。　清 顾祖禹《甲辰九日感怀》
- 谁言秋色不如春，及到重阳景自新。　宋 韩琦《重九会光化二园》
- 横空过雨千峰出，大野新霜万叶枯。　唐 耿湋《九日》

腊八节

- 腊月八日粥，传自梵王国。

七宝美调和，五味香掺入。

用以供伊蒲，藉之作功德。　　　　　　清　李福《腊八粥》

- 腊八家家煮粥多，大臣特派到雍和。

　圣慈亦是当今佛，进奉熬成第二锅。　　清　夏仁虎《腊八》

- 应时献佛矢心虔，默祝金光济众普。

　童稚饱腹庆州平，还向街头击腊鼓。　　清　道光帝《腊八粥》(选句)

🌸 道法自然

日出入行 (选段) (483)

草不谢荣于春风，木不怨落于秋天

谁挥鞭策驱四运？万物兴歇皆自然。　　唐　李白

观书有感二首 (其二) (219)

昨夜江边春水生，艨艟(chōng)巨舰一毛轻。

向来枉费推移力，此日中流自在行。　　宋　朱熹

菩萨蛮·书江西造口壁 (485)

郁孤台下清江水，中间多少行人泪。

西北望长安，可怜无数山。

青山遮不住，毕竟东流去。

江晚正愁余，山深闻鹧鸪。　　宋　辛弃疾

浣溪沙 (486)

一曲新词酒一杯，去年天气旧亭台。

夕阳西下几时回？

无可奈何花落去，似曾相识燕归来，

小园香径独徘徊。　　宋　晏殊

- 朱雀桥边野草花，乌衣巷口夕阳斜。

　旧时王谢堂前燕，飞入寻常百姓家。　　唐　刘禹锡《乌衣巷》(490)

- 山色浅深随夕照，江流日夜变秋声。 清 宋琬《九日同姜如农、王西樵、程穆倩诸君登慧光阁饮于竹圃分韵》(487)

- 舞榭歌台，风流总被，雨打风吹去。 宋 辛弃疾《永遇乐·京口北固亭怀古》(491)

- 滚滚长江东逝水，浪花淘尽英雄，是非成败转头空，青山依旧在，几度夕阳红。 明 杨慎《临江仙》(选段)(492)

- 无情最恨东流水，暗逐芳年去不还。 唐 唐彦谦《秋日感怀》

- 渐霜风凄紧，关河冷落，残照当楼。是处红衰翠减，冉冉物华休。惟有长江水，无语东流。 宋 柳永《八声甘州》(选段)(85)

❀ 新陈代谢

赋得古原草送别(484)
离离原上草，一岁一枯荣。
野火烧不尽，春风吹又生。
远芳侵古道，晴翠接荒城。
又送王孙去，萋萋满别情。 唐 白居易

酬乐天扬州初逢席上见赠(488)
巴山楚水凄凉地，二十三年弃置身。
怀旧空吟闻笛赋，到乡翻似烂柯人。
沉舟侧畔千帆过，病树前头万木春。
今日听君歌一曲，暂凭杯酒长精神。 唐 刘禹锡

论诗五首(其一)(675)
满眼生机转化钧，天工人巧日争新。
预支五百年新意，到了千年又觉陈。 清 赵翼

- 繁枝容易纷纷落,嫩蕊商量细细开。　唐 杜甫《江畔独步寻花七绝句》(377)
- 暖气潜催次第春,梅花已谢杏花新。　唐 罗隐《杏花》(366)
- 芳林新叶催陈叶,流水前波让后波。　唐 刘禹锡《乐天见示伤微之敦诗晦叔三君子皆有深分因成是诗以寄》(489)

- 人事有代谢,往事成古今。　唐 孟浩然《与诸子登岘山》

奢淫权贵

长恨歌(前段)(495)

汉皇重色思倾国,御宇多年求不得。
杨家有女初长成,养在深闺人未识。
天生丽质难自弃,一朝选在君王侧。
回眸一笑百媚生,六宫粉黛无颜色。
春寒赐浴华清池,温泉水滑洗凝脂。
侍儿扶起娇无力,始是新承恩泽时。
云鬓花颜金步摇,芙蓉帐暖度春宵。
春宵苦短日高起,从此君王不早朝。
承欢侍宴无闲暇,春从春游夜专夜。
后宫佳丽三千人,三千宠爱在一身。
金屋妆成娇侍夜,玉楼宴罢醉和春。
姊妹弟兄皆列土,可怜光彩生门户。
遂令天下父母心,不重生男重生女。
骊宫高处入青云,仙乐风飘处处闻。
缓歌慢舞凝丝竹,尽日君王看不足。
渔阳鼙鼓动地来,惊破霓裳羽衣曲。　唐 白居易

丽人行(496)

三月三日天气新,长安水边多丽人。

态浓意远淑且真，肌理细腻骨肉匀。

绣罗衣裳照暮春，蹙(cù)金孔雀银麒麟。

头上何所有？翠微盍(è)叶垂鬓唇。

背后何所见？珠压腰衱(jié)稳称身。

就中云幕椒房亲，赐名大国虢(guó)与秦。
紫驼之峰出翠釜，水精之盘行素鳞。
犀箸(zhù)厌饫久未下，鸾(luán)刀缕切空纷纶。
黄门飞鞚(kòng)不动尘，御厨络绎送八珍。
箫鼓哀吟感鬼神，宾从杂沓实要津。
后来鞍马何逡巡，当轩下马入锦茵。
杨花雪落覆白蘋，青鸟飞去衔红巾。

炙手可热势绝伦，慎莫近前丞相嗔(chēn)。　唐 杜甫

- 汉代金吾千骑来，　翡翠屠苏鹦鹉杯。
  罗襦宝带为君解，　燕歌赵舞为君开。
  别有豪华称将相，　转日回天不相让。
  意气由来排灌夫，　专权判不容萧相。
  专权意气本豪雄，　青虬紫燕坐春风。
  自言歌舞长千载，　自谓骄奢凌五公。
  节物风光不相待，　桑田碧海须臾改。
  昔时金阶白玉堂，　即今惟见青松在。　唐 卢照邻《长安古意》(选段)(436)
- 十二楼中尽晓妆，望仙楼上望君王。
  锁衔金兽连环冷，水滴铜龙昼漏长。

云鬓罢梳还对镜，罗衣欲换更添香。

遥窥正殿帘开处，袍嚓宫人扫御床。　　唐 薛逢《宫词》

- 春风一夜入闺闼，杨花飘荡落南家。

含情出户脚无力，拾得杨花泪沾臆。

秋去春来双燕子，愿衔杨花入巢里。北魏 胡太后《杨白花歌》（497）

🌸 腐败亡国

赠花卿（498）

锦城丝管日纷纷，半入江风半入云。

此曲只应天上有，人间能得几回闻？ 唐 杜甫

泊秦淮（500）

烟笼寒水月笼沙，夜泊秦淮近酒家。

商女不知亡国恨，隔江犹唱后庭花。 唐 杜牧

北齐（*922）

一笑相倾国便亡，何劳荆棘始堪伤？

小怜玉体横陈夜，已报周师过晋阳。 唐 李商隐

再次元人旧韵（选句）

君王和义士离心，将相都忘社稷危。

长城自坏终难复，大厦将倾未易支。 元 姚涞

贾生（503）

宣室求贤访逐臣，贾生才调更无伦。

可怜夜半虚前席，不问苍生问鬼神。 唐 李商隐

- 历览前贤国与家，成由勤俭败由奢。 唐 李商隐《咏史》（494）
- 朱门沉沉按歌舞，厩马肥死弓断弦。 宋 陆游《关山月》（499）
- 君王虽爱蛾眉好，无奈宫中妒杀人。 唐 李白《玉壶吟》（501）

- 福王少小风流惯,不爱江山爱美人。　　清 陈于之《题桃花扇》
- 恸哭六军俱缟素,冲冠一怒为红颜。　　明 吴伟业《圆圆曲》(502)
- 自古圣贤多薄命,奸雄恶少皆封侯。　　唐 杜甫《锦树行》(505)
- 君王舅子三公位,宰相家人七品官。　　清 洪升《长生殿·贿权》
- 专权意气本豪雄,青虬(qiú)紫燕坐春风。
  自言歌舞长千载,自谓骄奢凌五公。
  节物风光不相待,桑田碧海须臾改。
  昔时金阶白玉堂,即今惟见青松在。　　初唐 卢照邻《长安古意》(选段)(436)
- 由来犬羊着冠坐庙堂,安得四鄙无
  豺狼?　　　　　　　　　　　　宋 王安石《开元行》(506)
- 蝉翼为重,千钧为轻。
  黄钟毁弃,瓦釜雷鸣。　　战国 屈原《卜居》(选段)(504)

昏晴民生

卖炭翁

卖炭翁,伐薪烧炭南山中。
满面尘灰烟火色,两鬓苍苍十指黑。
卖炭所得何所营?身上衣裳口中食。
可怜身上衣正单,心忧炭贱愿天寒。
夜来城上一尺雪,晓驾炭车辗冰辙。
牛困人饥日已高,市南门外泥中歇。
翩翩两骑来是谁?黄衣使者白衫儿。
手把文书口称敕,回车叱牛牵向北。
一车炭,千余斤,官使驱将惜不得。
半匹红纱一丈绫,系向牛头充炭直。　　唐 白居易

官仓鼠

官仓老鼠大如斗，见人开仓亦不走。
健儿无粮百姓饥，谁遣朝朝入君口。　唐　曹邺

咏田家

二月卖新丝，五月粜(tiào)新谷。
医得眼前疮，剜却心头肉。
我愿君王心，化作光明烛。
不照绮罗筵，只照逃亡屋。　　　唐　聂夷中

自京赴奉先县咏怀五百字(选段)（471）

中堂舞神仙，烟雾蒙玉质。
暖客貂鼠裘，悲管逐清瑟。
劝客驼蹄羹，霜橙压香橘。
朱门酒肉臭，路有冻死骨。
荣枯咫尺异，惆怅难再述。　　　唐　杜甫

❀争权夺利

无题（508）

争名夺利几时休？早起迟眠不自由！
骑着驴骡思骏马，官居宰相望王侯。
只愁衣食耽劳碌，何怕阎君就取勾？
继子荫孙图富贵，更无一个肯回头。　明　吴承恩《西游记·第一回》

- 欲思宝马三公位，又忆金銮(luán)一品台。　明　吴承恩《西游记·第五十八回》(507)
- 世人逐势争奔走，沥胆堕肝惟恐后。　唐　李颀《行路难》(509)
- 别有豪华称将相，转日回天不相让。
  意气由来排灌夫，专权判不容萧相。

专权意气本豪雄， 青虬紫燕坐春风。
自言歌舞长千载， 自谓骄奢凌五公。唐 卢照邻《长安古意》(选段)(436)

❀关系复杂

宫词 (510)

寂寂花时闭院门，美人相并立琼轩。
含情欲说宫中事，鹦鹉前头不敢言。　唐 朱庆余

- 浮云世态纷纷变，秋草人情日日疏。金 赵秉文《寄王学士子端》(515)
- 君失臣兮龙为鱼，权归臣兮鼠变虎。唐 李白《远别离》(513)
- 身老方知生计拙，家贫渐觉故人疏。宋 黄庚《偶书》(516)
- 乌龙未睡定惊猜，鹦鹉能言防漏泄。宋 柳永《玉楼春》(511)
- 不须强作人间语，举世何人解语言？宋 王安石《鹦鹉》(512)
- 器满才难御，功高主自疑。　　　清 洪升《淮水吊韩侯》(514)

❀人心难测

天可度 (518)

天可度，地可量，唯有人心不可防。
但见丹诚赤如血，谁知伪言巧似簧。
劝君掩鼻君莫掩，使君夫妇为参商。
劝君掇蜂君莫掇，使君父子成豺狼。
海底鱼兮天上鸟，高可射兮深可钓。
唯有人心相对时，咫尺之间不能料。
君不见，李义府之辈笑欣欣，笑中
有刀潜杀人。
阴阳神变皆可测，不测人间笑是瞋。唐 白居易

感寓

大海波涛浅，小人方寸深。
海枯终见底，人死不知心。　　　　唐 杜荀鹤

放鱼

早觅为龙去，江湖莫漫游。
须知香饵下，触口是铦(guā)钩。　　唐 李群玉

- 人情旦暮有翻覆，平地倏忽成山溪。　明 刘基《梁甫吟》(517)
- 画虎画皮难画骨，知人知面不知心。　元 孟汉卿
- 别人求我三春雨，我去求人六月霜。　明 冯梦龙《警世通言》
- 天如镜面都来静，地似人心总不平。　唐 罗隐《晚眺》

❀ 事有不测

木兰花(520)

人意共怜花月满。花好月圆人又散。
欢情去逐远云空，往事过如幽梦断
草树争春红影乱。一唱鸡声千万怨。
任教迟日更添长，能得几时抬眼看。　宋 张先

- 屋漏偏逢连夜雨，船迟又遇打头风。　明 冯梦龙《醒世恒言》
- 瓦罐不离井口碎，将军难免阵中亡。　《民谚》
- 月初圆忽被阴云，花正发频遭骤雨。　元 徐琰《南吕一枝花》(519)
- 月缺花残莫怆然，花须终发月终圆。　唐 温庭筠《和王秀才伤歌姬》(521)
- 花落未须悲，红蕊明年又满枝。　　　宋 晏几道《南乡子》(522)

❀ 奴颜婢膝

贫交行(523)

翻手作云覆手雨，纷纷轻薄何须数？

君不见管鲍贫时交，此道今人弃如土。唐 杜甫

- 拜迎官长心欲碎，鞭挞(tà)黎庶令人悲。 唐 高适《封丘作》(524)
- 颠狂柳絮随风去，轻薄桃花逐水流。 唐 杜甫《绝句漫兴九首》(279)
- 彩袖殷勤捧玉钟，当年拚却醉颜红。 宋 晏几道《鹧鸪天》(899)
- 近水楼台先得月，向阳花木易为春。 宋 苏麟《断句》(526)
- 洞房编药屋编荷，八面玲珑得月多。 元 马熙《开窗看雨》(525)

❀ 蔑视权贵

自嘲 (603)

运交华盖欲何求，未敢翻身已碰头。
破帽遮颜过闹市，漏船载酒泛中流。
横眉冷对千夫指，俯首甘为孺子牛。
躲进小楼成一统，管他冬夏与春秋。 鲁迅

- 稻熟江村蟹正肥，双螯如戟挺青泥。
  若教纸上翻身看，应见团团董卓脐。 明 徐渭《题螃蟹诗》(313)
- 常将冷眼看螃蟹，看你横行得几时。 元 杨显之《临江驿潇湘秋雨》
- 始知锁向金笼听，不及林间自在啼。 宋 欧阳修《画眉鸟》(527)
- 江流千古英雄泪，山掩诸公富贵羞。 宋 赵善伦《京口多景楼》(528)
- 拜迎官长心欲碎，鞭挞(tà)黎庶令人悲。 唐 高适《封丘作》(524)
- 夺朱非正色，异种也称王。 清 沈德潜《咏黑牡丹诗》(561)

❀ 不满处世

鹤冲天 (542)

黄金榜上。偶失龙头望。明代暂遗贤，
如何向？未遂风云便，争不恣狂荡。

何须论得丧。才子词人，自是白衣卿
相。　烟花巷陌，依约丹青屏障。
幸有意中人，堪寻访。且恁偎红翠，
风流事、平生畅。青春都一饷。忍把
浮名，换了浅斟低唱。　　　宋 柳永

　　南园十三首(其五)（536）
男儿何不带吴钩，收取关山五十州。
请君暂上凌烟阁，若个书生万户侯？唐 李贺

　　咏史（537）
金粉东南十王州，万重恩怨属名流。
牢盆狎客操全算，团扇才人踞上游。
避席畏闻文字狱，著书都为稻粱谋。
田横五百人安在？难道归来尽列侯！清 龚自珍

- 紫陌红尘拂面来，无人不道看花回。
  玄都观里桃千树，尽是刘郎去后栽。唐 刘禹锡《元和十年自朗州召至京
  戏赠看花诸君子》（538）
- 苦恨年年压金线，为他人做嫁衣裳。唐 秦韬玉《贫女》（529）
- 林园手种唯我事，桃李成荫归别人。唐 耿湋《代园中老人》（530）
- 自古圣贤多薄命，奸雄恶少皆封侯。唐 杜甫《锦树行》（505）
- 骅骝拳踢不能食，蹇驴得志鸣春风。唐 李白《答王十二寒夜独酌有怀》
- 聪明得福人间少，侥幸成名史上多。清 袁枚《遣怀》（531）
- 腹中贮书一万卷，不肯低头在草莽。唐 李颀《送陈章甫》（532）
- 斗大明星烂无数，长天一月坠林梢。清 龚自珍《秋心》（533）
- 丹青不知老将至，富贵于我如浮云。唐 杜甫《丹青引赠曹将军霸》（535）
- 三年奔走空皮骨，信有人间行路难。唐 杜甫《将赴成都草堂途中有作
  五首(其一)》（459）

- 空有篇章传海内，更无亲族在朝中。　　晚唐 杜荀鹤《投从叔补阙》(*923)
- 安边自合有长策，何必流离中国人。　　唐代 张谓《代北州老翁答》(644)
- 一封朝奏九重天，夕贬潮州路八千。　　唐 韩愈《左迁至蓝关示侄孙》(539)
- 夜半醒来红蜡短，一枝寒泪作珊瑚。　　晚唐 皮日休《春夕酒醒》(540)
- 悠然自适君知否，身与浮名若个亲？　　宋 陆游《醉题》(541)
- 但是粃糠微细物，等闲抬举到青云。　　唐 罗隐《春风》
- 如今纵有骅骝在，不得长鞭不肯行。　　唐 罗隐《八骏图》
- 冠盖满京华，斯人独憔悴。　　唐 杜甫《梦李白二首(其二)》(534)
- 欲济无舟楫，端居耻圣明。
  坐观垂钓者，徒有羡鱼情。　　唐 孟浩然《望洞庭湖赠张丞相》
  　　　　　　　　　　　　　　　(161)

- 蝉翼为重，千钧为轻。
  黄钟毁弃，瓦釜雷鸣。　　战国 屈原《卜居》(选段)(504)

极度伤感

羌村三首(其一)(116)

群鸡正乱叫，客至鸡斗争。
驱鸡上树木，始闻扣柴荆。
父老四五人，问我久远行。

手中各有携，倾榼(kē)浊复清。
苦辞酒味薄，黍地无人耕。
兵革既未息，儿童尽东征。
请为父老歌，艰难愧深情。
歌罢仰天叹，四座泪纵横。　　唐 杜甫

破阵子·四十年来家国

四十年来家国，三千里地山河。凤阁

龙楼连霄汉，玉树琼枝作烟萝，几曾识干戈？　　一旦归为臣虏，沈腰潘鬓消磨。最是仓皇辞庙日，教坊犹奏别离歌，垂泪对宫娥。　　　　　　南唐 李煜

浪淘沙(652)

独自莫凭栏，无限江山。别时容易见时难。流水落花春去也，天上人间！　南唐 李煜

州桥

州桥南北是天街，父老年年等驾回。
忍泪失声询使者，几时真有六军来？　宋 范成大

望大陆

葬我于高山之上兮，望我故乡；
故乡不可见兮，永不能忘。
葬我于高山之上兮，望我大陆；
大陆不可见兮，只有痛哭。
天苍苍，野茫茫；
山之上，国有殇！　　　　　　现代 于右任

- 爷娘妻子走相送，尘埃不见咸阳桥。
  牵衣顿足拦道哭，哭声直上干云霄。　唐 杜甫《兵车行》(选段)(228)

- 携手处，今谁在？日边清梦断，镜里朱颜改。春去也，飞红万点愁如海。　宋 秦观《千秋岁》

- 浪花有意千重雪，桃李无言一队春。
  一壶酒，一竿纶，世上如侬有几人？　南唐 李煜《渔夫二首(其二)》(750)

- 酒尽沙头双玉瓶，众宾皆醉我独醒。
  乃知贫贱别更苦，吞声踯躅(zhí zhú)涕泪零。　唐 杜甫《醉歌行》(选段)(882)

- 人皆养子望聪明，我被聪明误一生。
  惟愿孩儿愚且鲁，无灾无难到公卿。　　宋 苏轼《洗儿戏作》(752)
- 我是人间惆怅客，知君何事泪纵横。
  断肠声里忆平生。　　　　清 纳兰性德《浣溪沙》(选段)
- 三年奔走空皮骨，信有人间行路难。　唐 杜甫《将赴成都草堂途中有作
  　　　　　　　　　　　　　　　　　　五首(其一)》(459)
- 便与先生成永诀，九重泉路尽交期。　唐 杜甫《送郑十八虔贬台州司户》
  　　　　　　　　　　　　　　　　　　　　　　　　　　　　(749)
- 曾与美人桥上别，恨无消息到今朝。　唐 刘禹锡《杨柳枝》(802)
- 曾是寂寥金烬暗，断无消息石榴红。　唐 李商隐《无题二首(其一)》(803)
- 眼枯泪尽雨不尽，忍见黄穗卧青泥。　宋 苏轼《吴中田妇叹》(753)
- 男儿有泪不轻弹，只是未到伤心处。　元 李开先《宝剑记》
- 问君能有几多愁，恰似一江春水向东
  流。　　　　　　　　　　　　　　南唐 李煜《虞美人》(751)

❀ 梦中愁绪

浣溪沙(350)

漠漠清寒上小楼，晓阴无赖似穷秋。
淡烟流水画屏幽。
自在飞花轻似梦，无边丝雨细如愁。
宝帘闲挂小银钩。　　　　　　　　宋　秦观

- 夜阑卧听风吹雨，铁马冰河入梦来。　宋 陆游《十一月四日风雨大作》(262)
- 潇湘月浸千年色，梦泽烟含万古愁。　唐 韩溉《水》(477)
- 日暮乡关何处是，烟波江上使人愁。　唐 崔颢《黄鹤楼》(209)
- 病身最觉风霜早，归梦不知山水长。　宋 王安石《葛溪驿》(765)
- 觉后始知身是梦，更闻寒雨滴芭蕉。　唐 徐凝《宿冽上人房》(766)

098

- 可怜无定河边骨,犹是春闺梦里人。 唐 陈陶《陇西行四首(其二)》(672)

❀豁达知足

不出门(548)

不出门来又数旬,将何销日与谁亲。
鹤笼开处见君子,书卷展时逢古人。
自静其心延寿命,无求于物长精神。
能行便是真修道,何必降魔调伏身。 唐 白居易

对酒五首(其二)(549)

蜗牛角上争何事?石火光中寄此身。
随富随贫且欢乐,不开口笑是痴人。 唐 白居易

我身(543)

我身何所似?似彼孤生蓬。
秋霜剪根断,浩浩随长风。
昔游秦雍间,今落巴蛮中。
昔为意气郎,今作寂寥翁。
外貌虽寂寞,中怀颇冲融。
赋命有厚薄,委心任穷通。
通当为大鹏,举翅摩苍穹。
穷则为鹪鹩,一枝足自容。
苟知此道者,身穷心不穷。 唐 白居易

- 事能知足心常惬(qiè),人到无求品自高。 清 陈伯崖《自题联》(551)
- 书有未曾经我读,事无不可对人言。 宋 欧阳修《题联》(547)
- 但把穷愁博长健,不辞醉后饮屠苏。 宋 苏轼《除夜野宿常州城外二首(之二)》(544)
- 何必广斋多忏悔,让人一着最为先。 明 凌蒙初《初刻拍案惊奇》

- 吃些亏处原无碍，退让三分也不妨。　明 释德清《〈醒世歌〉》(747)
- 自惊身上添年纪，休系心中小是非。　唐 元稹《酬复言长庆四年元日郡斋感怀见寄》(550)
- 春风大雅能容物，秋水文章不染尘。　清 邓石如《自题联》
- 度尽劫波兄弟在，相逢一笑泯恩仇。　现代 鲁迅《题三义塔》(742)
- 如烟往事俱忘却，心底无私天地宽。　现代 陶铸
- 达人识元气，变愁为高歌。　唐 孟郊《达士》(546)

🌸 自寻快乐

生年不满百(557)

为乐当及时，何能待来兹。
愚者爱惜费，但为后世嗤。　　　无名氏

请告出春明门

本不将心挂名利，亦无情意在樊笼。
鹿裘藜仗且归去，富贵荣华春梦中。　唐 李群玉

将进酒(选段)

君不见，黄河之水天上来，奔流到海不复回。
君不见，高堂明镜悲白发，朝如青丝暮成雪。
人生得意须尽欢，莫使金樽空对月。
天生我材必有用，千金散尽还复来。
烹羊宰牛且为乐，会须一饮三百杯。　唐 李白

- 达人识元气，变愁为高歌。　唐 孟郊《达士》(546)
- 得开眉处且开眉，人世可能金石寿。　宋 黄庭坚《木兰花令》(553)
- 随富随贫且欢乐，不开口笑是痴人。　唐 白居易《对酒五首(其二)》(549)
- 莫思身外无穷事，且尽生前有限杯。　唐 杜甫《绝句漫兴九首(其四)》(279)
- 老来悲秋强自宽，兴来今日尽君欢。　唐 杜甫《九日蓝田崔氏庄》(554)

- 黄鸡紫蟹堪携酒，红树青山好放船。 清 吴伟业《追叙旧约》(555)
- 好山好水看不足，马蹄催趁月明归。 南宋 岳飞《池州翠微亭》(556)
- 有道难行不如醉，有口难言不如睡。 宋 苏轼《醉睡者》(558)
- 报导先生春睡美，道人轻打五更风。 宋 苏轼《纵笔》(559)

众生脸谱

东坡(545)

雨洗东坡月色清，市人行尽野人行。
莫嫌荦确坡头路，自爱铿然曳杖声。 宋 苏轼

杜甫画像(681)

吾观少陵诗，为与元气侔。
力能排天斡九地，壮颜毅色不可求。
浩荡八极中，生物岂不稠。
丑妍巨细千万殊，竟莫见以何雕锼(sōu)。
惜哉命之穷，颠倒不见收。
青衫老更斥，饿走半九州。
瘦妻僵前子仆后，攘(rǎng)攘盗贼森戈矛。
吟哦当此时，不废朝廷忧。
常愿天子圣，大臣各伊周。
宁令吾庐独破受冻死，不忍四海寒飕飕。
伤屯悼屈止一身，嗟时之人死所羞。
所以见公像，再拜涕泗流。
惟公之心古亦少，愿起公死从之游。 宋 王安石

丹青引赠曹将军霸(选段)(535)

良相头上进贤冠，猛将腰间大羽箭。

褒公鄂公毛发动，英姿飒爽来酣战。　唐　杜甫

- 眼中形势胸中策，缓步徐行静不哗。　南宋　宗泽《早发》(631)
- 倾泻向人怀抱尽，忠诚为国始终忧。　宋　苏辙《癸丑二月重到汝阴寄子瞻》(642)
- 我自横刀向天笑，去留肝胆两昆仑！　近代　谭嗣同《狱中题壁》(583)
- 兴酣落笔摇五岳，诗成笑傲凌沧州。　唐　李白《江上吟》(607)
- 恸哭六军俱缟素，冲冠一怒为红颜。　明　吴伟业《圆圆曲》(502)
- 若教纸上翻身看，应见团团董卓脐。　明　徐渭《题螃蟹诗》(313)
- 拜迎官长心欲碎，鞭挞(tà)黎庶令人悲。　唐　高适《封丘作》(524)
- 常将冷眼看螃蟹，看你横行得几时。　元　杨显之《临江驿潇湘秋雨》
- 骑着驴骡思骏马，官居宰相望王侯。　明　吴承恩《西游记·第一回》(508)
- 乌龙未睡定惊猜，鹦鹉能言防漏泄。　宋　柳永《玉楼春》(511)
- 但见丹诚赤如血，谁知伪言巧似簧。　唐　白居易《天可度》(518)
- 世人逐势争奔走，沥胆堕肝惟恐后。　唐　李颀《行路难》(509)
- 纵横正有凌云笔，俯仰随人亦可怜。　金　元好问《论诗三十首(其二十一)》(600)
- 故园东望路漫漫，双袖龙钟泪不干。　唐　岑参《逢入京使》(773)
- 醉里吴音相媚好，白发谁家翁媪(ǎo)？　宋　辛弃疾《清平乐·村居》(217)
- 洗妆拭面着冠帔(pèi)，白咽红颊长眉青。　唐　韩愈《华山女》(829)
- 心如老马虽知路，身似鸣蛙不属官。　宋　陆游《自述》(841)
- 蟹黄暂擘(bò)馋涎坠，酒绿初倾老眼明。　宋　陆游《病愈》(318)
- 忽闻河东狮子吼，拄杖落手心茫然。　宋　苏轼《寄吴德仁兼简陈季常》(835)
- 君看老大逢花树，未折一枝心已阑。　唐　元稹《看花》(845)
- 窗间谢女青蛾敛，门外萧郎白马嘶。　唐　温庭筠《赠知音》(790)

- 还君明珠双泪垂，恨不相逢未嫁时。　唐 张籍《节妇吟·寄东平李司空师道》（806）
- 妆罢低声问夫婿，画眉深浅入时无？　唐 朱庆余《闺意献张水部》（821）
- 执手相看泪眼，竟无语凝噎(yè)。　宋 柳永《雨霖铃》（805）
- 莫入红尘去，令人心力劳。
  相争两蜗角，所得一牛毛。　唐 白居易《不如来饮酒七首（之七）》（612）

廉洁自律

入京诗（595）

绢菇帕蘑及线香，本资民用反为殃。
清风两袖朝天去，免得闾阎话短长。　明 于谦

石灰吟（596）

千锤万击出深山，烈火焚烧若等闲。
粉身碎骨全不怕，要留清白在人间。　明 于谦

- 富贵不淫贫贱乐，男儿到此是豪雄。　宋 程颢《偶成》（606）
- 劝君莫作亏心事，古往今来放过谁？　明 冯梦龙
- 春风大雅能容物，秋水文章不染尘。　清 邓石如《自题联》
- 国家成败吾岂敢，色难腥腐餐风香。　唐 杜甫《寄韩谏议注》（259）
- 不畏浮云遮望眼，自缘身在最高层。　宋 王安石《登飞来峰》（571）

情系民本

潍县署中画竹呈
年伯包大中丞括（564）

衙斋卧听萧萧竹，疑是民间疾苦声。

些小吾曹州县吏，一枝一叶总关情。清 郑板桥

观刈麦(65)

田家少闲月，五月人倍忙。
夜来南风起，小麦覆陇黄。
妇姑荷箪食，童稚携壶浆。
相随饷田去，丁壮在南冈。
足蒸暑土气，背灼炎天光。
力尽不知热，但惜夏日长。
复有贫妇人，抱子在其傍。
右手秉遗穗，左臂悬敝筐。
听其相顾言，闻者为悲伤。
田家输税尽，拾此充饥肠。
今我何功德，曾不事农桑。
吏禄三百石，岁晏有余粮。
念此私自愧，尽日不能忘。　　唐 白居易

- 二月二日龙抬头，万岁皇爷使金牛。
  九卿四相头前走，八大朝臣走后头。
  正宫娘娘来送饭，保佑黎民天下收。清《民谣》(563)

- 新筑场泥镜面平，家家打稻趁霜晴。
  笑歌声里轻雷动，一夜连枷响到明。宋 范成大《四时田园杂兴(其八)》(218)

- 百姓多寒无可救，一身独暖亦何情。
  心中为念农桑苦，耳里如闻饥冻声。
  争得大裘长万丈，与君都盖洛阳城。唐 白居易《新制绫袄成感而有咏》(选段)(566)

- 美人首饰侯王印，尽是沙中浪底来。

千淘万漉虽辛苦，吹尽狂沙始到金。　　唐 刘禹锡《浪淘沙九首》(选段)(270)
* 炉火照天地，红星乱紫烟。
  赧郎明月夜，歌曲动寒川。　　　　　唐 李白《秋浦歌十七首》(567)
* 朱门酒肉臭，路有冻死骨。
  荣枯咫尺异，惆怅难再述。　　　　　唐 杜甫《自京赴奉先县咏怀五百字》
  　　　　　　　　　　　　　　　　　　(选段)(471)
* 锄禾日当午，汗滴禾下土。
  谁知盘中餐，粒粒皆辛苦。　　　　　唐 李坤《悯农二首》(569)
* 一粒红稻饭，几滴牛颔血。
  珊瑚枝下人，衔杯吐不歇。　　　　　唐 郑遨《伤农》(568)
* 山不厌高，海不厌深。
  周公吐哺，天下归心。　　　　　　　三国 曹操《短歌行》(选段)(311)
* 雨顺风调百谷登，民不饥寒为上瑞。　宋 苏轼《荔枝叹》(562)
* 早晨起来七件事，柴米油盐酱醋茶。　元 武汉臣《玉壶春》
* 长太息以掩涕兮，哀民生之多艰。　　战国 屈原《离骚》(261)
* 月子弯弯照九州，几家欢乐几家愁？　宋 杨万里《竹枝歌》(565)
* 安得广厦千万间，大庇天下寒士俱
  欢颜。　　　　　　　　　　　　　　唐 杜甫《茅屋为秋风所破歌》(92)

壮志云天

壬辰十二月车驾东狩后即事五首(选一)(572)

万里荆襄入战尘，汴州门外即荆榛。
蛟龙岂是池中物，蝼蚁空悲地上臣。
乔木他年怀故国，野烟何处望行人？
秋风不用吹华发，沧海横流要此身！　　元 元好问

行路难三首(选一)(574)

金樽清酒斗十千,玉盘珍羞直万钱。
停杯投箸不能食,拔剑四顾心茫然。
欲渡黄河冰塞川,将登太行雪满山。
闲来垂钓碧溪上,忽复乘舟梦日边。
行路难,行路难!多歧路,今安在?
长风破浪会有时,直挂云帆济沧海。 唐 李白

- 天生我材必有用,千金散尽还复来。 唐 李白《将进酒》(157)
- 长风破浪会有时,直挂云帆济沧海。 唐 李白《行路难三首》(574)
- 大鹏一日同风起,扶摇直上九万里。 唐 李白《上李邕》(573)
- 俱怀逸兴壮思飞,欲上青天揽明月。 唐 李白《宣州谢朓楼饯别校书叔云》(575)
- 安得挂长绳于青天,系此西飞之白日。 唐 李白《惜余春赋(节选)》(*925)
- 安得夫差水犀手,三千强弩射潮低。 宋 苏轼《八月十五日看潮》(576)
- 挽狂澜于既倒, 支大厦于将倾。 宋 苏轼《告文宣王文》
- 砥柱中流障怒涛,折冲千里独贤芬。 元 侯克中《题韩蕲王世忠卷后》(578)
- 海到无边天作岸,山登绝顶我为峰。 清 林则徐《福州鼓山联语》(677)
- 人生不作安期生,醉入东海骑长鲸。 宋 陆游《长歌行》(570)
- 马思边草拳毛动,雕眄(miǎn)青云睡眼开。 唐 刘禹锡《始闻秋风》(577)
- 胸中有誓深于海,肯使神州竟陆沉? 南宋 郑思肖《二砺》(579)
- 男儿西北有神州,莫滴水西桥畔泪。 宋 刘克庄《玉楼春·戏呈林节推乡兄》(580)
- 莫言三尺长无用,百万军中要指挥。 唐 许浑《谢人赠鞭》(582)
- 我自横刀向天笑,去留肝胆两昆仑! 近代 谭嗣同《狱中题壁》(583)
- 拼将十万头颅血,须把乾坤力挽回。 清末 秋瑾(587)

- 男儿本自重横行，天子非常赐颜色。　　唐 高适《燕歌行》(233)
- 千年史册耻无名，一片丹心报天子。　　宋 陆游《金错刀行》(586)
- 云龙远飞驾，天马自行空。　　　　　　近代 康有为《对联》
- 男子千年志，吾生未有涯。　　　　　　南宋 文天祥《南海》
- 壮志何慷慨，志欲威八方。　　　　　　西晋 阮籍《咏怀》
- 丈夫志四海，万里犹比邻。　　　　　　三国 曹植《赠白马王彪》(581)
- 生无一堆土，常有四海心。　　　　　　明末 顾炎武
- 丈夫志千载，飞沉何足叹。　　　　　　明 陆粲《赠别王直夫》
- 生当做人杰，死亦为鬼雄。　　　　　　宋 李清照《乌江》(585)
- 风尘三尺剑，社稷一戎衣。　　　　　　唐 杜甫《重经昭陵》(560)
- 人生志气立，所贵功业昌。　　　　　　唐 陶瀚《赠郑员外》(584)

砺志修行

　　志未酬（选句）

志未酬，志未酬，问君之志几时酬？

志亦无尽量，酬亦无尽时。

男儿志兮天下事，但有进兮不有止。　　近代 梁启超

　　言行相顾（选句）

立志言为本，修身行乃先。

荣辱当于己，忠贞必动天。　　　　　　唐 吴叔达

- 男子千年志，吾生未有涯。　　　　　　南宋 文天祥《南海》
- 莫嫌荦(luò)确坡头路，自爱铿(kēng)然曳杖声。　宋 苏轼《东坡》(545)
- 山重水复疑无路，柳暗花明又一村。　　宋 陆游《游山西村》(589)
- 脚力尽时山更好，莫将有限趁无穷。　　宋 苏轼《登玲珑山》(588)

- 眼明可数远山叠，足健直穷流水源。　宋 陆游《闲游所至少留得长句
　　　　　　　　　　　　　　　　　　　　　　（其二）》（590）
- 子规夜半犹啼血，不信东风唤不回。　宋 王令《送春》（274）
- 少年辛苦终身事，莫向光阴惰寸功。　唐 杜荀鹤《题弟侄书堂》（591）
- 好事尽从难处得，少年无向易中轻。　唐 李咸用《送谭孝廉赴举》（593）
- 功名只向马上取，真是英雄一丈夫。　唐 岑参《送李副使赴碛西官军》
　　　　　　　　　　　　　　　　　　　　　　（594）

- 老牛自知夕阳晚，不用扬鞭自奋蹄。《格言》
- 要为天下奇男子，须历人间万里程。　明 薛论道
- 国计已推胆肝许，家财不为子孙谋。　唐 罗隐《夏州胡常侍》
- 发上等愿，结中等缘，享下等福。
　择高处立，就平处坐，向宽处行。　　清 左宗棠《题于无锡梅园》

❀ 操守气节

登飞来峰（571）

飞来峰上千寻塔，闻说鸡鸣见日升。
不畏浮云遮望眼，只缘身在最高层。　北宋 王安石

咏史（494）

历览前贤国与家，成由勤俭败由奢。
何须琥珀方为枕，岂得真珠始是车。
运去不逢青海马，力穷难拔蜀山蛇。
几人曾预南熏曲，终古苍梧哭翠华。　唐 李商隐

离骚（选段）（261）

老冉冉其将至兮，恐修名之不立。
朝饮木兰之坠露兮，夕餐秋菊之落英。
苟余情其信姱以练要兮，长顑颔亦何伤。
　　　　　　　　　　　　　kǎn

揽木根以结茝兮，贯薜荔之落蕊。

矫菌桂以纫蕙兮，索胡绳之纚(lí)纚。
謇吾法夫前修兮，非世俗之所服。
虽不周于今之人兮，愿依彭咸之遗则！
长太息以掩涕兮，哀民生之多艰。
余虽好修姱以鞿(jī)羁(jī)兮，謇朝谇而夕替。
既替余以蕙纕(xiāng)兮，又申之以揽茝。
亦余心之所善兮，虽九死其犹未悔。
怨灵修之浩荡兮，终不察乎民心。
众女嫉余之蛾眉兮，谣诼(zhuó)谓余以善淫。
固时俗之工巧兮，偭规矩而改错。
背绳墨以追曲兮，竞周容以为度。
忳郁邑余侘(chà)傺(chì)兮，吾独穷困乎此时也。
宁溘(kè)死以流亡兮，余不忍为此态！　　战国 屈原

- 清风两袖朝天去，免得闾阎话短长。　明 于谦《入京诗》（595）
- 粉身碎骨全不怕，要留清白在人间。　明 于谦《石灰吟》（596）
- 莫嫌荦(luò)确坡头路，自爱铿(kēng)然曳杖声。　宋 苏轼《东坡》（545）
- 千金未必能移性，一诺从来许杀身。　唐 戎昱《上湖南崔中丞》（597）
- 安能摧眉折腰事权贵，使我不得开心颜。　唐 李白《梦游天姥吟留别》（598）
- 宁为宇宙闲吟客，怕作乾坤窃禄人。　唐 杜荀鹤《自叙》（599）
- 纵横正有凌云笔，俯仰随人亦可怜。　金 元好问《论诗三十首(其二十一)》（600）

- 安能终老尘土下，俯仰随人如桔槔。　宋 苏轼《送李恕公恕赴阙》(601)
- 乐莫乐于返故乡，难莫难于全大节。　宋 苏轼
- 春风大雅能容物，秋水文章不染尘。　清 邓石如《自题联》
- 财贿不以动其心，爵禄不以移其志。　明 罗贯中《三国演义》
- 平生不作皱眉事，世上应无切齿人。　明 冯梦龙《警世通言》
- 劝君莫作亏心事，古往今来放过谁。　明 冯梦龙
- 劝君不用镌（juān）顽石，路上行人口似碑。　宋 普济《五灯会元》
- 可使寸寸折，不能绕指柔。　唐 白居易《李都尉古剑》(602)

❀ 善恶是非

狂题十八首（其一）

有是有非还有虑，无心无迹亦无猜。

不平便激风波险，莫向安时稔（rěn）祸胎。　唐 司空图

渚宫秋思（选句）

千载是非难重问，一江风雨好闲吟。

欲招屈宋当时魂，兰败荷枯不可寻。　唐 罗隐

- 老冉冉其将至兮，恐修名之不立。
  亦余心之所善兮，虽九死其犹未悔。　战国 屈原《离骚》(选句)(261)
- 善为至宝深深用，心作良田世世耕。　《增广贤文》
- 双手劈开生死路，一刀割断是非根。　明 朱元璋
- 横眉冷对千夫指，俯首甘为孺子牛。　现代 鲁迅《自嘲》(603)
- 是非不向眼前起，寒暑任从波上移。　唐 罗隐《赠渔翁》
- 巧舌如簧总莫听，是非多自爱憎生。　唐 刘兼《诫是非》
- 斫却月中桂，清光应更多。　唐 杜甫《一百五日夜对月》(605)

功名富贵

江上吟(607)

木兰之枻沙棠舟,玉箫金管坐两头。
美酒樽中置千斛,载妓随波任去留。
仙人有待乘黄鹤,海客无心随白鸥。
屈平词赋悬日月,楚王台榭空山丘。
兴酣落笔摇五岳,诗成笑傲凌沧洲。
功名富贵若长在,汉水亦应西北流。 唐 李白

戏为六绝句(其二)(608)

王杨卢骆当时体,轻薄为文哂未休。
尔曹身与名俱灭,不废江河万古流。 唐 杜甫

醒世歌(747)

红尘白浪两茫茫,忍辱柔和是妙方。
到处随缘延岁月,终身安分度时光。
休将自己心田昧,莫把他人过失扬。
谨慎应酬无懊恼,耐烦作事好商量。
从来硬弩弦先断,每见钢刀口易伤。
惹祸只因搬口舌,招愆多为狠心肠。
是非不必争人我,彼此何须论短长。
世事由来多缺陷,幻躯焉得免无常。
吃些亏处原无碍,退让三分也不妨。
春日才看杨柳绿,秋风又见菊花黄。
荣华终是三更梦,富贵还同九月霜。
老病死生谁替得,酸甜苦辣自承当。
人从巧计夸伶俐,天自从容定主张。
谄曲贪嗔堕地狱,公平正直即天堂。

麝因香重身先死，蚕为丝多命早亡。
一剂养神平胃散，两种和气二陈汤。
生前枉费心千万，死后空留手一双。
悲欢离合朝朝闹，寿夭穷通日日忙。
休得争强来斗胜，百年浑是戏文场。
顷刻一声锣鼓歇，不知何处是家乡！　　明　释德清

- 人生富贵驹过隙，唯有荣名寿金石。　明 顾炎武《秋风行》(613)
- 富贵不淫贫贱乐，男儿到此是豪雄。　宋 程颢《偶成》(606)
- 浮名浮利浓于酒，醉得人心死不醒。　唐 郑邀《偶题》(929)
- 悠然自适君知否，身与浮名若个亲？　宋 陆游《醉题》(541)
- 百年不肯疏荣辱，双鬓终应老是非。　唐 杜牧《怀紫阁山》(745)
- 生前富贵草头露，身后风流陌上花。　宋 苏轼《陌上花三首(其三)》(609)
- 三十功名尘与土，八千里路云和月。　宋 岳飞《满江红》(632)
- 凭君莫话封侯事，一将功成百骨枯。　唐 曹松《己亥岁二首(其一)》(676)
- 从来硬弩弦先断，每见钢刀口易伤。　明 释德清《《醒世歌》(747)
- 俯仰岁将暮，荣耀难持久。　三国 曹植《杂诗》(610)
- 名节重泰山，利欲轻鸿毛。　明 于谦《无题》(611)
- 朝露贪名利，夕阳忧子孙。　唐 白居易《秦中吟·不致仕》
- 相争两蜗角，所得一牛毛。　唐 白居易《不如来饮酒七首(之七)》(612)

❋ 慎言理智

言(句选)

　　成名成事皆因慎，亡国亡家只为多。
　　须信祸胎生利口，莫将讥思逞悬河。　唐 罗隐

冯燕歌(选段)

未死劝君莫浪言，临危不顾始知难。

已为不平能割爱，更将身命救深冤。　唐 司空图

- 言论关时务，篇章见国风。　唐 杜荀鹤《秋日山中寄李处士》
- 言者志之苗，行者文之根。　唐 白居易《读张籍古乐府》
- 风流不在谈锋胜，袖手无言味最长。　宋 黄升《鹧鸪天》(614)
- 甜言蜜语三冬暖，恶语伤人六月寒。　元 王实甫《西厢记》
- 多言不可与远谋，多动不可与久处。　隋 王通《中说·魏相》
- 矮人看戏何曾见，都是随人说短长。　清 赵翼《论诗五首(其三)》(615)

❀君子风度

早发(631)

伞幄垂垂马踏沙，水长山远路多花。

眼中形势胸中策，缓步徐行静不哗。　南宋 宗泽

- 天行健，君子以自强不息。地势坤，
  君子以厚德载物。　周《易经》(选段)
- 粗缯大布裹生涯，腹有诗书气自华。　宋 苏轼《和董传留别》(629)
- 莫嫌荦(luò)确坡头路，自爱铿(kēng)然曳杖声。　宋 苏轼《东坡》(545)
- 无情未必真豪杰，怜子如何不丈夫。　现代 鲁迅《答客诮》(674)
- 风流不在谈锋胜，袖手无言味最长。　宋 黄升《鹧鸪天》(614)
- 力能排天斡(wò)九地，壮颜毅色不可求。　宋 王安石《杜甫画像》(681)
- 太山在前而不见，疾雷破柱而不惊。　宋 欧阳修《六一居士传》

❀悟学育人

劝学(616)

三更灯火五更鸡，正是男儿读书时。

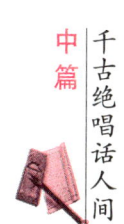

黑发不知勤学早，白首方悔读书迟。　唐 颜真卿

　　冬夜读书示子聿(624)

古人学问无遗力，少壮工夫老始成。
纸上得来终觉浅，绝知此事要躬行。　宋 陆游

- 粗缯(zēng)大布裹生涯，腹有诗书气自华。　宋 苏轼《和董传留别》(629)
- 早岁读书无甚解，晚年省事有奇功。　宋 苏辙《省事诗》(618)
- 藏书万卷可教子，遗金满籯(yíng)常作灾。　宋 黄庭坚《题胡逸老致虚庵》(617)
- 坑灰未冷山东乱，刘项原来不读书。　唐 章碣《焚书坑》(619)
- 山高自有行路客，水深岂无渡船人！　明 吴承恩《西游记》
- 剖开顽石方知玉，淘尽泥沙始见金。　明 冯梦龙《古今小说·张道陵七试赵升》
- 书山有路勤为径，学海无涯苦作舟。　明《增广贤文》
- 愿书万本诵万遍，口角流沫右手胝(zhī)。　唐 李商隐《韩碑》(620)
- 富贵必从勤苦得，男儿须读五车书。　唐 杜甫《柏学士茅屋》(621)
- 二升菰米晨催饭，一碗松灯夜读书。　宋 陆游《题斋壁》
- 古人已用三冬足，年少今开万卷余。　唐 杜甫《柏学士茅屋》(621)
- 记事者必提其要，纂言者必钩其玄。　唐 韩愈《进学解》
- 君诗妙处吾能识，正在山程水驿中。　宋 陆游《题庐陵萧彦毓秀才诗卷后》
- 天机云锦用在我，剪裁妙处非刀尺。　宋 陆游《九月一日夜读诗稿有感走笔作歌》(625)
- 昨夜江边春水生，蒙冲巨舰一毛轻。
  向来枉费推移力，此日中流自在行。　宋 朱熹《观书有感二首(其二)》(219)
- 读书破万卷，下笔如有神。　《奉赠韦左丞丈二十二韵》
- 循序而渐进，熟读而精思。　宋 朱熹《读书之要》

- 学非探其花,要自拨其根。　　　　　唐 杜牧《留诲曹师等诗》(622)
- 博学而笃志,切问而近思。　　　　　春秋 孔子《论语·子张》
- 书为晓者传,事为见者明。　　　　　西汉 陆贾《新语》
- 问渠那得清如许,为有源头活水来。宋 朱熹《观书有感二首(其一)》(219)
- 世事洞明皆学问,人情练达即文章。清 曹雪芹《红楼梦·第五回对联》(623)
- 纸上得来终觉浅,绝知此事要躬行。宋 陆游《冬夜读书示子聿》(624)
- 书到用时方恨少,事非经过不知难。宋 陆游《对联》
- 书有未曾经我读,事无不可对人言。宋 欧阳修《题联》(547)
- 睫在眼前长不见,道非身外更何求。唐 杜牧《登池州九峰楼寄张祜》(626)

妙文创作

九月一日夜读诗稿有感
走笔作歌(选段)(625)

我昔学诗未有得,残余未免从人乞。
力孱气馁心自知,妄取虚名有惭色。
四十从戎驻南郑,酣宴军中夜连日。
打球筑场一千步,阅马列厩三万匹。
华灯纵博声满楼,宝钗艳舞光照席。
琵琶弦急冰雹乱,羯鼓手匀风雨疾。
诗家三昧忽见前,屈贾在眼元历历。
天机云锦用在我,剪裁妙处非刀尺。　　宋 陆游

论诗十二绝句(选段)(893)

其三

胸中成见尽消除,一气如云自卷舒。
写出此身真阅历,强于钞饫古人书。

其四
凭空何处造情文,还仗灵光助几分。
奇句忽来魂魄动,真如天上落将军。

其五
跃跃诗情在眼前,聚如风雨散如烟。
敢为常语谈何易,百炼功纯始自然。

其六
想到空灵笔有神,每从游戏得天真。
笑他正色谈风雅,戎服朝冠对美人。

其七
妙语雷同自不知,前贤应恨我生迟。
胜他刻意求新巧,做到无人得解时。

其十
文章体制本天生,只让通才有性情。
模宋规唐徒自苦,古人已死不须争。

其十二
名心退尽道心生,如梦如仙句偶成。
天籁自鸣天趣足,好诗不过近人情。　　清　张问陶

- 铁肩担道义,妙手著文章。　　　　　　现代　李大钊
- 笼天地于形内,挫万物于笔端。　　　　晋代　陆机《文赋》
- 世事洞明皆学问,人情练达即文章。　　清　曹雪芹《红楼梦·第五回对联》（623）
- 友如作画须求淡,山似论文不喜平。　　清　翁照《与友人寻山》（888）
- 凭空何处造情文,还仗灵光助几分。　　清　张问陶《论诗十二绝句(其四)》（893）
- 一语天然万古新,豪华落尽见真淳。　　金　元好问《论诗三十首(其四)》（887）

- 旧时曾作梅花赋，研墨于今亦自香。　南宋 姜夔《除夜自石湖归苕溪（其九）》(892)
- 敢为常语谈何易，百炼功纯始自然。　清 张问陶《论诗十二绝句（其五）》(893)
- 琢雕自是文章病，奇险尤伤骨气多。　宋 陆游《读近人诗》(891)
- 为人性僻耽佳句，语不惊人死不休。　唐 杜甫《江上值水如海势聊短述》
- 爱好由来下笔难，一诗千改始安心。　清 袁枚《遣兴二首（其一）》(889)
- 糟粕所传非粹美，丹青难写是精神。
  区区岂尽高贤意，独守千秋纸上尘。　宋 王安石《读史》(894)
- 吟安一个字，捻断数茎须。　唐 卢延让《苦吟》
- 下字如下石，石破天方惊。　清 袁枚《改诗》
- 横空盘硬语，妥帖力排奡。　唐 韩愈《荐士》(890)
- 清水出芙蓉，天然去雕饰。　唐 李白《经乱离后天恩流夜郎忆旧游书怀赠江夏韦太守良宰》(640)
- 文章千古事，得失寸心知。　唐 杜甫《偶题》

文萃苦寒

柏学士茅屋(621)

碧山学士焚银鱼，白马却走深岩居。
古人已用三冬足，年少今开万卷余。
晴云满户团倾盖，秋水浮阶溜决渠。
富贵必从勤苦得，男儿须读五车书。　唐 杜甫

夜吟

六十余年妄学诗，工夫深处独心知。
夜来一笑寒灯下，始是金丹换骨时。　唐 陆游

千古绝唱　分类精选　FEN LEI JING XUAN

- 古人学问无遗力，少壮工夫老始成。　宋 陆游《冬夜读书示子聿》(624)
- 爱好由来下笔难，一诗千改始安心。　清 袁枚《遣兴二首(其一)》(889)
- 为人性僻耽佳句，语不惊人死不休。　唐 杜甫《江上值水如海势聊短述》
- 看似寻常最奇崛，成如容易却艰辛。　宋 王安石《题张司业诗》(927)
- 不经一番寒彻骨，哪得梅花扑鼻香？　唐 黄檗《上堂开示颂》
- 宝剑锋从磨砺出，梅花香自苦寒来。　《警世贤文》
- 书山有路勤为径，学海无涯苦作舟。　明《增广贤文》
- 剖开顽石方知玉，淘尽泥沙始见金。　明 冯梦龙
- 读书不觉已春深，一寸光阴一寸金。　唐 王贞白《白鹿词》
- 吟安一个字，捻断数茎须。　唐 卢延让《苦吟》
- 下字如下石，石破天方惊。　清 袁枚《改诗》
- 横空盘硬语，妥帖力排奡(ào)。　唐 韩愈《荐士》(890)
- 二句三年得，一吟双泪流。　唐 贾岛《题诗后》

❀ 改革创新

论诗五首(选二)(675)

其一

满眼生机转化钧，天工人巧日争新。
预支五百年新意，到了千年又觉陈。

其二

李杜诗篇万口传，至今已觉不新鲜。
江山代有才人出，各领风骚数百年。　清 赵翼

观书有感二首(其一)(219)

半亩方塘一鉴开，天光云影共徘徊。
问渠那得清如许，为有源头活水来。　宋 朱熹

- 残红尚有三千树，不及初开一朵鲜。　清 袁枚《题桃树》(627)
- 寻芳陌上花如锦，折得东风第一枝。　唐 唐彦谦《无题十首(其一)》(628)
- 删繁就简三秋树，领异标新二月花。　清 郑板桥《对联》
- 路漫漫其修远兮，吾将上下而求索。　战国 屈原《离骚》(261)
- 请君莫奏前朝曲，听唱新翻杨柳枝。　唐 刘禹锡《杨柳枝词》

举贤用能

上湖南崔中丞(597)

山上青松陌上尘，云泥岂合得相亲。
举世尽嫌良马瘦，唯君不弃卧龙贫。
千金未必能移性，一诺从来许杀身。
莫道书生无感激，寸心还是报恩人。　唐 戎昱

- 但得将军能百胜，不须天子筑长城。　唐 胡皓《大漠行》(694)
- 龙欲升天须浮云，人之仕进待中人。　三国 曹植《当墙欲高行》(695)
- 常人皆能办大事，天亦不必产英雄。　宋 谢枋得《与李养吾书》
- 宰相必起于州部，猛将必发于卒伍。　先秦 韩非子
- 我劝天公重抖擞，不拘一格降人才。　清末 龚自珍《己亥杂诗(其一)》(701)
- 天生我材必有用，千金散尽还复来。　唐 李白《将进酒》(157)
- 鸟随鸾(luán)凤飞腾远，人伴贤良智转高。　清 褚人获
- 涧松千载鹤来聚，月中香桂凤凰归。　宋 普济
- 海为龙世界，云是鹤家乡。　现代 齐白石

慧眼识才

此翁(700)

高阁群公莫忌侬，侬心不在宦名中。

岩光一唾垂綬紫，何胤三遗大带红。

金劲任从千口铄，玉寒曾试几炉烘？

唯应鬼眼兼天眼，窥见行藏信此翁。　　唐 韩偓

- 试玉要烧三日满，辨材须待七年期。　唐 白居易《放言五首(其三)》(699)

- 大事小事看担当，逆境顺境看襟读，
  临喜临怒看涵养，群行群止看识见。　明 吕坤《呻吟语》

- 高飞凭力致，巧啭任天姿。　唐 祖咏《汝坟秋同仙州王长史翰闻百舌鸟》(698)

❀ 德品识人

赐萧瑀(696)

疾风知劲草，板荡识诚臣。

勇夫安识义，智者必怀仁。　　唐 李世民

- 望严雪而识寒松，观疾风而知劲草。　唐 王勃《常州刺史平原郡开国公行状》

- 观操守在利害时，观精力在饥疲时，
  观度量在喜怒时，观存养在纷华时。　清 林则徐《观操守》

- 时危见臣节，乱世识忠臣。　南朝 鲍照《代出自蓟北门行》(697)

- 人居一世间，忽若风吹尘。
  愿得展功勤，轮力于明君。　三国 曹植《薤露行》(选段)(552)

❀ 机遇处境

筹笔驿(738)

抛掷南阳为主忧，北征东讨尽良筹。

时来天地皆同力，运去英雄不自由。

千里山河轻孺子，两朝冠剑恨谯周。

唯余岩下多情水，犹解年年傍驿流。　唐　罗隐

金缕衣(809)

劝君莫惜金缕衣，劝君须惜少年时。
有花堪折直须折，莫待无花空折枝。　唐　杜秋娘

- 蛟龙得云雨，终非池中物。　　　　　晋　陈寿《三国志·吴志·周瑜传》
- 英豪未豹变，自古多艰辛。　　　　　唐　李白《陈情赠友人》(737)
- 一朝沟陇出，看取拂云飞。　　　　　唐　李贺《马诗(其十四)》(739)
- 踏破铁鞋无觅处，得来全不费工夫。　宋　夏元鼎《绝句》
- 天机云锦用在我，剪裁妙处非刀尺。　宋　陆游《九月一日夜读诗稿有感走笔作歌》(625)
- 人从虎豹丛中健，天在峰峦缺处明。　清　张问陶《煎茶坪题壁》(592)
- 美酒饮教微醉后，好花看到半开时。　宋　邵雍《安乐窝中吟》(*932)
- 龙游浅水遭虾戏，虎落平阳被犬欺。　明《增广贤文》
- 东风不与周郎便，铜雀春深锁二乔。　宋　杜牧《赤壁》(740)
- 山重水复疑无路，柳暗花明又一村。　宋　陆游《游山西村》(589)
- 脚力尽时山更好，莫将有限趁无穷。　宋　苏轼《登玲珑山》(588)
- 临崖勒马收僵晚，船到江中补漏迟。　《名贤集》
- 君若到时秋已半，西风门巷柳萧萧。　南宋　姜夔《送范仲讷往合肥三首(其二)》(741)
- 还君明珠双泪垂，恨不相逢未嫁时。　唐　张籍《节妇吟·寄东平李司空师道》(806)
- 当年不肯嫁春风，无端却被秋风误。　宋　贺铸《踏莎行》(807)
- 但是粃糠微细物，等闲抬举到青云。　唐　罗隐《春风》

🌸 民族气节

满江红(632)

怒发冲冠，凭栏处、潇潇雨歇。抬望

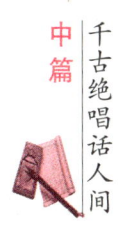

眼、仰天长啸，壮怀激烈。三十功名尘与土，八千里路云和月。莫等闲、白了少年头，空悲切！　靖康耻，犹未雪。臣子恨，何时灭？驾长车，踏破贺兰山缺。壮志饥餐胡虏肉，笑谈渴饮匈奴血。待从头、收拾旧山河，朝天阙。
　　　　　　　　　　　　　南宋　岳飞

- 胸中有誓深于海，肯使神州竟陆沉？　宋 郑思肖《二砺》(579)
- 拼将十万头颅血，须把乾坤力挽回。　清末 秋瑾《黄海舟中日人索句并见日俄战争地图》(587)
- 我自横刀向天笑，去留肝胆两昆仑。　清末 谭嗣同《狱中题壁》(583)
- 人生自古谁无死，留取丹心照汗青。　南宋 文天祥《过零丁洋》(635)
- 以身殉道不苟生，道在光明照千古。　南宋 文天祥《言志》(636)
- 江河不洗古今恨，天地能知忠义心。　宋 陆游《王给事饷玉友》
- 楚虽三户能亡秦，岂有堂堂中国空无人。　宋 陆游《金错刀行》(586)
- 一片丹心图报国，两行清泪为思亲。　明 于谦《立春日感怀》(637)
- 丈夫誓许国，愤惋复何有！　唐 杜甫《前出塞九首(其三)》(634)
- 天地存肝胆，江山阅鬓华。　明末 顾炎武《酬王处士九日见怀之作》(638)
- 捐躯赴国难，视死忽如归。　三国 曹植《白马篇》(633)

忧国如焚

春望 (646)

国破山河在，城春草木深。
感时花溅泪，恨别鸟惊心。
烽火连三月，家书抵万金。

白头搔更短，浑欲不胜簪(zān)。　　　唐　杜甫

水龙吟(650)

楚天千里清秋，水随天去秋无际。遥岑远目，献愁供恨，玉簪螺髻。落日楼头，断鸿声里，江南游子。把吴钩看了，阑干拍遍，无人会，登临意。　　休说鲈鱼堪脍，尽西风，季鹰归未？求田问舍，怕应羞见，刘郎才气。可惜流年，忧愁风雨，树犹如此。倩何人、唤取红巾翠袖，揾英雄泪！　　　宋　辛弃疾

- 四十三年，望中犹记、烽火扬州路。可堪回首、佛狸祠下，一片神鸦社鼓。凭谁问，廉颇老矣，尚能饭否？　　　宋　辛弃疾《永遇乐·京口北固亭怀古》(选段)(491)

- 惨淡龙蛇日斗争，干戈直欲尽生灵。高原水出山河改，战地风来草木腥。　　　元　元好问《壬辰十二月车驾东狩后即事五首(其二)》(572)

- 叹息风云多变幻，存亡家国总关情。英雄身世飘零惯，惆怅龙泉夜夜鸣。　　　清末　秋瑾《柬某君三首(其二)》(645)

- 小丑跳梁谁殄(pèi)灭？中原揽辔望澄清。关山万里残霄梦，犹听江东战鼓声。　　　清代　林则徐《次韵答陈子茂德培》(649)

- 位卑未敢忘忧国，事定犹须待阖棺。　　　宋　陆游《病起书怀》(639)

- 倾泻向人怀抱尽，忠诚为国始终忧。　　　宋　苏辙《癸丑二月重到汝阴寄子瞻》(642)

- 向北望星提剑立，一生长为国家忧。　　唐 张为《渔阳将军》(641)
- 安边自合有长策，何必流离中国人。　　唐 张谓《代北州老翁答》(644)
- 山河破碎风飘絮，身世浮沉雨打萍。　　宋 文天祥《过零丁洋》(635)
- 山河惨澹关城闭，人物萧条市井空。　　唐 张泌《边上》
- 战士军前半死生，美人帐下犹歌舞。　　唐 高适《燕歌行》(233)
- 江声不尽英雄恨，天意无私草木秋。　　宋 陆游《黄州》(648)
- 英雄已尽中原泪，臣主元无北伐心。　　明 张以宁《过辛稼轩神道》(651)
- 可使御戎无上策，只应忧国是虚声。　　唐 罗隐《塞外》
- 动人名赤赤，忧国意切切。　　唐 白居易
- 昔贤多使气，忧国不谋身。　　唐 刘禹锡《学阮公体三首(其三)》(643)
- 壮心欲填海，苦胆为忧天。　　宋 文天祥《赴阙》(647)
- 中夜四五叹，常为大国忧。　　唐 李白《经乱离后天恩流夜郎忆旧游书怀赠江夏韦太守良宰》(640)

❀ 志士报国

　　示儿(667)

死去原知万事空，但悲不见九州同。
王师北定中原日，家祭无忘告乃翁。　　宋 陆游

　　自题小像(660)

灵台无计逃神矢，风雨如盘暗故园。
寄意寒星荃不察，我以我血荐轩辕。　　鲁迅

- 辞家壮志凭孤剑，报国先声震两河。　　清 彭定求《汤阴谒岳忠武故里庙像》(656)
- 丈夫志气直如铁，无曲心中道自真。　　唐 寒山《诗三百三首》(657)
- 富贵傥来君莫问，丹心报国是男儿。　　明 于谦《靖日感怀》
- 只见沙场为国死，何须马革裹尸还。　　清 徐锡麟《出塞》(659)

- 欲将血泪寄山河，去洒东山一抔土。　宋 李清照《上枢密韩公工部尚书胡公第二首》(661)
- 遥知百国微茫外，未敢忘危负岁华。　明 戚继光《过文登营》(662)
- 曾因国难披金甲，不为家贫卖宝刀。　宋 曹翰《内宴奉诏作》(663)
- 一闻战鼓意气生，犹能为国平燕赵。　宋 陆游《老马行》(664)
- 自恨不如云际雁，南来犹得过中原。　宋 陆游《枕上偶成》(665)
- 欲倾天上河汉水，净洗关中胡虏尘。　宋 陆游《夏夜大醉醒后有感》(666)
- 国仇未报壮士老，匣中宝剑夜有声。　宋 陆游《长歌行》(571)
- 一身转战三千里，一剑曾当百万师。　唐 王维《老将行》(231)
- 十万夫家供课税，五千子弟守封疆。　唐 白居易《登闾门闲望》(191)
- 三十功名尘与土，八千里路云和月。　南宋 岳飞《满江红》(632)
- 誓欲成名报国，羞将开口论勋。　唐 张说《破阵乐二首(选一)》(658)
- 一闻边烽动，万里忽争先。　唐 孟浩然《送陈七赴西军》(653)
- 缟素酬家国，戈船决死生。　明末 夏完淳《即事》(654)
- 感时思报国，拔剑起蒿莱。　唐 陈子昂《感遇诗三十八首(其三十五)》(655)

硝烟烽火

国殇(227)

操吴戈兮披犀甲，车错毂(gū)兮短兵接。
旌蔽日兮敌若云，矢交坠兮士争先。
凌余阵兮躐(liè)余行，左骖殪兮右刃伤，
霾两轮兮絷(zhí)四马，援玉枹(fú)兮击鸣鼓。
天时怼(duì)兮威灵怒，严杀尽兮弃原野。
出不入兮往不反，平原忽兮路超远。
带长剑兮挟秦弓，首身离兮心不惩。

诚既勇兮又以武，终刚强兮不可凌。
身既死兮神以灵，魂魄毅兮为鬼雄！　战国 屈原

兵车行(228)

车辚辚，马萧萧，行人弓箭各在腰。
爷娘妻子走相送，尘埃不见咸阳桥。
牵衣顿足拦道哭，哭声直上干云霄。
过者道旁问行人，行人但云点行频。
或从十五北防河，便至四十西营田。
去时里正与裹头，归来头白还戍边。
边庭流血成海水，武皇开边意未已。
君不闻，汉家山东二百州，千村万落荆生杞。　　　　　唐 杜甫

破阵子(229)

醉里挑灯看剑，梦回吹角连营。
八百里分麾(huī)下炙，五十弦翻塞外声，沙场秋点兵。　马作的卢飞快，弓如霹雳弦惊。了却君王天下事，赢得生前身后名。可怜白发生！　宋 辛弃疾

- 霜日明宵水蘸(zhàn)空，鸣鞘声里绣旗红。　宋 张孝祥《浣溪纱》(230)
- 一点烽传散关信，两行雁带杜陵秋。　宋 陆游《秋晚登城北门》(234)
- 三伐渔阳再渡辽，驿弓在肩剑横腰。　唐 王涯《塞下曲》
- 四边伐鼓雪海涌，三军大呼阴山动。　唐 岑参《轮台歌奉送封大夫出师征》(109)
- 贺兰山下阵如云，羽檄交驰日夕闻。　唐 王维《老将行》(231)
- 黑云压城城欲摧，甲光向日金鳞开。　唐 李贺《雁门太守行》(232)

- 校尉羽书飞瀚海，单于猎火照狼山。　唐 高适《燕歌行》(233)
- 六军将士皆死尽，战马空鞍归故营。　唐 贾至《燕歌行》(235)
- 可怜万国关山道，年年战骨多秋草。　唐 张籍《关山月》(236)

❀ 情感英灵

蜀相(242)

丞相祠堂何处寻？锦官城外柏森森。
映阶碧草自春色，隔叶黄鹂空好音。
三顾频烦天下计，两朝开济老臣心。
出师未捷身先死，长使英雄泪满襟。　唐 杜甫

哭李商隐(669)

虚负凌云万丈才，一生襟抱未曾开。
鸟啼花落人何在，竹死桐枯凤不来。
良马足因无主踠，旧交心为绝弦哀。
九泉莫叹三光隔，又送文星入夜台。　唐 崔珏

哭秘书包大监(选句)

常恐宝镜破，明月再难圆。
始知知音稀，千载一绝弦。　　唐 孟郊

- 胜败兵家事不期，包羞忍耻是男儿。
  江东弟子多才俊，卷土重来未可知。　唐 杜牧《题乌江亭》(670)
- 可怜无定河边骨，犹是春闺梦里人。　唐 陈陶《陇西行四首(其二)》
- 同来死者伤离别，一夜孤魂哭旧营。　唐 陈陶《陇西行四首(其三)》(672)
- 词林枝叶三春尽，学海波澜一夜干。
  风雨已吹灯烛灭，姓名长在齿牙寒。　唐 崔珏《哭李商隐二首(选句)(其一)》
- 可怜荒垄穷泉骨，曾有惊天动地文。　唐 白居易《李白墓》(924)
- 青山有幸埋忠骨，白铁无辜铸佞臣。　清 徐氏女

- 白骨已枯沙上草,家人犹自寄寒衣。 唐 沈彬《吊边人》(671)
- 君不见沙场征战苦,至今犹忆李将军。 唐 高适《燕歌行》(233)
- 但使龙城飞将在,不教胡马度阴山。 唐 王昌龄《出塞二首(其一)》
- 明月不归沉碧海,白云愁色满苍梧。 唐 李白《哭晁卿衡》(673)
- 想象英灵在,千古傲云涛。

……

洗尽人间尘土,扫去胸中冰炭。 宋 张元干《水调歌头》(选句)(668)

豪士侠义

永遇乐·京口北固亭怀古(491)

千古江山,英雄无觅,孙仲谋处。
舞榭歌台,风流总被,雨打风吹去。
斜阳草树,寻常巷陌,人道寄奴曾住。
想当年,金戈铁马,气吞万里如虎。

元嘉草草,封狼居胥,赢得仓皇北顾。四十三年,望中犹记,烽火扬州路。可堪回首,佛狸祠下,一片神鸦社鼓!凭谁问,廉颇老矣,尚能饭否? 宋 辛弃疾

鸿门会(680)

军声十万振屋瓦,拔剑当人面如赭。
将军下马力排山,气卷黄河酒中泻。 元末 杨维桢

剑客

十年磨一剑, 霜刃未曾试。
今日把示君, 谁有不平事。 唐 贾岛

- 千羊不能扦独虎，万雀不能抵一鹰。 晋 葛洪《抱朴子·广譬》
- 无情未必真豪杰，怜子如何不丈夫。 现代 鲁迅《答客诮》(674)
- 海到无边天作岸，山登绝顶我为峰。 清 林则徐《福州鼓山联语》(677)
- 满堂花醉三千客，一剑霜寒十四州。 唐末五代 贯休《献钱尚父》(678)
- 醉捧勾吴匣中剑，斫断千秋万古愁。 元 范梈《王氏能远楼(选段)》(679)
- 力能排天斡九地，壮颜毅色不可求。 宋 王安石《杜甫画像》(681)
  <small>wò</small>
- 江山代有才人出，各领风骚数百年。 清 赵翼《论诗五首(其二)》(675)
- 凭君莫话封侯事，一将功成百骨枯。 唐 曹松《己亥岁二首(其一)》(676)
- 扶风豪士天下奇，意气相倾山可移。
- 作人不倚将军势，饮酒岂顾尚书期。 唐 李白《扶风豪士歌》(704)
- 龙翻瀚海波涛壮，鹤出金笼燕雀惊。 唐 韦庄《寄薛先辈》(句选)
- 我且为君槌碎黄鹤楼，君亦为吾倒
  <small>chuí</small>
  却鹦鹉洲。 唐 李白《江夏赠韦南陵冰》(712)
- 上马击狂胡，下马草军书。 宋 陆游《观大散关图有感》

咏史怀古

忆秦娥

箫声咽，秦娥梦断秦楼月。秦楼月，年年柳色，灞陵伤别。　　乐游原上清秋节，咸阳古道音尘绝。音尘绝，西风残照，汉家陵阙。　　唐 李白

题宣州开元寺水阁(686)

六朝文物草连空，天淡云闲今古同。
鸟去鸟来山色里，人歌人哭水声中。
深秋帘幕千家雨，落日楼台一笛风。
惆怅无因见范蠡，参差烟树五湖东。 唐 杜牧

过宁王府故宫并望陵寝志感(687)

高低禾黍拂晴沙,知属当年帝子家。
八百亭台风雨暗,三千舞歌夕阳斜。
玉鱼有恨埋芳草,石马无门饱土花。
最是不堪回首处,西陵树色乱群鸦。 清 刘日湘

金陵怀古(689)

玉树歌残王气收,景阳兵合戍楼空。
松楸远近千家冢,禾黍高低六代宫。
石燕拂云晴亦雨,江豚吹浪夜还风。
英雄一去豪华尽,唯有青山似洛中。 唐 许浑

- 朱雀桥边野草花,乌衣巷口夕阳斜。
  旧时王谢堂前燕,飞入寻常百姓家。 唐 刘禹锡《乌衣巷》(490)
- 一片伤心金粉地,落花时节到江南。 清 程之鵔《抵金陵》(690)
- 此日六军同驻马,当时七夕笑牵牛。 唐 李商隐《马嵬》(682)
- 宫女如花满春殿,只今惟有鹧鸪飞。 唐 李白《越中览古》(683)
- 只今惟有西江月,曾照吴王宫里人。 唐 李白《苏台览古》(684)
- 楼台旧地牛羊满,宫殿遗基禾黍平。 宋 胡君防《咸阳闲望》(685)
- 人世几回伤往事,山形依旧枕寒流。 唐 刘禹锡《西塞山怀古》(692)
- 千古风流歌舞池,六朝兴废帝王州。 宋 赵希淦《半月寺有感》(197)
- 江雨霏霏江草齐,六朝如梦鸟空啼。 唐末五代 韦庄《台城》(688)
- 迢迢银汉晚晴空,万古悲歌爱恨同。 唐 白居易《七夕二首(其一)》(786)
- 自古盛衰如转烛,六朝兴废同棋局。 清 劳之辩《眺玄武湖歌》(691)
- 凭君莫话封侯事,一将功成百骨枯。 唐 曹松《己亥岁二首(其一)》(676)
- 未必片言资国计,只因邪说动人心。 唐 罗隐《咏史》
- 西湖一勺水,阅尽古来人。 清 洪升《己卯春日湖上》(693)

🌸 怀故乡情

春夜洛城闻笛(772)

谁家玉笛暗飞声，散入春风满洛城。

此夜曲中闻折柳，何人不起故园情。 唐 李白

逢入京使(773)

故园东望路漫漫，双袖龙钟泪不干。

马上相逢无纸笔，凭君传语报平安。 唐 岑参

秋思(774)

洛阳城里见秋风，欲作家书意万重。

复恐匆匆说不尽，行人临发又开封。 唐 张籍

回乡偶书(775)

少小离家老大回，乡音无改鬓毛衰。

儿童相见不相识，笑问客从何处来。 唐 贺知章

九月九日忆山东兄弟(768)

独在异乡为异客，每逢佳节倍思亲。

遥知兄弟登高处，遍插茱萸少一人。 唐 王维

- 多少离怀起清夜，人间重望一回圆。 明 汤显祖《闰中秋》(769)
- 故乡今夜思千里，霜鬓明朝又一年。 唐 高适《除夜作》(770)
- 安得如鸟有羽翅，托身白云还故乡。 唐 杜甫《大麦行》(771)
- 无端一夜空阶雨，滴破思乡万里心。 宋 张咏《雨夜》(480)
- 乐莫乐于返故乡，难莫难于全大节。 宋 苏轼《贺赵大资政仕启》
- 世间何事最殷勤，白头将相逢故人。 唐 刘禹锡《将赴汝州，途出浚下，留辞李相公》(457)
- 人情重怀土，飞鸟思故乡。 宋 欧阳修《送慧勤归余杭》(767)
- 近乡情更怯，不敢问来人。 唐 宋之问《渡汉江》

诚心结交

古意论交（选段）(708)
择友如淘金，沙尽不得宝。
结交如干银，产竭不成道。
我生四十年，相识苦草草。
多为势利朋，少有岁寒操。
通财能几何，闻善宁相告。
茫然同夜行，中路自不保。　　　　唐 李咸用

求友
北风临大海，坚冰临河面。
下有大波澜，对之无由见。
求友须在良，得良终相善。
求友若非良，非良中道变。
欲知求友心，先把黄金炼。　　　　唐 孟郊

结友
铸镜须青铜，青铜易磨拭。
结交远小人，小人难姑息。
铸镜图鉴微，结交图相依。
凡铜不可照，小人多是非。　　　　唐 孟郊

- 扶风豪士天下奇，意气相倾山可移。
  作人不倚将军势，饮酒岂顾尚书期。　唐 李白《扶风豪士歌》(704)
- 酒逢知己千杯少，话不投机半句多。　宋 欧阳修《春日西湖寄谢法曹韵》(702)
- 身无彩凤双飞翼，心有灵犀一点通。　唐 李商隐《无题二首(其一)》(714)
- 倾泻向人怀抱尽，忠诚忧为国始终。　宋 苏辙《癸丑二月重到汝阴寄子瞻》(642)

- 人生结交在终始，莫为升沉中路分。 唐 贺兰进明《行路难五首(其五)》(710)
- 交情淡泊应长在，欲态流离且勉旃(zhān)。 唐 罗隐《寄崔庆孙》
- 我且为君槌(chuí)碎黄鹤楼，君亦为吾倒却鹦鹉洲。 唐 李白《江夏赠韦南陵冰》(712)
- 易得笑言友，难逢终始人。 唐 李咸用《论交》(707)
- 利剑不在掌，结友何须多？ 三国 曹植《野田黄雀行》(703)

❀ 寻觅知己

春日西湖寄谢发曹韵(702)
酒逢知己千杯少，话不投机半句多。
遥知天涯一樽酒，能忆天涯万里人。 宋 欧阳修

- 钓鱼须钓海上鳌(áo)，结交须交扶风豪。 清 袁枚《赠吴如轩有序》
- 鸟随鸾(luán)凤飞腾远，人伴贤良智转高。 清 褚人获
- 附骥尾则涉千里，攀鸿翮(hé)则翔四海。 西汉 王褒《四子讲德论》
- 无缘对面不相逢，有缘千里来相会。 明 施耐庵
- 万两黄金容易得，知心一个也难求。 清 曹雪芹《红楼梦·第五十七回》(706)
- 千篇著述诚难得，一字知音不易求。 唐 齐己《谢人寄新诗集》(705)
- 人生所贵在知己，四海相逢骨肉亲。 元 萨都剌《雁门集·留别同年索十岩经历》(720)
- 知己哪须分贵贱，穷途容易感心情。 清 袁枚《别常宁》(711)
- 同是天涯沦落人，相逢何必曾相识。 唐 白居易《琵琶行》(716)
- 相见时难别亦难，东风无力百花残。
  春蚕到死丝方尽，蜡炬成灰泪始干。 唐 李商隐《无题》(324)

- 身无彩凤双飞翼，心有灵犀一点通。　　唐 李商隐《无题》(714)
- 男儿只要有知己，才子何堪更问津。　　唐 罗隐《送人赴职任褒中》
- 一恸旁人莫相笑，知音衰尽路行难。　　唐 罗隐《重过三衢哭孙员外》
- 日晚向隅悲断梗，夜阑浇酒哭知音。　　唐 罗隐《归梦》
- 齐斗堆金，难买丹诚一寸真。　　宋 晏几道《采桑子》(709)
- 海内存知己，天涯若比邻。　　唐 王勃《杜少府之任蜀州》(713)
- 谈笑有鸿儒，往来无白丁。　　唐 刘禹锡《陋室铭》
- 共君一席话，胜读十年书。　　宋 朱熹《朱子语类》
- 坐中无知音，安得有神祥？　　唐 孟云卿《伤怀酬故友》
- 利剑不在掌，结友何须多。　　三国 曹植《野田黄雀行》(703)
- 欲取鸣琴弹，恨无知音赏。
　　感此怀故人，中宵劳梦想。　　唐 孟浩然《夏日南亭怀辛大》(451)
- 易得笑言友，难逢终始人。　　唐 李咸用《论交》(707)

❀ 友人逢别

送徐铉流舒州

昔年凄断此江湄，风满征帆泪满衣。
今日重怜鹡䴊羽，不堪波上又分飞。　唐 韩熙载

赠汪伦 (717)

李白乘舟将欲行，忽闻岸上踏歌声。
桃花潭水深千尺，不及汪伦送我情。　唐 李白

江南逢李龟年

岐王宅里寻常见，崔九堂前几度闻。
正是江南好风景，落花时节又逢君。　唐 杜甫

金陵酒肆留别 (718)

风吹柳花满店香，吴姬压酒劝客尝。

金陵子弟来相送，欲行不行各尽觞。
请君试问东流水，别意与之谁短长？ 唐 李白

- 可恨相逢能几日，不知重回是何年。 宋 苏轼《浣溪沙》
- 江春不肯留归客，草色青青送马蹄。 唐 刘长卿《送李判官之润州行营》(719)
- 人生离合花间蝶，世事浮沉柳外鸥。 宋 汪元量《星子驿别客》
- 折花逢驿使，寄与陇头人。
  江南无所有，聊赠一枝春。 南北朝 陆凯《赠范晔》(715)
- 浮云游子意，落日故人情。
  挥手自兹去，萧萧班马鸣。 唐 李白《送友人》(选段)(124)

❀血浓亲情

七步诗(选句)(780)
煮豆燃豆萁，豆在釜中泣。
本是同根生，相煎何太急。 三国 曹植

游子吟(776)
慈母手中线，游子身上衣。
临行密密缝，意恐迟迟归。
谁言寸草心，报得三春晖。 唐 孟郊

岁暮到家(777)
爱子心无尽，归家喜及辰。
寒衣针线密，家信墨痕新。
见面怜清瘦，呼儿问苦辛。
低徊愧人子，不敢叹风尘。 清 蒋士铨

- 暗中时滴思亲泪，只恐思儿泪更多！ 清 倪瑞璿《忆母》(778)

- 打虎还得亲兄弟，上阵须教父子兵。　明《增广贤文》
- 江鱼群从称妻妾，塞雁联行号弟兄。　唐 白居易《禽虫十二章（其三）》(779)

❀ 夫妻婚姻

卜算子(822)

我住长江头，君住长江尾。
日日思君不见君，共饮长江水。
此水几时休，此恨几时已？
只愿君心似我心，定不负相思意。　　宋　李之仪

卜算子·寄内(825)

休逞一灵心，争甚闲言语！
十一年间并枕时，没个牵情处？
四岁学言儿，七岁娇痴女。
说与旁人也断肠，你自思量取。　　宋　向滈

- 百年修来同船渡，千年修来共枕眠。　明《增广贤文》
- 枕前发尽千般愿，要休且待青山烂。　五代 佚名《菩萨蛮·枕前发尽千般愿》
- 妆罢低声问夫婿，画眉深浅入时无？　唐 朱庆余《闺意献张水部》(821)
- 诚知此恨人人有，贫贱夫妻百事哀。　唐 元稹《遣悲怀三首其二》
- 从来夸有龙泉剑，试割相思得断无？　唐 张氏《寄夫》(823)
- 夫妻本是同林鸟，大限来时各自飞。　明 冯梦龙

❀ 怀亲悼亡

江城子(828)

十年生死两茫茫。不思量。自难忘。
千里孤坟，无处话凄凉。纵使相逢
应不识，尘满面，鬓如霜。　　夜

来幽梦忽还乡，小轩窗。正梳妆。
相顾无言，惟有泪千行。料得年年
肠断处，明月夜，短松冈。　　宋 苏轼

鹧鸪天

重过阊门万事非，同来何事不同归？
梧桐半死清霜后，头白鸳鸯失伴飞。
原上草，露初晞，旧栖新垅两依依。
空床卧听南窗雨，谁复挑灯夜补衣。　宋 贺铸

沈园二首（302）

其一

城上斜阳画角哀，沈园非复旧池台。
伤心桥下春波绿，曾是惊鸿照影来。

其二

梦断香消四十年，沈园柳老不吹绵。
此身行作稽山土，犹吊遗踪一泫然（xuàn）。　宋 陆游

长恨歌（后段）（495）

九重城阙烟尘生，千乘万骑西南行。
翠华摇摇行复止，西出都门百余里。
六军不发无奈何，宛转蛾眉马前死。
花钿委地无人收，翠翘金雀玉搔头。
君王掩面救不得，回看血泪相和流。
黄埃散漫风萧索，云栈萦纡登剑阁。
峨嵋山下少人行，旌旗无光日色薄。
蜀江水碧蜀山青，圣主朝朝暮暮情。
行宫见月伤心色，夜雨闻铃肠断声。
天旋日转回龙驭，到此踌躇不能去。

马嵬坡下泥土中，不见玉颜空死处。
君臣相顾尽沾衣，东望都门信马归。
归来池苑皆依旧，太液芙蓉未央柳。
芙蓉如面柳如眉，对此如何不泪垂？
春风桃李花开夜，秋雨梧桐叶落时。
西宫南苑多秋草，落叶满阶红不扫。
梨园弟子白发新，椒房阿监青娥老。
夕殿萤飞思悄然，孤灯挑尽未成眠。
迟迟钟鼓初长夜，耿耿星河欲曙天。
鸳鸯瓦冷霜华重，翡翠衾寒谁与共？
悠悠生死别经年，魂魄不曾来入梦。
临邛道士鸿都客，能以精诚致魂魄。
为感君王辗转思，遂教方士殷勤觅。
排空驭气奔如电，升天入地求之遍。
上穷碧落下黄泉，两处茫茫皆不见。
忽闻海上有仙山，山在虚无缥缈间。
楼阁玲珑五云起，其中绰约多仙子。
中有一人字太真，雪肤花貌参差是。
金阙西厢叩玉扃，转教小玉报双成。
闻道汉家天子使，九华帐里梦魂惊。
揽衣推枕起徘徊，珠箔银屏迤逦开。
云鬓半偏新睡觉，花冠不整下堂来。
风吹仙袂飘飖举，犹似霓裳羽衣舞。
玉容寂寞泪阑干，梨花一枝春带雨。
含情凝睇谢君王，一别音容两渺茫。
昭阳殿里恩爱绝，蓬莱宫中日月长。

回头下望人寰处，不见长安见尘雾。
惟将旧物表深情，钿合金钗寄将去。
钗留一股合一扇，钗擘黄金合分钿。
但教心似金钿坚，天上人间会相见。
临别殷勤重寄词，词中有誓两心知。
七月七日长生殿，夜半无人私语时。
在天愿作比翼鸟，在地愿为连理枝。
天长地久有时尽，此恨绵绵无绝期。　唐 白居易

- 虚负凌云万丈才，一生襟抱未曾开。
  鸟啼花落人何在？竹死桐枯凤不来。
  良马足因无主踠，旧交心为绝弦哀。
  九泉莫叹三光隔，又送文星入夜台！　唐 崔珏《哭李商隐二首《其二》》（669）

- 南北山头多墓魂，各家纷然祭清明。
  纸灰飞作蝴蝶梦，泪血染落杜鹃红。　南宋 高翥《清明日对酒》（826）

- 半世浮萍随逝水，一宵冷雨葬名花。
  魂是柳绵吹欲碎，绕天涯。　清 纳兰性德《摊破浣溪沙》（选段）

- 一身诗意千寻瀑，万古人间四月天。　现代 金岳霖《悼林徽因》（827）

- 词林枝叶三春尽，学海波澜一夜干。　唐 崔珏《哭李商隐二首(其一)》

- 俊骨英才气巋然，策名飞步冠群贤。
  逢时已自致高位，得疾还困倚少年。　唐 刘禹锡《哭庞京兆》(选段)

- 一夜霜风凋玉芝，苍生望绝士林悲。
  空怀济世安人略，不见男婚女嫁时。　唐 刘禹锡《哭吕衡州,时予方谪居》(选段)

- 官清仍齿壮，儿小复家贫。
  惆怅天难问，空流泪满巾。　唐 刘得仁《哭翰林丁侍郎》(选句)

情恋缠绵

江陵愁望寄子安 (783)

枫叶千枝复万枝，江桥掩映暮帆迟。
忆君心似西江水，日夜东流无歇时。　唐 鱼玄机

玉楼春 (784)

绿杨芳草长亭路，年少抛人容易去。
楼头残梦五更钟，花底离愁三月雨。
无情不似多情苦，一寸还成千万缕。
天涯地角有穷时，只有相思无尽处。　宋 晏殊

- 色不迷人人自迷，情人眼里出西施。　清 黄增《集杭州俗语诗》
- 镇相连似影追形，分不开如刀划水。　清 洪升《长生殿》
- 玉容寂寞泪阑干，梨花一枝春带雨。　唐 白居易《长恨歌》(495)
- 春风桃李花开日，秋雨梧桐叶落时。　唐 白居易《长恨歌》(495)
- 几许欢情与离恨，年年并在此宵中。　唐 白居易《七夕二首(其二)》(786)
- 浩瀚高天圆月夜，欢情一刻此宵中。　唐 白居易《七夕二首(其一)》(786)
- 福王少小风流惯，不爱江山爱美人。　清 陈于之《题桃花扇》
- 芳心只愿长依旧，春风更放明年艳。　宋 欧阳修《凉州令》
- 月上柳梢头，人约黄昏后。　宋 欧阳修《生查子》(785)
- 系我一生心，负你千行泪。　宋 柳永《忆帝京》(781)
- 天不老，情难绝。心似双丝网，中有千千结。　宋 张先《千秋岁》(选段)(37)
- 关关雎鸠，在河之洲。窈窕淑女，君子好逑。　《诗经·关雎》(选段)(782)

忠贞执着

言行相顾(选句)

立志言为本，修身行乃先。
荣辱当于己，忠贞必动天。　　　唐 吴叔达

菊花(424)

身寄东篱心傲霜，不与群紫竞春芳。
粉蝶轻薄休沾蕊，一枕黄花夜夜香。　宋 唐婉

癸丑二月重到汝阴寄子瞻(642)

忆赴钱塘九月秋，同来颍尾一扁舟。
退居尚有三师在，好事须为十日留。
倾泻向人怀抱尽，忠诚为国始终忧。
重来东阁皆尘土，泪滴春风自不收。宋 苏辙

- 仕宦当作执金吾，娶妻当得阴丽华。　东汉 刘秀
- 但见悲鸟号古木，雄飞雌从绕林间。唐 李白《蜀道难》(154)
- 落红不是无情物，化作春泥更护花。清 龚自珍《己亥杂诗(其二)》(701)
- 在天愿作比翼鸟，在地愿为连理枝。唐 白居易《长恨歌》(495)
- 春蚕到死丝方尽，蜡炬成灰泪始干。唐 李商隐《无题》(324)
- 便是牡丹花下死，做鬼也风流。　元 珠帘绣《正宫·醉西施(玉芙蓉)》(789)
- 任凭若水三千，我只取一瓢饮！　清 曹雪芹《红楼梦》
- 愿为连根同死之秋草，不作飞空之落花。　唐 李白《代寄情楚词体》(788)

相思离别

雨霖铃(805)

寒蝉凄切，对长亭晚，骤雨初歇。都门帐饮无绪，留恋处、兰舟催发。

执手相看泪眼，竟无语凝噎(yè)。念去去、千里烟波，暮霭沉沉楚天阔。

多情自古伤离别。更那堪、冷落清秋节！今宵酒醒何处？杨柳岸、晓风残月。此去经年，应是良辰好景虚设。便纵有、千种风情，更与何人说？

宋 柳永

一剪梅(824)

红藕香残玉簟(diàn)秋。轻解罗裳，独上兰舟。云中谁寄锦书来？雁字回时，月满西楼。　花自飘零水自流。一种相思，两处闲愁。此情无计可消除，才下眉头，却上心头。

宋 李清照

鹊桥仙(801)

纤云弄巧，飞星传恨，银汉迢迢暗渡。金风玉露一相逢，便胜却、人间无数。

柔情似水，佳期如梦，忍顾鹊桥归路。两情若是久长时，又岂在、朝朝暮暮。宋 秦观

秋风词

秋风清，秋月明。

落叶聚还散，寒鸦栖复惊。

相亲相见知何日，此时此夜难为情。
入我相思门，知我相思苦。
长相思兮长相忆，短相思兮无穷极。
早知如此绊人心，何如当初莫相识。　　唐　李白

- 一旦归为臣虏，沈腰潘鬓消磨。最是仓皇辞庙日，教坊犹奏别离歌，垂泪对宫娥。　　南唐 李煜《破阵子·四十年来家国》（选段）

- 恋郎思郎非一朝，好似并州花剪刀。
  一股在南一股北，几时裁得合欢袍？　明 宋濂《越歌》（792）
- 彩舟载得离愁动，无端更借樵风送。　宋 贺铸《菩萨蛮》（791）
- 安得身轻如燕子，随风容易到君旁。　宋 黄氏女《感怀》（793）
- 相思一夜梅花发，忽到窗前疑是君。　唐 卢仝《有所思》（794）
- 窗间谢女青蛾敛，门外萧郎白马嘶。　唐 温庭筠《赠知音》（790）
- 衣带渐宽终不悔，为伊消得人憔悴。　宋 柳永《凤栖梧》（795）
- 群燕辞归雁南翔，念君客游思断肠。　三国 曹丕《燕歌行》（760）
- 可恨相逢能几日，不知重会是何年。　宋 苏轼《浣溪纱》（797）
- 月缺重圆会有期，人间何得久别离？
  愿将身托蟾蜍影，照见良人不寐(mèi)时。　明 于谦《古意》（800）
- 清泉自爱江湖去，流出红墙便不还。　清 查慎行《玉泉山》（787）
- 曾与美人桥上别，恨无消息到今朝。　唐 刘禹锡《杨柳枝》（802）
- 唱尽新词欢不见，红霞映树鹧鸪鸣。　唐 刘禹锡《踏歌词四首》（804）
- 曾是寂寥金烬暗，断无消息石榴红。　唐 李商隐《无题二首》（803）
- 离恨恰如春草，更行更远还生。　南唐 李煜《清平乐》（796）
- 情多最恨花无语，愁破方知酒有权。　晚唐 郑谷《中年》（798）

- 有情不管别离久，情在相逢终有。　　宋 晏几道《秋蕊香》(799)
- 梧桐叶上三更雨，叶叶声声是别离。　　宋 周紫芝《鹧鸪天》
- 何当共剪西窗烛，却话巴山夜雨时。　　唐 李商隐《夜雨寄北》
- 离愁渐远渐无穷，迢迢不断如春水。　　宋 欧阳修《踏莎行》
- 春风摇荡自东来，折尽樱桃绽尽梅。
  惟余思妇愁眉结，无限春风吹不开。　　唐 白居易《思妇眉》

孤独忧愁

声声慢(764)

寻寻觅觅，冷冷清清，凄凄惨惨戚戚。乍暖还寒时节，最难将息。三杯两盏淡酒，怎敌他、晚来风急！雁过也，正伤心，却是旧时相识。　满地黄花堆积，憔悴损，如今有谁堪摘？守着窗儿，独自怎生得黑！梧桐更兼细雨，到黄昏、点点滴滴。这次第，怎一个、愁字了得？　　　　　　　　宋 李清照

武陵春(763)

风住尘香花已尽，日晚倦梳头。
物是人非事事休，欲语泪先流。
闻说双溪春尚好，也拟泛轻舟。
只恐双溪舴艋舟，载不动、许多愁。　　宋 李清照

四时宫词(761)

御沟涨暖绿潺(chán)潺，风细时闻响佩环。
芳草宫门金锁闭，柳花帘幕玉钩闲。
梦回绣枕听黄鸟，困倚雕阑(xián)看白鹇。

落尽海棠天不管，修眉渐恨锁春山。　元 萨都剌

虞美人 (751)

春花秋月何时了，往事知多少？小楼昨夜又东风，故国不堪回首月明中。雕阑玉砌应犹在，只是朱颜改。问君能有几多愁，恰似一江春水向东流。　　　　　　　　南唐 李煜

相见欢

无言独上西楼，月如钩。
寂寞梧桐深院锁清秋。
剪不断、理还乱，是离愁。
别是一番滋味在心头。　　　　　南唐 李煜

- 只恐双溪舴艋舟，载不动，许多愁。　宋 李清照《武陵春》(763)
- 抽刀断水水更流，举杯消愁愁更愁。　唐 李白《宣州谢朓楼饯别校书叔云》(575)
- 芭蕉不展丁香结，同向春风各自愁。　唐 李商隐《代赠二首(其一)》(762)
- 车尘不到张罗地，宿鸟声中自掩门。　南宋 李弥逊《春日即事》(755)
- 秋草人锄荒苑地，夕阳僧打破楼钟。　清 朱草衣《由灵谷寺经孝陵》(756)
- 落月低轩窥烛尽，飞花入户笑床空。　唐 李白《春怨》(757)
- 屏风有意障明月，灯火无情照独眠。　南朝 江总《闺怨》(758)
- 莫道不消魂，帘卷西风，人比黄花瘦。　宋 李清照《醉花阴》(411)
- 合眼亦知非本意，伤心其奈是多情。　唐 罗隐《贵池晓望》
- 贱妾茕茕守空房，忧来思君不能忘，不觉泪下沾衣裳。　三国 曹丕《燕歌行》(选段)(760)
- 思悠悠，恨悠悠，恨到归时方始休，月明人倚楼。　唐 白居易《长相思》(选段)(759)

- 情忧不在多，一夕能伤神。　　　　　　唐 孟郊《偶作》(754)

❀ 追悔恨晚

送范仲讷往合肥三首(其二)(741)

我家曾住赤栏桥，邻里相逢不寂寥。
君若到时秋已半，西风门巷柳萧萧。　宋 姜夔

钗头凤(812)

红酥手，黄藤酒，满城春色宫墙柳。东风恶，欢情薄。一怀愁绪，几年离索。错！错！错！　春如旧，人空瘦，泪痕红浥鲛绡透。桃花落，闲池阁。山盟虽在，锦书难托。莫！莫！莫！
　　　　　　　　　　　　　　　宋 陆游

钗头凤·世情薄(813)

世情薄，人情恶，雨送黄昏花易落。晓风干，泪痕残。欲笺心事，独倚斜栏。难！难！难！　人成各，今非昨，病魂常似秋千索。角声寒，夜阑珊。怕人寻问，咽泪装欢。瞒！瞒！瞒！　宋 唐婉

- 落魄江湖载酒行，楚腰纤细掌中轻。
  十年一觉扬州梦，赢得青楼薄幸名。唐 杜牧《遣怀》(811)
- 伤心桥下春波绿，曾是惊鸿照影来。宋 陆游《沈园二首(其一)》(302)
- 还君明珠双泪垂，恨不相逢未嫁时。唐 张籍《节妇吟·寄东平李司空师道》(806)
- 当年不肯嫁春风，无端却被秋风误。宋 贺铸《踏莎行》(807)

- 有花堪折直须折，莫待无花空折枝。　唐 杜秋娘《金缕衣》(809)
- 芳树无人花自落，春山一路鸟空啼。　唐 李华《春行即兴》(808)
- 自是桃花贪结子，错教人恨五更风。　唐 王建《宫词一百首(选一)》(810)

私密传情

无题四首(其二)(53)

飒飒东风细雨来，芙蓉塘外有轻雷。
金蟾啮锁烧香入，玉虎牵丝汲井回。
贾氏窥帘韩掾少，宓妃留枕魏王才。
春心莫共花争发，一寸相思一寸灰。　唐 李商隐

竹枝词二首(其一)(481)

杨柳青青江水平，闻郎江上唱歌声。
东边日出西边雨，道是无晴还有晴。　唐 刘禹锡

寄夫(823)

久无音信到罗帏，路远迢迢遣问谁？
闻君折得东堂桂，折罢那能不暂归。
驿使今朝过五湖，殷勤为我报狂夫。
从来夸有龙泉剑，试割相思得断无。　唐 张氏

- 贾氏窥帘韩掾少，宓(mì)妃(yuàn)留枕魏王才。　唐 李商隐《无题四首(其二)》(53)
- 身无彩凤双飞翼，心有灵犀一点通。　唐 李商隐《无题二首(其一)》(714)

情断意别

后宫词(815)　唐 白居易

泪湿罗巾梦不成，夜深前殿按歌声。
红颜未老恩先断，斜倚熏笼坐到明。

无题四首(其一)(选句)(816)

蜡照半笼金翡翠,麝熏微度绣芙蓉。
刘郎已恨蓬山远,更隔蓬山一万重!　　唐　李商隐

葬花诗(731)

花谢花飞飞满天,红消香断有谁怜?
游丝软系飘风榭,落絮轻沾扑绣帘。
闺中儿女惜春暮,愁绪满怀无释处。
手把花锄也绣帘,忍踏落花来复去。
柳丝榆荚自芳菲,不管桃飘与李飞。
桃李明年能再发,明年闺中知有谁?
三月香巢已垒成,梁间燕子太无情。
明年花发虽可啄,却不料人去梁空巢亦倾。
一年三百六十日,风刀霜剑严相逼。
明媚鲜妍能几时?一朝飘泊难寻觅。
花开易见落难寻,阶前闷杀葬花人。
独把花锄泪暗洒,洒上空枝见血痕。
杜鹃无语正黄昏,荷锄归去掩重门。
青灯照壁人初睡,冷雨敲窗被未温。
怪侬底事倍伤神,半为怜春半恼春。
怜春忽至恼忽去,至又无言去不闻。
昨宵庭外悲歌发,知是花魂与鸟魂。
花魂鸟魂总难留,鸟自无言花自羞。
愿侬胁下生双翼,随花飞到天尽头。
天尽头,何处有香丘?
未若锦囊收艳骨,一抔(póu)净土掩风流。
质本洁来还洁去,强于污淖陷渠沟。

尔今死去侬收葬，未卜侬身何日丧。
侬今葬花人笑痴，他年葬侬知是谁？
试看春残花渐落，便是红颜老死时。
一朝春尽红颜老，花落人亡两不知。　　清 曹雪芹《红楼梦》

- 贾氏窥帘韩掾少，宓妃留枕魏王才。
  春心莫共花争发，一寸相思一寸灰。　　唐 李商隐《无题四首》(选段)(53)
- 花须柳眼各无赖，紫蝶黄蜂俱有情。　　唐 李商隐《二月二日》(814)
- 楼头残梦五更钟，花底离愁三月雨。　　宋 晏殊《玉楼春》(784)
- 薄情风絮难拘束，飞过东墙不肯归。　　宋 李元膺《鹧鸪天》(819)
- 清泉自爱江湖去，流出红墙便不还。　　清 查慎行《玉泉山》(787)
- 从此无心爱良夜，任他明月下西楼。　　唐 李益《写情》(820)
- 平芜尽处是春山，行人更在春山外。　　宋 欧阳修《踏莎行》(817)
- 断弦犹可续，心去最难留。　　南朝 王僧孺《为姬人自伤》(818)

红颜伤逝

薄命佳人

双颊凝酥发抹漆，眼光入帘珠的皪。
故将白练作仙衣，不许红膏污天质。
吴音娇软带儿痴，无限闲愁总未知。
自古佳人多命薄，闭门春尽杨花落。　　宋 苏轼

和查为仁悼亡诗

逝水韶华去莫留，漫伤林下失风流。
美人自古如名将，不许人间见白头。　　清 赵艳雪

- 御沟涨暖绿潺潺，风细时闻响佩环。
  芳草宫门金锁闭，柳花帘幕玉钩闲。

梦回绣枕听黄鸟，困倚雕阑看白鹇。
落尽海棠天不管，修眉渐恨锁春山。　元 萨都剌《四时宫词》(761)
- 试看春残花渐落，不是红颜老死时。　清 曹雪芹《葬花诗》(731)
- 红颜零落岁将暮，寒光宛转时欲沉。　南朝 鲍照《行路难》
- 红颜未老恩先断，斜倚熏笼坐到明。　唐 白居易《后宫词》(815)

❀豆蔻年华

长干行(选段)(832)

妾发初覆额，折花门前剧。
郎骑竹马来，绕床弄青梅。
同居长干里，两小无嫌猜。
十四为君妇，羞颜未尝开。
低头向暗壁，千唤不一回。
十五始展眉，愿同尘与灰。
常存抱柱信，岂上望夫台。
十六君远行，瞿塘滟滪堆。　　　唐 李白

赠别二首(其一)(474)

娉娉袅袅十三余，豆蔻梢头二月初。
春风十里扬州路，卷上珠帘总不如。　唐 杜牧

- 隔户杨柳弱袅袅，恰似十五女儿腰。
谁谓朝来不作意，狂风挽断最长条。　唐 杜甫《绝句漫兴九首(其九)》(279)
- 燕京女儿十六七，颜如花红眼如漆。　元 萨都剌《燕姬曲》(847)
- 状似明月泛云河，体如轻风动流波。　南朝 刘铄《白纻曲》(831)
- 香墨弯弯画，胭脂淡淡匀。揉蓝衫
子杏黄裙，独倚玉栏无语、点檀唇。　宋 秦观《南歌子》(选段)(830)
- 关关雎鸠，在河之洲。

窈窕淑女，君子好逑。　　　　　《诗经·关雎》(选段)(782)

🌸 青春少年

六州歌头(833)

少年侠气，交结五都雄。
肝胆洞，毛发耸。立谈中，生死同，
一诺千金重。推翘勇，矜豪纵，轻盖
拥，联飞鞚(kòng)，斗城东。轰饮酒垆，春
色浮寒瓮。吸海垂虹。闲呼鹰嗾(sǒu)犬，
白羽摘雕弓，狡穴俄空，乐匆匆。　似
黄粱梦，辞丹凤；明月共，漾孤篷。
官冗从，怀倥偬，落尘笼，簿书丛。
鹖(hé)弁如云众，共粗用，忽奇功。笳
鼓动，渔阳弄，思悲翁，不请长缨，
系取天骄种。剑吼西风。恨登山临水，
手寄七弦桐，目送归鸿。　　　宋　贺铸

八声甘州(选段)(834)

故都迷岸草，望长淮、依然绕孤城。
想乌衣年少，芝兰秀发，戈戟云横。
坐看骑兵南渡，沸浪骇奔鲸。　宋　叶梦得

礼闱校士呈大总裁暨诸同校(选句)

忆昔少年壮，朝夕自砥砺。
音节祛险怪，风骨戒柔靡。
目或迷五色，心洗一杯水。
光明自磊落，纯正无背鄙。　　　清　华亦祥

暮春戏赠吴端公(选句)

年少英雄好丈夫，大家望拜执金吾。

牡丹花下帘钩外，独凭红肌捋(lǚ)虎须。　唐 曹唐

- 篷头稚子学垂纶，侧坐莓苔草映身。
  路人借问遥招手，怕得鱼惊不应人。　唐 胡令能《小儿垂钓》(864)

美女姿情

丽人行(选段)(496)

三月三日天气新，长安水边多丽人。
态浓意远淑且真，肌理细腻骨肉匀。
绣罗衣裳照暮春，蹙金孔雀银麒麟。
头上何所有？翠微盍叶垂鬓唇。
背后何所见？珠压腰衱稳称身。
就中云幕椒房亲，赐名大国虢与秦。　唐 杜甫

四时宫词(选段)(761)

梦回绣枕听黄鸟，困倚雕阑看白鹇。
落尽海棠天不管，修眉渐恨锁春山。　元 萨都剌

洛神赋(选段)

翩若惊鸿，婉若游龙，荣曜(yào)秋菊，华茂春松。仿佛兮若轻云之蔽月，飘飖兮若流风之回雪。远而望之，皎若太阳升朝霞。迫而察之，灼若芙蓉出渌波。……　　　　　　三国 曹植

昭君怨(851)

胡草如霜黛冢边，孤心托雁汉家船。

丹青嫉妒君何恨，红叶磋砣(cuō tuó)妾自怜。

樗栎(chū lì)已残持锦绣，琵琶尤怨弄冰弦。

胭脂误点娥眉乱，故国膻臊(shān)泣血篇。　唐 杜甫

- 后宫佳丽三千人，三千宠爱在一身。　唐 白居易《长恨歌》(495)
- 回眸一笑百媚生，六宫粉黛无颜色。　唐 白居易《长恨歌》(495)
- 玉容寂寞泪阑干，梨花一枝春带雨。　唐 白居易《长恨歌》(495)
- 云想衣裳花想容，春风拂槛露华浓。　唐 李白《清平调 三首(其一)》(852)
- 花枝草蔓眼中开，小白长红越女腮。　唐 李贺《南园十三首(其一)》(848)
- 一双笑靥才回面，十万精兵尽倒戈。　唐 鱼玄机《浣纱庙·西施》(849)
- 一点樱桃启绛唇，两行碎玉喷香春。　明 罗贯中《咏貂蝉》(850)
- 两弯似蹙(cù)非蹙笼烟眉，一双似喜非喜含情目。　清 曹雪芹《红楼梦》
- 名花倾国两相欢，长得君王带笑看。　唐 李白《清平调 三首(其三)》(852)
- 双眸剪秋水，十指剥春葱。　唐 白居易《筝》(846)

🌸 丽人装束

木兰花·海棠(406)

东风催露千娇面。欲绽红深开处浅。
日高梳洗甚时忺，点滴胭脂匀抹遍。
霏微雨罢残阳院。洗出都城新锦段。
美人纤手摘芳枝，插在钗(chāi)头和凤颤。　宋 柳永

南歌子(830)

香墨弯弯画，燕脂淡淡匀。揉蓝衫
子杏黄裙。独倚玉阑无语、点檀唇。

人去空流水，花飞半掩门。乱山何处觅行云？又是一钩新月、照黄昏。　　　　　　　　　宋 秦观

- 绣罗衣裳照暮春，蹙(cù)金孔雀银麒麟。　唐 杜甫《丽人行》(496)
- 珠缨炫转星宿摇，花鬘(mán)抖擞(sǒu)龙蛇动。　唐 白居易《骠国乐》(853)
- 蛾儿雪柳黄金缕，笑语盈盈暗香去。　宋 辛弃疾《青玉案·元夕》(203)
- 美人纤手摘芳枝，插在钗(chāi)头和凤颤。　宋 柳永《木兰花·海棠》(406)
- 华山女儿家奉道，欲驱异教归仙灵。
  洗妆拭面着冠帔(pèi)，白咽红颊长眉青。　韩愈《华山女》(选段)(829)
- 花香自有蜂蝶绕，树大引来凤做巢。《民谚》

❀ 暮年情怀

耳顺吟寄敦诗梦得(836)

三十四十五欲牵，七十八十百病缠。
五十六十却不恶，恬淡清净心安然。
已过爱贪声利后，犹在病羸昏耄前。
未无筋力寻山水，尚有心情听管弦。
闲开新酒尝数盏，醉忆旧诗吟一篇。
敦诗梦得且相劝，不用嫌他耳顺年。　唐 白居易

代悲白头翁(730)

洛阳城东桃李花，飞来飞去落谁家？
洛阳儿女惜颜色，行逢落花长叹息。
今年花落颜色改，明年花开复谁在？
已见松柏摧为薪，更闻桑田变成海。

古人无复洛城东，今人还对落花风。
年年岁岁花相似，岁岁年年人不同。
寄言全盛红颜子，应怜半死白头翁。
此翁白头真可怜，伊昔红颜美少年。
公子王孙芳树下，清歌妙舞落花前。
光禄池台文锦绣，将军楼阁画神仙。
一朝卧病无相识，三春行乐在谁边？
婉转蛾眉能几时，须臾鹤发乱如丝。
但看古来歌舞地，惟有黄昏鸟雀悲。　唐　刘希夷

- 十八新娘八十郎，苍苍白发对红妆。
  鸳鸯被里成双夜，一树梨花压海棠。　宋　苏轼《与张先逗和》(843)
- 只言旋老转无事，欲到中年事更多。　唐　杜牧《书怀》(837)
- 世间何事最殷勤，白头将相逢故人。　唐　刘禹锡《留辞李相公》(457)
- 老牛自知夕阳晚，不用扬鞭自奋蹄。　《格言》
- 欲为圣朝除弊事，肯将衰朽惜残年？　唐　韩愈《左迁至蓝关示侄孙湘》(539)
- 吾观自古贤达人，功成不退皆殒身。　唐　李白《行路难三首(其三)》(574)
- 心如老马虽知路，身似鸣蛙不属官。　宋　陆游《自述》(841)
- 苍龙日暮还行雨，老树春深更着花。　明　顾炎武《又酬傅处士次韵》(844)
- 君看老大逢花树，未折一枝心已阑。　唐　元稹《看花》(845)
- 老骥伏枥，志在千里。
  烈士暮年，壮心不已。　三国　曹操《龟虽寿》(选段)(838)
- 天意怜幽草，人间重晚晴。　唐　李商隐《晚晴》(839)
- 老怀常自笑，无事忽悲伤。　宋　陆游《自述》(842)
- 老来多健忘，唯不忘相思。　唐　白居易《偶作寄朗之》

心静延年

不出门（548）

不出门来又数旬，将何销日与谁亲。
鹤笼开处见君子，书卷展时逢古人。
自静其心延寿命，无求于物长精神。
能行便是真修道，何必降魔调伏身。　唐 白居易

- 得开眉处且开眉，人世可能金石寿。　宋 黄庭坚《木兰花令》（553）
- 吾观自古贤达人，功成不退皆殒身。　唐 李白《行路难三首（其三）》（574）
- 一毫无复关心事，不枉人间往百年。　宋 陆游《雪后煎茶》（463）
- 情忧不在多，一夕能伤神。　唐 孟郊《偶作》（754）

人生苦短

感怀（735）

昨日春冰破水边，今朝腊雪坠风前。
岁华过目疾飞鸟，壮士如何不着鞭。　宋 司马光

警世通言（736）

兔走乌飞疾若驰，百年世事总依稀。
累朝富贵三更梦，历代君王一局棋。
禹定九州汤受业，秦吞六国汉登基。
百年光景无多日，昼夜追欢还是迟。　明 冯梦龙

送隐者一绝（727）

无媒径路草萧萧，自古云林远市朝。
公道世间唯白发，贵人头上不曾饶。　唐 杜牧

戏答诸少年（728）

顾我长年头似雪，饶君壮岁气如云。

朱颜今日虽欺我，白发他时不放君。　唐 白居易

代悲白头翁(选段)(730)

年年岁岁花相似，岁岁年年人不同。

宛转蛾眉能几时，须臾鹤发乱如丝。　唐 刘希夷

- 安得挂长绳于青天，系此西飞之白日。　唐 李白《惜余春赋(节选)》(925)
- 岁暮景迈群光绝，安得长绳系白日。　西晋 傅玄《九曲歌》
- 丹青不知老将至，富贵于我如浮云。唐 杜甫《丹青引赠曹将军霸》(535)
- 光阴似箭催人老，日月如梭趱(zǎn)少年。　元 高明《琵琶记·中相教女》
- 试看春残花渐落，便是红颜老死时。清 曹雪芹《葬花诗》(731)
- 只知事逐眼前去，不觉老从头上来。唐 罗隐《水边偶题》(733)
- 青春背我堂堂去，白发欺人故故生。晚唐 薛能《春日使府寓怀二首(其一)》(734)
- 春风解绿江南树，不与人间染白须。宋 赵师侠《鹧鸪天》(729)
- 人生到处知何似？应似飞鸿踏雪泥。宋 苏轼《和子由渑池怀旧》(724)
- 人似秋鸿来有信，事如春梦了无痕。宋 苏轼《与潘郭二生同游忆去岁旧连》(723)
- 事如芳草春常在，人似浮云影不留。宋 辛弃疾《鹧鸪天》(725)
- 早树知春不久归，百般红紫斗芳菲。唐 韩愈《晚春》(32)
- 不是爱花即肯死，只恐花尽老相催。唐 杜甫《江畔独步寻花七绝句(其七)》(377)
- 对酒当歌，人生几何？譬如朝露，去日苦多。　三国 曹操《短歌行》(311)
- 流光容易把人抛。红了樱桃。绿了芭蕉。　宋 蒋捷《一剪梅·舟过吴江》(721)
- 雨中黄叶树，灯下白头人。唐 司空曙《喜外弟卢纶见宿》(732)
- 少壮轻年月，迟暮惜光辉。南朝 何逊《赠诸旧友》(282)

- 青春留不住，白发自然生。　　　　　唐 杜牧《送友人》(726)
- 花有重开日，人无再少年。　　　　　元 关汉卿《窦娥冤》
- 月不长圆， 春色易为老。　　　　　宋 柳永《梁州令》(722)

❀ 威健灵动

鸿门会(选段)(680)

军声十万振屋瓦，拔剑当人面如赭。
将军下马力排山，气卷黄河酒中泻。
剑光上天寒彗残，明朝画地分河山。
将军呼龙将客走，石破青天撞玉斗。　　元　杨维桢

- 良相头上进贤冠，猛将腰间大羽箭。
  褒公鄂公毛发动，英姿飒爽来酣战。　唐 杜甫《丹青引赠曹将军霸》(选段)
  　　　　　　　　　　　　　　　　　　　　　　　　(535)

- 来如雷霆收震怒，罢如江海凝清光。　唐 杜甫《观公孙大娘弟子舞剑器行》
  　　　　　　　　　　　　　　　　　　　　　　　　(854)

- 匡庐小琐拳可碎，鄱阳触怒踢欲裂。　明 李梦阳《戏作放歌寄别吴子》
  　　　　　　　　　　　　　　　　　　　　　　　　(855)

- 弄风骄马跑空立，趁兔苍鹰掠地飞。　宋 苏轼《祭常山回小猎》(187)

- 有如兔走鹰隼落，骏马下注千丈坡。　宋 苏轼《百步洪(其一)》(186)

❀ 军旅途中

送李骑曹灵州归觐

翩翩出上京，几日到边城。
渐觉风沙起，还将弓箭行。
席箕侵路暗，野马见人惊。
军府知归庆，应教数骑迎。　　　　　　　　唐　张籍

从军行(选句)

丈夫四方志，结发事远游。
远游历燕蓟(jì)，独戍边城陬(zōu)。
老马思故枥，穷鳞忆深流。
弹铗动深慨，浩歌气横秋。　　　唐 戴叔伦

从军行

海畔风吹冻泥裂，苦桐叶落枝梢折。
横笛闻声不见人，红旗直上天山雪。　唐 陈羽

长相思

山一程，水一程，身向榆关那畔行，
夜深千帐灯。　　风一更，雪一更，
聒碎乡心梦不成，故园无此声。　清 纳兰性德

- 白日登山望烽火，黄昏饮马傍交河。唐 李颀《古从军行》(106)
- 朝登剑阁云随马，夜渡巴江雨洗兵。唐 岑参《奉和相公发益昌》(239)
- 野营万里无城郭，雨雪纷纷连大漠。唐 李颀《古从军行》(106)
- 山重水复疑无路，柳暗花明又一村。宋 陆游《游山西村》(589)
- 青山缭绕疑无路，忽见千帆隐映来。宋 王安石《江上》(865)
- 朝饮木兰之坠露兮，夕餐秋菊之落英。　　　　　　战国 屈原《离骚》(261)

跃马出猎

江城子·密州出猎(255)

老夫聊发少年狂，左牵黄，右擎苍，锦帽貂裘，千骑卷平冈。欲报倾城随太守，亲射虎，看孙郎。　酒酣

胸胆尚开张，鬓微霜，又何妨！持节云中，何日遣冯唐？会挽雕弓如满月，西北望，射天狼。　　　宋 苏轼

上京即事
紫塞风高弓力强，王孙走马猎沙场。
呼鹰腰箭归来晚，马上倒悬双白狼。元 萨都剌

猎骑（选句）
浐川桑落雕初下，渭曲禾收兔正肥。
陌上管弦清似语，草头弓马疾如飞。唐 薛逢

观猎(257)
风劲角弓鸣，将军猎渭城。
草枯鹰眼疾，雪尽马蹄轻。
忽过新丰市，还归细柳营。
回看射雕处，千里暮云平。　　唐 王维

观猎
太守耀清威，乘闲弄晚晖。
江沙横猎骑，山火绕行围。
箭逐云鸿落，鹰随月兔飞。
不知白日暮，欢赏夜方归。　　唐 李白

观徐州李司空猎
晓出郡城东，分围浅草中。
红旗开向日，白马骤迎风。
背手抽金镞(zú)，翻身控角弓。
万人齐指处，一雁落寒空。　　唐 张祜

猎
残猎渭城东，萧萧西北风。

雪花鹰背上，冰片马蹄中。
臂挂捎荆兔，腰悬落箭鸿。
归来逞馀勇，儿子乱弯弓。　　　　　唐　张祜

🌸野外垂钓

小儿垂钓(864)

篷头稚子学垂纶，侧坐莓苔草映身。
路人借问遥招手，怕得鱼惊不应人。　唐　胡令能

- 山鸟踏枝红果落，家童引钓白鱼惊。唐　方干《山中言事》
- 千山鸟飞绝，万径人踪灭。
  孤舟蓑(suō)笠翁，独钓寒江雪。　　唐　柳宗元《江雪》(110)
- 垂钓绿湾春，春深杏花乱。
  潭清疑水浅，荷动知鱼散。　　　　唐　储光羲《钓鱼湾》(863)

🌸保护自然

野田黄雀行(703)

高树多悲风，海水扬其波。
利剑不在掌，结友何须多？
不见篱间雀，见鹞自投罗。
罗家得雀喜，少年见雀悲。
拔剑捎罗网，黄雀得飞飞。
飞飞摩苍天，来下谢少年。　　　三国(魏)　曹植

鸟(867)

谁道群生性命微？一般骨肉一般皮。
劝君莫打枝头鸟，子在巢中望母归。　唐　白居易

- 凭君莫射南来雁，恐有家书寄远人。　唐 杜牧《赠猎骑》(866)
- 小树不禁攀折苦，乞君留取两三条。　唐 白居易《杨柳枝词》(343)
- 莫怪杏园憔悴去，满城多少插花人。　唐 杜牧《杏园》(370)
- 园翁莫把秋荷折，留与游鱼盖夕阳。　南宋 周密《西塍废园》(868)
- 始知锁向金笼听，不及林间自在啼。　宋 欧阳修《画眉鸟》(527)

🌸 人逢喜事

闻官军收河南河北(185)

剑外忽传收蓟北，初闻涕泪满衣裳。
却看妻子愁何在，漫卷诗书喜欲狂。
白日放歌须纵酒，青春作伴好还乡。
即从巴峡穿巫峡，便下襄阳向洛阳。　唐 杜甫

登科后(858)

昔日龌龊不足夸，今朝放荡思无涯。
春风得意马蹄疾，一日看尽长安花。　唐 孟郊

- 人逢喜事精神爽，月到中秋分外明。　明 冯梦龙《醒世恒言》(卷十八)
- 莺逢日暖歌声滑，人遇风情笑口开。　明 汤显祖《牡丹亭》
- 花迎喜气皆知笑，鸟识欢心亦解歌。　唐 王维《既蒙宥罪旋复拜官伏感圣恩……》(856)
- 玉堂未拟登三辅，金榜先叼第一名。　明 朝施盘《恩荣宴诗》(857)
- 大鹏出海犹翎湿，骏马辞天气正豪。　唐 殷文圭《寄贺杜荀鹤及第》(859)
- 少年猎得平原兔，马后横捎意气归。　唐 王昌龄《观猎》(860)
- 登城忽睹三江水，快我平生万里心。　北宋 潘良贵《题三江亭》(861)
- 洞房花烛夜，金榜题名时。　《增广贤文》

宴会醉酒

金陵酒肆留别(选段)(718)

风吹柳花满店香,吴姬压酒唤客尝。
金陵子弟来相送,欲行不行各尽觞。 唐 李白

饮中八仙歌(910)

知章骑马似乘船,眼花落井水底眠。
汝阳三斗始朝天,道逢曲车口流涎,
恨不移封向酒泉。左相日兴费万钱,
饮如长鲸吸百川,衔杯乐圣称避贤。
宗之潇洒美少年,举觞白眼望青天,
皎如玉树临风前。苏晋长斋绣佛前,
醉中往往爱逃禅。李白一斗诗百篇,
长安市上酒家眠,天子呼来不上船,
自称臣是酒中仙。张旭三杯草圣传,
脱帽露顶王公前,挥毫落纸如云烟。
焦遂五斗方卓然,高谈雄辩惊四筵。 唐 杜甫

长歌行(570)

人生不作安期生,醉入东海骑长鲸。
犹当出作李西平,手枭逆贼清旧京。
金印煌煌未入手,白发种种来无情。
成都古寺卧秋晚,落日偏傍僧窗明。
岂其马上破贼手,哦诗长作寒螿鸣?
兴来买尽市桥酒,大车磊落堆长瓶。
哀丝豪竹助剧饮,如巨野受黄河倾。
平时一滴不入口,意气顿使千人惊。
国仇未报壮士老,匣中宝剑夜有声。

何当凯旋宴将士，三更雪压飞狐城。　宋 陆游

- 朝回日日典春衣，每日江头尽醉归。
　酒债寻常行处有，人生七十古来稀。　唐 杜甫《曲江二首(其一)》(325)
- 且乐生前一杯酒，何须身后千载名。　唐 李白《行路难三首(其三)》(574)
- 人生得意须尽欢，莫使金樽空对月。　唐 李白《将进酒》(157)
- 劝君更尽一杯酒，西出阳关无故人。　唐 王维《送元二使安西》
- 今日听君歌一曲，暂凭杯酒长精神。　唐 白居易《酬乐天扬州初逢席上见赠》(488)
- 闲来踏月共吟咏，醉后呼天共酬唱。　宋 丘葵《题心泉所赠李白画像》
- 百年三万六千日，一日须倾三百杯。　唐 李白《襄阳歌》(909)
- 呼儿将出换美酒，与尔同消万古愁。　唐 李白《将进酒》(157)
- 将军下马力排山，气卷黄河酒中泻。　元 杨维桢《鸿门会》(680)
- 但把穷愁博长健，不辞醉后饮屠苏。　宋 苏轼《除夜野宿常州城外二首(之二)》(544)
- 莫思身外无穷事，且尽生前有限杯。　唐 杜甫《绝句漫兴九首(其四)》(279)
- 葡萄美酒夜光杯，欲饮琵琶马上催。　唐 王翰
- 五花马，千金裘，呼儿将出换美酒。　唐 李白《将进酒》(157)
- 一生大笑能几回，斗酒相逢须醉倒。　唐 参岑《凉州馆中与诸判官夜集》(906)
- 情多最恨花无语，愁破方知酒有权。　唐 郑谷《中年》(798)
- 但愿老死花酒间，不愿鞠躬车马前。
　车尘马足富者趣，酒盏花枝贫者缘。　明 唐伯虎《桃花庵诗》(374)
- 紫驼之峰出翠釜，水精之盘行素鳞。
　犀箸厌饫久未下，鸾(luán)刀缕切空纷纶。
　黄门飞鞚(kòng)不动尘，御厨络绎送八珍。　唐 杜甫《丽人行》(选段)(496)

- 昨夜松边醉倒，问松"我醉何如？"
  只疑松动要来扶，以手推松曰："去！" 宋 辛弃疾《西江月·遣兴》(选段)（907）
- 常记溪亭日暮，沉醉不知归路。
  兴尽晚回舟，误入藕花深处。 宋 李清照《如梦令》(选段)（904）
- 夸赴军中宴，走马去如云。
  樽罍(léi)溢九酝，水陆罗八珍。
  果擘(bò)洞庭橘，脍(jú)切天池鳞。
  食饱心自若，酒酣气益振。 唐 白居易《轻肥》（903）
- 天若不爱酒，酒星不在天。
  地若不爱酒，地应无酒泉。
  天地既爱酒，爱酒不愧天。 唐 李白《月下独酌(其二)》(选段)（905）
- 绿蚁新醅(pēi)酒，红泥小火炉。
  晚来天欲雪，能饮一杯无？ 唐 白居易《问刘十九》（908）
- 酒渴思吞海，诗狂欲上天。 唐 李白
- 一酌千忧散，三杯万事空。 唐 贾至《对酒曲》
- 春为花博士，酒是色媒人。 明 冯梦龙

惊叹文笔

读韩杜集（884）

杜诗韩笔愁来读，似倩麻姑痒处搔。
天外凤凰谁得髓？无人解合续弦胶。 唐 杜牧

寄赠薛涛（886）

锦江滑腻峨眉秀，幻出文君与薛涛。
言语巧偷鹦鹉舌，文章分得凤凰毛。

纷纷辞客多停笔，个个公卿欲梦刀。
别后相思隔烟水，菖蒲花发五云高。　唐 元稹
　　哭李商隐二首(其一)
成纪星郎字义山，适归高壤抱长叹。
词林枝叶三春尽，学海波澜一夜干。
风雨已吹灯烛灭，姓名长在齿牙寒。
只应物外攀琪树，便著霓裳上绛坛。　唐 崔珏

- 高谈则龙腾豹变，下笔则烟飞雾凝。　唐 卢照邻《五悲文·悲才难》
- 下笔则烟飞云动，落纸则鸾(luán)回凤惊。　唐 卢照邻《释疾文·粤若》
- 诗情也似并刀快，剪得秋光入卷来。　宋 陆游《秋思》(881)
- 词源倒流三峡水，笔阵独扫千人军。　唐 杜甫《醉歌行》(882)
- 屈平词赋悬日月，楚王台榭空山丘。　唐 李白《江上吟》(607)
- 兴酣落笔摇五岳，诗成笑傲凌沧州。　唐 李白《江上吟》(607)
- 庾信平生最萧瑟，暮年诗赋动江关。　唐 杜甫《咏怀古迹五首(其一)》(885)
- 力能排天斡(wò)九地，壮颜毅色不可求。　宋 王安石《杜甫画像》(681)
- 始知丹青笔，能夺造化功。　唐 岑参《刘相公中书江山画障》
- 笔落惊风雨，诗成泣鬼神。　唐 杜甫《寄李十二白二十韵》(883)
- 笔下龙蛇走，胸中锦绣成。
  开谈惊四座，捷对冠群英。　明 罗贯中《三国演义》
- 辞赋文章能者稀，难中难者莫过诗。　唐 杜荀鹤《读诸家诗》

❀ 赞书画技

　　赞书画家王蒙(878)
笔墨精妙王右军，澄怀卧游宗少文。

王侯绝力能扛鼎，五百年来无此君。 元 倪瓒

画竹歌(选段)（879）

植物之中竹难写，古今虽画无似者。
萧郎下笔独逼真，丹青以来唯一人。
人画竹身肥拥肿，萧画茎瘦节节竦；
人画竹梢死羸垂，萧画枝活叶叶动。
不根而生从意生，不笋而成由笔成。
野塘水边碕岸侧，森森两丛十五茎。
婵娟不失筠粉态，萧飒尽得风烟情。
举头忽看不似画，低耳静听疑有声。 唐 白居易

丹青引赠曹将军霸(选段)（535）

将军魏武之子孙，于今为庶为清门。
英雄割据虽已矣，文采风流今尚存。
学书初学卫夫人，但恨无过王右军。
丹青不知老将至，富贵于我如浮云。
开元之中常引见，承恩数上南熏殿。
凌烟功臣少颜色，将军下笔开生面。
良相头上进贤冠，猛将腰间大羽箭。
褒公鄂公毛发动，英姿飒爽来酣战。 唐 杜甫

草书歌行(选段)

少年上人号怀素，草书天下称独步。
墨池飞出北溟鱼，笔锋杀尽中山兔。
八月九月天气凉，酒徒词客满高堂。
笺麻素绢排数厢，宣州石砚墨色光。
吾师醉后倚绳床，须臾扫尽数千张。
飘风骤雨惊飒飒，落花飞雪何茫茫。

起来向壁不停手，一行数字大如斗。

恍(huǎng)恍如闻神鬼惊，时时只见龙蛇走。

左盘石蹙(cù)如惊电，状同楚汉相攻战。　　　唐 李白

- 日暮堂前花蕊娇，争拈小笔上床描。

　绣成安向春园里，引得黄莺下柳条。　　唐 胡令能《咏绣障》(872)

- 当其笔下风雷快，笔所未到气已吞。　　宋 苏轼《王维吴道子画》(875)

- 觉来落笔不经意，神妙独到秋毫巅。　　宋 苏轼《鲜于子骏见遗吴道子画》
　　　　　　　　　　　　　　　　　　　　　　(876)

- 焉得并州快剪刀，剪取吴淞半江水。　　唐 杜甫《戏题王宰画山水图歌》
　　　　　　　　　　　　　　　　　　　　　　(877)

- 删繁就简三秋树，领异标新二月花。　　清 郑板桥《对联》

- 三分春色描来易，一段伤心画出难。　　明 汤显祖《牡丹亭》

- 世间无限丹青手，一片伤心画不成。　　唐 高蟾《金陵晚望》(880)

- 始知丹青笔，能夺造化功。　　　　　　唐 岑参《刘相公中书江山画障》

歌舞乐技

琵琶行(选段)(716)

浔阳江头夜送客，枫叶荻花秋瑟瑟。
主人下马客在船，举酒欲饮无管弦。
醉不成欢惨将别，别时茫茫江浸月。
忽闻水上琵琶声，主人忘归客不发。
寻声暗问弹者谁，琵琶声停欲语迟。
移船相近邀相见，添酒回灯重开宴。
千呼万唤始出来，犹抱琵琶半遮面。
转轴拨弦三两声，未成曲调先有情。
弦弦抑掩声声思，似诉平生不得意。

低眉信手续续弹，说尽心中无限事。
轻拢慢捻抹复挑，初为《霓裳》后《六幺》。
大弦嘈嘈如急雨，小弦切切如私语。
嘈嘈切切错杂弹，大珠小珠落玉盘。
间关莺语花底滑，幽咽泉流水下滩。
冰泉冷涩弦凝绝，凝绝不通声暂歇。
别有幽愁暗恨生，此时无声胜有声。
银瓶乍破水浆迸，铁骑突出刀枪鸣。
曲终收拨当心画，四弦一声如裂帛。
东船西舫悄无言，唯见江心秋月白。唐 白居易

- 唱得梅花字字香，柳枝桃叶尽深藏。 宋 晏几道《浣溪纱》(895)
- 唱到竹枝声咽处，寒猿暗鸟一时啼。 宋 白居易《竹枝词四首(其一)》(896)
- 君歌声酸辞且苦，不能听终泪如雨。 唐 韩愈《八月十五夜赠张功曹》(897)
- 今日听君歌一曲，暂凭杯酒长精神。 唐 刘禹锡《酬乐天扬州初逢席上见赠》(488)
- 舞袖逐风翻细浪，歌尘随燕下雕梁。 宋 刘兼《春宴河亭》(898)
- 舞低杨柳楼心月，歌尽桃花扇底风。 宋 晏几道《鹧鸪天》(899)
- 玲珑绣扇花藏语，宛转香茵云衬步。 宋 柳永《木兰花三首(其一)》(900)
- 香檀敲缓玉纤迟，画鼓声催莲步紧。 宋 柳永《木兰花三首(其三)》(900)
- 渔阳鼙鼓动地来，惊破霓裳羽衣曲。 唐 白居易《长恨歌》(495)
- 朱轮车马客，红烛歌舞楼。
  欢酣促密坐，醉暖脱重裘。 唐 白居易《歌舞》(901)

🌸 身怀绝技

白马篇(选段)(633)

白马饰金羁，连翩西北驰。

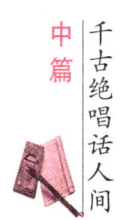

借问谁家子？幽并游侠儿。
少小去乡邑，扬声沙漠垂。
宿昔秉良弓，楛矢何参差。
控弦破左的，右发摧月支。
仰手接飞猱(náo)，俯身散马蹄。　　　三国(魏) 曹植

- 翻身向天仰射云，一箭正坠双飞翼。唐 杜甫《哀江头》(870)
- 端州石工巧如神，踏天磨刀割紫云。唐 李贺《杨生青花紫石砚歌》(871)
- 绿罗剪作三春柳，红锦裁成二月花。唐 奉蚌《思故乡》(873)
- 双手劈开生死路，一刀割断是非根。明 朱元璋《赠屠夫春联》(874)
- 莫愁前路无知己，天下谁人不识君。唐 高适《别董大》

❀ 文武双全

沁园春·雪(选段)(493)

惜秦皇汉武，略输文采；唐宗宋祖，
稍逊风骚。一代天骄，成吉思汗，
只识弯弓射大雕。俱往矣，数风流
人物，还看今朝。　　　现代 毛泽东

- 臂间弓矢真良将，舌底诗书笑腐儒。宋 谢枋得《代上张经历》
- 上马击狂胡，下马草军书。南宋 陆游《观大散关图有感》
- 汉末才无敌，云长独出群。
  神威能奋武，儒雅更知文。明 罗贯中《三国演义》(颂关羽)

❀ 人生箴言

春江花月夜(选段)(132)

人生代代无穷已，江月年年只相似。

不知江月待何人，但见长江送流水。 唐 张若虚

登鹳鹊楼(243)

白日依山尽，黄河入海流。
欲穷千里目，更上一层楼。 唐 王之涣

题西林壁

横着成岭侧成峰，远近高低各不同。
不识庐山真面目，只缘身在此山中。 宋 苏轼

鹊踏枝(748)

槛菊愁烟兰泣露，罗幕轻寒，燕子双飞去。明月不谙离恨苦，斜光到晓穿朱户。　　昨夜西风凋碧树，独上高楼，望尽天涯路。欲寄彩笺兼尺素，山长水阔知何处？　　　　宋 晏殊

- 少壮不努力，老大徒伤悲。　汉乐府《长歌行》
- 不经一番寒彻骨，哪得梅花扑鼻香？ 唐 黄蘖《上堂开示颂》
- 发上等愿，结中等缘，享下等福。
  择高处立，就平处坐，向宽处行。 清 左宗棠《题于无锡梅园》
- 人有悲欢离合，月有阴晴圆缺，此事古难全。 宋 苏轼《水调歌头》(选句)(126)
- 不畏浮云遮望眼，只缘身在最高层。 宋 王安石《登飞来峰》(571)
- 睫在眼前长不见，道非身外更何求。 宋 杜牧《登池州九峰楼寄张祜》(626)
- 天生我材必有用，千金散尽还复来。 李白《将进酒》(157)
- 度尽劫波兄弟在，相逢一笑泯恩仇。 现代 鲁迅《题三义塔》(742)
- 千里修书只为墙，让他三尺又何妨。

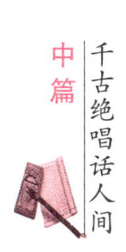

长城万里今犹在，不见当年秦始皇。　清　张英《家书》(743)

- 枝间新绿一重重，小蕾深藏数点红。
爱惜芳心莫轻吐，且教桃李闹春风。　金　元好问《同儿辈赋未开海棠》(410)

- 早树知春不久归，百般红紫斗芳菲。　唐　韩愈《晚春》(32)
- 繁华事散逐香尘，流水无情草自春。　唐　杜牧《金谷园》(744)
- 百年不肯疏荣辱，双鬓终应老是非。　唐　杜牧《怀紫阁山》(745)
- 毁誉从来不可听，是非终究自分明。　明　冯梦龙《警世通言》
- 南朝天子爱风流，尽守江山不到头。　唐　李山甫《上元怀古》(746)
- 美酒饮教微醉后，好花看到半开时。　宋　邵雍《安乐窝中吟》(*932)
- 任凭若水三千，我只取一瓢饮！　清　曹雪芹《红楼梦》(第九十一回)
- 人道青山归去好，青山曾有几人归？　唐　杜牧《怀紫阁山》(745)
- 宁愿惹得一人恼，不能惹得万人嫌。　《世道赠言》
- 荣华终是三更梦，富贵还同九月霜。
老病死生谁替得，酸甜苦辣自承当。……
谄(chēn)曲贪嗔堕地狱，公平正直即天堂。　明　释德清《醒世歌》(747)

- 红尘白浪两茫茫，忍辱柔和是妙方。
到处随缘延岁月，终身安分度时光。
休将自己心田昧，莫把他人过失扬。
谨慎应酬无懊恼，耐烦作事好商量。
从来硬弩弦先断，每见钢刀口易伤。
惹祸只因搬口舌，招愆(qiān)多为狠心肠。
是非不必争人我，彼此何须论短长。……
吃些亏处原无碍，退让三分也不妨。……
生前枉费心千万，死后空留手一双。……

　　　　　明　释德清《醒世歌》《选段》(747)

下篇

诗艺荟萃

（一）比兴

- 横眉冷对千夫指，俯首甘为孺子牛。 鲁迅《自嘲》(603)
- 屈平词赋悬日月，楚王台榭空山丘。 唐 李白《江上吟》(607)
- 粉身碎骨全不怕，要留清白在人间。 明 于谦《石灰吟》(596)
- 黑发不知勤学早，白首方悔读书迟。 唐 颜真卿《劝学》(616)
- 举世尽嫌良马瘦，唯君不弃卧龙贫。 唐 戎昱《上湖南崔中丞》(597)
- 山河破碎风飘絮，身世浮沉雨打萍。 宋 文天祥《过零丁洋》(635)
- 胸中有誓深于海，肯使神州竟陆沉？ 宋 郑思肖《二砺》(579)
- 近水楼台先得月，向阳花木易为春。 宋 苏麟《断句》(526)
- 窗间谢女青蛾敛，门外萧郎白马嘶。 唐 温庭筠《赠知音》(790)
- 君看老大逢花树，未折一枝心已阑。 唐 元稹《看花》(845)
- 朱颜今日虽欺我，白发他时不放君。 唐 白居易《戏答诸少年》(728)
- 试看春残花渐落，便是红颜老死时。 清 曹雪芹《葬花诗》(731)
- 爱惜芳心莫轻吐，且教桃李闹春风。 金 元好问《同儿辈赋未开海棠》(410)
- 后来富贵已零落，岁寒松柏犹依然。 唐 刘禹锡《留辞李相公》(457)
- 鲜红滴滴映霞明，尽是冤禽血染成。 宋 杨巽斋《杜鹃花》(276)
- 自在飞花轻似梦，无边丝雨细如愁。 宋 秦观《浣溪沙》(350)
- 问君能有几多愁，恰似一江春水向东流。 南唐 李煜《虞美人》(751)
- 月初圆忽被阴云，花正发频遭骤雨。 元 徐琰《南吕一枝花》(519)
- 唱得梅花字字香，柳枝桃叶尽深藏。 宋 晏几道《浣溪纱》(895)
- 战罢玉龙三百万，败鳞残甲满天飞。 宋 张元《雪》(103)
- 忽如一夜春风来，千树万树梨花开。 唐 岑参《白雪歌送武判官归京》(104)
- 山月入松金破碎，江风吹水雪崩腾。 宋 王安石《次韵平甫金山会宿寄亲友》(170)

175

- 惊鸥飞过片片轻，有似梅花落江水。　明　高启《忆昨行寄吴中诸故人》(295)
- 白鹭行时散飞去，又如雪点青山云。　唐　李白《经溪东亭寄郑少府谔》(296)
- 双崖云洗肌如铁，一石江穿骨在喉。　清　刘光第《瞿唐》(212)
- 双手劈开生死路，一刀割断是非根。　明　朱元璋《赠屠夫春联》(874)
- 删繁就简三秋树，领异标新二月花。　清　郑板桥《对联》
- 当其笔下风雷快，笔所未到气已吞。　宋　苏轼《王维吴道子画》(875)
- 诗情也似并刀快，剪得秋光入卷来。　宋　陆游《秋思》(881)
- 焉得并州快剪刀，剪取吴淞半江水。　唐　杜甫《戏题王宰画山水图歌》(877)
- 端州石工巧如神，踏天磨刀割紫云。　唐　李贺《杨生青花紫石砚歌》(871)
- 有如兔走鹰隼落，骏马下注千丈坡。

　断弦离柱箭脱手，飞电过隙珠翻荷。　宋　苏轼《百步洪(其一)》(186)
- 名节重泰山，利欲轻鸿毛。　　　　　明　于谦《无题》(611)
- 一朝沟陇出，看取拂云飞。　　　　　唐　李贺《马诗(其十四)》(739)
- 相争两蜗角，所得一牛毛。　　　　　唐　白居易《不如来饮酒(七首之七)》(612)
- 笔落惊风雨，诗成泣鬼神。　　　　　唐　杜甫《寄李十二白二十韵》(883)
- 声驱千骑疾，气卷万山来。　　　　　清　施闰章《钱塘观潮》(171)

❀ (二) 夸张

- 力能排天斡九地，壮颜毅色不可求。　宋　王安石《杜甫画像》(681)
- 燕山雪花大如席，片片吹落轩辕台。　唐　李白《北风行》(105)
- 遥望齐州九点烟，一泓海水杯中泻。　唐　李贺《梦天》(151)
- 飞流直下三千尺，疑是银河落九天。　唐　李白《望庐山瀑布》(172)
- 大鹏一日同风起，扶摇直上九万里。　唐　李白《上李邕》(573)
- 长风破浪会有时，直挂云帆济沧海。　唐　李白《行路难三首(其一)》(574)

- 俱怀逸兴壮思飞，欲上青天揽明月。 唐 李白《宣州谢朓楼饯别校书叔云》(575)
- 安得夫差水犀手，三千强弩射潮低。 宋 苏轼《八月十五日看潮(五首)》(576)
- 我自横刀向天笑，去留肝胆两昆仑！ 清 谭嗣同《狱中题壁》(583)
- 词源倒流三峡水，笔阵独扫千人军。 唐 杜甫《醉歌行》(882)
- 兴酣落笔摇五岳，诗成笑傲凌沧州。 唐 李白《江上吟》(607)
- 兴来买尽市桥酒，大车磊落堆长瓶。
  哀丝豪竹助剧饮，如巨野受黄河倾。 唐 陆游《长歌行》(570)
- 百年三万六千日，一日须倾三百杯。 唐 李白《襄阳歌》(909)
- 左相日兴费万钱，饮如长鲸吸百川。 唐 杜甫《饮中八仙歌》(910)
- 将军下马力排山，气卷黄河酒中泻。 元 杨维桢《鸿门会》(680)
- 可上九天揽月，可下五洋捉鳖。 毛泽东《水调歌头·重上井冈山》
- 夸赴军中宴，走马去如云。
  樽罍(zūn léi)溢九酝，水陆罗八珍。
  果擘(bò)洞庭橘，脍切天池鳞。 唐 白居易《轻肥》(903)
- 我且为君捶(chuí)碎黄鹤楼，君亦为吾倒却鹦鹉洲。 唐 李白《江夏赠韦南陵冰》(712)

🌸 (三) 拟人

- 残雪暗随冰笋滴，新春偷向柳梢归。 宋 张耒《早春》(7)
- 白雪却嫌春色晚，故穿庭树作飞花。 唐 韩愈《春雪》(11)
- 唯有南风旧相识，偷开门户又翻书。 宋 刘攽《新晴》(91)
- 衙斋卧听萧萧竹，疑是民间疾苦声。 清 郑板桥《潍县署中画竹呈年伯包大中丞括》(564)
- 玉容寂寞泪阑干，梨花一枝春带雨。 唐 白居易《长恨歌》(495)

- 叶含浓露如啼眼，枝袅轻风似舞腰。　　唐　白居易《杨柳枝》(343)
- 依依袅袅复青青，勾引春风无限情。　　唐　白居易《杨柳枝》(342)
- 红烛自怜无好计，夜寒空替人垂泪。　　宋　晏几道《蝶恋花》(475)
- 蜡烛有心还惜别，替人垂泪到天明。　　唐　杜牧《赠别二首》(474)
- 唱得梅花字字香，柳枝桃叶尽深藏。　　宋　晏几道《浣溪纱》(895)
- 落月低轩窥烛尽，飞花入户笑床空。　　唐　李白《春怨》(757)
- 潇湘月浸千年色，梦泽烟含万古愁。　　唐　韩溉《水》(477)
- 花红易衰似郎意，水流无限似侬愁。　　唐　刘禹锡《竹枝词九首》(478)
- 粉身碎骨全不怕，要留清白在人间。　　明　于谦《石灰吟》(596)
- 江声不尽英雄恨，天意无私草木秋。　　宋　陆游《黄州》(648)
- 乌龙未睡定惊猜，鹦鹉能言防漏泄。　　宋　柳永《玉楼春》(511)
- 马思边草拳毛动，雕眄(miǎn)青云睡眼开。　　唐　刘禹锡《始闻秋风》(577)
- 天地存肝胆，江山阅鬓华。　　明　顾炎武《酬王处士九日见怀之作》(638)

- 水是眼波横，山是眉峰聚。　　宋　王观《卜算子》(476)
- 早树知春不久归，百般红紫斗芳菲。
  杨花榆荚无才思，惟解漫天作雪飞。　　唐　韩愈《晚春》(32)
- 为爱名花抵死狂，只恐日风损红芳。
  露章夜奏通明殿，乞借春阴护海棠。　　宋　陆游《花时遍游诸家园》(*926)
- 过春社了，度帘幕中间，去年尘冷。差池欲住，试入旧巢相并。　还相雕梁藻井，又软语商量不定。飘然快拂花梢，翠尾分开红影。芳径，芹泥雨润。爱贴地争飞，竞夸轻俊。

红楼归晚，看足柳昏花暝(míng)。
应自栖香正稳，便忘了天涯芳信。

愁损翠黛双蛾，日日画栏独凭。　　　宋　史达祖《双双燕·咏燕》(288)

- 似花还似非花，也无人惜从教坠。
抛家路旁，思量却是，无情有思。
萦损柔肠，困酣娇眼，欲开还闭。
梦随风万里，寻郎去处，又还被、
莺呼起。

不恨此花飞尽，恨西园、落红难缀(zhuì)。
晓来雨过，遗踪何在？一池萍碎。
春色三分，二分尘土，一分流水。
细看来、不是杨花，点点是离人泪。　宋　苏轼《水龙吟·次韵章质夫杨花词》(351)

❀ (四) 对仗

(1) 名物对（工对　宽对　邻对　反对　流水对　正对）

工对

- 大漠山沉雪，长城草发花。　　　　唐　卢纶《送刘判官赴丰州》
- 花多红夹马，山远翠藏楼。　　　　宋　元绛《和梅龙图游西湖见寄》
- 山店云迎客，江村犬吠船。　　　　唐　岑参《汉川山行》
- 天逐残梅老，心随朔雁飞。　　　　清　蒲松龄《旅思》
- 一寺藏山腹，双塔立江心。　　　　宋　赵汝鐩《金山》
- 楚山全控蜀，汉水半吞吴。　　　　宋　晁冲之《与秦少章题汉江远帆》(163)

- 山棠红叶下，岸菊紫花开。　　　　唐　阴行先《和张燕公湘中九日登高》
- 飞絮沿湖白，残花染浪红。　　　　宋　高翥《春日湖上》
- 风如拔山怒，雨如决河倾。　　　　宋　陆游《大风雨中作》(77)
- 雨势平吞野，风声倒卷江。　　　　宋　陆游《卯饮醉卧枕上有赋》(78)

- 激电光入牖，奔雷势掀屋。　　　　　宋　陆游《夜雨》(56)
- 星垂平野阔，月涌大江流。　　　　　唐　杜甫《旅夜书怀》(131)
- 仰手接飞猱，俯身散马蹄。　　　　　三国(魏) 曹植《白马篇》(633)
- 奔龙争渡月，飞鹊乱填河。　　　　　唐　宋之问《牛女》(140)
- 楼观岳阳尽，川迥洞庭开。　　　　　唐　李白《与夏十二登岳阳楼》(160)
- 荷香销晚夏，菊气入新秋。　　　　　初唐　骆宾王《晚泊江镇》(84)
- 潮平两岸阔，风正一帆悬。
  海日生残夜，江春入旧年。　　　　　唐　王湾《次北固山下》
- 映空初作茧丝微，掠地俄成箭镞飞。　宋　陆游《雨》(80)
- 窗含西岭千秋雪，门泊东吴万里船。　唐　杜甫《绝句四首(其三)》(181)
- 芳草宫门金锁闭，柳花帘幕玉钩闲。　元　萨都剌《四时宫词》(761)
- 柑为天下无双果，梅是春前第一花。　元　方回《观灯小酌》
- 臂间弓矢真良将，舌底诗书笑腐儒。　宋　谢枋得《代上张经历》
- 应惭落地梅花识，却作漫天柳絮飞。　宋　苏轼《癸丑春分后雪》
- 一条雪浪吼巫峡，千里火云烧益州。　唐　李商隐《送崔珏往西川》(*913)
- 一片彩霞迎曙日，万条红烛动春天。　唐　杨巨源《元日呈李逢吉舍人》(6)
- 一痕急逗狂雷信，万焰纷随暴雨挝。　宋　俞琰《电》(59)
- 声落牙櫩(yán)飞短瀑，点匀池面起圆波。　宋　韩琦《北塘春雨》(79)
- 杨柳昏黄晓西月，梨花明白夜东风。　元　宋无《次友人春别》(386)
- 自在飞花轻似梦，无边丝雨细如愁。　宋　秦观《浣溪沙》(350)
- 水光潋滟晴方好，山色空濛雨亦奇。　宋　苏轼《饮湖上初晴后雨》(207)
- 惊湍怒涌喷石窦，流沫下泻翻云湖。　明　王守仁《咏趵突泉》(213)
- 苍山斜入三湘路，落日平铺七泽流。　元　揭傒斯《梦武昌》(120)
- 朝登剑阁云随马，夜渡巴江雨洗兵。　唐　岑参《奉和相公发益昌》(239)
- 雨过斑竹千丛绿，潮落芳兰两岸青。　清　汪琬《忆洞庭》(48)

- 旌旗日暖龙蛇动，宫殿风微燕雀高。　唐　杜甫《奉和贾至舍人早朝大明宫》(247)
- 沙头宿鹭联拳静，船尾跳鱼拨剌鸣。　唐　杜甫《漫成一首》(299)
- 衔泥燕子迎风絮，得食鱼儿趁浪花。　宋　张震《鹧鸪天》(284)
- 春风桃李花开夜，秋雨梧桐叶落时。　唐　白居易《长恨歌》(495)
- 光阴似箭催人老，日月如梭趱少年。　元　高明《琵琶记·中相教女》
- 曾因国难披金甲，不为家贫卖宝刀。　宋　曹翰《内宴奉诏作》(663)
- 事能知足心常惬，人到无求品自高。　清　陈白崖《自题联》(551)
- 蛟龙岂是池中物，蚍虱空悲地上臣。　元　元好问《壬辰十二月车驾东狩后即事五首(其一)》(572)
- 江鱼群从称妻妾，塞雁联行号弟兄。　唐　白居易《禽虫十二章(其三)》(779)
- 窗间谢女青蛾敛，门外萧郎白马嘶。　唐　温庭筠《赠知音》(790)
- 纸灰飞作蝴蝶梦，泪血染落杜鹃红。　南宋　高翥《清明日对酒》(826)
- 状似明月泛云河，体如轻风动流波。　南朝(宋)　刘铄《白纻曲》(831)
- 径草渐生长短绿，庭花欲绽浅深红。　中唐　鲍溶《春日》(22)
- 芳草宫门金锁闭，柳花帘幕玉钩闲。　元　萨都剌《四时宫词》(761)
- 野草芳菲红锦地，游丝缭乱碧罗天。　唐　刘禹锡《春日抒怀》(35)
- 舞低杨柳楼心月，歌尽桃花扇底风。　宋　晏几道《鹧鸪天》(899)
- 荷尽已无擎雨盖，菊残犹有傲霜枝。　宋　苏轼《赠刘景文》(420)
- 山重水复疑无路，柳暗花明又一村。　宋　陆游《游山西村》(589)
- 满眼不堪三月暮，举头已觉千山绿。　宋　辛弃疾《满江红》(27)
- 雨过斑竹千丛绿，潮落芳兰两岸青。　清　汪琬《忆洞庭》(48)
- 光移星斗天逾近，影倒山河月正圆。　明　丁鹤年《元夕》(137)
- 两个黄鹂鸣翠柳，一行白鹭上青天。　唐　杜甫《绝句四首(其三)》(181)

宽对

- 一篙春水碧，两岸落花香。　宋　喻良能《青岩道中》

- 春风春雨花经眼，江北江南水拍天。　宋　黄庭坚《次元明韵寄子由》(43)
- 寒深老屋灯愈瘦，病起闭门月倍新。　清　黄景仁《三叠夜坐韵》
- 莫嫌荦确(luò)坡头路，自爱铿然曳杖声。　宋　苏轼《东坡》(545)
- 曾是寂寥金烬暗，断无消息石榴红。　唐　李商隐《无题二首(其一)》(803)
- 身无彩凤双飞翼，心有灵犀一点通。　唐　李商隐《无题二首(其一)》(714)
- 黄鸡紫蟹堪携酒，红树青山好放船。　清　吴伟业《追叙旧约》(555)
- 只解沙场为国死，何须马革裹尸还。　清　徐锡麟《出塞》(659)
- 天机云锦用在我，翦裁妙处非刀尺。　宋　陆游《九月一日夜读诗稿有感走笔作歌》(625)
- 时来天地皆同力，运去英雄不自由。　唐　罗隐《筹笔驿》(738)
- 一雁下投天尽处，万山浮动雨来初。　清　查慎行《登宝婺楼》(71)
- 飞鸥撒浪三千里，暮草摇风一万畦。　唐　杨收《入洞庭望岳阳》(182)

邻对

- 岸花临水发，江燕绕樯飞。　　　　南朝(梁)　何逊《赠诸旧友》(282)
- 五湖花正落，三江莺乱飞。　　　　明　袁凯《采石中望》
- 一带长河水，千条弱柳风。　　　　唐　姚合《夏日登楼晚望》
- 看花南陌醉，驻马翠楼歌。　　　　宋　史达祖《临江仙》
- 奔龙争渡月，飞鹊乱填河。　　　　唐　宋之问《牛女》(140)
- 紫电光牖飞，迅雷终天奔。　　　　东晋　曹毗《霖雨》(58)
- 残雪暗随冰笋滴，新春偷向柳梢归。　北宋　张耒《早春》(7)
- 宫中下见南山尽，城上平临北斗悬。　唐　苏颋《奉和春日幸望春宫应制》(246)
- 惊风乱飐芙蓉水，密雨斜侵薜荔墙。　唐　柳宗元《登柳州城楼寄漳汀封连四州刺史》(73)
- 黛色浅深山远近，碧烟浓淡树高低。　唐　杨收《入洞庭望岳阳》(182)
- 春蚕到死丝方尽，蜡炬成灰泪始干。　唐　李商隐《无题》(324)
- 疏影横斜水清浅，暗香浮动月黄昏。　宋　林逋《山园小梅》(358)

- 在天愿作比翼鸟，在地愿为连理枝。　唐　白居易《长恨歌》(495)
- 远树捧高沧海月，乱鸦点碎夕阳天。　清　陈玉树《秋晚野望》(117)
- 芳树无人花自落，春山一路鸟空啼。　唐　李华《春行即兴》(808)
- 有情芍药含春泪，无力蔷薇卧晓枝。　宋　秦观《春日》(426)
- 楼下长江百丈清，山头落日半轮明。　唐　杜甫《〈越王楼歌〉(210)
- 云带钟声穿树去，月移塔影过江来。　清　徐小松(湖南邵阳双清公园对联)(*917)
- 大鹏出海翎犹湿，骏马辞天气正豪。　唐　殷文圭《寄贺杜荀鹤及第》(859)
- 倾泻向人怀抱尽，忠诚为国始终忧。　宋　苏辙《癸丑二月重到汝阴寄子瞻》(642)
- 病身最觉风露早，归梦不知山水长。　宋　王安石《葛溪驿》(765)
- 糟粕所传非粹美，丹青难写是精神。　宋　王安石《读史》(894)
- 身老方知生计拙，家贫渐觉故人疏。　元　黄庚《偶书》(516)
- 四十从戎驻南郑，酣宴军中夜连日。
  打球筑场一千步，阅马列厩三万匹。
  华灯纵博声满楼，宝钗艳舞光照席。
  琵琶弦急冰雹乱，羯鼓手匀风雨疾。
  诗家三昧忽见前，屈贾在眼元历历。　宋　陆游《九月一日夜读诗稿有感走笔作歌》(625)

反对

- 横眉冷对千夫指，俯首甘为孺子牛。　鲁迅《自嘲》(603)
- 举世尽嫌良马瘦，唯君不弃卧龙贫。　唐　戎昱《上湖南崔中丞》(597)
- 臂间弓矢真良将，舌底诗书笑腐儒。　宋　谢枋得《代上张经历》
- 身无彩凤双飞翼，心有灵犀一点通。　唐　李商隐《无题二首(其一)》(714)
- 屈平词赋悬日月，楚王台榭空山丘。　唐　李白《江上吟》(607)
- 拜迎长官心欲碎，鞭挞黎庶令人悲。　唐　高适《封丘作》(524)
- 黑发不知勤学早，白首方悔读书迟。　唐　颜真卿《劝学》(616)

- 早岁读书无甚解，晚年省事有奇功。　宋　苏辙《省事诗》(618)
- 梅须逊雪三分白，雪却输梅一段香。　宋　卢梅坡《雪梅》(357)
- 春风桃李花开夜，秋雨梧桐叶落时。　唐　白居易《长恨歌》(495)
- 庭前芍药妖无格，池上芙蓉净少情。　唐　刘禹锡《赏牡丹》(396)
- 繁枝容易纷纷落，嫩叶商量细细开。　唐　杜甫《江畔独步寻花七绝句(其七)》(377)
- 删繁就简三秋树，领异标新二月花。　清　郑板桥《对联》
- 名节重泰山，利欲轻鸿毛。　明　于谦《无题》(611)

流水对

- 即从巴峡穿巫峡，便下襄阳向洛阳。　唐　杜甫《闻官军收河南河北》(185)
- 不知酝藉几多香，但见包藏无限意。　宋　李清照《玉楼春·红梅》(364)
- 无端陌上狂风急，惊起鸳鸯出浪花。　唐　刘禹锡《浪淘沙九首(其二)》(270)
- 低飞绿岸和梅雨，乱入红楼拣杏梁。　唐　郑谷年《燕》(286)
- 映空初作茧丝微，掠地俄成箭镞飞。　宋　陆游《雨》(80)
- 可怜荒垄穷泉骨，曾有惊天动地文。　唐　白居易《李白墓》(*924)
- 试看春残花渐落，便是红颜老死时。　清　曹雪芹《葬花诗》(731)
- 焉得并州快剪刀，剪取吴淞半江水。　唐　杜甫《戏题王宰画山水图歌》(877)
- 欲穷千里目，更上一层楼。　唐　王之涣《登鹳雀楼》(243)

正对

- 玉盘初鲙鲤，金鼎正烹羊。　唐　贺朝《赠酒店胡姬》
- 龙游浅水遭虾戏，虎落平阳被犬欺。　明　《增广贤文》
- 竹笋才生黄犊角，蕨芽初长小儿拳。　宋　黄庭坚《咏竹》(452)

（2）数目对（顺数对　倒数对　殊数对　隔数对　等数对　约数对　整数对　不定数对）

顺数对

- 一点烽传散关信，两行雁带杜陵秋。　宋　陆游《秋晚登城北门》(234)

- 一斗擘(bò)开红玉满，双螯哕(yuě)出琼酥香。　唐　唐彦谦《蟹》(320)
- 一寸丹心图报国，两行清泪为思亲。　明　于谦《立春日感怀》(637)
- 一点樱桃启绛唇，两行碎玉喷香春。　明　罗贯中《咏貂蝉》(850)
- 一片垂杨春水渡，两崖啼鸟夕阳松。　明　文征明《龙门览胜图》
- 一年湖上春如梦，二月江南水似天。　元　廼贤《春日怀江南》
- 一去二三里，烟村四五家。

　亭台六七座，八九十枝花。　　　　宋　绍雍《山村咏怀》
- 二月秦淮柳，三秋句曲花。　　　　明　蒋平阶《黄观只述就狱始末为志感悲》
- 一腹金相玉质，两螯明月秋江。　　宋　黄庭坚《蟹联》(317)

倒数对

- 三山半落青天外，二水中分白鹭洲。　唐　李白《登金陵凤凰台》(158)
- 两个黄鹂鸣翠柳，一行白鹭上青天。　唐　杜甫《绝句四首(其三)》(181)
- 双崖云洗肌如铁，一石江穿骨在喉。　清　刘光第《瞿唐》(212)
- 三顾频烦天下计，两朝开济老臣心。　唐　杜甫《蜀相》(242)
- 身无彩凤双飞翼，心有灵犀一点通。　唐　李商隐《无题二首(其一)》(714)
- 绿罗剪作三春柳，红锦裁成二月花。　唐　奉蚌《思故乡》(873)
- 双手劈开生死路，一刀割断是非根。　明　朱元璋《赠屠夫春联》(874)
- 删繁就简三秋树，领异标新二月花。　清　郑板桥
- 未掘双龙牛斗气，高悬一榻栋梁材。　唐　杜牧《怀种陵旧游四首(其二)》(245)
- 三晋云山皆向北，二陵风雨自东来。　唐　崔曙《九日登望仙台呈刘明府容》
- 二升菰米晨催饭，一碗松灯夜读书。　宋　陆游《题斋壁》
- 九衢飞乱叶，八水凝寒烟。　　　　宋　苏辙《落叶满长安分题》

殊数对

- 一片彩霞迎曙日，万条红烛动春天。　唐　杨巨源《元日呈李逢吉舍人》(6)

- 一条雪浪吼巫峡，千里火云烧益州。 唐 李商隐《送崔珏往西川》(*913)
- 松排山面千重翠，月点波心一颗珠。 唐 白居易《春题湖上》(130)
- 落木千山天远大，澄江一道月分明。 宋 黄庭坚《登快阁》(135)
- 一痕急逗狂雷信，万焰纷随暴雨挝。 宋 俞琰《电》(59)
- 落日千帆低不度，惊涛一片雪山来。 明 李攀龙《送子相归广陵》(70)
- 一雁下投天尽处，万山浮动雨来初。 清 查慎行《登宝婺楼》(71)
- 灯火万家城四畔，星河一道水中央。 唐 白居易《江楼夕望招客》(189)
- 山余落日千峰紫，海泻遥空一气青。 清 吕履恒《山海关》(240)
- 两京锁钥无双地，万里长城第一关。 《山海关城楼对联》(241)
- 朱楼四面钩疏箔，卧看千山急雨来。 宋 曾巩《西楼》(76)
- 云开巫峡千峰出，路转巴江一字流。 明 吴本善《送人之巴蜀》(184)
- 千古风流歌舞地，六朝兴废帝王州。 宋 赵希淦《半月寺有感》(197)
- 一庭花影三更月，万壑松声半夜风。 宋 戴复古《同郑子野访王隐居》(215)
- 万里秋风菰菜老，一川明月稻花香。 宋 陆游《秋日郊居》(221)
- 一片水光飞入户，千竿竹影乱登墙。 唐 韩翃《张山人草堂会王方士》(258)
- 柳叶乱飘千尺雨，桃花斜带一溪烟。 清 吴伟业《鸳湖曲》(380)
- 风翻荷叶一向白，雨湿蓼花千穗红。 唐 温庭筠《溪上行》(401)
- 千金未必能移性，一诺从来许杀身。 唐 戎昱《上湖南崔中丞》(597)
- 千篇著述诚难得，一字知音不易求。 唐 齐己《谢人寄新诗集》(705)
- 千里山河轻孺子，两朝冠剑恨谯周。 唐 罗隐《筹笔驿》(738)
- 百年不肯疏荣辱，双鬓终应老是非。 唐 杜牧《怀紫阁山》(745)
- 浪花有意千重雪，桃李无言一队春。 南唐 李煜《渔夫两首(其一)》(750)
- 词源倒流三峡水，笔阵独扫千人军。 唐 杜甫《醉歌行》(882)
- 一声长啸来丹壑，千丈飞流下碧天。 宋 吕定《游匡庐山》
- 一天霜压关山壮，万里魂归海国阴。 民国 叶楚伧《秋兴》

- 一声山鸟曙云外，万点水萤秋草中。　唐　许浑《自楞伽寺晨起泛舟道中有怀》
- 千年壮丽山为郭，十里人家水绕楼。　明　彭泽《金陵雨后登楼》
- 满载一船明月，平铺千里秋江。　宋　张孝祥《西江月·黄陵庙》(121)
- 山中一夜雨，树杪百重泉。　唐　王维《送梓州李使君》(75)
- 灯树千光照，花焰七枝开。　隋　杨广《元夕于通衢建灯夜升南楼诗》(198)
- 大江阔千里，孤舟无四邻。　南朝(梁)　朱超《舟中望月》(159)
- 三山巨鳌涌，万里大鹏飞。　唐　李峤《海》
- 一年将尽夜，万里未归人。　唐　戴叔伦《除夜宿石头驿》
- 万竹萧萧雨，孤荷袅袅风。　宋　张耒《东池》

隔数对

- 苍山斜入三湘路，落日平铺七泽流。　元　揭傒斯《梦武昌》(120)
- 梅须逊雪三分白，雪却输梅一段香。　宋　卢梅坡《雪梅》(357)
- 君王舅子三公位，宰相家人七品官。　清　洪昇《长生殿·贿权》
- 欲思宝马三公位，又忆金銮一品台。　明　吴承恩《西游记·第五十八回》(507)
- 试玉要烧三日满，辨材须待七年期。　唐　白居易《放言五首(其三)》(699)
- 楼头残梦五更钟，花底离愁三月雨。　宋　晏殊《玉楼春》(784)
- 玉堂未拟登三辅，金榜先叨第一名。　明　朝施槃《恩荣宴诗》(857)
- 江山不夜雪千里，天地无私玉万家。　元　黄庚《雪》(107)
- 二月梨花几树云，九曲黄河千尺波。　明　徐渭《送内兄潘五北上》
- 万径千山孤岛绝，八荒四海一云同。　宋　俞德邻《雪》
- 郭边万户皆临水，雪后千峰半如城。　清　王士禛《初春济南作》(194)
- 恸哭六军俱缟素，冲冠一怒为红颜。　明　吴伟业《圆圆曲》(502)
- 垂杨万幕青云合，破浪千帆陈马来。　唐　杜牧《怀钟陵旧游四首(其二)》(245)
- 千山落木风转急，万里飞鸿天更寒。　宋　周紫芝《晚思》

- 新松恨不高千尺，恶竹应须斩万竿。 唐 杜甫《将赴成都草堂途中有作（五首 其一）》(459)
- 潇湘月浸千年色，梦泽烟含万古愁。 唐 韩溉《水》(477)
- 沉舟侧畔千帆过，病树前头万木春。 唐 刘禹锡《酬乐天扬州初逢席上见赠》(488)
- 梨花千树雪，杨叶万条烟。 唐 岑参《送杨子》(383)
- 千岩泉洒落，万壑树萦回。 唐 李白《送友人寻越中山水》
- 万壑树参天，千山响杜鹃。 唐 王维《送梓州李使君》(75)
- 一酌千忧散，三杯万事空。 唐 贾至《对酒曲》
- 一看三叹息，十步九留连。 宋 喻良能《题三洞》
- 一村千嶂抱，两水四桥横。 清 易顺鼎《十洞墟雨夜》
- 一泓春水疾，十里柳风和。 明 袁中道《高粱桥》
- 九江春草外，三峡暮帆前。 唐 杜甫《游子》
- 十年杀气盛，六合人烟稀。 唐 杜甫《北风》

等数对

- 一路通关村，孤城近海楼。 唐 岑参《送裴校书从大夫淄川觐省》
- 一气人间清自转，孤光云外好谁看。 宋 强至《依韵和王立之中秋阴云不见月》

约数对

- 一二里山径，二三声晓莺。 宋 真山民《晓行山间》
- 黄鸡四五只，青韭二三畦。 宋 释文珦《农户》
- 二三点露滴如雨，六七个星犹在天。 元 图帖睦尔《途中》
- 马蹄残雪六七里，山嘴有梅三四花。 宋 方岳《梦寻梅》

整数对

- 飞鸥撒浪三千里，暮草摇风一万畦。 唐 杨收《入洞庭望岳阳》(182)
- 三十功名尘与土，八千里路云和月。 宋 岳飞《满江红》(632)

- 十万夫家供课税，五千子弟守封疆。　唐　白居易《登闾门闲望》(191)
- 九十日秋多雨水，一千年史几兴亡。　宋　葛长庚《题南海祠》
- 三万里河东入海，五千仞岳上摩天。　宋　陆游《秋叶将晓出篱门迎凉有感》
- 一千里色中秋月，十万军声半夜潮。　唐　赵嘏《钱塘》
- 万言书有盐镂味，千首诗开锦绣肠。　宋　王十朋《别傅教授景仁》

不定数对

- 一道残阳铺水中，半江瑟瑟半江红。　唐　白居易《暮江吟》(119)
- 数丛沙草群鸥散，万顷江田一鹭飞。　晚唐　温庭筠《利州南渡》(292)
- 无数蜻蜓齐上下，一双𬶩𫚒(xī chì)对沉浮。　唐　杜甫《卜居》(327)
- 残星几点雁横塞，长笛一声人倚楼。　唐　赵嘏《长安秋望》(413)
- 一片不留花着树，数竿忽见笋成林。　宋　刘克撞《小园即事》
- 一年乐事花流水，几夜他乡月照人。　明　徐渭《元夕休宁道中遥忆乡里》
- 一池草色春不尽，半树梅花月也香。　宋　吴锡畴《次韵答吴仲山》
- 万壑泉声松外去，数行秋色雁边来。　元　萨都剌《梦登高山得诗》
- 鸟飞千白点，日没半红轮。　　唐　白居易《彭蠡湖晚归》(25)
- 一水无涯净，群峰满眼春。　　宋　范仲淹《寄西湖林处士》
- 几番吟对雨，独自暗思君。　　宋　胡仲弓《寄梅朦》

(3) 连珠对　（首珠对　腹珠对　尾珠对　连滚对　续滚对）

首珠对

- 娟娟戏蝶过闲幔，片片轻鸥下急湍。　唐　杜甫《小寒食舟中作》(294)
- 漠漠水田飞白鹭，阴阴夏木啭黄鹂。　唐　王维《积雨辋川庄作》(297)
- 飞飞鸥鹭陂塘绿，郁郁桑麻风露香。　宋　陆游《还县》
- 郁郁林间桑葚紫，茫茫水面稻青青。　宋　陆游《湖塘夜归》
- 枝枝烂熟樱桃紫，朵朵争妍芍药红。　元　方回《三月二十九日饮杭州路耿同知花园》
- 片片花经眼，垂垂柳拂肩。　　宋　吴芾《暮春感怀》

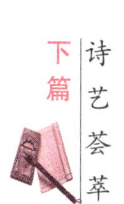

- 冉冉柳枝碧，娟娟花蕊红。　　　　　唐　杜甫《奉答岑补阙见赠》
- 夜夜桃花雨，年年燕子春。　　　　　宋　黎廷瑞《社日饮乌衣园》

腹珠对
- 晴川历历汉阳树，芳草萋萋鹦鹉洲。　唐　崔颢《黄鹤楼》(209)
- 新蚕蠕蠕一寸长，千头簇簇穿罍桑。　清　张问陶《采桑曲》(*930)
- 柳丝袅袅风缲出，草缕茸茸雨剪齐。　唐　白居易《天津桥》(345)
- 池鱼鲅鲅随沟出，梁燕翩翩接翅飞。　宋　陆游《雨》(80)
- 鸳鸯荡漾双双翅，杨柳交加万万条。　唐　白居易《正月三日闲行》(271)
- 穿花蛱蝶深深见，点水蜻蜓款款飞。　唐　杜甫《曲江二首(其二)》(325)
- 留连戏蝶时时舞，自在娇莺恰恰啼。　唐　杜甫《江畔独步寻花七绝句(其六)》(326)
- 风含翠筿娟娟净，雨浥红蕖冉冉香。　唐　杜甫《狂夫》(398)
- 翻空白鸟时时见，照水红蕖细细香。　宋　苏轼《鹧鸪天》(399)
- 繁枝容易纷纷落，嫩叶商量细细开。　唐　杜甫《江畔独步寻花七绝句(其七)》(377)
- 人生代代无穷已，江月年年只相似。　唐代　张若虚的《春江花月夜》(132)
- 浮云世态纷纷变，秋草人情日日疏。　金　赵秉文《寄王学士子端》(515)
- 青春背我堂堂去，白发欺人故故生。　唐　薛能《春日使府寓怀二首(其一)》(734)
- 无边落木萧萧下，不尽长江滚滚来。　唐　杜甫《登高》(93)
- 抽刀断水水更流，举杯销愁愁更愁。　唐　李白《宣州谢朓楼饯别校书叔云》(575)
- 飞鸿点点来边塞，寒雪纷纷落蓟门。　元　王冕《即事》
- 长江淡淡吞天去，白鸟翩翩接翅飞。　宋　释绍嵩《列岫亭书事》
- 灯火家家市，箫笙处处楼。　　　　　唐　白居易《正月十一夜日》(200)
- 万竹萧萧雨，孤荷袅袅风。　　　　　宋　张耒《东池》
- 云暗重重树，风开旋旋花。　　　　　宋　陈师道《晚游九曲院》

- 北燕行行直，东流澹澹春。　　　　　唐　陆蒙龟《金陵道》
- 原草萋萋绿，林花淡淡红。　　　　　宋　刘攽《春阴》

尾珠对

- 云移山漠漠，江阔树依依。　　　　　唐　许浑《松江渡送人》
- 风吹花片片，春动水茫茫。　　　　　唐　杜甫《城上》
- 白水漫浩浩，高山壮巍巍。　　　　　南朝宋　鲍照《梦归乡》
- 万里山河秋渺渺，一天风雨夜潇潇。　元　王冕《新店道中》
- 长白风高尘漠漠，浑河水落草离离。　明　陈子龙《辽事杂诗》
- 目送征鸿飞杳杳，思随流水去茫茫。　宋　孙光宪《浣溪沙》
- 近水远山情脉脉，碧云芳草思绵绵。　宋　张耒《上元后步西园》
- 蝌蚪已成蛙阁阁，樱桃初结子青青。　宋　陆游《山园杂咏》

连滚对

- 万万千千恨，前前后后山。　　　　　宋　辛弃疾《南歌子》
- 年年岁岁花相似，岁岁年年人不同。　唐　刘希夷《代悲白头翁》(730)
- 行冲薄薄轻轻雾，看放重重叠叠山。　宋　范成大《早发竹下》
- 红红白白花临水，碧碧黄黄麦际天。　宋　杨万里《过杨村》
- 重重叶叶花依旧，岁岁年年客又来。　宋　梅尧臣《依韵诸公寻灵济重台梅》
- 朝朝暮暮山头石，风风雨雨峡里船。　清　易顺鼎《羚山遇雨望峡中望夫石作》
- 年年岁岁望中秋，岁岁年年雾雨愁。　宋　曾几《癸未八月十四至八月十六夜月色皆佳》

续滚对

- 月色昏昏人寂寂，梅花淡淡水漪漪。　宋　周紫芝《题钱少愚孤山月梅图》
- 昏昏淡月疏疏影，缓缓清风细细香。　宋　刘学箕《与政仲山行见梅偶成》
- 恻恻相看复恻恻，行行送别重行行。　宋　穆修《送毛得一秀才归淮上》
- 夜听疏疏还密密，晓看整整复斜斜。　宋　黄庭坚《咏雪奉呈广平公》

- 处处落花春寂寂，时时中酒病恹恹。　宋 刘兼《春昼醉眠》
- 半世奇奇兼怪怪，一春白白与红红。　宋 吴则礼《怀关圣功》

(4) 双声对 (句首双声对　句中双声对　句尾双声对)

句首双声对

- 零落槿花雨，参差荷叶风。　唐 许浑《寻周炼师不遇留赠》
- 淋漓痛饮长亭暮，慷慨悲歌白头新。　宋 陆游《哀郢》
- 留连戏蝶时时舞，自在娇莺恰恰啼。　唐 杜甫《江畔独步寻花七绝句（其六）》(326)

句中双声对

- 野草芳菲红锦地，游丝缭乱碧春天。　唐 刘禹锡《春日抒怀》(35)
- 花阴连络春草岸，柳色掩映红栏桥。　宋 穆修《江南寒食》
- 药蔓交加虫上下，柳花撩乱蝶高低。　宋 周弼《行吟》

句尾双声对

- 带土锄珍重，登舟棹陆离。　明 谭元春《移树》
- 四壁图书谁料理，满庭兰蕙欲芳菲。　清 钱谦益《献岁书怀》
- 闲来踏月共吟咏，醉后呼天共酬唱。　宋 丘葵《题心泉所赠李白画像》

(5) 叠韵对 (叠韵对　双声叠韵对)

叠韵对

- 潋滟故池水，茫茫落日晖。　南朝梁 何逊《行经范仆射故宅》
- 水光相苍茫，云意自纵横。　宋 释元肇《雪中访赵守宗簿》
- 昂藏病骨兼诗瘦，料峭春风带腊寒。　宋 戴复古《竹洲诸侄孙小集永嘉》
- 水光潋滟晴方好，山色空濛雨亦奇。　宋 苏轼《饮湖上初晴后雨》(207)
- 人事是非空缭绕，水声今古自潺湲。　宋 任处厚《游五泄山》
- 山河惨澹关城闭，人物萧条市井空。　唐 张泌《边上》

双声叠韵对

- 袅娜熟眠杨柳绿，夭娆浓醉海棠红。　宋　袁说友《惜春》
- 低迷帘幕家家雨，淡荡园林处处花。　宋　吕本中《春晚郊居》
- 山林落叶参差舞，客棹惊风次第收。　清　沈国梓《黄鹤楼用崔司勋诗为首句》
- 寒生点滴三更雨，喜动纵横万卷书。　宋　陆游《冬夜读书》
- 野花零落风前乱，飞雨萧条江上寒。　宋　欧阳修《离峡州后回寄元珍表臣》
- 小院一灯红黯淡，高楼万瓦碧参差。　清　易顺鼎《大人十四夜待月敬和》
- 万言词慷慨，一赋气峥嵘。　　　　　明　李延兴《读贾谊王粲传》

（6）句对（当句对　隔句对）

当句对（当句并列对、当句间隔对、当句参差对）

当句并列对

- 花须柳眼各无赖，紫蝶黄蜂俱有情。　唐　李商隐《二月二日》(814)
- 风急天高猿啸哀，渚清沙白鸟飞回。　唐　杜甫《登高》(93)
- 春风春雨花经眼，江北江南水拍天。　宋　黄庭坚《次元明韵寄子由》(43)
- 可怜荒垄穷泉骨，曾有惊天动地文。　唐　白居易《李白墓》(*924)
- 万壑千岩收腊去，三花二蕊唤春回。　宋　程宓《和方丞咏梅》
- 几多临水登山赋，不尽还家去国情。　宋　陈杰《送中宅过家入燕》
- 山环水抱花相映，天开云阔鹤自飞。　宋　陈著《八句呈董稼山》

当句间隔对

- 乱云收暮雨，杂树落疏花。　　　　　唐　戴叔伦《送李审之桂州谒中丞叔》
- 千峰兼万壑，匹马逐孤云。　　　　　明　程珌《栈道》
- 万瓦新霜扫残瘴，一林丹叶换青枫。　宋　陆游《城上》
- 龙文远水吞平岸，羊角轻风旋细尘。　唐　元稹《早春登龙山静胜寺》
- 未问姚黄并魏紫，但思涧碧与山红。　宋　赵蕃《次韵毕叔文牡丹》

当句参差对

- 山吐晴岚水放光，辛夷花白柳梢黄。　唐　白居易《代春赠》
- 三伐渔阳再渡辽，驿弓在眉剑横腰。　唐　王涯《塞下曲》
- 香在衣裳妆在臂，水连芳草月连云。　宋　苏轼《浣溪沙·春情》

隔句对（扇面对）

- 海神来过恶风回，浪打天门石壁开。
  浙江八月何如此？涛似连山喷雪来。　唐　李白《横江词（其四）》(166)
- 太行之路能摧车，若比人心是坦途；
  巫峡之水能覆舟，若比人心是安流。　唐　白居易《太行路》
- 吾观器用中，剑锐锋多伤；
  吾观形骸内，骨劲齿先亡。　唐　白居易《遇物感兴因示子弟》
- 雨滴草芽出，一日长一日；
  风吹柳线垂，一枝连一枝。　唐　孟郊《春日有感》
- 爱小轩月落，梦惊风竹；
  空江岁晚，诗到寒梅。　元　许有壬《沁园春·题寄詹事丞张希孟绰然亭》
- 向天涯海角，两行别泪；
  风前月下，一片离骚。　宋　葛长庚《沁园春》
- 恰同学少年，风华正茂；
  书生意气，挥斥方遒。　毛泽东《沁园春·长沙》

（7）掉字对

- 即从巴峡穿巫峡，便下襄阳向洛阳。　唐　杜甫《闻官军收河南河北》(185)
- 芳林新叶催陈叶，流水前波让后波。　唐　刘禹锡《乐天见示伤微之敦诗晦叔三君子皆有深分因成是诗以寄》(489)
- 自去自来梁上燕，相亲相近水中鸥。　唐　杜甫《江村》(281)
- 水南水北千竿竹，山前山后二月花。　宋　曾肇《次兄子宣先生作》

- 一丝杨柳一丝恨，三分春色二分休。　元　司马昂夫《最高楼·暮春作》
- 三点五点映山雨，一枝两枝临水花。　唐　吴融《闲望》
- 五色云霞五色水，六朝风雨六朝松。　清　易顺鼎《出山回望》
- 半醉半醒寒食酒，欲晴欲雨杏花天。　宋　方岳《次韵徐宰集珠溪》
- 无风无雨稻梁熟，有酒有蟹橙橘香。　宋　吴潜《寄丁丞相》
- 此生此夜不长好，明月明年何处看？　宋　苏轼《中秋月》
- 一夕复一夕，一朝非一朝。　　　　　明　胡翰《拟古》

(8) 色彩对

- 绿杨烟外晓寒轻，红杏枝头春意闹。　宋　宋祁《玉楼春》(10)
- 白片落梅浮涧水，黄梢新柳出城墙。　唐　白居易《春至》(24)
- 雨中草色绿堪染，水上桃花红欲燃。　唐　王维《辋川别业》(47)
- 野草芳菲红锦地，游丝缭乱碧罗天。　唐　刘禹锡《春日抒怀》(35)
- 满地新蔬和雨绿，半林残叶带霜红。　唐　牟融《送报本寺分韵得通字》(88)
- 日出江花红胜火，春来江水绿如蓝。　唐　白居易《忆江南》(14)
- 黄鸡紫蟹堪携酒，红树青山好放船。　清　吴伟业《追叙旧约》(555)
- 绿浪东西南北水，红栏三百九十桥。　唐　白居易《正月三日闲行》(271)
- 阖闾(hé lú)城碧铺秋草，乌鹊桥红带夕阳。　唐　白居易《登阊门闲望》(191)
- 杨柳昏黄晓西月，梨花明白夜东风。　元　宋无《次友人春别》(386)
- 接天莲叶无穷碧，映日荷花别样红。　宋　杨万里《晓出净慈寺送林子方》(400)
- 风翻荷叶一向白，雨湿蓼花千穗红。　唐　温庭筠《溪卜行》(401)
- 低飞绿岸和梅雨，乱入红楼拣杏梁。　唐　郑谷年《燕》(286)
- 满腹红膏肥似髓，贮盘青壳大於杯。　北宋　梅尧臣《二月十日呈吴正仲遗活蟹》(316)
- 蟹黄旋擘馋涎堕，酒渌初倾老眼明。　宋　陆游《病愈》(318)
- 横跧蹒跚(pán shān)钳齿白，圆脐吸胁斗膏红。　宋　沈偕《遗贾耘老蟹》(321)

- 朱颜今日虽欺我，白发他时不放君。　　唐　白居易《戏答诸少年》(728)
- 梦回绣枕听黄鸟，困倚雕阑看白鹇。　　元　萨都剌《四时宫词》(761)
- 红红白白花临水，碧碧黄黄麦际天。　　宋　杨万里《过杨村》
- 长天野浪相依碧，落日残云共作红。　　宋　宋庠《坐旧州驿亭上作》
- 一声长啸来丹壑，千丈飞流下碧天。　　宋　吕定《游匡庐山》
- 风生帘幕春云碧，水绕楼台海日红。　　宋　释斯植《登吴山》
- 瓦屋螺青披雾出，锦江鸭绿抱山来。　　宋　陆游《快晴》
- 山鸟踏枝红果落，家童引钩白鱼惊。　　唐　方干《山中言事》
- 映阶碧草自春色，隔叶黄鹂空好音。　　唐　杜甫《蜀相》(242)
- 千里绿烟芳草合，一天红雨落花轻。　　宋　周古《赠胡侍郎荣归》
- 千缕未摇官柳绿，一梢初放海棠红。　　宋　陆游《初春探花有作》
- 西园夜雨红樱熟，南亩清风白稻肥。　　唐　韦庄《题沂阳县马跑泉李学士别业》
- 日下壁而沉彩，月上轩而流光。　　　　南朝(梁)江淹《别赋》(118)
- 柳色黄金嫩，梨花白雪香。　　　　　　唐　李白《宫中行乐词八首(其二)》(384)
- 雨中黄叶树，灯下白头人。　　　　　　唐　司空曙《喜外弟卢纶见宿》(732)
- 花多红夹马，山远翠藏楼。　　　　　　宋　元绛《和梅龙图游西湖见寄》
- 生草绿平野，落花红满溪。　　　　　　明　吴鑌《春暮溪行》
- 东海波涛黑，中原草树红。　　　　　　元　王冕《有感》
- 江碧鸟逾白，山青花欲燃。　　　　　　唐　杜甫《绝句二首》
- 叶密千层绿，花开万点黄。　　　　　　宋　朱熹《凭孟苍曹竟书觅土篓旧庄》
- 飞絮沿湖白，残花染浪红。　　　　　　宋　高翥《春日湖上》
- 江波连岸绿，野火张天红。　　　　　　宋　邓林《真阳峡》
- 冉冉柳枝碧，娟娟花蕊红。　　　　　　唐　杜甫《奉答岑补阙见赠》
- 原草萋萋绿，林花淡淡红。　　　　　　宋　刘攽《春阴》

(五)经典诗句的一般描述方式

1. 过程延展式描述

（对所写的对象，在其运变过程中呈现出的关联现象作的描述。按所写的对象在其句中的位置分为：后缀描述、前缀描述、前缀后缀描述）

(1) 后缀描述

- 溪水断流寒冻合，野田飞烧晓霜干。　　南宋 王之道《题浮光丘家山寺》
- 池鱼鲅鲅随沟出，梁燕翩翩接翅飞。　　宋 陆游《雨》(80)
- 残雪暗随冰笋滴，新春偷向柳梢归。　　北宋 张耒《早春》(7)
- 一雁下投天尽处，万山浮动雨来初。　　清 查慎行《登宝婺楼》(71)
- 惊风乱飐芙蓉水，密雨斜侵薜荔墙。　　唐 柳宗元《登柳州城楼寄漳汀封连四州刺史》(73)
- 苍山斜入三湘路，落日平铺七泽流。　　元 揭傒斯《梦武昌》(120)
- 轻鸥自趁虚船去，荒犬还迎野妇回。　　宋 辛弃疾《鹧鸪天·黄沙道中即事》
- 乌龙未睡定惊猜，鹦鹉能言防漏泄。　　宋 柳永《玉楼春》(511)
- 长江淡淡吞天去，白鸟翩翩接翅飞。　　宋 释绍嵩《列岫亭书事》
- 鸳鸯荡漾双双翅，杨柳交加万万条。　　唐 白居易《正月三日闲行》(271)
- 蟹黄暂擘馋涎坠，酒绿初倾老眼明。　　宋 陆游《病愈》(318)
- 蝌蚪已成蛙阁阁，樱桃初结子青青。　　宋 陆游《山园杂咏》
- 痴云不散常遮塔，野水无声自入池。　　宋 陆游《芒种后经旬无日不雨偶得长句》
- 万瓦鳞鳞若火龙，日车不动汗珠融。　　宋 陆游《苦热》
- 红衣落尽暗香残，叶上秋光白露寒。　　唐 羊士谔《郡中即事》
- 游丝软系飘风榭，落絮轻沾扑绣帘。　　清 曹雪芹《葬花诗》(731)
- 山月入松金破碎，江风吹水雪崩腾。　　宋 王安石《次韵平甫金山会宿寄亲友》(170)

- 山鸟踏枝红果落，家童引钩白鱼惊。　唐　方干《山中言事》
- 一斗擘(bò)开红玉满，双螯嚼(yuè)出琼酥香。　唐　唐彦谦《蟹》(320)
- 春蚕到死丝方尽，蜡炬成灰泪始干。　唐　李商隐《无题》(324)
- 柳丝袅袅风缲出，草缕茸茸雨剪齐。　唐　白居易《天津桥》(345)
- 鸳鸯荡漾双双翅，杨柳交加万万条。　唐　白居易《正月三日闲行》(271)
- 满眼不堪三月暮，举头已觉千山绿。　南宋　辛弃疾《满江红》(27)
- 三山半落青天外，二水中分白鹭洲。　唐　李白《登金陵凤凰台》(158)
- 飞鸥撒(sǎ)浪三千里，暮草摇风一万畦。　唐　杨收《入洞庭望岳阳》(182)
- 窗含西岭千秋雪，门泊东吴万里船。　唐　杜甫《绝句四首(其三)》(181)
- 寒食花开千树雪，清明日出万家烟。　唐　王表《清明日登城春望寄大夫使君》
- 陇亩日长蒸翠麦，园林雨过熟黄梅。　宋　赵友直《立夏》
- 溪云初起日沉阁，山雨欲来风满楼。　晚唐　许浑《咸阳城西楼晚眺》(72)
- 芙蓉零落秋池雨，杨柳萧疏晓岸风。　唐　崔致远《兖州留献李员外》(95)
- 荷尽已无擎雨盖，菊残犹有傲霜枝。　宋　苏轼《赠刘景文》(420)
- 菊花到死犹堪惜，秋叶虽红不耐观。　宋　戴复古《都中怀竹隐徐渊子直院》(421)
- 芍药与君为近侍，芙蓉何处避芳尘。　唐　罗隐《牡丹花》(430)
- 香稻啄余鹦鹉粒，碧梧栖老凤凰枝。　唐　杜甫《秋兴八首(其八)》(461)
- 雷惊天地龙蛇蛰，雨足郊原草木柔。　宋　黄庭坚《清明》
- 麦穗初齐稚子娇，桑叶正肥蚕食饱。　宋　欧阳修《归田园四时乐春夏》
- 绿杨烟外晓寒轻，红杏枝头春意闹。　宋　宋祁《玉楼春》(10)
- 柳叶乱飘千尺雨，桃花斜带一溪烟。　明末　吴伟业《鸳湖曲》(380)
- 杨柳昏黄晓西月，梨花明白夜东风。　元　宋无《次友人春别》(386)
- 玉容寂寞泪阑干，梨花一枝春带雨。　唐　白居易《长恨歌》(495)
- 竹笋才生黄犊(dú)角，蕨芽初长小儿拳。　宋　黄庭坚《咏竹》(452)

- 碧毯线头抽早稻，青罗裙带展新蒲。　唐　白居易《春题湖上》(129)
- 繁枝容易纷纷落，嫩蕊商量细细开。　唐　杜甫《江畔独步寻花七绝句(其七)》(377)
- 身无彩凤双飞翼，心有灵犀一点通。　唐　李商隐《无题二首(其一)》(714)
- 横眉冷对千夫指，俯首甘为孺子牛。　现代　鲁迅《自嘲》(603)
- 沉舟侧畔千帆过，病树前头万木春。　唐　刘禹锡《酬乐天扬州初逢席上见赠》(488)
- 大鹏出海犹翎湿，骏马辞天气正豪。　唐　殷文圭《寄贺杜荀鹤及第》(859)
- 梅须逊雪三分白，雪却输梅一段香。　宋　卢梅坡《雪梅》(357)
- 柑为天下无双果，梅是春前第一花。　元　方回《观灯小酌》
- 狂风落尽深红色，绿叶成荫子满枝。　唐　杜牧《怅诗》(30)
- 江山不夜雪千里，天地无私玉万家。　元　黄庚《雪》(107)
- 远树捧高沧海月，乱鸦点碎夕阳天。　清　陈玉树《秋晚野望》(117)
- 小楼一夜听春雨，深巷明朝卖杏花。　南宋　陆游《临安春雨初霁》(46)
- 小院一灯红黯淡，高楼万瓦碧参差。　清　易顺鼎《大人十四夜待月敬和》
- 一痕急逗狂雷信，万焰纷随暴雨挝。　宋　俞琰《电》(59)
- 鸿声断续暮天远，柳影萧疏秋日寒。　唐　钱起《送李九贬南阳》
- 屋漏偏逢连夜雨，船迟又遇打头风。　明　冯梦龙《醒世恒言》
- 落絮无声春堕泪，行云有影月含羞。　南宋　吴文英《浣溪沙》(142)
- 瓦罐不离井口碎，将军难免阵中亡。　《民谚》
- 举世尽嫌良马瘦，唯君不弃卧龙贫。　唐　戎昱《上湖南崔中丞》(597)
- 朱门沉沉按歌舞，厩马肥死弓断弦。　宋　陆游《关山月》(499)
- 人似秋鸿来有信，事如春梦了无痕。　宋　苏轼《与潘郭二生同游忆去岁旧连》(723)
- 事如芳草春常在，人似浮云影不留。　宋　辛弃疾《鹧鸪天》(725)
- 丹青不知老将至，富贵于我如浮云。　唐　杜甫《丹青引赠曹将军霸》(535)
- 青春背我堂堂去，白发欺人故故生。　晚唐　薛能《春日使府寓怀二首(其一)》(734)

- 龙游浅水遭虾戏，虎落平阳被犬欺。　明《增广贤文》
- 宝剑锋从磨砺出，梅花香自苦寒来。　《警世贤文》
- 书山有路勤为径，学海无涯苦作舟。　《增广贤文》

(2) 前缀描述

- 晴川历历汉阳树，芳草萋萋(qī)鹦鹉洲。　唐 崔颢《黄鹤楼》(209)
- 半醉半醒寒食酒，欲晴欲雨杏花天。　宋 方岳《次韵徐宰集珠溪》
- 紫艳半开篱菊静，红衣落尽渚莲愁。　唐 赵嘏《长安秋望》(413)
- 莫嫌荦确(luò)坡头路，自爱铿(kēng)然曳杖声。　宋 苏轼《东坡》(545)

(3) 前、后缀描述

- 日出江花红胜火，春来江水绿如蓝。　唐 白居易《忆江南》(14)
- 白片落梅浮涧水，黄梢新柳出城墙。　唐 白居易《春至》(24)
- 雨中草色绿堪染，水上桃花红欲然。　唐 王维《辋川别业》(47)
- 雨过斑竹千丛绿，潮落芳兰两岸青。　清 汪琬《忆洞庭》(48)
- 无边落木萧萧下，不尽长江滚滚来。　唐 杜甫《登高》(93)
- 漠漠水田飞白鹭，阴阴夏木啭黄鹂。　唐 王维《积雨辋川庄作》(297)
- 明灯海上无双夜，皓月人间第一圆。　清 陈曾寿《元夕》(138)
- 一条雪浪吼巫峡，千里火云烧益州。　唐 李商隐《送崔珏往西川》(*913)
- 弄风骄马跑空立，趁兔苍鹰掠地飞。　宋 苏轼《祭常山小猎》(187)
- 两个黄鹂鸣翠柳，一行白鹭上青天。　唐 杜甫《绝句四首(其三)》(181)
- 衔泥燕子迎风絮，得食鱼儿趁浪花。　宋 张震《鹧鸪天》(284)
- 娟娟戏蝶过闲幔，片片轻鸥下急湍。　唐 杜甫《小寒食舟中作》(294)
- 沙头宿鹭联拳静，船尾跳鱼拨剌(lá)鸣。　唐 杜甫《漫成一首》(299)
- 留连戏蝶时时舞，自在娇莺恰恰啼。　唐 杜甫《江畔独步寻花七绝句(其六)》(326)
- 穿花蛱蝶深深见，点水蜻蜓款款飞。　唐 杜甫《曲江二首(其二)》(325)

- 无数蜻蜓齐上下，一双𪄠𪆫(xī chì)对沉浮。　唐 杜甫《卜居》(327)
- 自在飞花轻似梦，无边丝雨细如愁。　宋 秦观《浣溪沙》(350)
- 过雨樱桃血满枝，弄色奇花红间紫。　金 董解元《西厢记诸宫调》
- 风含翠筱(xiǎo)娟娟净，雨裛红蕖(yì qú)冉冉香。　唐 杜甫《狂夫》(398)
- 翻空白鸟时时见，照水红蕖细细香。　宋 苏轼《鹧鸪天》(399)
- 接天莲叶无穷碧，映日荷花别样红。　南宋 杨万里《晓出净慈寺送林子方》(400)
- 有情芍药含春泪，无力蔷薇卧晓枝。　宋 秦观《春日》(426)
- 楼下长江百丈清，山头落日半轮明。　唐 杜甫《越王楼歌》(210)
- 近水楼台先得月，向阳花木易为春。　宋 苏麟《断句》(526)
- 一片彩霞迎曙日，万条红烛动春天。　唐 杨巨源《元日呈李逢吉舍人》(6)
- 数丛沙草群鸥散，万顷江田一鹭飞。　晚唐 温庭筠《利州南渡》(292)
- 试看春残花渐落，便是红颜老死时。　清 曹雪芹《红楼梦（葬花诗）》(731)

2. 物象排列式描述 (多用于对环境、景色、事态的描述)

- 春风春雨花经眼，江北江南水拍天。　宋 黄庭坚《次元明韵寄子由》(43)
- 春风桃李花开日，秋雨梧桐叶落时。　唐 白居易《长恨歌》(495)
- 芳草宫门金锁闭，柳花帘幕玉钩闲。　元 萨都剌《四时宫词》(761)
- 烈风大雪吞江湖，巨木摧折竹苇枯。　宋 陆游《唐希雅雪鹊》
- 残云带雨轻飘雪，嫩柳含烟小绽金。　唐中期 姚合《早春山居寄城中知己》(4)
- 月落乌啼霜满天，江枫渔火对愁眠。　唐 张继《枫桥夜泊》(99)
- 窗间谢女青蛾敛，门外萧郎白马嘶。　唐 温庭筠《赠知音》(790)
- 黄鸡紫蟹堪携酒，红树青山好放船。　清 吴伟业《追叙旧约》(555)
- 草卧夕阳牛犊健，菊留秋色蟹螯肥。　宋 方岳《次韵田园居》(322)
- 草色青青柳色黄，桃花历乱李花香。　唐 贾至《春思》(20)
- 雨过潮平江海碧，电光时掣紫金蛇。　宋 苏轼《望海楼晚景（其二）》(55)

- 山余落日千峰紫，海泻遥空一气青。　清　吕履恒《山海关》(240)
- 声落牙檐飞短瀑，点匀池面起圆波。　宋　韩琦《北塘春雨》(79)
- 晴日暖风生麦气，绿阴幽草胜花时。　宋　王安石《初夏即事》(61)
- 满地新蔬和雨绿，半林残叶带霜红。　唐　牟融《送报本寺分韵得通字》(88)
- 沙上并禽池上暝，云破月来花弄影。　宋代　张先《天仙子》(129)
- 风翻荷叶一向白，雨湿蓼(liǎo)花千穗红。　唐　温庭筠《溪上行》(401)
- 充满煮熟堆琳琅，橙膏酱渫(xiè)调堪尝。　唐　唐彦谦《蟹》(320)
- 横跪蹒(pán)跚(shān)钳齿白，圆脐吸胁斗膏红。　宋　沈偕《遗贾耘老蟹》(321)
- 黄鸡紫蟹堪携酒，红树青山好放船。　清　吴伟业《追叙旧约》(555)
- 双崖云洗肌如铁，一石江穿骨在喉。　清末　刘光第《瞿塘》(212)
- 数派清泉黄菊盛，一林寒露紫梨繁。　唐　卢纶《晚次新丰北野老家书事呈赠韩质明府》
- 君王舅子三公位，宰相家人七品官。　清　洪升《长生殿·贿权》
- 山重水复疑无路，柳暗花明又一村。　宋　陆游《游山西村》(589)
- 山河破碎风飘絮，身世浮沉雨打萍。　宋　文天祥《过零丁洋》(635)
- 凤阁龙楼连霄汉，玉树琼枝作烟萝。　南唐　李煜《破阵子·四十年来家国》
- 词林枝叶三春尽，学海波澜一夜干。　唐　崔珏《哭李商隐二首(其一)》
- 满堂花醉三千客，一剑霜寒十四州。　唐末五代　贯休《献钱尚父》(678)
- 四边伐鼓雪海涌，三军大呼阴山动。　唐　岑参《轮台歌奉送封大夫出师征》(109)
- 兴酣落笔摇五岳，诗成笑傲凌沧州。　唐　李白《江上吟》(607)
- 舞低杨柳楼心月，歌尽桃花扇底风。　宋　晏几道《鹧鸪天》(899)
- 玲珑绣扇花藏语，宛转香茵云衬步。　宋　柳永《木兰花三首(其一)》(900)
- 落月低轩窥烛尽，飞花入户笑床空。　唐　李白《春怨》(757)
- 香檀敲缓玉纤迟，画鼓声催莲步紧。　宋　柳永《木兰花三首(其一)》(900)

- 倾泻向人怀抱尽，忠诚为国始终忧。 宋 苏辙《癸丑二月重到汝阴寄子瞻》(642)
- 百年光景无多日，昼夜追欢还是迟。 明 冯梦龙《警世通言》(736)
- 六军将士皆死尽，战马空鞍归故营。 唐 贾至《燕歌行》(235)
- 分清裂白两派出，跳珠跃雪双龙争。 南宋 杨万里《题兴宁县东文岭瀑泉》(173)

图书在版编目(CIP)数据

千古绝唱:全2册/少轩编著.—北京:
中国书籍出版社,2018.2
ISBN 978-7-5068-6783-2

Ⅰ.①千… Ⅱ.①少… Ⅲ.①古典诗歌–诗歌欣赏–
中国 Ⅳ.①I207.22

中国版本图书馆CIP数据核字(2018)第044014号

千古绝唱(全2册)

少轩 编著

策划编辑	成晓春
责任编辑	成晓春 张 娟
责任印制	孙马飞 马 芝
封面设计	王 菲
出版发行	中国书籍出版社
地 址	北京市丰台区三路居路97号(邮编:100073)
电 话	(010)52257143(总编室) (010)52257140(发行部)
电子邮箱	eo@chinabp.com.cn
经 销	全国新华书店
印 刷	宁夏精捷彩色印务有限公司
开 本	710毫米×1000毫米 1/16
字 数	380千字
印 张	26.5
版 次	2018年5月第1版 2018年5月第1次印刷
书 号	ISBN 978-7-5068-6783-2
定 价	88.00元

版权所有 翻印必究